A Vida Sexual da Minha Tia

MAVIS CHEEK

A Vida Sexual da Minha Tia

Tradução
Noêmia Maestrini

Copyright © Mavis Cheek, 2002
Título original: *The Sex Life of My Aunt*

Capa: Diana Cordeiro
Ilustração de capa: Rachel Ross/The Inkshed

Editoração: DFL

2010
Impresso no Brasil
Printed in Brazil

CIP-Brasil. Catalogação na fonte
Sindicato Nacional dos Editores de Livros, RJ

C444v   Cheek, Mavis
        A vida sexual da minha tia/Mavis Cheek; tradução Noêmia Maestrini. — Rio de Janeiro: Bertrand Brasil, 2010.
        294p.

        Tradução de: The sex life of my aunt
        ISBN 978-85-286-1417-6

        1. Ficção inglesa. I. Maestrini, Noêmia. II. Título.

CDD – 823
CDU – 821.111-3

09-6018

Todos os direitos reservados pela:
EDITORA BERTRAND BRASIL LTDA.
Rua Argentina, 171 – 2º andar – São Cristóvão
20921-380 – Rio de Janeiro – RJ
Tel.: (0xx21) 2585-2070 – Fax: (0xx21) 2585-2087

Não é permitida a reprodução total ou parcial desta obra, por quaisquer meios, sem a prévia autorização por escrito da Editora.

Atendimento e venda direta ao leitor:
mdireto@record.com.br ou (21) 2585-2002

Dedicado, com amor, a Gladys Saunders,
minha verdadeira tia,
última entre dez, cuja vida sexual
não é esta, *com absoluta certeza.*

Do fundo da terra, clamo por Ti no abatimento do meu coração. Leva-me para uma rocha acima de mim.

Salmo 61:2

Sorri para mim mesmo ao ver o dinheiro. — Que droga! — disse em alto e bom som. — Do que me adianta? Não tem nenhum valor para mim, nem sequer vale o esforço de apanhá-lo do chão; uma dessas facas vale toda essa pilha; não tenho como usá-lo; e é melhor que fique onde está e vá para o fundo como uma criatura cuja vida não vale a pena salvar.

Mesmo assim, apanhei o dinheiro, depois de pensar melhor.

Daniel Defoe, em *Robinson Crusoé*

PRÓLOGO

No Princípio Não Era o Verbo...

Não sou boa de paquera. Nunca fui. Meu truque de adolescente ainda é o mesmo — se existem homens por perto, mantenha a cabeça erguida, olhe fixamente para frente, caminhe como quem não quer nada. E disfarce. Se algum a chamar, ignore-o. Siga em frente. Se os olhos de vocês se cruzarem entre a multidão do metrô, olhe para baixo, para os lados, para cima, para qualquer lugar, mas nunca na direção dos olhos dele. Jamais sorria. Sorrir implica tornar-se vulnerável. Olhar nos olhos dele e sorrir significa admitir que você está interessada — e estar interessada representa estar *necessitada*. Guarde seus sorrisos para as crianças, para os gatinhos e para o pôr do sol sobre o mar...

Mas... e se você sorrir? E se arriscar e devolver o olhar inquisidor com um sorrisinho? Então, eles dirão: "Ah, eu só estava olhando os passarinhos nas árvores", ou "Eu estava admirando as vitrines", ou ainda "Eu?!? Eu estava paquerando a *outra* garota.... Ah, não, minha querida... *você* não... Com certeza, você não!" Só Deus sabe quantos homens gostosos, maravilhosos, magníficos eu recusei dessa maneira desde que comecei a usar o meu primeiro sutiã. Centenas? Milhares? Uns vinte ou trinta, pelo menos.

Como fizeram com muitas garotas do meu tempo, ensinaram-me desde cedo qual era o meu lugar. E ele era bem insignificante. Da mesma maneira, e diferentemente de algumas delas, ensinaram-me também a não me expor, a esperar pouca coisa da vida e a ficar satisfeita com o que conseguisse. Especialmente no quesito afeição e, sobretudo, em relação àquela coisa chamada *amor*. Essa palavra que faz a gente se sentir grande, completamente aberta para o que der e vier. Amor é necessidade. E amor, assim que a gente sente, torna-se perda. Amor: um estranho e desconhecido artigo de luxo em meu mundo de adolescente. Tudo bem usar o termo amor no que diz respeito às conveniências sociais — como "Eu amei o seu corte de cabelo!" —, assim como também usá-lo em "Obrigada, amorzinho, eu adoraria ir à sua festa, mas não vai rolar..."; por outro lado, amor não era uma palavra com que eu tivesse intimidade. Certamente não devemos sair falando esse tipo de assunto em público ou mesmo confidencialmente, a exemplo de tantas outras coisas da natureza humana. "Eu amo gatinhos... Eles têm o pelo tão macio..." — comentários como esse não representavam perigo. Eu podia dizer esse tipo de coisa na frente da minha mãe, e ela nem piscava. No entanto, se eu pensasse em perguntar a ela se me amava ou declarasse que a amava, provavelmente ela sairia correndo em disparada.

Eis o exemplo perfeito: uma vez, minha irmã mais velha se recusou a falar comigo por mais de uma semana, então, caí em prantos diante da minha mãe, agarrei-me a seu avental e abri o berreiro, mesmo consciente de que estava pisando em campo minado. Declarei que não sabia o que havia feito de errado e que desejava que Ginny não estivesse se comportando daquela maneira porque eu a *amava* demais. Claro que não era verdade. Isso era só mais uma prova de que eu não sabia o que queria dizer o verbo amar. Mas parecia um modo apropriado de impressionar minha mãe diante daquele silêncio tão doloroso para mim. A palavra amor estava no ar, é claro — nos filmes, no rádio, nas revistas, nas canções populares —, mas nunca era usada em nossa casa, pelo menos até onde consigo me lembrar. Sua utilização naquele dia, porém, surtiu efeito. Minha mãe, quase sempre alheia a tudo, mostrou-se sensibilizada, pela primeira vez, mandou brasa e disse à minha irmã que fosse soltando o verbo ou então se arrependeria e muito. Mesmo que eu não tivesse tentado outra vez, ficou na minha mente que essa coisa de amor, essa palavrinha, tinha um tremendo poder. Não importava o que significasse.

Ninguém disse que me amava até eu completar 19 anos. Na realidade, isso era muito mais um traço familiar que propriamente uma tragédia. Se minha mãe, que sabia o quanto custava uma palavra, preferia zuni-la para bem longe a usá-la, deduzi que minha avó, antes dela, fizera o mesmo. Se Vovó Smart, que morava conosco e ocupava as dependências da frente da casa, chegara a usá-la na criação de seus dez filhos, nenhum deles se lembrava. Pobreza e opressão proibiam aquelas duas mulheres de falar de amor quando sobreviver era tudo o que importava. Experimente usar a palavra amor, experimente senti-lo, e você estará perdida. O que aquelas dez crianças de fato lembravam era do pai usando a palavra ao se dirigir a elas. Era ele que esperava na esquina da rua com os braços expansivamente abertos ao primeiro que chegasse para ser abraçado. Soube disso por minha velha e solitária tia Cora, na última vez em que a vi com vida. Era ele que entoava as canções, acariciava os cabelos e lhes tornava a vida melhor, com palavras e momentos suaves.

Claro, um pai também deveria ter fornecido essa palavra perdida para mim, dando a ela seu verdadeiro significado — mas não havia esse pai. Apenas uma imagem efêmera, uma ausência, um fantasma, um duende, um ser conhecido apenas no plano abstrato, alguma coisa que apenas outras crianças possuíam. Quase todas as outras crianças ainda tinham um pai até os 15 anos, e um pai que vivia com elas em casa. Até onde lembro, nunca perguntei onde estava o meu. As crianças aprendem a não caminhar por onde estão enterrados os mortos da família. O que também lhes ensina, anos mais tarde, a ferir, caso seja essa a intenção. Afinal de contas, para evitar os corpos, em primeiro lugar, é preciso saber onde se encontram. Portanto, como criança, ainda que eu o desejasse, nunca cheguei até minha mãe e disse: "A mãe de Jennifer Lacey segura a mão dela para atravessar a rua", ou "A mãe de Sally White a coloca em seu colo e lhe escova os cabelos." Eu sabia das coisas. Tais atitudes ressentidas poderiam fazer com que minha mãe se afastasse ainda mais de mim. Ela estava muito aquém, era incapaz mesmo de demonstração de afeto, tinha medo de abrir qualquer parte de si que o sentimento de mágoa provocado pelo meu pai havia lacrado. Aceitei esse fato e segui em frente na vida. Algumas pessoas tinham coisas boas, e outras não — e isso incluía receber carinho, ter um quarto só seu, um pai e uma mãe. O que me fez ter uma perspectiva bem peculiar das coisas da vida: se eu não me arriscasse, não correria o risco de ser ferida.

Costumava seguir minha irmã por toda parte como uma mosquinha irritante. Ela me espantava para longe, e eu estava de volta quando ela menos esperava. Ela era cinco anos mais velha que eu, havia aprendido antes de mim, e de modo silencioso, que os irmãos e as irmãs das histórias infantis não eram espelho para nós.

As personagens felizes e encantadoras existiam apenas nos livros. Enquanto nas histórias um irmão mais velho soprava afetuosamente os cabelos da irmãzinha, em minha casa, uma irmã mais velha agarrava-me pelos cabelos e batia minha cabeça contra a parede se eu tossisse muito alto. Bem... Eu aceitava isso. Eu era mesmo insuportável! Portanto, não tinha o direito de esperar ser amada ou desejada. Eu podia, quando muito, ser tolerada — mas isso também poderia mudar a qualquer instante.

Assim, acostumamo-nos a não paquerar, porque a paquera é o gesto de alguém autoconfiante. E nos damos conta disso quando ouvimos: "Santo Deus, que coisa nojenta!", depois que piscamos e acenamos erroneamente para alguém e, mesmo assim, vamos embora rindo, porque não estamos nem aí. A opinião dessa pessoa não importa para nada porque, bem, a gente vem sendo amada durante toda a vida, e, portanto, temos autoestima. Isso não vale para mim. No íntimo, durante a minha adolescência, eu me sentia parecida com os homens ocos de um poema de Eliot — cheios de si, inclinando-se uns sobre os outros, em apoio incondicional.

> *Nós somos os homens ocos,*
> *Nós somos os homens empalhados,*
> *Apoiamo-nos mutuamente...*

Aos 19 anos, tudo mudou. As palavras "eu te amo" foram ouvidas pela primeira vez. E aceitas. Até mesmo repetidas. Vou contar a história do que fiz quando me defrontei com "olhos que eu não gostaria de encontrar apenas em sonhos...". E do que fiz, então, para a primeira pessoa a dizer que me amava.

1

Na Estação Temple Meads Eu Me Sentei e Chorei

Acho que tinha uns 10 anos quando compreendi, pela primeira vez, que meninos eram mais que simples rivais disputando a atenção dos adultos. E não demorou muito para que começassem a deixar bastante evidente que também sabiam disso. Tenho mantido, desde então, meu nariz empinado ao menor sinal de interesse demonstrado a uma mesa de jantar. A ponto de me comportar como uma respeitável mulher casada. Não — paquerar realmente nunca fez parte da minha natureza. De fato, sou tão avessa a isso, tão inepta, tão completa e claramente desligada que, no dia em que fui almoçar com uma amiga, e ela subitamente movimentou os olhos de um modo muito estranho, achei que estivesse tendo um aneurisma ocular. Pior — quando compreendi que ela estava trocando olhares com o homem da mesa próxima aos toaletes, comecei a me sentir enjoada. A ponto de não conseguir terminar o meu peixe... A ponto de, se o salmão estivesse malpassado, ele talvez precisasse fazer uma respiração boca a boca em mim... Uma das mulheres mais bem resolvidas e intelectuais que conhecia, transformada numa enlouquecida e vulnerável cadela no cio. Ela tentava, e conseguia, e tornava a chamar a atenção do sujeito. Achei aquilo tudo um despropósito. Inteiramente sem sentido. E totalmente inviável. Mas estou por fora dessas coisas. Por fora mesmo. Não teria noção de por onde começar.

Tudo isso contribuiu, sem dúvida alguma, para meu casamento com Francis. Ele foi a primeira pessoa a dizer que me amava. E, a despeito da desaprovação de Carole, ele se tornou meu marido.

Carole era minha melhor amiga. Ela era tudo o que eu achava que minha irmã deveria ser, e não era; e ela *sempre* colocava a cabeça para fora da toca. Flertava como uma doida. Uma chance a cada cinco tentativas era o que ela reconhecia como uma boa média para fazer uma aposta. E quando eles diziam que estavam apenas admirando passarinhos, ela simplesmente dava de ombros, sorria e ia embora. Incólume.

— Tente — ela insistia comigo. Mas nunca tentei. Risco demais só de pensar em ser desprezada. Carole achava Francis muito chato, mas ele não se aborrecia com ela; era apenas cauteloso. Seu projeto de vida era: prazer primeiro e amor depois, bem, eu não tinha nenhum dos dois; portanto, Francis era bem-vindo. Ao conhecê-lo, Carole disse:

— Olá, *Frankie*!

Ao que ele replicou, muito educado, porém firme:

— *Francis*.

Foi o suficiente para que ambos ficassem com o pé atrás.

— Sou a melhor amiga de *Dilly* — disse ela, desafiadora.

Enquanto todas as pessoas — família, amigos, colegas — me chamavam de *Dilly*, ou *Dill*, Francis fazia questão de me chamar sempre de Dilys.

— Dilys — dizia ele, simplesmente — é um belo nome.

Quando me perguntou o que significava, e respondi que não sabia, ele mesmo se deu o trabalho de buscar a resposta:

— Dilys — disse ele — significa Perfeição. E isso basta para mim.

Foi exatamente assim que disse. Dilys, e apenas Dilys, era só o que importava. Ele não estava sendo arrogante — estava sendo apenas autêntico. Perfeita e completamente Francis Edward Holmes.

Ele me amava com um desespero gratificante, e então pensei: "É isso que me interessa." Eu podia ler isso em seus olhos, sentir em seu aperto de mão algo prestes a explodir, como se fosse o apito estridente de uma chaleira a vapor. E, neste caso, em matéria de sentir-me cortejada, não houve afrodisíaco maior. Ele parecia o maior bem que já me havia acontecido, e acho mesmo que foi. Quando disse que me amava, uma borboleta bateu as asas no meu estômago e contra minhas costelas — revolvendo o grande vazio e, aparentemente, despachando-o. Mas o que eu não sabia, por nunca ter lido Flaubert, era a Grande Verdade por trás de "Em meu coração existe um Compartimento Real que está lacrado para sempre..."

A Vida Sexual da Minha Tia 13

Portanto — Francis. Para quem eu estava certa de ter dado tudo de mim, e para sempre. Conhecemo-nos na galeria de arte em que eu trabalhava, no final da década de 1960. Algumas coisas haviam acontecido depois de 1960. A escritora Angela Carter culpava o leite derramado, o suco de laranja e o óleo de fígado de bacalhau por todo o rebuliço que pairava no ar. A vida fervilhava. Agarrávamos tudo o que nos era devido e nos reservávamos o direito de fazer perguntas. Era uma espécie de democracia. Alguém com minha pouca vivência podia agora cruzar os honoráveis portais do mundo da arte pelo simples ato de responder a um anúncio de classificados nos jornais. No passado, o emprego teria ido para a amiga de uma amiga chamada Honorável Priscilla de Vere Qualquer Coisa. Mas era eu que estava lá, o penteado parecendo um bolo de casamento e os cílios cheios de rímel preto, na Bond Street, quando Francis entrou para comprar um objeto qualquer de arte contemporânea.

Ele era advogado — recém-formado — e queria uma gravura de Hockney para o seu escritório. De fato, àquela altura do desenvolvimento das Artes como Investimento, particularmente na cidade em que ele trabalhava, *não* ter a assinatura de um Scarfe numa parede e de um Hockney na outra comprometia a imagem de qualquer cidadão. Um desenho de Scarfe era a coisa certa de se ter, e Francis não podia se imaginar desatualizado. Pelo menos, ele gostava de arte contemporânea. Pelo menos, queria vê-la pendurada em sua parede ou disposta sobre uma coluna ou mesa (ele acabou comprando uma ou duas esculturas também) — o que nem sempre era o caso. Nessa época, eu vendia litografias de Alan Davie para executivos da televisão, gravuras de Dubuffet para banqueiros e bronzes de Armitage para capitalistas aventureiros, só para descobrir, mais tarde, que esses objetos estavam pendurados, sem que ninguém suspeitasse, de cabeça para baixo em suas paredes ou cuidadosamente dispostos de maneira errada e iluminados por refletores. Em certa ocasião, um conjunto completo de grandes e magníficas gravuras de Paolozzi foi comprado, protegido com plástico-bolha e colocado imediatamente no cofre de um banco. Um senhor investimento!

Quando Francis entrou em minha vida, eu tinha 19 anos e era o único membro do grupo de vendedores presente na galeria à hora do almoço (a Honorável Priscilla de Vere Qualquer Coisa havia saído para escolher sua lista de presentes de casamento na Exército & Marinha exatamente naquele dia — uma escolha estranha, pelo menos eu achei, imaginando o que — só Deus sabia! —, como recém-casados, eles fariam com artesanatos militares e navais). É claro, eu estava em terreno seguro, e, é claro, nossos olhos se encontraram, apesar de não haver nada em nossos olhares que pudesse ser considerado desafiador ou "flertável". Eu conhecia meu terreno, mais nada. Além disso, não existia outra forma de se vender uma tela para alguém sem que os olhos se cruzassem ocasionalmente. De fato, se a gente desanda a explicar que esta é "uma edição limitada... este é um dos primeiros trabalhos do artista, por isso apresenta traços grosseiros... alguma coisa mais maravilhosamente hogartiana sobre sua linha narrativa", blá-blá-blá..., enquanto olha distraidamente para o teto, nunca conseguirá esvaziar o bolso do cliente. Além do mais, eu estava vendendo telas, e não a mim mesma; portanto, tudo ficava mais fácil. Eu também estava usando um vestido de veludo roxo de estilo quase vitoriano, de Laura Ashley — saia longa, botões na frente até em cima, babados em torno das mangas e na bainha —, porque mais tarde eu iria a um vernissage na Tate Gallery. Antiquados como possam parecer hoje em dia, vestidos longos, tailleurs aveludados com babados — e botas roxas! — eram considerados requintados naqueles dias. Eu estava vestida para atrair. E funcionou!

Ele sorriu, eu sorri, ele comprou. No começo, somente a gravura, mas depois, quando foi emoldurada, e ele voltou para buscá-la, também me comprou! Ele me levou ao Rules, que ficava bem na esquina da galeria, para "comemorar a compra", porque o Rules era o local ideal para um almoço com uma namorada em potencial. Mostrava a ela que o pretendente sabia o que era bom, que a valorizava o suficiente para gastar com ela um montante decente de dinheiro, e era muito apropriado para se dizer: "Minhas Intenções São Perfeitamente Honestas." O Rules também costumava oferecer aquela dupla de delícias do Almoço Inglês — ostras e game pie.*

---

* Torta salgada recheada de uma variedade de carnes de caça: faisão, perdiz, lebre, coelho. (N.E.)

Bem, se eu não era boa de paquera, com certeza sabia o que fazer com ostras. Não havia possibilidade alguma de alguém levar a vida no circuito da Cork Street, nos anos 60, e não saber comer ostras; portanto, eu havia aprendido. Bastante incomuns, elas nunca me preocuparam — nem pela aparência, nem pela sensação de engoli-las, tampouco pelos preços extravagantes. Minha avó, que aparentemente havia sofrido de inflamação da garganta (amigdalite, hoje em dia) durante a infância e vivido nas ruas sujas de Borough, na década de 1880, com o pai que era carroceiro, e a mãe, lavadeira, alimentava-se, entretanto, de ostras quando não conseguia engolir mais nada. E também porque custavam muito barato. Cresci pensando nelas — se é que havia mesmo pensado nelas alguma vez — como um alimento muito comum; portanto, nem o Rules nem as ostras me assustavam. Mas agora estava a par de suas sugestivas qualidades. Posso não ser capaz de paquerar, mas certamente já sabia como manipular apropriadamente uma ostra. A principal façanha para uma garota tímida naqueles dias era aparentar desconhecer os efeitos que ela ocasionava enquanto os provocava.

Não ser capaz de paquerar do jeito clássico *olho no olho* significava que eu havia experimentado técnicas oblíquas de atração. Era uma tática infalível adotada por qualquer garota ir a um encontro e comer moluscos molhados movimentando a língua de um modo "inocente" (e provocador). Eu sabia que isso era atraente, embora — diferentemente de minhas amigas — não percebesse com clareza o que podia haver de tão sexy em ficar chupando, sugando e babando sobre um prato, enquanto sorria como uma prostituta bêbada. Mas, de qualquer forma, foi o que fiz. Sexo oral ainda não havia sido descoberto pelo pessoal do amor livre na época. Sabíamos que alguma coisa estava acontecendo, mas não exatamente o quê. Claro, foi Carole quem me contou sobre isso, em algum momento.

O fato é que, naquele dia, "salivei" sobre as ostras do Rules. Acho que a ocasião acabou se tornando ainda mais erótica pelas qualidades do local e sua fama, ambos exalando um ar de honestidade. A experiência toda estava sendo inegavelmente sexy, eu podia perceber — Francis estava que não cabia em si, enquanto tentava manter uma conversa normal —, e eu — toda babada — aproveitando sua companhia e parecendo ser o centro de seu mundo. Talvez, depois do almoço, tal como com o desenho e sua moldura, ele tenha pensado que eu estava sendo paga também para aquilo...

Não, não — isso é cínico demais, injusto demais. Só estou olhando para o passado, a fim de encontrar desesperadamente causas, motivos, *justificativas* para o que aconteceu. Mas foi a Mulher Oca — e não Francis — que deixou que acontecesse. De alguma maneira — é verdade —, eu havia sido comprada por ele, mas a escolha havia sido minha. Ele não era daquele jeito. Não o Francis. O que ele *era* — eu deveria dizer *o que ele é* —, bem, é como a diferença entre Martin Luther King e Cassius Clay: dois homens bons, ambos dinâmicos, mas um deles era absolutamente fiel às suas crenças durante toda a vida, enquanto o outro era livre para atingir seus objetivos. Francis era completamente bom, valia a pena, era dedicado — mas nunca daria um soco no nariz de alguém para alcançar a glória. Não creio mesmo que ele tivesse um sonho por trás de todos os sonhos normais, como ter uma casa confortável, alegria no coração e o desejo de um baita sucesso profissional. Honra estava no topo de sua lista de características exigidas para si próprio, bem como para o resto do mundo, e mesmo quando dava um escorregão, algo que pouco acontecia, ele pronta e genuinamente se arrependia.

Quando me pediu em casamento, estávamos em Henley, outro *must* naqueles tempos, antes de se tornar o point da happyhour dos executivos. A Regata Henley, na época, era o evento chique da temporada, e qualquer coisa relacionada a ela não só era extremamente cara, mas também seleta. Muito adequado. Estávamos à sombra de um salgueiro-chorão, observando os remadores, quando ele me estendeu uma taça de champanhe, olhou-me nos olhos, ergueu-a e perguntou: "À futura sra. Holmes?" O que era um desafio e tanto para Francis. Eu me lembro de estar olhando para a água e cobiçando os grandes e suados músculos das coxas dos rapazes nos barcos, e pensando "Uau", quando então Francis disse: "Um centavo pelo que você está pensando!" E fiquei tão aflita para ele não adivinhar que eu estava imaginando um daqueles deuses lá em casa que imediatamente respondi "Sim" à sua pergunta.

— Estou tão feliz — disse ele, enquanto eu desviava meus olhos daqueles músculos apetitosos e os voltava para Francis.

— Eu também — retruquei, com firmeza. E aquele lampejo úmido de desejo, que eu havia esquecido completamente até bem pouco tempo, nunca deveria ter sido ignorado por mim.

O fato é que, tendo nascido num mundo oposto ao dele, eu observava as classes privilegiadas se movimentarem e, ainda que não tivesse ficado tentada a me tornar um deles (e, portanto, passando a ser o que minha Avó Smart chamava de "nada além do que ela deveria ter sido"), senti-me total e completamente seduzida pela elegância, pela confiança e por todas as demais obviedades que os acompanhavam. De qualquer modo, naqueles visionários dias democráticos de 1960, era um *plus* provir da classe trabalhadora. Aquele era o nosso tempo, a nossa juventude e a nossa revolução que iriam atravessar todas as barreiras. Se eu tivesse economizado uma libra por cada "companheiro" que adotasse o sotaque de Liverpool (desde *she loves you*, até *Maldita Yoko Ono*), eu teria um cofrinho do tamanho da Hampton Court. A social-democracia havia chegado para ficar. Acreditávamos nisso. Não tínhamos a menor ideia de que só fosse durar aproximadamente dez anos. Por haver passado toda a minha adolescência vivendo a pão e água, num quartinho de fundos do subúrbio, eu estava preparada para a combinação *La Dolce Vita* e *High Society*. Ser cortejada por Francis permitia-me abrir os braços para o que o dinheiro pode comprar e para o que o velho dinheiro, geralmente, já possui: qualidade e elegância. Ah, a absoluta qualidade e elegância que acompanham a riqueza... Não uns miseráveis 29 shillings e 11 pence gastos em imitações baratas de crocodilo, mas a pele autêntica, apanhada num pântano do Amazonas, projetada por estilistas e vendida na Bond Street por três vezes o preço da Russell & Brom. Eu observava como algumas coisas eram feitas, e as guardava na memória. Quando fui conhecer meus futuros sogros nas montanhas de West Sussex, acabei sendo aprovada como a escolha certa do gel para cabelos (ainda muito importante entre eles, já que a revolução social havia, até então, se espalhado apenas na geração rastafari) — eu já era então um pequenino graveto na árvore genealógica da família!

Meu sotaque, meu comportamento, minha aparência e meu trabalho, tudo se encaixava. Quando minha futura sogra me perguntou o que meu pai fazia, Francis se antecipou e respondeu: "Exército." O que era verdade. Ele só não acrescentou, é claro, que meu pai se alistara como humilde soldado raso na RAMC — o Corpo Médico do Exército Real — para sair da guerra como tenente, e que acabou perdendo a patente alguns poucos anos depois, por conta de um pequeno fundo de pensão recebido indevidamente. Tampouco disse que minha mãe ainda trabalhava numa fábrica. Sequer mencionou que meu pai era bígamo, e que deixara minha mãe com duas pirralhas para criar. Ou que ela havia aprendido a gerenciar a pobreza desde o ventre de sua mãe. Minha avó também fora abandonada, mãe de dez filhos (abandonada com um time de futebol para criar), e era o exemplo vivo de um dos seus slogans favoritos: "Trabalho pesado nunca matou ninguém." Costumava sair de madrugada para fazer faxina em escritórios no Gray's Inn, na City Road, e em outras vizinhanças ricas. Era bem provável que já tivesse limpado o edifício em que morava a família de Francis. Uma possibilidade que nós dois achávamos estranha, ainda que por motivos diferentes.

Francis era tranquilo com relação a essa situação toda. Quando o levei até a minha casa para conhecer mamãe, e ele precisou, literalmente, se espremer entre os móveis e tapetes mofados do pós-guerra (mamãe entulhou a casa toda que havia dividido com minha Avó Smart depois que ela morreu), Francis não teceu qualquer comentário sobre a televisão que permanecia ligada baixinho e aceitou, com bons modos, o copo de xerez adocicado. Quando mamãe o cumprimentou com suas costumeiras palavras de boas-vindas: "E então, muito trabalho?", ele apenas respondeu: "Sim, obrigado!", em vez de ficar divagando sobre o assunto. Seu cérebro engenhoso compreendeu que viver era um trabalho, literalmente, para alguém que havia crescido justamente no final da Depressão. E fez uma coisa muito desafiadora: sem ser autorizado, começou a chamá-la pelo seu primeiro nome, Nell. Mais tarde, na cozinha, quando perguntei à minha mãe se ela havia se incomodado, respondeu:

— Não, é claro que não, ele é um bom menino.

É claro que Francis é um bom menino, ele é o genro dos sonhos. E ainda usava um penteado bem elegante.

Então, como eu disse, mamãe gostou dele, por que não gostaria? Ela sempre tivera uma quedinha — como costumava dizer — por homens loiros. Seu primeiro marido — bem, seu *único* marido, já que nunca se casou no papel com meu pai — fora morto no início da guerra, antes que pudesse ter tido filhos. Ele era loiro, pude ver pelas fotografias. A constante reclamação de mamãe, quando ficou mais velha, era com a crueldade irreparável do Destino, que lhe roubara Fred e, ainda pior: que a havia levado por caminhos tortuosos em direção a meu pai. Se Fred tivesse vivido, ela nunca teria cruzado com o canalha atraente que era o meu pai. Nem teria sido seduzida por sua voz educada, seus cabelos ruivos e olhos azuis. A única fotografia que eu vira dele era em preto e branco, do dia em que foram morar juntos, e estava muito bem escondida. Mas eu sabia suas cores, porque eu também era ruiva. Minha Avó Smart, que vivia elogiando Virgínia por ser uma Smart, isto é, esperta ao pé da letra, era também muito firme em dizer que eu era a cara do meu pai. Eu tinha de dar crédito à minha mãe por ela nunca me ter rejeitado por isso — pois ela o odiava, odiava sua memória, com paixão.

"Se você conhecer um homem bom, agarre-se a ele", sempre dizia.

Eu estava bastante aliviada por ter encontrado um homem *qualquer*, por isso agarrei-me muito, mas muito firmemente a ele. Eu já havia começado a pensar que ficara *para titia* aos 17 anos e meio. Aos 19, quando conheci Francis, já estava mais do que convencida disso.

Casamo-nos seis meses depois de nos conhecer — quatro meses depois que ele pediu a minha mão — na Igreja de St. Martin, em Holborn. E se o lado da minha família, avesso a formalidades, causou algum constrangimento no lado da família dele, isso realmente não nos incomodou. Com o espírito da verdadeira democracia no ar, até mesmo os pais de Francis absorveram alguma poeira disso no final e, embora com alguma relutância, aceitaram-me na família. Lembro-me da mãe de Francis olhando-me de modo desconfiado e dizendo:

— Seis meses não é muito pouco tempo?

— Eu não posso esperar mais — respondeu ele.

Ela pareceu ligeiramente chocada com a forma tão aberta de seu filho expor uma emoção e argumentou que mal teríamos tempo de colocar nossa lista de presentes na Peter Jones e na Exército & Marinha... Agora, eu conhecia perfeitamente todos esses empórios da alta sociedade.

Fiquei abismada com os presentes de casamento — abismada mesmo. Ganhamos roupas de cama de linho, um elegante faqueiro de prata completo, um jogo de taças de cristal, de modo que as toalhas adquiridas por minha mãe na cooperativa e os vários presentes de tias e tios — a saladeira de madeira asiática de tia Cora, até mesmo a extravagante escultura de vidro dada por Arthur e Eliza — pareceram baratos e falsificados se comparados com os demais.

Francis tinha sido preciso ao dizer que não podia esperar mais. Ele estava que não cabia em si com a espera — e eu não estava muito atrás. Por algum motivo louco, ele sugeriu (e eu concordei) que não fizéssemos sexo até a noite do casamento. Se havia alguma coisa muito pura a respeito dessa loucura, não havia nada de puro sobre seus efeitos dramáticos. Nos restaurantes, eu comia os aspargos de maneira provocante; na rua, eu rebolava em minissaias que beiravam a ofensa criminal, e, quando nos despedíamos, eu lhe dava um longo, lascivo e perigoso beijo. Durante todos aqueles meses, estivemos várias vezes à beira de cairmos em tentação, e eu estava à beira de um ataque de nervos de modo que me era difícil concentrar nas coisas delicadas e puras do Amor.

No casamento, minha mãe comportou-se com grande dignidade e vestiu o que chamava de "um lindo tailleur azul-marinho" e um pequeno e elegante chapeuzinho. Ela mostrou habilidade natural em vestir-se bem que nunca imaginei que tivesse. Foi a irmã mais velha de Francis, Julia, que sugeriu um chapéu pequeno. Com muita propriedade, ela disse que as pessoas que não estavam acostumadas a usar chapéu acabavam fazendo escolhas desastrosas. A única evidência do quão esgotada mamãe se sentia em meio à minha nova família foi quando levantou o dedo mindinho ao beber seu vinho e quase desmaiou quando o mestre de cerimônias bateu seu martelinho sobre a mesa. Fora isso, ela parecia quase serena. E estava muito feliz por mim. E por si mesma. Se sua filha havia se casado com um bom partido, isso significava que ela seria bem cuidada na velhice. E teria sido mesmo, se tivesse vivido. Não importa quão inadequada ela se sentisse por dentro; ela sabia que agora era a mãe da noiva, e, portanto, exibia a dignidade exigida para a ocasião.

Já com Virgínia, minha irmã, eram outros quinhentos. Quando metia uma ideia na cabeça, não havia quem a conseguisse tirar. Primeiro, ela estava se mordendo de inveja por conta do meu trabalho, agora, já achava demais a sorte grande (tanto amorosa quanto econômica) que eu tirara com o meu futuro marido. Algum tempo atrás, ela se casara com um homem adorável, chamado Bruce, que trabalhava no edifício de três andares da empresa do pai, e tiveram um casamento comum na igreja e no salão locais, ao qual fui escalada, muito relutantemente, para desempenhar o papel de líder das damas de honra da noiva. Minha Avó Smart disse a Virgínia que não havia escapatória — um casamento em família era um casamento em família, e uma irmã era uma irmã, mesmo que ela ainda fosse aquela mosquinha irritante. Para Virgínia, meu casamento de alta classe pareceu uma vingança. Maior, mais grandioso e mais rico do que o dela, ainda por cima um evento em que nem ela ou a família puderam interferir porque não estavam pagando por ele. O custo de tudo não era para o bico deles. Foi até publicado no *The Times*. Quando Virgínia soube, quase me enforcou, acusando-me de um pequeno exibicionismo idiota. Ela se sentiu um tanto desconcertada quando eu disse que concordava com ela, mas que os pais de Francis haviam insistido em publicar a nota.

Outra coisa que fez Virgínia ficar irritada foi o fato de não poder participar do cerimonial do grande dia, já que estava com quase nove meses de gravidez. Até minha mãe interveio — coisa que geralmente não fazia — para dizer a Virgínia que ela não a levaria para o hospital caso toda a agitação fizesse a bolsa d'água estourar. Acho que até Virgínia compreendeu que tinha ido longe demais quando disse, então, que teríamos de mudar a data. Meu noivo arregalou os olhos para ela, perguntando-se se aquilo era uma brincadeira, então me abraçou e disse:

— Temos de nos lembrar de que será o dia de Dilys, Ginny.

E, embora ela não tenha se convencido, assim foi.

E como não iria poder caminhar comigo pela nave da igreja, ficou puta da vida e disse que iria mostrar ao mundo que era tão boa quanto eu. Quando eu lhe disse que ninguém duvidava daquilo, ela rodopiou e gritou: "Lá vem você com suas lições de moral outra vez"; essa era a sua acusação preferida.

— Você pode ter convencido mamãe a usar um chapeuzinho ridículo — berrou ela —, mas a mim você não dará ordens. Não se atreva!

Portanto, no quesito adornos para a cabeça, não houve quem se atrevesse a dar um palpite à Virgínia. Ela usou um chapéu gigantesco, tipo "roda de charrete", tão empanturrado de flores que se parecia com uma mulher cujo carrinho de compras estava sobre a cabeça. E o pior é que não se deu conta disso. A aba do chapéu ficou o tempo todo pinicando o nariz das pessoas, e, em dado momento, Bruce, seu marido, de temperamento manso, pensou que alguém lhe dera um soco no queixo, e até mesmo levantou levemente o punho, antes de se dar conta de que tinha sido o *champignon* grávido. À mesa, sentou-se bem ereta, empurrando o barrigão agressivamente para frente, e procurou não se impressionar com nada. O bispo, sentado a seu lado, ajudava-a a se servir de mais vinho — a bebida ainda não era um item altamente proibido a grávidas —, e, do outro lado, o primo de Francis, de 17 anos, engajava numa conversa — suficientemente interessante — sobre os prazeres da caça. Virgínia nunca me perdoou. Não foi das raposas que ela reclamou, mas do quão deslocada e acuada se sentiu. Virgínia não costumava se sentir bem nem em nossa família! Murmurei alguma coisa sobre a irrestrita, pensando na intragável, falta de bom senso do menino — mas, afinal de contas, ele só tinha 17 anos —, e ela foi embora, chamando-me de condescendente e recusando-se a me dirigir a palavra, senão da maneira mais fria, durante vários anos, até nossa mãe desenvolver seu primeiro câncer. O padrão dos casamentos de nossa vasta família: em geral, alguém terminava de mau humor!

Passamos nossa lua de mel numa parte tranquila de Corfu, na Grécia, numa casa de propriedade de uns amigos de Francis. Durante todo o trajeto, Francis demonstrou um intenso desejo por mim enquanto eu me mostrava surpresa e excitada com o poder que detinha, além da minha própria necessidade de sexo. Não imaginava, contudo, que essa seria a base de nossa vida amorosa. E que todo esse desejo reprimido havia, naturalmente, encoberto a maneira calma como eu me sentia em relação a Francis. Tive um sentimento pragmático de alívio quando, finalmente, ultrapassamos essa primeira etapa.

"Bem, agora está feito e estou feliz que tenha terminado." Exatamente como teria dito o datilógrafo de T. S. Eliot. Esse estado definido manteve-se oculto no meio de todos os burburinhos da excitação de nossos quatro meses de abstenção. No instante em que desembarcamos do avião, e o taxista nos deixou no vilarejo, estávamos nos atracando como dois animais.

Uma vez na cama King-size, com o barulho do mar e dos grilos, Francis provou ser um amante entusiástico — com energia de sobra, mas sem estilo. Não que eu fosse alguma expert. Nenhum de nós era virgem, mas esperamos porque achávamos que tínhamos sido feitos um para o outro. E, em nossa primeira noite, Francis ficou tão completamente dominado de medo e desejo, e, imagino, da eterna culpa que recai sobre os britânicos acerca do próprio prazer, que, às três da manhã, estávamos sentados no terraço jogando Palavras Cruzadas. Mas tudo acabou dando certo, afinal — de volta a Londres, já nos conhecíamos muitíssimo bem, e Francis ficou mais relaxado sobre nossa vida amorosa daquele dia em diante. De fato, juro que ele se parabenizou quando descemos as escadas do avião no Aeroporto de Gatwick. Eu me sentia muito feliz e satisfeita pela maneira como estávamos juntos, mas de forma alguma tão eletrizada quanto Francis. Ele gostava do nosso sexo e não fazia segredo disso, e em todos os nossos anos juntos nunca se mostrou desinteressado. É claro, com o passar dos anos, o desejo diminuiu um pouquinho, mas nunca desapareceu por completo. Bem, pelo menos não para ele.

Eu não tivera outra grande paixão para comparar. Minha experiência prévia um pouco mais significativa fora com um artista de rua (a chamada "Arte Urbana" da época), poeta trovador de 19 anos, mas não fora eletrizante. O sujeito fumava tanta maconha que o negócio era sempre tirar uma casquinha e ficar chapadão, ele não se importava em gozar ou não — e eu certamente nunca gozava. Mas ele *conseguiu* — abençoado seja — me ensinar a como chegar lá sozinha. Por isso sempre fui grata a ele, que me ensinou a alcançar o Nirvana mesmo com um parceiro tão desestimulado. Entretanto, depois de Corfu, tive a sensação de que havia algo animal e maravilhoso que eu nunca tinha experimentado, e agora, casada com Francis, não teria mais a chance de conhecer. Não lamentei pelo Grande Desconhecido. Eu sabia apenas que havia alguma coisa extremamente forte pela qual as pessoas estavam, inclusive, dispostas a morrer. A menos que Balzac, Shakespeare e Puccini tenham sido uns falsários.

Mas eu *havia sido* abençoada. Francis não podia ser mais diferente daquilo que eu vagamente conhecia sobre meu pai. Eu sabia que ele jamais me sacanearia e pensei que, se eu mantivesse aquela pequena parte de mim mesma, o pedacinho que ele não havia atingido — o fogo ardente da paixão, para não usarmos eufemismos —, como meu lugar secreto, então nos daríamos bem. E lá estava ele, esse pedacinho, naquele Compartimento Real. Adormecido, mas não morto.

Éramos felizes. Continuei trabalhando na galeria de arte por mais alguns anos, até que nosso primeiro filho, James, nasceu, razão pela qual nos mudamos do flat de Francis, em Holborn, para uma simpática casinha em Fulham, e tivemos nosso segundo filho, John, o que fez com que nos mudássemos para uma casa consideravelmente maior em Fulham, onde vivemos por um bom tempo. Virgínia contemplava tudo isso com inveja.

Curti um pouquinho a maternidade, trabalhando em casa para a revista *O Investidor em Arte* e escrevendo artigos para outras revistas. Para mim, trabalhar era uma espécie de terapia. No calmo silêncio dos arquivos da Tate, vasculhando os antigos catálogos de Richard Hamilton e escolhendo um ou dois slides, muitas vezes me esquecia de que não dormia uma noite inteira havia dois anos.

Virgínia considerava tudo isso um passatempo; afinal, o que eu fazia nem podia ser considerado um trabalho. Ela cuidava de dois filhos e ainda tomava conta de toda a parte administrativa do negócio de Bruce, que agora era profissional liberal. Ele adorava desentupir, e era isso o que fazia. À medida que nossos filhos foram crescendo, enquanto eu trabalhava no mundo das artes fazendo uma curadoria aqui, algumas exposições individuais ali, ou escrevendo uma resenha eventual para algum catálogo, minha irmã queimava as pestanas sobre livros de contabilidade, notas fiscais e custos de encanamentos de cobre. E ela não ficou nada satisfeita quando minha fotografia apareceu na imprensa — tal como às vezes acontecia —, no lançamento de um evento. Sempre notava uma pontinha de esperança em sua voz, quando ela telefonava e perguntava:

— Como vai Francis? Tudo bem entre vocês dois?

Nossas vidas seguiam direções opostas, especialmente depois que nossa mãe morreu, e era melhor que fosse assim.

Quando James e John estavam no ginásio, tive um aborto espontâneo com complicações: era a filha que desejávamos. Dr. Rowe sugeriu que parássemos de tentar. Não me recuperei logo. Fiquei zangada, triste e agressiva durante quase dois anos. E Francis teve um breve caso com uma das secretárias que usavam ombreiras em seu escritório. É possível que ela tenha pensado que aquilo duraria um bom tempo, mas ele era muito bom e honrado.

O caso durou uns quatro meses.

— Não sei como foi acontecer — confessou-me ele. — Num dado momento, estávamos conversando sentados no escritório; no instante seguinte, eu estava na cama dela.

Francis piscou com perplexidade. Não fazia a menor ideia do troféu que era. Terminou o caso, contou tudo para mim e perguntou se eu o perdoaria. Claro que perdoei, porque realmente não o podia culpar e também porque me havia trazido de volta ao bom senso. Se eu continuasse me comportando daquele jeito, iria perder tudo. Nunca me havia ocorrido considerar se eu queria manter aquilo tudo... Por um longo período, Francis se puniu, metaforicamente, por esse deslize matrimonial.

Depois disso, nós nos acomodamos pacificamente. Ele organizou um longo feriado para que coincidisse com meu quadragésimo aniversário e viajamos com os meninos pelos Estados Unidos. Não tenho certeza se o amor renasceu entre nós. Teria ele, alguma vez, ido embora? Mas voltamos à rotina da intimidade, e James e John amaram a viagem. Para eles, foi a viagem de suas vidas — eles agora falam sobre ela com os próprios filhos e ainda se lembram com detalhes surpreendentes. Lembro-me menos da viagem e dos lugares e mais de como Francis e eu estávamos um com o outro. Quando voltamos a dividir a cama, fomos tão cuidadosos, tão cheios de consideração e gentileza, que parecia uma nova lua de mel. Olhando para trás, compreendo que aquilo era o que ele tinha em mente, ainda que nunca o tivesse dito. Não era ainda tão fulminante quanto o vulcão Krakatoa, mas era como estar de volta a casa. Aconchegante, íntimo — a paz novamente. De nós dois, acho que Francis fora o que saíra mais machucado da escorregada que deu. Tinha me magoado, pensara, num período em que eu estava fragilizada, e isso era imperdoável. Eu, por outro lado, não o culpei. Essas coisas acontecem, disse a mim mesma, e virei a página. Francis achou que eu estava sendo maravilhosa, mas eu não estava. Francamente, aquilo mal me atingira, o que era mais chocante, e guardei isso para mim. Não me incomodei que meu marido tivesse feito amor com outra mulher. Talvez esse sentimento merecesse ser mais aprofundado por mim. De certa maneira, achei que havia sido engraçado. A coisa toda acabou se acomodando de maneira desajeitada na natureza de Francis. Também tive de conter o riso algumas vezes durante a confissão. Aparentemente, a secretária amante o levara ao Ministério da Música para sua primeira e única experiência em uma boate, e ele estava convencido de que teria um ataque cardíaco naquele antro. Ela também lhe dissera para beber sua cerveja diretamente do gargalo e, por fim, introduziu-o, por puro prazer excêntrico, às delícias do McDonald's pós-boate — onde ele também fez vexame.

— A única coisa que consegui comer — disse ele com alguma perplexidade em relação ao hambúrguer — foi o picles. (Mensagem para jovens mulheres à procura de homens mais velhos: a dignidade é tudo!)

Como um ponto final, definitivo, para a coisa toda, Francis presenteou-me com uma safira do Ceilão, do azul mais translúcido e mais claro — um símbolo de fidelidade, disse ele —, e jurou que não me trairia outra vez. Acho que ele teve medo ao perceber quão próximo todo o seu mundo estivera de desabar. Virgínia olhou com admiração, inveja e desprezo para o azul cintilante do anel, e disse, rispidamente, que ele deveria ter esperado, já que a safira representava o quadragésimo quinto aniversário de casamento. Gargalhei por algo que parecia impossível e tão distante, e Francis — que conhecia a natureza humana, bem como as mágoas ocultas de minha irmã — disse bravamente:

— Bem, então comprarei outra para ela na ocasião.

O tipo da coisa que não se deve dizer a Virgínia. Mas não houve tempo de ela retribuir a ofensa. Precisamos uma da outra no ano seguinte, porque nossa mãe acabou morrendo.

A batalha contra o câncer fora longa e árdua. Duas vezes a doença entrara em remissão, até que os ossos foram atingidos. Eu estava zangada. Ela havia negligenciado as dores e os sofrimentos, tomando-os por nada mais que os distúrbios de uma mulher em idade avançada. Uma longa e dura vida de trabalho numa fábrica — com telhado de zinco! —, acompanhada de um estilo de vida estressante, e, fumando como uma chaminé, era muito provável que terminasse mesmo daquela maneira. Ela também era solitária e amarga, e o passado, como o próprio câncer, a consumia. A família era tudo. Não tinha amigos. A vergonha tornou-a cautelosa com as pessoas. Como ela disse: "Uma vez que recebe do marido um chute na bunda, na frente de todo o pessoal da rua, você não deseja mais olhar nos olhos de ninguém..."

Francis e eu tornamos sua vida mais confortável, mas com Virgínia por perto sempre foi difícil. Ela vigiava nosso relacionamento e nossos presentes para mamãe como uma águia agressiva. Eu era obrigada a consultá-la sobre todas as coisas. Minha mãe sabia disso — e algumas vezes sussurrava para mim, parecendo bastante nervosa, que era melhor não aceitar meus presentes porque "você sabe como a Ginny é...". O câncer foi implacável. Ela batalhou por muitos anos. Se algum Deus existia, eu apostava, não era o tipo de Deus que eu pudesse bendizer.

Não houve espaço para inveja ou recriminações entre mim e Virgínia durante os últimos instantes daquele sofrimento, tais foram deixadas de lado, eu esperava que esquecidas, na tarefa maior de superar toda aquela dor. Depois do funeral, quando chegou o momento de eu escolher algo entre os pertences de minha mãe, encontrei uma caixa grande de papelão, contendo o chapéu que ela usara em meu casamento, jamais outra vez, e o pequeno buquê para a lapela do vestido presenteado pelo pai de Francis. Os objetos estavam embrulhados em papel-manteiga e em meio a sachês perfumados. Ela havia guardado, inclusive, o convite, o menu do café da manhã da festa do casamento e uma das rolhas do champanhe. Eu sabia que minha mãe tinha amado aquele dia. A roupa, o chapeuzinho perfeito, os sapatos que combinavam, a bolsa e as luvas — ser mãe da noiva e sair de si mesma por alguns instantes. Foi um achado precioso que escondi de minha irmã. Ali não havia lembrança alguma do casamento dela, além de uma fotografia, sobre o batente da lareira, dos noivos sorridentes, e, atrás deles, estava eu, discreta.

Mesmo então, não fui poupada. Cometi o erro de sugerir à minha irmã que ela ficasse com tudo de nossa mãe que havia — o que não era muito, já que a casa era alugada —, inclusive com o que sobrara das economias guardadas por mamãe (a irrisória quantia que economizara para o seu funeral). James e John ficaram contentes com algumas fotografias da família, um pires e uma xícara cada um, e só levei o jogo de toalhas de mesa verde — que me fazia lembrar muito de mamãe. Mas Virgínia viu nisso mais um exibicionismo da minha parte.

— Nós vamos dividir — disse ela a respeito do dinheiro.

Sugeri, então, que o doássemos a uma instituição contra o câncer. Piorou.

— Pode ser que *você* tenha condições de se dar esse luxo — disse ela.
— Nós não temos.

Todo o bem que se havia construído entre nós durante a doença de mamãe voltou a desmoronar. Ela estava *en guard* outra vez. E afiada.

Virgínia estava bastante atrasada para a revolução dos anos 1960. Ela trabalhava num banco — o que era considerado um excelente trabalho até que tudo foi virado de cabeça pra baixo —, e não numa galeria de arte, e ela se casara com um bombeiro-encanador, e não com um advogado. Colarinho azul, não branco. Após deixar os negócios de seu pai, Bruce tornou-se autônomo, e se manteve assim, fazendo de sua profissão uma arte. Depois de ter instalado nosso aquecimento central, eu e Francis costumávamos mostrar aos amigos o encanamento. Era bonito, refinado, uma sinfonia em cobre. Nunca precisou fazer propaganda do seu trabalho. Quando em curso a reforma do metrô de Londres, que expôs o primor escondido dos construtores vitorianos, eu disse a Bruce que aquilo me lembrava seu trabalho. Pura arte pela arte. Ele foi conferir com os próprios olhos. Virgínia não só achou que eu estava me exibindo, como o comparando aos trabalhadores braçais. "Como pode ser tão *absolutamente* besta!", acusou-me. Até mesmo Bruce teve coragem de mandá-la calar a boca. Mas tal ressentimento nunca seria resolvido, e eu pisava em ovos em relação a ela, caso admirasse seu novo jardim ou alguma nova aquisição, causando um desentendimento ainda maior. As conversas entre nós passaram a ser falsas e formais. Ela ainda estava agarrada aos antigos moldes. Eu havia subido na vida, e ela proclamava que ninguém podia estar melhor que ela... Bem, não sua irritante irmãzinha. Por sorte, eu tinha Carole para animar minha vida. Virgínia também se ressentia disso. Era como se eu jamais devesse ter existido.

Realmente nunca saquei qual era a dela. Parecia-me que sucesso ou sorte eram coisas a serem celebradas — não ressentidas. Além do mais, Virgínia e Bruce estavam confortavelmente instalados numa casa em Kingston, no estilo entreguerras, além de serem proprietários da metade de uma pequena casa de veraneio na Espanha. Alec, o filho mais velho, era gerente de um banco em Leeds, e Colette, a caçula, era professora de educação física de pré-adolescentes, além de correr a maratona quando podia. Portanto, como diria Bruce, um "senhor" resultado! Mas não para minha irmã Virgínia. Ela se sentia tão orgulhosa do meu casamento com um advogado bem-sucedido e bem-pago quanto se "mordia" por causa disso. E a única vez em que me encrespei com ela foi depois do casamento de Colette, quando ela disse "Naturalmente, eles não irão a Barbados para a lua de mel..."(demos de presente ao nosso filho John uma lua de mel na ilha) e "Desculpe, é apenas vinho branco alemão, e não champanhe...", repetidas vezes.

— Vinho alemão — disse eu, motivada pela insistência dela — realmente trai suas origens. Um vinho branco francês seria muito mais adequado ao seu estilo...

Lá se iam seis meses de amizade fraternal pelo ralo. Afortunadamente, eu me contive bem a tempo de lhe dizer que ganhara minha safira porque meu marido estava transando com uma de suas secretárias. Isso teria dado um basta em suas espetadas. Aos olhos de Virgínia, Francis era o provedor perfeito, e ela me disse isso inúmeras vezes, com uma boa quantidade de suspiros. Se soubesse da verdade, provavelmente diria para eu ficar calada, deixasse que ele seguisse em frente com o caso, que não jogasse tudo pela janela, que pensasse na hipoteca... Na verdade, não pagávamos hipoteca, mas nunca tive coragem de lhe dizer isso também.

Existem três rombos na vida das pessoas. Um é o rombo que permanece aberto porque você não recebe amor suficiente para preenchê-lo. O segundo é quando não se encontra orientação para uma vida plena. E o terceiro é o que se eterniza porque você não tem dinheiro suficiente para tapar o primeiro ou o segundo buraco. Eu havia — aparentemente — preenchido cada um deles. Virgínia não tinha certeza de ter tapado sequer um. Amor para ela era um instrumento de controle. ("Se você me ama, fará isso, será assim, não fará aquilo...") Sua família aprendeu a amá-la daquela maneira. E se ela era insegura sobre o amor, bem, *certamente* não se sentia plena, tampouco rica o suficiente. E sua irmãzinha aparentemente tinha tudo. Quão enlouquecedor deve ter sido quando eu disse, quando não me faltava, que dos três eu abriria mão muito mais facilmente do dinheiro. Quão satisfeita eu me senti! Era tão bom saber daquilo. Nunca imaginei que eu seria posta à prova.

Portanto, lá estava eu, com uma pequena chama azul em meu dedo, simbolizando a absolvição do pecado e distorcendo a visão de minha irmã. Francis me amava, eu o amava, e os meninos nos acompanhavam nisso bastante bem. Felicidade total! Que sondassem nosso casamento, e não haveria sequer um único ângulo desfavorável. Sr. e sra. não-poderiam-estar-melhor. E se além de tudo aquilo ainda havia outras coisas boas — bem, por que não deveria haver? Fomos em frente: Francis e eu. Eu e Francis. Existe alguma coisa bastante sedutora, bastante confortável em ter alguém que cuide de nós, enquanto cuidamos dele. Dá para entender por que as mulheres demoraram tanto para conquistar direito ao voto.

Francis era — não, Francis *é*! — um bom homem, um bom marido, um bom pai, um bom advogado, embora eu tivesse muito pouco a ver com esse último lado seu. Eu ia aos jantares de negócios e a qualquer evento mais para o qual ele me convidasse, e discutíamos alguns dos seus processos. Mas trabalho e casa eram, via de regra, duas coisas separadas. Seus únicos dois deslizes no caminho da honra haviam sido seu caso com a garota das ombreiras e ter sido parado tarde da noite, ter tido seu hálito testado e ter sido confirmada uma quantidade de álcool um pouco acima do limite. Sua doação para o Baile dos Policiais consertou a situação.

— Olhe — ele me disse, quando brinquei de acusá-lo de corrupção —, cometi um deslize muito pequeno cuja penalidade e opróbrio seriam desproporcionais ao homem que sou... Não quero perder o caso em que estou trabalhando, e se uma dupla de policiais da delegacia local faz seu trabalho, então que assim seja.

Aquilo também era verdade. Ele estava trabalhando num caso de guarda de filhos complicado. Um pai muçulmano, do Paquistão, exercera seus direitos sobre sua esposa inglesa e levara seus filhos sem anuência da mãe para Lahore. Ela os havia sequestrado de volta para a Inglaterra. O caso era tão delicado que parecia que todos, do promotor aos funcionários menos graduados, pisavam em ovos. Francis estava certo — uma taça a mais de vinho, ou a felicidade de sua cliente e a dos filhos dela? Francis enxergou isso sem contestar. Ganhou o caso. E isso foi tudo. Uma ou duas condutas reprováveis, nenhuma de grande importância, durante um casamento de mais de trinta anos. Uma existente, embora não vulcânica, vida sexual; a demonstração eventual de mau humor; um vestígio ocasional de egoísmo; um acometimento — uma vez na vida, outra na morte — de depressão, e pronto. Um bom casamento comparado ao de muitas pessoas, não fosse por aquele inquietante sussurrar: o Compartimento Real, lacrado, seguro, sempre presente.

Voltemos à paquera, a coisa que não consigo fazer, a coisa que — agora sei — não temos de fazer para chamar atenção de um homem. Porque, no meu caso, eu não estava paquerando nem um pouco. Eu estava esperando o meu trem, sozinha, porque Francis estava resfriado, e eu descobria, rapidamente, que, em março, a Estação Temple Meads, em Bristol, não era o mais apropriado dos lugares para qualquer atividade — e certamente não para aquela. Uma brisa gelada chicoteava por entre os bancos; meu casaco preto de lã estava bem fechado em volta do pescoço, e um cachecol preto e branco oscilava com o vento tanto quanto eu me sentia oscilando. Apesar das luvas negras de couro, minhas mãos pareciam gelo, e meus tornozelos, rijos como pedras, apesar das grossas meias pretas. Caí pesadamente sobre o banco, como uma grande idiota, oprimida novamente pela sensação de tristeza em razão da perda de minha amiga Carole, sombras da minha própria mortalidade atiradas sobre mim. O frio penetrava meus ossos; eu também poderia estar enterrada. Comecei a chorar. Ela era um ano mais jovem que eu, e parte da minha história estava morrendo com ela — só ela sabia da história de Henley e só ela sabia que, quando John tinha 17 anos, e sua turma encenou *O pote de ouro*, de Plauto, fiquei olhando de um modo todo peculiar para um de seus amigos que se encontrava no palco vestindo quase nada. Carole era minha amiga. Quando é que apareceria outra assim?

Ela era a primeira de minhas amigas a morrer. Os pais se vão — o que não é nada fácil —, mas é fato esperado, que se encaixa no padrão, mesmo quando se vão muito cedo. Mas uma amiga da sua época, uma daquelas que você leva no coração, uma daquelas que você escolheu, a mais chegada, quem sabe aquela que também escolheu *você*... Isso era duro e cruel. Além disso, Carole era maravilhosa, única e talentosa; a melhor professora de crianças excepcionais, algo que dinheiro algum pode comprar. A tonta patricinha dos anos 60 e do início dos anos 70, transformada em mulher de palavra, compromisso e dedicação — a que dava entusiasmo até mesmo aos pais com os corações mais desesperançosos. Sua vida fizera diferença e agora ela estava morta. Terrivelmente morta, sem cabelos também, sem carne, seu senso de humor tendo desaparecido. Morta e rezando para morrer. Costumávamos brincar, nos velhos tempos, ao dizer que eles podiam mandar um homem para a Lua, mas não conseguiam curar uma simples gripe. Já não era piada. Eles podiam construir um pequeno império de homens na Lua nos dias atuais, mas ainda não podiam curar uma simples gripe — ou o câncer mais corriqueiro. Cretinice, na minha opinião, pois o que fariam todas aquelas lucrativas empresas farmacêuticas, com seus caríssimos tratamentos tanto para gripes quanto para o câncer, se a cura fosse subitamente descoberta? Carole não conseguiu esperar para ver. E daí que eu chorasse em público? Eles tinham sorte naquela estação que eu não tivesse corrido toda a sua extensão, e batido em meu peito, e rasgado minhas roupas, e enfiado montes de terra em minha boca... Mas eu soluçava apenas, e baixinho...

Estava me lembrando do enterro humanista, ecumênico, escolhido por ela, tendo eu participado de suas escolhas, os olhos fixos nos trilhos do trem, a ouvir sua voz e as vozes das pessoas que se levantaram para pronunciar quão maravilhosa ela havia sido — quando as lágrimas irromperam. Eu estava pensando, também, que perdera minha única e verdadeira irmã. Escolhida a dedo, diferentemente de minha irmã biológica, e capaz de toda aquela parceria que as irmãs dos livros proporcionam. Uma profunda e enorme ferida se abria dentro de mim, e eu não podia acreditar que algum dia ela viesse a cicatrizar.

Foi quando as lágrimas se transformaram em pequenos soluços, depois maiores, e então alguém se sentou num banco a meu lado e me entregou um grande, branco e limpo lenço. Olhei agradecida para os olhos preocupados de um homem vestindo uma jaqueta de couro, jeans e um gorro de lã grossa enterrado na cabeça. Assaltantes não carregam lenços brancos limpos, foi meu primeiro pensamento, tal é a vida urbana. Ele não parecia perigoso sob qualquer aspecto, criminoso ou algo parecido, ainda que o gorro lhe conferisse um ar vagamente sinistro. Se tivesse se afastado de mim naquele instante e me pedissem mais tarde que o descrevesse, a primeira palavra que viria à minha cabeça não seria "atraente". Mas seus olhos, eu me lembro de tê-los notado, eram de um azul brilhante — a cor da minha safira —, sua agudez provavelmente causada pelo frio extremo, porque seu nariz era quase da mesma cor naquele ar desagradável. A angústia é uma defesa intensa contra o frio, mas ele, aparentemente livre dela, sofria.

Fez uma pequena tentativa de sorrir e disse:

— Espero não estar perturbando, mas pensei que talvez você precisasse disso.

Apanhei o lenço, solucei nele e tive vergonha ao ver a maquiagem manchando toda a sua alvura. Se o lenço estava daquele jeito, como não deveria estar o meu rosto? Esse pensamento me fez soluçar um pouquinho mais, pois já não havia mais Carole com quem dividir a piada...

— Por que sobrevivemos? — perguntei. Não propriamente para ele, mas para o mundo em geral. Eu tinha ainda os olhos fixos nos trilhos do trem.

— Para ver o que pode haver numa esquina? — perguntou ele.

— Humm — murmurei. A dor permite que você seja mal-educada.

— Para descobrir se existe alguma coisa *melhor* virando a esquina, talvez?

Aquilo parecia adequado, por isso concordei.

Um alto-falante anunciava que o trem de Londres estava atrasado.

— *Plus ça change!* — Disse ele com irritação e levantou-se. — Você está indo para Londres?

Concordei novamente.

Ele se inclinou e tocou meu cotovelo. Apenas isso. Um contato nada ameaçador, e era tudo que eu podia ter suportado. Então ele acrescentou:

— Venha comigo. Vamos tomar um café no bar da estação. Está mais quente lá.

Levantei-me e pensei: esta provavelmente é a última vez que visito esta cidade. Dei uma última olhada para a plataforma da estação e, adiante, para a familiar elevação dos edifícios. Ele balançou a cabeça como que numa gentil interrogação: será que deveria partir e deixar-me ali, ou eu o acompanharia?

— Só estou me despedindo de alguém especial — disse eu. — Uma irmã.

Talvez uma bebida quente com uma pessoa estranha pudesse ajudar a tapar aquele buraco frio e profundo dentro de mim. Ele abriu a porta do bar e segurou-a para mim.

— Não uma irmã de verdade — acrescentei, como se a estrita verdade fosse imperiosa. — Mais do que isso.

Ele anuiu e senti que entendeu.

De repente, fiquei imensamente aliviada de estar de volta ao calor. Havia uma mesa para dois bem à nossa frente, como se colocada propositalmente ali, num set de filmagem. E, enquanto andava em direção a ela, pensei, subitamente: "Oh, meu Deus!, é como no filme *Desencanto*.* Sem a granulação, mas com o lenço..."

Aquilo me fez sorrir por um instante, porque eu podia ouvir a voz de Carole dizendo: "Que vergonha! Paquerando um homem no dia do meu enterro...", seguida de sua risada.

— Você não é médico, é? — perguntei.

Ele negou com a cabeça.

---

* Sinopse: O médico Alec e a dona de casa Laura se conhecem por acaso em uma estação de trem. A partir daí, os dois, casados, passam a se encontrar toda semana no mesmo lugar. A amizade cresce e acaba se tornando um amor impossível. (N.E.)

2
Noites com Brandy

Quando cheguei a casa naquela noite, encontrei Francis de cama, com gripe. Petra, nossa nora, estava cuidando dele e fez com que tomasse uma xícara de alguma coisa que cheirava bastante a água de alcaçuz com alguns tabletes de carvão vegetal.

— Para desintoxicar-me... — murmurou ele. — Disse a ela que preferia ter sido envenenado.

Francis não estava no melhor dos humores, tampouco exalava um odor agradável. Aquilo não era modo de se apresentar quando sua esposa havia acabado de experimentar sensações ao estilo *Desencanto* e de abrir seu coração durante uma hora para um completo estranho do sexo oposto, de olhos azuis — da cor da sua safira —, num bar de estação, seguido de duas horas num trem. A rabugice é um dos aspectos menos charmosos da condição humana. Eu queria amor, eu queria simpatia, e não queria dar nada disso a ele.

Assim que me joguei sobre o travesseiro ao lado de Francis, e o cheiro azedo de seu corpo, que evidenciava a necessidade extrema de um banho, invadiu minhas narinas, pensei: "Não quero estar aqui" — o que tomei como um sintoma do permanente sentimento de perda. Fiz com que meu pobre marido levantasse da cama e entrasse no banho, enquanto eu trocava os lençóis e limpava a mesinha de cabeceira, toda grudenta por causa dos remédios derramados. Cada lenço usado, cada vinco na fronha, cada copo engordurado constituíam uma afronta à minha pessoa; acabei fazendo muito barulho e confusão. Tropecei no pé da cama e bati o tornozelo; então, no auge da raiva, vi Francis sair do banheiro, vestindo pijamas limpos, camisa azul-clara —

ele parecia uma lagosta cozida. Admirei-o com espanto e o meti dentro das cobertas; por sorte, ele permaneceu totalmente indiferente, aquela era uma gripe particularmente virulenta. Então eu me desliguei, tomei meu banho, e veio-me à memória outra citação de Eliot, enquanto escovava os dentes: "Tenho medido minha vida com colherinhas de café", e ela se repetiu e se repetiu... Eu queria chorar e cantar; achei que tivesse ficado louca. Coloquei, como sempre, minha aliança ao lado da pia e imediatamente pensei na cor dos olhos daquele homem. E o pequenino lugar secreto dentro de mim, o local guardado por tanto tempo, abriu-se numa fenda e ficou carregado de uma intensa energia. Não importa quanto escovasse os dentes, nada parecia reduzi-la.

Voltando ao compartimento, uma estrofe de Eliot subitamente me fez soltar uma gargalhada: "Mas Doris, enrolada na toalha de banho, / entra caminhando sobre pés generosos / trazendo sal volátil. / E uma taça de claro brandy." Perguntei a Francis se queria uma taça de brandy e me dei conta de que ele estava mesmo muito mal quando me disse, com veemência, que não.

— Que barbaridade, Dilys — continuou, mostrando-se ofendido. — Você está tentando me matar?

— Não seja bobo — repliquei, sem qualquer pena.

— Você acabou de me entupir de remédio — reclamou ele, começando a suar novamente. — Um monte de comprimidos. Provavelmente comprimidos demais... e agora está querendo me empurrar uma bebida?

Era verdade. Eu havia, inclusive, empurrado garganta abaixo de Francis uma dose maciça de paracetamol. Uma taça de brandy não era mesmo uma oferta delicada. Mas eu não estava com espírito para me desculpar.

— Eu só estava citando Eliot — disse-lhe rispidamente. — Relaxa!

Dizer a um paciente de gripe para relaxar é o mesmo que sugerir que ele pegue seu travesseiro e dê o fora...

— Não estou com humor para poesia — reclamou ele, irritado —, mas uma água gasosa cairia bem...

— Ora, Francis. Um brandy não mataria você.

— Não tenho muita certeza disso. Não me sinto muito distante da morte, de qualquer forma.

— Talvez eu tome um.

— Tome mesmo.

E foi o que fiz.

Parecíamos surpresos por eu estar sentada à beira da cama, saboreando uma taça de brandy. Parecíamos surpresos porque estávamos cansados de saber que eu odiava aquela coisa. Quando o nosso cachorro fugiu, uma das minhas vizinhas passou-me uma dose de brandy, que engoli de uma só vez, sem pensar, e imediatamente vomitei. Fiquei *famosa* por isso. Exceto naquela noite, no trem, quando o Cavaleiro Branco ofereceu-me um — e o traguei como uma criança obediente. A expressão do meu rosto fez com que ele gargalhasse. E aquela gargalhada me rejuvenesceu. Como se eu estivesse mastigando a morte. Eu estivera com a morte naquele dia e escapara dela. Você está vendo?, eu advertia, ainda não estou pronta para você.

Francis, agora me observando, abatido e confuso, disse, de certo modo desolado:

— Mas você não gosta de brandy!

E respondi:

— Eu não gosto é do *cheiro*...

— Cheiro é sabor — disse ele.

E era verdade, é claro. E esse mesmo cheiro, até aquele momento, havia sido tão repugnante para mim que eu substituía o brandy por rum nos pudins de Natal. Mas, quando me sentei ali, na cama, sorvendo-o, senti um ardor interno que não se devia inteiramente ao drinque. E aí é que o saboreei ainda mais lentamente.

— Toma logo isso — disse Francis, com a rabugice da doença. — Quero apagar a luz.

— Tudo bem, então vou descer para tomá-lo — levantei-me. — Está bem?

— Ah, antes que eu me esqueça — disse ele cautelosamente —, Ginny telefonou. Para saber se você estava bem.

— Melhor dizendo, para saber se eu *não* estava bem — disse, com um veneno incomum.

Então a irritação pareceu aumentar, e pensei que ele fosse gritar comigo ou cair em prantos — a gripe era mesmo uma doença bastante depressiva —, mas, de repente, ele começou a sorrir ternamente e disse que sentia muito. Que estava sendo egoísta.

— Por favor, sente-se a meu lado outra vez. — E me perguntou como havia sido a cerimônia para Carole. E então, cheia de remorso e aliviada por ter um chão seguro, respondi que havia sido boa.

— E nossas flores?
— Belíssimas!

Lágrimas rolaram. Ele apertou minha mão. Mas as dele estavam muito quentes e úmidas, e então retirei as minhas e enxuguei os olhos.

— Sinto muito não ter estado lá. — Sua voz estava embargada. Quando assinou o cartão das flores, ele me surpreendeu ao escrever "Frankie". — Eu gostava muito dela, de verdade — disse ele.

— Ela também gostava de você.

Mas não coloquei minha mão de volta junto à dele. Era como se aquela pequena recusa tivesse um poder próprio. Francis, naturalmente, não notou.

— Estava perfeito — disse eu. — Exatamente como ela queria.
— Eu gostaria de ter estado lá.
— Eu também gostaria que você tivesse ido.

Gostaria mesmo?

Sim e não.

Se ele tivesse ido, eu sabia, nada teria mudado. E isso era óbvio.

O fato de ele não ter ido me serviu como alerta de que alguma coisa havia mudado. E que ficaria complicado.

Olhei para ele. Parecia uma criança inocente, deitada ali. E eu era a enfermeira que dizia: "Isso não vai machucar nem um pouquinho." E machucava...

— E, afinal de contas, como você está?

E ele colocou sua mão quente sobre a minha bochecha e pareceu tão gentil e amoroso quanto alguém pode ser a uma temperatura de quarenta graus e com uma nora a enfiar-lhe remédio natural goela abaixo. Eu estava prestes a fugir dali, e as únicas palavras que murmurei foram: — Ah, não de todo mal — E aquilo foi tudo. Compreendi que eu havia sido consolada por um estranho e não precisava da preocupação de mais ninguém.

Francis, sonolento por causa do banho, da poção mágica e dos comprimidos, disse:

— Termine seu brandy e venha para a cama.

E adormeceu. E eu continuei acordada. Três doses duplas de brandy para uma mulher que nunca se dera bem com uma dose sequer, e, ainda assim, eu não tinha apagado em estupor alcoólico? Culpei as dores do dia. Com muita firmeza, culpei as dores do dia — e ainda estava altamente acordada. Alta, alta, altamente acordada...

Deslizei para fora da cama e, pé ante pé, desci as escadas e busquei o catálogo telefônico. Existe prova maior do poder da atração que sondar o objeto atraente num catálogo telefônico? Não fazia nada parecido desde que participara de um fã-clube louco e tentara rastrear o número de um cantor adolescente da banda da época.

O nome dele era Matthew Todd e morava perto da Estação Paddington — era tudo que eu sabia. Contara-me que havia trabalhado num abrigo para os sem-teto até que o lugar fora desativado, e seu motivo de viagem a Bristol era justamente para ver se conseguia trabalho em alguma coisa parecida por lá. Em outras palavras, ele estava desempregado. E me comunicou isso antes que eu pensasse a respeito. E enquanto me comunicava, eu sorvia meu primeiro brandy norte-americano, e então ele sorriu, como se dissesse: "É a vida."

Pensei comigo: que maravilha estar desempregado com classe e não se sentir envergonhado por isso. Eu disse:

— Eu também. Temporariamente. — E lhe contei do Instituto Fogal e do espaço de exposição fundado em Stepney, que eu havia ajudado a organizar. — Fiz tudo que queria fazer. Era hora de ir embora.

— Algumas vezes — disse ele —, a gente sabe, simplesmente, quando é chegada a hora de partir.

Senti meu estômago se contrair ao ouvir a frase. O que era peculiar.

— Estou recebendo seguro-desemprego pela primeira vez na vida — disse ele. — Agora sei como as pessoas se sentem deste lado da sociedade.

— E que tal?

Eu esperava que ele dissesse que não muito bem. Mas ele sorriu.

— Não é de todo mal — disse ele. — Dá tempo a você de olhar em volta. Tempo para pensar. A diferença é que sei que isso não vai durar para sempre. Que tenho um teto sobre a minha cabeça.

— Onde? — perguntei, talvez num reflexo muito rápido. Essa era a razão para eu saber onde ele morava. — E se a história de Bristol não acontecer? — perguntei, tentando parecer neutra.

Eu não queria soar intrometida. Além disso, como qualquer pessoa que tenha trabalhado com arte sabe, nosso maior patrocinador moderno nesse país, o grande mecenas dos nossos tempos, é o governo. Não teríamos metade das produções artísticas com que somos agraciados se o governo não as patrocinasse, assim como faz com o seguro-desemprego.

Ele estava deliciosamente relaxado.

— Pode ser que eu viaje um pouco. Pode ser que eu escreva um guia alternativo de autoajuda; fui convidado para escrever. — Ele disse isso e inclinou-se para trás no assento. — Ou talvez não. Passei pelo menos vinte anos tentando mudar o mundo. Não estou inclinado a ser importunado pelo trabalho ético agora; talvez eu deva relaxar por enquanto.

Carole o teria amado. Podia ouvi-la dizer: "Bom para você... Esteja aberta a novas experiências." Era uma frase que ela usava com frequência e que costumava enlouquecer Francis. Ele, é claro, estava continuamente recolhendo os destroços de gente aberta demais a novas experiências. Eu podia vê-lo apontando Matthew como um mau exemplo para nossa juventude e, *em particular*, nossa juventude negra, já que a comunidade negra estava tentando desesperadamente conseguir que a educação fosse considerada o novo conceito da moda, no lugar dos telefones celulares, de música e carros. Mesmo quando Carole já estava bastante doente, ela e Francis tiveram um intenso debate a esse respeito. Ela era formidável no quesito liberdade individual — suponho que isso tivesse partido de sua dificuldade de se adaptar às regras. Sempre tive inclinação a ficar do lado de Francis, mas, agora, sentada do lado oposto a este homem que parecia tão relaxado sobre todas as coisas, procurei apenas fazer com que minha boca não refletisse, sequer de longe, qualquer desaprovação passada e sorri para ele.

— É isso mesmo — disse, compenetradamente. — Esteja aberto a novas experiências.

— Estou pesquisando a morte da individualidade e sua correlação direta com a programação diurna da TV — disse ele.

Por sorte, sorriu para mostrar que era uma piada, ou eu teria levado aquilo muito a sério também.

Então tive outro pensamento, ali, naquele vagão um tanto sufocante — um pensamento íntimo e chocante, e bastante espontâneo —, e era sobre aquele homem com um lenço muito útil: que ele, aquecido a uma temperatura normal do corpo, devia ser bastante atraente. A qualquer temperatura, não deixava de ser atraente. Parecia jovem, na verdade. Então compreendi que ele não parecia especialmente jovem para a sua idade nem se vestia como um jovem. O fato é que eu estava acostumada com alguém mais velho. Francis, por ser oito anos mais velho que eu, fez uma diferença significativa sobre a percepção que eu tinha de mim mesma. Eu tendia a pensar que estava com quase 62 anos. E eu não estava. Além disso, sentada ali com aquele homem, eu não queria ter 62 anos.

É surpreendente como a gente pode ser boa em aritmética quando existe uma questão prática. As aulas do colégio sobre a quantidade de água que cabe numa banheira para a compreensão da capacidade cúbica ou a subida de uma rampa em declive para a compreensão dos graus de inclinação nunca funcionaram. Mas, para questões mais pessoais — bem, meu cérebro disléxico para números, aquele que não consegue conceber litros e gramas e quantos grãos de feijão são necessários para somar cinco —, facilmente se dá conta de que: se Matthew se formou à idade de 21, 22 anos no máximo e se trabalhou no setor social por quase vinte anos, bem, ele deve estar perto de *a vida começa aos...* E por alguma razão essa conta me deixou feliz. Eu era pelo menos dez anos mais velha que ele e, mesmo assim, eu me sentia dez anos mais moça. Apesar do momento difícil. Carole, minha garota dourada, tinha voltado ao pó, mas eu ainda estava lá, saltitante no mundo — se eu quisesse. E percebi essa agitação toda quando aceitei o segundo brandy e deslizei a coluna na cadeira, esperando pelo seu retorno através do reflexo da janela.

Agora eu parecia um ladrão na noite, descendo silenciosamente as escadas. Meu coração batia extraordinariamente alto à medida que eu ia virando as páginas do catálogo telefônico e corria o dedo pelos nomes. Culpa, claro. Confusão, óbvio. Mas também, sem a menor sombra de dúvida, excitação. E lá estava — Matthew Todd, 12ª Beeston Gardens, 2º Distrito a oeste de Londres. Muito bem, Matthew Todd de Beeston Gardens, pensei! Quando eu estiver preparada, você poderá ter seu lenço de volta, e ele lhe será entregue pessoalmente. Foi exatamente o que pensei, sem qualquer ensaio, e então fiquei sem ar. Não havia integridade alguma nessa devolução; apenas uma estratégia.

Sequer me importei em discutir comigo mesma. Era tarde demais para isso. E, se eu esperava que fosse apenas o efeito do brandy, estava enganada.

Eu sabia o que fazer, é óbvio. Eu sabia, pois chega um momento na vida em que precisamos passar por cima de todas as nossas certezas antigas para ir em busca da única que realmente importa no momento. E todos nós sabemos como enganar, manipular e manobrar. Aqueles que dizem que não nunca tiveram bons motivos para tentar. Até então, eu também não tivera. Mas lá estava, como se o parafuso tivesse sido azeitado todos os dias esperando por esse momento. Eu só precisava desparafusá-lo. Minha mão não parava de tremer enquanto eu anotava o número do telefone e o endereço. Então, com o coração ainda aos saltos, subi as escadas e fui para a cama. Francis, cheirando a sabonete e eucalipto, não havia mudado de posição. Aninhei-me naquela morna, confortável e irritante presença na cama e pensei ser perfeitamente compreensível estar fazendo coisas tão peculiares no dia em que sepultara minha melhor amiga. Aquele algo de corrosivo, de aborrecido, cedera lugar a uma sensação mais urgente. A vingança dos maus exemplos! E eu não podia fazer nada a respeito porque não queria.

Fiquei deitada ali, sentindo a batida ritmada do coração do meu marido e desejando que o meu próprio se acalmasse, pensando que, pela manhã, tudo pareceria diferente. Tinha tudo a ver com Carole e o choque, e como, a despeito de saber que aquilo aconteceria cedo ou tarde, eu estava emocionalmente despreparada para sua morte. Aquela consciência súbita de que, quando o último suspiro é exalado, não existem mais respostas, não há mais troca de piadas, não há mais volta nem possibilidade de dizer: "O que foi que você quis dizer quando...?" Nada prepara você para isso; tampouco um "Deus, me ajude!" — e Ele não vai me ajudar — prepara você para a estranha sensação de *Carpe Diem* que a morte deixa atrás de si. Afastei-me do corpo quente a meu lado. O brandy e o silêncio da noite, combinados, fizeram-me pensar que, quando, uma porta se fecha, outra sempre se abre. Mudei o rumo de meus pensamentos deliberadamente das velhas dores para um novo brilho. Ainda que isso significasse pensar que Matthew Todd era um conforto para essa noite em particular. Carole me perdoaria. De qualquer modo, tínhamos passado uma manhã juntas, no ano passado, falando sobre o inevitável de chegarmos a isso. Agora, eu estava sozinha no palco. Qualquer coisa que eu fizesse estaria bem e, como dizia o poeta, o túmulo é um lugar bom e silencioso, mas que eu me lembre ninguém se abraça ali... Ter perdido Carole me fez pensar em minhas próprias falhas, minhas lacunas. E não importava o quanto eu ficasse ali, deitada, persuadindo-me de que deveria resistir a abraçar o que quer que a vida atirasse em meu caminho enquanto me encontrava em tal estado de confusão; eu não estava convencida.

Minha única esperança era que o objeto de minha fantasia estivesse naquele instante deitado na cama tanto quanto eu; que ele estivesse nos braços de sua amada. Que, ao contrário de mim, ele não tivesse qualquer vazio a preencher e que houvesse me apagado da mente assim que as luzes do meu táxi desapareceram na Marylebone Road. Mas, por alguma razão, eu tinha lá minhas dúvidas. Ele não havia falado como um homem que tem uma mulher amada; tampouco tinha o ar de alguém preocupado com os sentimentos de uma pessoa muito próxima. Nenhuma daquelas frases comuns, tais como "Bem, minha esposa sempre diz..." ou "Nós quase decidimos nos mudar de Londres", ou isso era apenas um desejo alimentado por mim? Em meu perceptível novo interesse, compreendi, subitamente, por que Carole estava tão chateada em seus últimos dias, mal-humorada, de forma tão pouco condizente com sua personalidade. Perder a própria vida significa perder todas essas chances... Essa grande aventura. Vida — sempre interessante, sempre em movimento, sempre desconhecida e cheia de possibilidades. Era disso que minha amiga se ressentia amargamente. A promessa do desconhecido até mesmo na hora mais negra. A morte subtrai o desconhecido. É, como se diz, a única certeza que temos. E o que me acontecera na Estação Temple Meads naquele dia — o imprevisível — era exatamente o que a morte havia tirado dela.

Compreendi, de súbito, quanta sorte eu tinha por estar viva. O que foi seguido de imediato por um jato de água fria pelo pânico de ainda não haver retornado o telefonema de minha irmã. Mas, em vez de ficar ali, deitada, me remoendo, virei-me de lado e apaguei a luz. Ela que se danasse! Aquele era o meu momento de secreto prazer e não o negaria para salvar o equilíbrio da fraternidade.

Melhor prosseguir com a vida, então. Meu prazer não era esse, não o Agora; não era estar deitada nesta cama confortável, acompanhada do ronco contínuo de meu marido ao meu lado e do seu amor incondicional. Meu prazer era esperar e imaginar o que estava por vir. Matthew e Francis, pensei antes de dormir, e o brandy finalmente me apagou. Matthew, Francis e eu. Aquela agora era uma nova dimensão. Eu saíra pela porta, esta manhã, como Francis e eu. E esta noite... não havia dúvida alguma, éramos três. Em seguida, adormeci.

3
Coquetéis com Minha Tia

O desemprego tem sua parcela de culpa nisso tudo. Inclusive na manutenção de encontros ilícitos. Se Matthew tivesse de levantar-se às sete e meia da manhã e apanhar um ônibus, as coisas talvez tivessem sido diferentes. E se eu tivesse de me levantar e dirigir para Stepney quatro vezes por semana, as coisas provavelmente teriam sido diferentes também. Tal como acontecera, tivemos todo o tempo do mundo. Ele era financiado pelo seguro-desemprego, e eu, pelo meu marido. Dois pequenos exemplos de virtude, subitamente transformados em crápulas enganadores, e nenhum de nós pensou duas vezes a respeito. Éramos como um par de adolescentes matando aula; apenas consideravelmente mais erotizados, gosto de acreditar. Eu estava recuperando a juventude desperdiçada — com um atraso de trinta anos. E saboreando cada minuto depravado oferecido. E Matthew, é claro, cuja juventude também fora quase totalmente desperdiçada, saboreava o máximo de mim.

Começou nada prometedor. Lavei o lenço e, duas semanas mais tarde, enviei-lhe um convite para uma exposição de gravuras e esculturas indianas, no Centro Wiesmann, não muito distante de seu flat. Uma das coisas que ele me disse durante nosso brandy, no *Desencanto*, enquanto enxugava minhas lágrimas, é que passara um mês na Índia, no início do ano, e que gostaria de voltar lá. Ele havia conseguido um voo barato, levara apenas uma mochila e começara a viagem por Mumbai em direção ao sul; agora, ele tinha vontade de ir para o norte. Aquela fora uma espécie de viagem espiritual.

— Eu não sei explicar — disse ele. — A Índia simplesmente alimenta o espírito. Eles têm uma maneira equilibrada de ser; a estrutura toda é balanceada: quente e frio passam a ser morno e fresco — você me entende? Você pode chegar com suas dores ao memorial a Gandhi, e o local o abençoa, de algum modo. Valores diferentes. Eu voltei outro de lá.

Seu rosto estava transformado pelo entusiasmo.

— Você já esteve lá? Eu nunca desejei voltar a nenhum lugar tanto quanto àquele.

Notei que ele usava a primeira pessoa do singular, o que me agradou.

Bem, é claro que eu estivera lá. Mas apenas uma vez. Assim como eu, Francis pendia sempre para a Europa. Nós tínhamos preferência pelos vinhedos da Toscana, com Florença nas proximidades, ou os Paradores de Sevilha e Madri, ou as frias e pitorescas Bruges e Amsterdã, onde apenas a arte aquece o espírito. A Índia não estava em minha lista de lugares aos quais voltar. Nós a amamos enquanto estivemos lá, ficamos nos palácios do Rajastão e de Gujarat, passeamos de barco com um guia uniformizado nos lagos dos arredores, alugamos carros com motoristas, tudo num estilo luxuoso, algumas vezes peculiar, mas sempre extremamente confortável. Estivemos lá por duas semanas apenas. Foi uma experiência e tanto, nisso concordávamos. Um toque na alma. Mas no ano seguinte escolhemos ir para Ravello, na Itália.

— Eu adoraria voltar algum dia — disse eu a Matthew. — Eu sempre tive vontade.

Então não pude resistir e tive de acrescentar:

— Não tenho muita certeza se meu marido pensa da mesma maneira...

Fiquei à espera de uma reação, mas percebi apenas uma leve vacilação. Sorri, quase involuntariamente, olhando dentro de seus olhos. O tipo da coisa que não faço nunca. E fiquei feliz por perceber que ele os desviou um pouco timidamente, pensei. E aí o assunto mudou de rumo, e, subitamente, estávamos falando sobre os prazeres das noites mais amenas e sobre quão longo o inverno havia sido.

Portanto, o convite para essa exposição tinha um sentido especial. Eu esperava que ele viesse a compreender a relevância de minha escolha e a mensagem contida nela. E rezei para que ele não fosse tão insensível quanto a maior parte dos homens de minha família — Francis, por exemplo, perspicaz como um gambá na corte judicial e lerdo como uma lesma fora dela. Nunca havia qualquer tipo de insinuação por trás das coisas, principalmente daquelas áreas mais delicadas.

No feriado, tentei sugerir que ele e eu fôssemos para a cama à tardinha, ao que ele anunciou aos nossos companheiros de almoço que "Dilys está subindo para um cochilo." Com Francis, se você desejasse alguma coisa, teria de dizê-la claramente. Afinal de contas, não havia razão alguma para evasivas. O subtexto deste convite é que eu ficara suficientemente interessada por Matthew a ponto de me lembrar de tudo o que ele dissera. A ponto de desejar vê-lo novamente. Escrevi no cartão: "Imaginei que você ficaria especialmente interessado nisso. Estarei com seu lenço lavado e passado e o devolverei na ocasião. Mil obrigadas. Dilys." Não Dilly. Humm? Teria aquilo algum significado oculto?

Anotei o número do meu celular no canto do cartão e bati três vezes minha cabeça na parede para não me esquecer de deixá-lo ligado. Então passei uma semana na mais completa agonia, dias e noites a fio. Nada. Nem um pio. Francis pensou que eu tivesse formigas em minhas calças, conforme me disse, fazendo piada. Até pedi à minha nora para me telefonar, apenas para checar se o telefone estava funcionando. Estava. Desespero. Depois, numa névoa de automortificação, eu tinha feito de tudo, menos desistir. Se tivéssemos um gato, eu o teria chutado longe. Louca, eu repetia, seis vezes por dia: estúpido, louco, nojento. E aí, é claro, ele ligou, na noite anterior à abertura da exposição, quando eu estava sentada em frente à televisão com Francis assistindo a *Grandes Esperanças.** Muito a propósito, imagino.

Sina. Dane-se ela! Eu poderia estar em qualquer lugar. Eu poderia estar fazendo compras, poderia estar no banheiro, eu poderia estar dirigindo o carro. Mas não. A minha sina fez com que ele telefonasse no menos adequado dos momentos. Um instante antes eu estava calmamente sentada ao lado de meu marido, no minuto seguinte, eu estava andando como barata tonta pela sala. Meu coração batia em polvorosa.

— Esplêndido. Maravilhoso. Sim, eu fiz. Obrigada. Você pode? Fico feliz. Sim — não —, seis e meia. Esplêndido! Ótimo! Amanhã. Positivo e operante. Ah! não — Obrigada! Tchau!

Ele deve ter pensado que eu era uma sargentona.

---

* Sinopse: conta a história de um jovem artista apaixonado por uma bela mulher que é extremamente fria com ele. O filme é baseado no livro homônimo de Charles Dickens. (N.E.)

— Quem era? — perguntou Francis.

Bem — sim — quem era aquela pessoa? Pergunta justa, e Deus o amaldiçoe por ela.

Senti-me congelar por um momento, e então... — Minha tia Eliza. Titia Liza.

De onde vem a habilidade para enganar?

Francis olhou convenientemente incrédulo.

Por que, senhor, eu dissera aquilo?

— *Eliza?* — disse ele, compreensivelmente irritado. — Você foi um tanto quanto ríspida com ela. Ela deve estar beirando os 90 anos!

Balancei a cabeça, olhando para a televisão.

— Eu não queria perder a cena do incêndio.

Quando eu disse isso, percebi que era totalmente inapropriado desligar o telefonema de minha velha tia para ver outra velha ardendo em chamas, ainda que essa última fosse fictícia.

— Beirando os 90! — repetiu ele, vendo a Srta. Havisham pegando fogo.

— Quem?

— Liza.

— Quase isso.

Meu coração imitava à perfeição a *tarefinha* do guardião do cemitério: despertar os mortos.

— Ela estava lá pelos 60 anos no nosso casamento.

— Acho que sim. Não, um pouco mais nova, eu acho. Ela está chegando aos 85. Oitenta e três, talvez.

— Isso é inesperado.

— Achei que deveria entrar em contato com ela.

— Achei que você não tivesse conseguido encontrá-la quando sua mãe morreu. Ou que não quisesse, ou algo parecido.

A culpa é uma coisa terrível. Francis estava me fazendo perguntas muito razoáveis, com uma voz bastante razoável. Eu estava ouvindo aquelas perguntas razoáveis que soavam razoáveis o bastante como se Francis fosse a combinação da Stasi com a Gestapo.

— O que é isto? — perguntei, agressivamente. — Um interrogatório? — E então eu quis rir. Francis parecia prestes a ter um ataque de pelancas, mas limitou-se a observar:

— Bem, é até muito bom. Isso é tudo. Não restam muitas pessoas vivas de sua família.

— Ela não é de fato da família. É minha tia por casamento.

— Dá na mesma... Agora só resta Cora, e nós quase não a vemos. Precisamos voltar lá qualquer dia...

Francis era muito ligado à família. Amando-os ou odiando-os, eles eram sangue do seu sangue e, portanto, deviam ser cultivados.

— Humm — disse eu.

Assistimos a um pouco mais do filme, e aí ele perguntou:

— Aonde é que você vai?

Meu coração quase parou. Eu havia esquecido minha tia.

— Quando?

— Amanhã.

Olhei fixamente para ele.

— Às seis e meia? Com Eliza?

Alívio.

Aonde diabos eu poderia ir, às seis e meia da tarde de uma quarta-feira, em pleno inverno, com uma velha senhora de quase 90 anos?

— Bem, é, vamos tomar um drinque. É aniversário dela. Ela ama — você sabe — aquele com Cointreau e suco de limão e...

— Dama Branca?

— Isso! Ela simplesmente ama Dama Branca. Entorna tudo de uma vez como se fosse limonada.

Levando uma senhora de quase 90 anos para um drinque? Mesmo assim, ele olhou como se acreditasse. Mais ou menos.

— Onde?

— Ah, um lugarzinho próximo da casa dela.

— Onde é que ela mora agora?

Eu não tinha a mínima ideia. Francis estava certo, eu não tinha sido capaz de contatá-la para o funeral de minha mãe e, desde então — quando metade da família não falava com a outra metade, de qualquer maneira —, eu havia perdido mais ou menos o contato. Enviei cartões de Natal para uns primos e muito raramente visitei tia Cora, que morava em Norfolk. Os demais tios e tias, do meu lado materno, estavam todos mortos. Eliza casou-se com tio Arthur, o mais jovem dos homens, mas, quando ele morreu, ela simplesmente saiu de cena.

Ninguém da família Smart tinha boas coisas a dizer sobre ela, e eu não tinha a mínima noção de onde ela pudesse estar. Ou mesmo se ainda estava viva. Ela sempre tivera uma áurea de gato, com sete vidas, então, provavelmente, estava. Tradicionalmente, tia Eliza era conhecida por amar os *homens*. Uma característica bem vergonhosa para uma mulher, de acordo com vovó Smart. No meu tempo, uma mulher poderia ser considerada namoradeira por ter oferecido ao leiteiro uma xícara de chá e namoradeira por ter ido para a cama com John Profumo. Portanto, existiam vários níveis de namoradeira, até mesmo aquelas que trabalham num bordel. Nunca fui muito próxima de minha prima Alison. Ela era um ou dois anos mais moça que eu, única filha de Eliza e Arthur, e muito metida a besta comigo pelo fato de ter um pai e eu não. Portanto, eu não saberia, de fato, por onde começar a procurá-la. Mas a mentira havia sido contada, e eu não a poderia desfazer. E agora, meu Deus! — onde estaria vivendo minha tia hoje?

A primeira regra para a mentira é chegar o mais próximo possível da verdade, e isso eu havia feito. Foi só quando saí a meio caminho dessa regra que compreendi que ela soava muito esquisita.

— Paddington — disse a Francis.

— *Paddington?*

Essa informação fez com que seus olhos saltassem das órbitas. A última notícia que Francis ouvira sobre eles é que estavam morando em Finchley, território tipicamente thatcheriano, enquanto Paddington era bem conhecida por sua população errante e miscigenada e por sua cultura pró-drogas.

— Mas ela está prestes a se mudar.

— Para onde?

— Eu não sei — disse eu, sorrindo pela minha súbita onda de inteligência. — Vou descobrir amanhã.

Ele riu.

— Bem, vá devagar com o Cointreau. Você não vai querer matar a velha. Acha que devo ir?

— Não — disse eu, depressa demais. — Não se preocupe.

— Eu posso apanhar você lá depois. Dou um alô e levo sua tia de volta pra casa, e então nós saímos para jantar.

— Ela é tímida com os homens — disse. — Tem um pouco de medo deles. Não sei por quê.

Eu só rezava para que ele não se lembrasse de que ela era aquela que dançara muito agarradinha com ele em nosso casamento, enquanto o olhava nos olhos e o abraçava sugestivamente e lhe dizia que se ela fosse uns vinte anos mais moça... aquela que não demonstrara nenhum pingo de timidez. E que também disse a ele, com as mais perfeitas vogais de um anunciante da década de 30, que seu pai também teria sido advogado se não tivesse sido um homem de negócios muito esperto.

Como tinha mania de grandeza, essa minha tia Liza! Tolerada apenas pela família — tanto quanto qualquer estranho o seria —, mas nunca perdoada por essa mania. Trechos de conversas entreouvidas na infância voltaram à minha memória.

— Ela tá sempre se exibindo — dizia minha mãe — Homem de negócios uma ova! O pai dela era dono de uns dois açougues.

— Você e ela eram unha e carne, Nell — respondia minha avó, em tom de reprovação.

Mamãe parecia ficar incomodada.

— Sim, é verdade, isso foi muito antes de ela se achar melhor que todo mundo. Não vale a pena falar com ela agora.

Mas minha avó era muito mais franca e costumava ir direto ao ponto:

— Ela é uma esnobe miserável — exclamou. — E gosta muito de homens. Não é de estranhar que Arthur tenha demorado tanto...

E as duas mulheres concordavam juntas, silenciosa e desaprovadoramente.

— Tio Arthur demorou tanto para quê? — perguntei.

Mas aquilo foi o mais longe a que elas chegaram.

Minha família estava a léguas de distância do grupo de bon vivants ex-militares da família de Francis. Tanto seu pai quanto seu tio ainda estavam vivos, no mesmo asilo para aposentados do Exército, Richmond Lodge, onde jogavam bridge e bebiam gim. Seu pai tinha 86 anos e, à exceção de uma pequena surdez e um joelho que claudicava, estava em boa forma. Tio Samuel era dois anos mais velho e um pouco mais decrépito, razão pela qual o pai de Francis lhe foi fazer companhia naquela casa. Era o exemplo perfeito do quanto ter ou não ter dinheiro faz enorme diferença em qualquer idade. Richmond Lodge era uma mistura de bagunça dos oficiais com hotel de boa qualidade. Era subsidiada por um fundo do Exército e, ainda assim, se pagava caro, enquanto minha tia Cora, em Norfolk, vivia num asilo da prefeitura local, que, se era prazeroso, não fora projetado para cuidar de velhinhos. Eu teria oferecido ajuda financeira para pagar a longo prazo — talvez para mantê-la em algum lugar privado e melhor —, mas meus primos não queriam sequer ouvir falar nisso. Ela era a mãe deles, e eles se ocupariam de tudo.

Minha família era a que Shaw se referia como "pobres por merecimento". Dez tias e tios. Dez crianças numa casa de quatro quartos em Islington, próxima à loja de peixes e à lavanderia. Com inquilinos. Vovó educou sozinha todos os dez, depois que meu avô deu no pé para viver com outra pessoa. Talvez a nova mulher estivesse disposta a dizer-lhe que o amava. Até onde me lembro, a única vez que minha avó Smart se referiu ao meu avô Smart foi quando contou a história de ele voltando para casa um pouco tonto por conta de umas cervejinhas e ela dando na cabeça dele com um rolo de macarrão. Entendo que seria natural alguém pensar em se mudar depois disso.

Mamãe era o número 9, tudo arranjado para que fosse a caçulinha da família, até que o número 10, titia Daff, chegou. Minha pobre mãezinha — poucas coisas deram certo para ela. Parecia que durante toda sua vida lhe ofereciam o chazinho da felicidade, só para que fosse arrancado de seus lábios depois.

Todas as tias se deram relativamente bem, exceto minha mãe e minha tia Daff, as duas mais moças. Aquelas duas se deram mal, muito mal, na verdade. Em ambos os casos, homens foram suas ruínas, conforme me lembro de ter ouvido. Minha mãe, porque conheceu e se casou com um canalha; minha titia Daff, porque deu à luz um filho ilegítimo de alguém. Um homem que era casado naquela época e que não pretendia separar-se. Alguns anos mais tarde, veio a cortejar minha mãe — cabelos fartos, face alongada, fumante inveterado. Quando ele se aproximou dela, era viúvo e fiscal de ônibus — *muito* aceitável. Lembro-me de entreouvir uma de minhas tias incentivando-a a aceitá-lo, dizendo que aquele casamento iria facilitar seus fardos (esse comentário me fez imaginar minha mãe lutando para sobreviver na floresta como os aborígenes nos livros). Mas minha mãe balançou a cabeça.

— Não necessariamente — disse. — E, de qualquer forma, como poderia me casar com o pai do filho de Daff?

Aquilo tudo era muito confuso para mim. Titia Daff acabou indo viver num cortiço, enquanto nós morávamos em uma casa alugada. Podia não ser muito grande, mas não era um *cortiço*... Outro quebra-cabeça em minha infância: o que havia de tão ruim num *cortiço*?

Na infância, Virgínia e eu costumávamos passar uma temporada com vários tios e tias para dar uma folga à nossa mãe, cada um dos quais lidou conosco da própria maneira e, de modo geral, muito gentil. Na casa de tio Arthur e tia Liza foi mais difícil. Nós ficamos bem por muito tempo, até Virgínia ter idade suficiente para dizer não, e então fui atrás dela pelo mesmo caminho. Eu tinha entre 9 e 10 anos, e depois daquela visita, nunca mais voltei. Isso, aparentemente, segundo minha avó, devia-se à "boca grande" de Liza. Eliza dissera ao motorista de um ônibus local, quando ela me levou às compras junto com sua querida filha Ally, que eu era sua "prima pobre". Uma descrição que soou muito romântica para mim e que foi passada à minha mãe quando voltei para casa. Causou o equivalente à Terceira Guerra Mundial na família. Principalmente porque era verdade. "Depois de tudo que fiz por ela!" — minha mãe ficou repetindo. "Eu tenho boa intenção com relação..." Prendi-me a cada uma de suas palavras, perguntando-me sobre o que teria boas intenções, mas ela captou meu olhar e calou-se, balançando a cabeça, apenas.

— Nenhuma filha de açougueiro de Marylebone vai chamar *minha* neta de "prima pobre" — disse minha avó Smart. Então ela olhou para mim e apertou os olhos. — Eu devia saber que você seria uma criadora de problemas — disse.

Virgínia emendou o assunto:

— Você não consegue manter o bico fechado — disse ela, na mais perfeita imitação de voz da nossa avó.

Problema duplo. Elas eram grandes aliadas.

Titia Liza foi escorraçada do santuário familiar depois disso. Bem, ela comparecia aos casamentos e funerais e a todas as outras ocasiões, mas ficava à parte e, sem dúvida, sabia que era por minha culpa. O que fez de minha escolha por titia Eliza como cobertura para o meu encontro ilícito algo bastante esquisito.

Devo ter sorrido ao relembrar tudo isso, porque Francis olhou e sorriu para mim.

— Você é tão gentil — disse ele, quase sem pensar, num comentário espontâneo, oferecido a mim enquanto assistíamos aos créditos que rolavam na televisão. No espaço de uns poucos dias, sensores extras haviam crescido em minha antena matrimonial. A mistura de exaltação e terror em suas palavras fez com que eu me desmanchasse interiormente à medida que tentava identificar o que havia em seus olhos. Era amor. E a coisa chocante é que eu me sentia simplesmente... irritada ao perceber isso. Ali estava também a questão: lá estávamos nós, dez da noite, a sós; talvez devêssemos simplesmente ir para a cama mais cedo...? E isso eu não poderia fazer.

— Estou com muito sono esta noite — disse eu. Ele apertou meu joelho, compreendendo, nem um pouco alarmado. Nós desligamos a televisão. E soltei um bocejo mais ou menos verdadeiro.

Decepção. Eu estava ficando boa nisso. Assim que acendemos as luzes, naquela noite, eu disse, bocejando convincentemente outra vez, que estava pensando em ir a uma exposição de arte indiana na noite seguinte, enquanto estivesse na vizinhança e antes que encontrasse com minha tia. Não citei a exposição da Galeria Weismann. Francis grunhiu apenas. Mas, pelo menos, se alguém me visse e dissesse alguma coisa a ele — o que não era muito provável, mas ainda assim... —, pelo menos não haveria nada de suspeito sobre aquilo.

E na tarde seguinte lá fui eu, de táxi, porque queria chegar de modo impecável. Eu tinha o lenço branco lavado em minha bolsa, os cabelos arrumados, as raízes cobertas pela melhor tinta preta que um cabeleireiro e o dinheiro podem comprar, os olhos arregalados e muito animada, e um vestido novo de cashmere branco. O que — lembro-me disso com excitação — reflete na pele e faz com que você pareça mais jovem. Por outro lado, quando penso no preço do vestido, sinto-me consideravelmente mais velha... mas — azar! — eu podia pagar.

O táxi me deixou lá cedo demais. Decididamente, eu me antecipei, como uma adolescente, apanhei uma taça de vinho e fiquei caminhando por ali, observando tudo como se tivesse qualquer interesse no que estava sobre as paredes. Realmente, naquele ponto, eu não podia ver nada. Exceto que ele não se encontrava ali ainda. Relaxei. No instante em que ele chegasse, os batimentos cardíacos e a perda de controle sobre meu sistema urinário dariam as caras. E então...

— Olá!

Virei-me.

Ali estava ele. Aqueles olhos azuis, azuis, os escassos cabelos lisos penteados bem junto à cabeça, aquele sorriso de boca larga e um tipo de jaqueta preta, largona, sobre uma camisa de algodão. Uma imagem bem oposta à de Francis. Francis, de alguma maneira, sempre conseguia parecer alguém que acabara de voltar da manicure, mesmo quando vestia jeans. Foram necessárias todas as forças combinadas da família para que ele não engomasse sua Levis. Matthew parecia um modelo ambulante do cara relaxado do tipo que te faz adormecer. Não era estilo high profile. Não era estilo cashmere, mas aquele jeitão bem moderno estilo "tô nem aí", isso era o que valia. Ele poderia estar vestindo um *tutu* de bailarina, e eu não teria me importado. Eu estava simplesmente feliz em vê-lo. Ele parecia feliz em me ver também, sorrindo de orelha a orelha e parecendo — decidi, esperançosa — encantado. Se aquilo se devia à arte ou a mim, eu não poderia dizer. Ele não era de todo charmoso, não tinha feições regulares, tampouco era alto e distinto como Francis. Apenas um rosto comum no mundo, desenhado como os da média — com aqueles olhos azuis decididos. Ele também parecia muito mais moço do que eu me lembrava, enxuto, como se houvesse ganhado alguns anos. O mesmo que meu cabeleireiro dissera a meu respeito:

— Alguma coisa está te colocando pra cima — comentara enquanto passava a tinta preta.

Matthew parecia, pensei, um tanto tímido. O que não importava, porque ele estava ali, na minha frente, sorrindo à vontade.

Então surgiu o comentário nada previsto:

— Esta é Jacqueline — disse ele.

Mal posso me lembrar do que foi que eu disse. Mas espero não ter sido o que pensei, que era "Que surpresa horrível!" e "Acho que vou chorar". A decepção de abrir o presente de aniversário e descobrir lá dentro um rato morto. Era uma coisa cruel o que ele havia feito comigo — e ele nem sequer sabia disso.

— Você já tomou um drinque? — Lembro-me de ter perguntado.

Jacqueline, que tinha aproximadamente a mesma idade de Petra e a mesma palidez não saudável de alguém que estivesse salvando o planeta e não comesse carne, aceitou apenas água. Vi a mão de Matthew oscilar entre o suco de laranja, a água, o vinho e, pensei, por favor, algo com álcool; então empurrei uma taça de vinho branco para perto da mão dele. Ele pareceu surpreso por encontrá-la ali, mas aceitou o acaso.

— Matthew foi muito gentil comigo, outro dia... — comecei e lancei-me numa história autodepreciativa sobre o nosso encontro. Interiormente, eu estava como uma geleia que passou do ponto. Como ele pôde trazê-la ao nosso encontro? Como *pôde*?

— Seu marido está aqui? — perguntou, olhando atrás e à minha volta.

— Não. A Índia não é a praia dele — eu disse. Então, voltando-me para Jacqueline: — Você já foi?

Ela negou balançando a cabeça.

— Mattie foi sozinho. Irei da próxima vez.

Mattie?

Presente de Deus, evangélico, coletor de impostos transformado em santo, sucessor do demônio que era Judas Iscariotes, e ela o chama de *Mattie*... Quem lhe deu o direito de chamá-lo pelo diminutivo? Lambisgoia! Meu sangue subiu.

— É maravilhoso — eu disse. Olhei profundamente em seus olhos e acrescentei: — E eu tenho todas as intenções de voltar. Você despertou meu desejo, Matthew...

Usei tudo o que sabia e com desenvoltura e, então, fiz uma pausa dramática por um instante, antes de concluir com um brilhante e descontraído:

— Talvez nos encontremos todos por lá...? — Uma risada sedutora. Curta. Eu, Dilys Holmes, havia paquerado.

Os deuses são gentis, embora nem sempre. E naquele momento eles decidiram oferecer-me um pequenino favor. Pois, pendurado na parede, exatamente atrás de *Mattie*, estava alguma coisa bastante extraordinária. E muito provavelmente não o tipo da coisa que uma vegetariana chamada Jacqueline poderia dar conta. Eu mesma não estava inteiramente convencida de que pudesse. Os escultores de Vrindavan e suas homenagens prestadas aos prazeres terrenos têm uma grande parcela de responsabilidade sobre o comportamento sexual libidinoso. Especialmente quando você está um tanto quanto desejoso. Eu disse:

— Oh, ah, hum. Eu não me viraria se fosse vocês.

É claro que os dois se viraram, e eu tive o benefício de vê-la rosa-choque.

"O.k., espertinha", pensei. Cadê seu senso de equilíbrio agora? Quente, esquentando. Isso está pelando, se não estou enganada. Num tom muito alto, eu disse:

— Humm, sim; agora posso entender o que você quis dizer sobre o senso de equilíbrio dos indianos, Matthew. Tenho certeza de que, se eu tentasse fazer aquilo, teria caído, e feio.

— Não se um parceiro a estivesse segurando de forma correta — disse ele suavemente, em direção à escultura como um homem confiante. Jacqueline riu. Era uma risada que indicava que ela sabia muito bem sobre o que ele estava falando.

Eu ri, tentando não soar como alguém que *não* sabia muito bem sobre o que ele estava falando.

Mais tarde, enquanto nós três caminhávamos pela exposição, ele me perguntou como eu estava me sentindo a respeito de Carole, e quando eu disse que não muito bem, ele tocou meu braço e disse o que se costuma dizer sobre o assunto: com o tempo as coisas melhoram. Disse para eu ir com calma, dar tempo ao tempo e conversar bastante sobre o assunto... Todas aquelas coisas corretas — e todas soaram completamente sem sentido, porque Jacqueline esboçava aquela expressão de "sinto muito!" Então pensei que ela pudesse ao menos imaginar o quanto deveria sentir por mim, essa pequena e pálida e maldita vegetariana. Então pedi desculpas e disse que teria de ir embora para ver minha tia, e eles saíram comigo. Nas escadas, enquanto Jacqueline enrolava seu enorme xale em torno de seu pequeníssimo pescoço — o que levou algum tempo —, ele me disse baixinho:

— Foi muito bom revê-la.

— Sim — eu respondi, em alto e bom som.

E isso foi tudo.

Eles partiram para pegar um ônibus — Jacqueline enfiando sua patinha no braço dele —, e eu fiquei andando de um lado para outro, procurando um táxi. Foi só quando entrei no carro e precisei de alguma coisa para enxugar as lágrimas — a maior parte caía por raiva de mim mesma — que compreendi que não lhe devolvera o lenço, afinal. Portanto, assoei o nariz nele, fortemente, e decidi que ela, sua amiguinha, poderia lavá-lo dessa vez. Com aqueles sabões em pó ecológicos, o processo de torná-lo limpo deveria levar um bom tempo. Havia base e pó de arroz nele todo outra vez. Seria essa a minha vida daqui pela frente? Chorando, gemendo e rangendo os dentes numa terrível e inquietante sensação de incompletude? Era insuportável pensar naquilo. Era culpa de Carole por ter partido. Era culpa de Francis por ter apanhado gripe. E ia passar.

Fiz o táxi me deixar à meia hora de caminhada da minha casa, de modo que eu não chegasse muito cedo. Mal passava das oito. Eu me sentia uma infeliz, humilhada, louca e idiota. Subitamente, eu estava me aproximando dos 60, afinal. Como pude *simplesmente* confundir amizade com interesse? Ao mesmo tempo, eu não podia esquecer de como ele dissera: "Não se um parceiro a estivesse segurando de forma correta..." Caminhar ajudou-me. Esmigalhar o chão enquanto caminhava seria mais exato. Foi bom mesmo que ninguém decidiu me assaltar naquela noite. Eu não estava para brincadeira e teria rolado sangue.

Quando cheguei a casa, Francis não estava. Liguei para seu escritório, e ele estava trabalhando.

— Que tal os drinques? — Perguntou, a mente em outras coisas.

— Muito fortes. Ela tomou dois e bateu na mesa pedindo mais. Você vai demorar?

— Não acredito que chegue muito antes da meia-noite. Vá você para a cama e, ah, Dilys?...

Meu coração apertou-se ao tom de sua voz.

— Sim?

— Não deixe de tomar muita água pra não acordar de ressaca.

Ele riu, como se dissesse "vocês, garotas!", e desligou.

Coloquei o telefone de volta no gancho e andei de um lado para outro por algum tempo. Enchi a banheira. Procurei não pensar. Comi uma maçã. Liguei a televisão. Desliguei a televisão. Enchi novamente a banheira, que havia esfriado. Disse a mim mesma que estava tudo bem, estava tudo azul, na paz. A esposa e o casamento, ambos estavam a salvo. Eu estava apenas sendo absurda. Daí me despi e já estava entrando na água quando o celular tocou. Estremeci. Provavelmente engano. Eu só o utilizava para emergências. Não. Não podia ser. Mas eu o atendi, e do outro lado estava ele, Matthew Todd.

Ele disse:

— É Matthew. — E eu não sabia o que fazer. — Eu só queria lhe agradecer.

A articulação ficou subitamente em falta. O que não estava em falta era um olho-de-boi no plexo solar. Tudo que eu queria era articular um simples "Alô?", mas saiu como um "Eeek"... esganiçado.

Ele perguntou novamente:

— Dilys?

Então eu consegui: — Alô! — E então me sentei no lado frio da banheira, nua como um antigo Botticelli, e escutei. Era tudo que eu podia fazer.

Ele repetiu que estava me telefonando para agradecer novamente — e pensei que aquela era uma desculpinha, já que o relógio batia dez horas. Eu disse estar feliz que ambos tivessem aproveitado.

— Aproveitamos — disse ele, mais secamente.

— Ótimo — respondi.

Ele enrolou um pouquinho, dizendo que fora muita gentileza minha ter-me lembrado da viagem à Índia, que aquilo trouxera boas recordações. Depois ele fez uma pausa, acrescentando que também fora muito bom me rever.

— Sim — eu disse. Nem morta que daria mole para ele agora.

Fez-se uma nova pausa breve. Não diga uma palavra, eu disse a mim mesma. Não preencha aquela lacuna.

— Bem, então... — disse ele. Era uma mensagem.

— Ah! — eu disse rapidamente —, me esqueci de lhe entregar o que levei na bolsa.

Ali havia uma mera consideração a respeito, como de fato deveria haver.

— E o que era?

— Seu lenço.

E ali estava uma pausa proposital. Então ele disse:
— O que é que você está fazendo agora?
Bem, honestamente, quantas vezes o destino lhe oferece os momentos mais perfeitos? Eu disse:
— Muito engraçado, eu estava justamente entrando na banheira. Pronta para colocar o dedo na água.
Fez-se uma nova pausa e ele disse, lânguido:
— Ah!
Então ouvi o que me pareceu ser um ônibus.
— Onde você está? — perguntei.
— Na esquina da Rua Pittsburgh com Prebend Place.
Foi a minha vez de responder "Ah!", enquanto o coração desandava a pular outra vez.
— Isso é logo aqui na esquina!
— Eu sei.
Não havia volta. Aquele seria o momento para eu recuar. O que, é óbvio, não fiz.
— Você está sozinho? — perguntei.
— Sim, e você?
— Vou sair. Me dá dez minutos. Vou só vestir alguma roupa primeiro.
E então ouvi. Muito baixinho, mas definitivo. Como a primeira investida do pássaro na primavera. Definitivamente, definitivamente aquilo não eram vozes da minha cabeça.
— Você precisa? — ele disse.

— Jacqueline?
— Minha ex — ou quase minha ex.
— Ela não o vê dessa forma?
— Não.
— Vocês vivem juntos?
— Até o momento.
— Difícil.
— E você? — Seu marido?
— Vamos concordar em não falar a respeito dele?
— O.k.

— Vamos sair para um drinque?
— Não. Vamos para Hammersmith. Caminhar à beira do rio. Conversar. Onde está seu...?
— Tenho apenas uma hora.
— Então eu acho melhor...
— É, acho melhor...
— Você já...?
— Nunca... você?
— Nunca... mas há sempre uma primeira vez.
— Certo.

Não acredito que Francis fosse capaz de manter uma conversa assim tão subliminar e de segundas intenções. Até isso — Deus me ajude! — era diferente... *excitante*.

Perigoso, idiota... foram algumas palavras a invadir minha mente.

É uma felicidade terrível aquela felicidade em particular. Felicidade proibida que você não pode conter, não importa o quanto tente. Você ri, você caminha em silêncio, você toca, você se retira, você toca, você explode por dentro e pensa que trocaria todas as coisas que possui para que aquela parcela de tempo continuasse para sempre. É o último vestígio da inocência. Você passa por cima das minúcias dos relacionamentos, por aquele momento: estamos nos conhecendo. Ele não pergunta sobre seus filhos, você não pergunta sobre sua namorada. Você vive o agora. Sem passado, sem amanhã. Apenas o agora. Você mostra o melhor de si, e ele mostra o melhor dele. É como o súbito anúncio de uma batalha ou os primeiros dias de um recruta. Toda piada é engraçada, todo pronunciamento é importante, ninguém mais existe. Então aquele momento de deslize, quando ambos param para olhar o rio, olham do rio para os olhos um do outro e se beijam. E é isso. Tudo às claras. Tarde demais para voltar atrás. Os dois dão desculpas, você diz que nunca procurou por tal situação. Aconteceu. Você não sabe, realmente, o que está acontecendo com você — e então vocês se beijam novamente e caminham colados um ao outro, prontos para dizer quão felizes se sentem, sabendo que já foram amaldiçoados.

Depois vem o adeus, escondido, na esquina, longe das luzes, excitante, até quando subitamente descobrem que se esconder não é jogo de crianças, mas alguma coisa adulta, de fato — tão adulta que é conhecida como *adultério*. Vocês empurram tudo aquilo para o fundo de suas mentes e prometem que se verão novamente em breve — os códigos combinados, o toque de despedida, a compreensão de aonde isso irá levá-los —, o que é assustadoramente erotizante e também muito assustador. A recompensa de estarem quase a sós para saboreá-lo, para pensar a respeito, para deixar a imaginação voar. Então o mundo vem à tona à medida que vocês vão subindo os degraus e abrem a familiar porta de entrada e ingressam no cálido e iluminado espaço que já não é tão limpo e honesto, porém tão obscuro e malevolente como uma cela — porque vocês o mudaram para sempre. Sem volta. Este tapete Wilton cinza-claro, aquelas pinturas, estas flores, aquele espelho no corredor que você escolheu com seu marido — nada mais tem significado agora. Você sobe as escadas, sabendo disso tudo, ainda que esteja cantarolando —, você está feliz. É uma loucura, mas tão inevitável quanto o espirro depois da pimenta — e tão incontrolável quanto. Seu lar feliz. E você acabou de jogar uma bomba bem no meio dele.

4
A Nua Paddington

Fazer amor com dois homens diferentes, em ocasiões distintas, é um negócio perigoso. Se você está na cama com os dois, e eles sabem o que está se passando, então pode ser que você tenha liberdade no que tange aos nomes, mas, se você estiver com um de cada vez e em locais diferentes, esteja atenta! Fora a possibilidade de murmurar o nome errado no momento principal — e descobrir um par de olhos esbugalhados olhando dentro dos seus e dizendo algumas palavras como: "Mas... querida... eu sou George! Eu sou George!" —, existe a chance de um deles vir a notar, cedo ou tarde, que seu coração não se encontra ali. Existe, ainda, uma terceira possibilidade — a de você começar a enlouquecer pelo horror de estar fazendo aquilo a alguém que confia em você. Eu não recomendo, mas não consegui resistir.

Em algum lugar dentro de mim, queimava a pequena e inevitável chama do ressentimento, enquanto meu amante conseguia agir com tanta facilidade, para mim era extremamente difícil. Eu tinha de encarar Francis todos os dias da minha vida, exceto quando ele estava viajando — e, ainda assim, ele telefonava, a menos que eu contasse alguma mentirinha convincente sobre não estar em casa. Minha recém-descoberta titia Liza era uma mão na roda. Eu despejava tudo por sua esquisita garganta de 80 anos, tanto quanto aqueles coquetéis letais: tardes de chá, jantares, uma garrafa de champanhe da nossa adega que Francis me surpreendeu colocando no carro, uma cesta de pães de gergelim no formato de genitais (eretos), Francis sentiu o cheiro quando os estava assando, mas, por sorte, nunca me pegou no flagra... E ele aceitou tudo tal e qual parecia. Uma situação pela qual, naqueles primeiros dias bem arquitetados, eu consegui passar impune. Mas, mesmo ao mais confiante dos homens, deve chegar o instante em que ele pensa que o desejo de sua esposa pela companhia de uma octogenária em lugar do casamento é estranho. Receei aquele momento mais que qualquer outra coisa. O momento em que eu teria de revelar outras decepções, um emaranhado mais profundo, uma teia mais pegajosa.

Não existe, é claro, qualquer redenção nesse tipo de pensamento. Você não gosta de enganar seu marido? Então não engane. Obrigada, Santa Agnes de Bow!* Odiei todos os instantes em que enganei Francis. Mas amei todos os momentos em que estive com meu amante. E enquanto eu suava e me movimentava para manter a coisa funcionando, Matthew já não tinha amarra alguma. Coisa que ajudou — e não... Se ele não tivesse ficado solteiro tão depressa, poderia ter compreendido um pouco melhor meus atormentados malabarismos conjugais. Mas ele estava livre, solteiro e 24 horas por dia disponível — o que era um alívio e uma alegria para nós dois —, eu me esqueci de lembrá-lo de que, definitivamente, eu não estava.

Antes que ele ficasse livre, leve e solto, parecia que a única maneira que tinha de se separar de Jacqueline era mudar-se do seu flat e encontrar outro, em algum outro lugar, pelo menos por enquanto.

— Vou ficar triste em sair daqui — disse ele. — Aluguei este lugar por quase oito anos.

Havia um toque excitante nisso tudo — um toque de pobre boêmio — depois da absoluta segurança dos meus arranjos domésticos.

— Você nunca pensou em comprá-lo?

Ele riu.

— Eu estava sempre me mudando.

— Nós encontraremos alguma coisa — eu disse. — Posso ajudar com o aluguel.

Barato, qualquer flat tinha de ser, mas tive de cortar as asinhas de Matthew sobre a encantadora sugestão de investir num antigo trailer. Um motorzinho do amor, ele o chamava. Em momentos como esses, é que você sente a idade que tem. Um trailer, ou carro-dormitório, ou qualquer outro nome que ele quisesse chamar — estava fora de questão. Mesmo assim, alguns dos locais que visitamos juntos, chamados

---

* Bow: distrito próximo a Londres, onde existe a Igreja de Santa Agnes, muito reverenciada pelos católicos. (N.T.)

studio-flats, na fronteira do sul com o oeste de Londres, não eram muito melhores do que estacionar à beira da estrada. Em Acton, quando encontramos um que não era conjugado, o locador assustou-nos quanto à mobília.

— Não há cama.

— É melhor vocês trazerem a própria, então.

— Não há mesa, nem cadeiras, nem geladeira...

— Tem cortinas. De que planeta vocês são?

Entretanto, nós quase o aceitamos até que — após nosso acordo inicial — o proprietário disse haver ainda a questão do depósito. Duas mil libras.

— Eu poderia — respondi relutantemente.

— De jeito nenhum — respondeu Matthew. — Eu não faria um depósito inicial para esse homem nem das melecas do meu nariz!

Ele saiu enfurecido, deixando o assustado locador parado ali, proferindo algumas palavras abusadas.

— Agora você sabe por que tantas pessoas vivem nas ruas — disse para mim. — Por causa de imundícies como essas!

— Ouça — disse a Matthew, instantes depois —, da próxima vez eu posso apanhar o dinheiro — com certa facilidade. Só precisa ser com alguma antecedência.

Não acrescentei que o problema real era que todas as nossas contas eram conjuntas. E que Francis já havia mostrado uma surpresa incomum sobre o quanto eu havia gasto com nosso cartão de crédito e sacado da nossa conta corrente. Eu paguei pela maior parte das coisas que diziam respeito ao nosso affair em dinheiro — mas era muito difícil justificar. Usei titia Liza como desculpa para alguns gastos — mas, mesmo tendo sido delicado, era improvável que Francis houvesse acreditado que eu lhe havia comprado uma jaqueta de couro na Harrods. (Como uma criança, eu queria vestir as mesmas roupas que Matthew.)

— Uma compra estranha — dissera Francis, delicadamente.

E era, eu tinha de concordar, já que o sol da primavera começava a surgir bastante quente, todos os dias.

Era como se você estivesse visitando terras distantes, e a economia lá fosse diferente; fazendo conversão de câmbio e se perguntando qual é o verdadeiro preço de tal coisa, se tinha dinheiro suficiente para comprar, se teria espaço na casa para abrigar... Essas eram coisas em que eu não pensava desde que deixara a casa de minha mãe. Agora estávamos tentando organizar um orçamento para os nossos dias mais devassos. E tudo que queríamos — como naqueles primeiros anos dourados, os anos de inocência, se você preferir assim — era tirar toda a roupa e ficar nus juntos. Muitas vezes. E nunca sermos descobertos. Eu sentia a paranoia rastejando — todos os locadores e corretores imobiliários sabiam que nós éramos um casal de adúlteros e que agíamos em conformidade. Eu estava convencida disso.

Matthew disse, sem brincadeira, que poderíamos nos juntar a um grupo de nudistas, mas pensei que eles poderiam notar que não estávamos participando das atividades — vôlei não era o exercício que eu desejava fazer pelada. Mas não era engraçado. Era desesperador. E havíamos passado daquele estágio de achar motéis excitantemente sórdidos. Eu queria colocar flores num jarro, deixar um frasco de perfume sobre uma cômoda, pendurar um roupão, ter alguma lingerie, deixar minha marca permanente. Mas, naquelas primeiras semanas, Jacqueline estava muito imprevisível para que arriscássemos até mesmo usar o flat. Tentamos uma vez e não fomos surpreendidos por um fio — só porque demos uma escapada para comprar uma garrafa de vinho. Depois disso, pedimos emprestado o flat de um dos amigos dele, apenas para sermos flagrados *no ato* por alguma outra pessoa que tinha a chave. Você tem de estar no auge das suas forças, ou seja, acabado de dar umazinha com seu novo amante, para não sair correndo pela rua gritando impropérios quando alguma coisa semelhante lhe acontece. Eu me lembrei de uma cena em *Desencanto*, em que a mesma coisa (embora não *no ato*) acontece. A arte e a vida se imitam. Agora compreendo que é uma besteira gritar para Celia Johnson, na tela: "Não vá, não fuja." Porque isso é tudo que se pode fazer. Faz com que você se sinta como um chiclete grudado na sola do sapato de alguém. Quase um alienado social. O que é mágico para você, para o mundo lá fora, é simplesmente uma trepada. Espaço sórdido, transitório, era tudo o que podíamos usar. Aqueles motéis eram verdadeiros muquifos. Muitas vezes me perguntei: se houvesse continuado daquela maneira, teríamos sobrevivido às primeiras semanas?

Então, Matthew me perguntou sobre minha casa. Quando não podíamos encontrar nada que ele pudesse alugar e voltávamos do inferninho pós-moderno de um motelzinho chinfrim de beira de estrada, ele disse — bastante pragmaticamente:

— Situações extremas exigem medidas extremas.

Essa consideração era quase uma tortura. Por um lado, Francis viajava bastante e passava algumas noites fora de casa. Por outro, eu simplesmente não conseguia fazer isso, e Matthew — percebi — não podia compreender. Afinal, se você trai seu marido em dado lugar, por que aquele escrúpulo todo em não o trair na casa em que vocês moram juntos?

— Ou — disse ele, subitamente voltando-se para mim — você podia simplesmente contar a ele.

Outra vinheta de advertência — e uma que deveria ter sido colocada junto com os musculosos remadores e a forma fácil como aceitei ser a senhora Francis Edward Holmes. Matthew não tinha a menor ideia de quão despedaçada eu me encontrava em relação a Francis ou de como era manter dois relacionamentos ao mesmo tempo. Um, em mares calmos, e outro, no proverbial caldeirão fervilhante. Uma omissão perigosa, a de não ter levado a sugestão dele a sério. Mas não achei possível. Então, por fim — bem a ponto de a crise estourar —, não precisei fazer nada. Porque a questão se resolveu por si só: magicamente, Jacqueline anunciou, de uma hora pra outra, que estava se mudando.

Isso foi um mês após nosso caso ter começado, e Matthew estava *apenas* começando a descobrir o que significava a palavra decepção. Descobri que estar com ele era a única experiência calma da minha vida — o resto havia sido atirado no inferno. Estar em seu flat, sem medo de ser descoberta e não ter de esconder cada traço da minha presença, era como ter tirado um peso enorme de cima de mim. Quando ele me telefonou para contar que ela havia partido, estava tão excitado quanto uma criança com seu brinquedo novo. E eu corri para o armário (ai, as coisas que você faz...) e apanhei lençóis limpos, fronhas limpas, toalhas frescas para deixar lá. Ah, o alívio disso! Eu queria contar para *alguém*, dividir esses momentos, mas não havia com quem. Eu não podia confiar em ninguém. Sem Carole, eu estava sozinha. Eu certamente não poderia contar à minha irmã e não tinha amigos nos quais confiar. Eu não poderia contar a ninguém do nosso círculo social porque, em sua maioria, eram casais, e, mais cedo ou mais tarde, a notícia se espalharia; e, é claro, eu não podia contar para a única pessoa para a qual eu havia confidenciado tudo sobre a minha vida — Francis. Portanto, a partida súbita de Jacqueline salvou-me de qualquer análise profunda sobre se eu poderia alguma vez levar Matthew à minha casa. Pelo menos, posso jurar, não cometi isso contra meu marido.

Quando estávamos finalmente em nossa própria cama (e com meus melhores lençóis e fronhas para nos proteger da influência da concubina anterior), perguntei a Matthew por que ela havia ido embora de repente, e ele disse que parara de fazer sexo com ela assim que nos conhecemos. O relacionamento já estava indo ladeira abaixo, e o sexo se tornara algo insignificante entre eles.

— Insignificante? O que significa *insignificante* para você? — perguntei.

Eu estava pensando em mim e em Francis. Nós fazíamos amor esporadicamente, mas não era algo insignificante.

— Três ou quatro vezes por noite — disse ele. — Todas as noites.

— Sorte sua — disse eu.

— Pelo contrário — ele disse, virando-se para mim. — Sorte sua!

— Mas sério mesmo...

— Sejamos gratos — disse ele.

Fim de conversa.

Jacqueline havia partido, e eu me sentira feliz por isso. Era bom o suficiente. Espaço e tempo. Isso é o bastante, pensei. Ai, mas... Alguma coisa é o bastante para sempre? Não está na natureza humana conquistar o que você acha que quer e então descobrir que deseja mais, mesmo sabendo que o obter pode destruir vidas? Mas tinha de ser. Porque, quase imediatamente, nós o fizemos. Não apenas desejávamos uma noite inteira juntos — o que conseguimos —, mas também queríamos um fim de semana inteiro para nós, o que não conseguimos. Então, queríamos um período mais longo, como um feriado, e Matthew disse: "Vamos para a Índia." A coisa mais cruel que alguém pode propor a uma respeitável senhora casada que não consegue sequer organizar um fim de semana em Bognor e que parece estar caindo mais e mais para o fundo do poço. Mas ele estava afundando mais e mais comigo também. Nenhum de nós estava no controle. A coisa toda parecia um bote inflável — nós havíamos puxado a válvula do que pensávamos ser um pequeno e controlável bote de borracha, mas estava se transformando rapidamente numa réplica cheia de ar do *Belgrano*. Eu não conseguia passar por uma loja sem que me sentisse tentada a comprar alguma coisinha para ele... E ele não deixava que um dia se passasse sem algum tipo de encontro ou telefonema. O trabalho em Bristol lhe fora oferecido. E ele o recusara. O gerente de produção telefonou e pediu-lhe que pensasse bastante a respeito. Tentei não pensar na enormidade daquilo. Na Estação Temple Meads, em Bristol, ele me dissera o quanto desejava aquele trabalho.

O flat passou a ser exclusivamente nosso em maio, e maio é o mês mais bonito quando se está recentemente apaixonado. Suponho que diria o mesmo de novembro, se fosse novembro. Mas maio é belíssimo. O clima é quente e agradável, e o ar está repleto das promessas realizadas que nos fazem acreditar que o verão, tal como a felicidade, nunca chegarão ao fim. É também, colocando os pés no chão, o mês do meu aniversário e do Francis. Dois dias de diferença. Ele no dia 12 e eu no dia 14. Imagine só, costumávamos rir: nossos pais devem preferir o mês de setembro para fazer amor. Agora não era assunto para risada.

Um dos mais dolorosos aspectos do que eu estava fazendo contra Francis é que ele estava sempre tentando me fazer feliz. Quando ficamos noivos, essa foi uma das primeiras coisas que ele me disse:

— Eu vou fazê-la feliz. Farei de tudo pra isso.

Sua própria infância havia sido bem comum e feliz — fora os medos escolares básicos —, e a ideia de me imaginar crescendo em meio a toda aquela depressão e falta de conforto era algo que ele mal podia compreender, quanto menos perdoar. Ele sabia sobre crimes, mas, então, não tinha a mais remota ideia de como as mulheres tinham de conviver com eles. Que era possível ser espancada e ficar azul e preta, mas que você pensaria muito e sofreria antes de sair de casa com suas crianças para uma vida sozinha e incerta. Tampouco — a despeito de sua profissão — ele tinha qualquer conceito concreto de como a lei virara as costas para os mais fracos, há muito tempo... De fato, foi-me dito, ou ouvi dizer, que foram os vizinhos de minha mãe que a protegeram dos maiores excessos de meu pai. A polícia nada fizera.

— Eu achava que a simples humanidade dos policiais teria feito com que adotassem alguma medida. Mais que o cumprimento da lei. — ele disse.

— Alguns deles bebiam com meu pai — respondi. — E eles achavam que era um assunto doméstico, e você sabe "em briga de marido e mulher ninguém mete a colher".

— Como foi que você conseguiu se tornar uma pessoa tão boa no meio disso tudo? — ele comentou.

Tentei explicar-lhe que realmente não fora tão mal assim — que provavelmente soava pior do que realmente era. Que eu me lembrava de muito pouco. Mas ele não compreendia. Para ele, era uma experiência infeliz, inaceitável, e ele estava determinado a melhorá-la. E ele o fez. Portanto, traí-lo, enganá-lo era como cuspir nos olhos de quem me havia mostrado o melhor do mundo. Eu sabia que sem ele o amor e a proteção desapareceriam. Algumas pessoas amam generosamente; outras amam de forma interesseira. Eu estava ciente disso. E estava ciente de que meu marido era um homem muito especial. De que o que tínhamos era muito especial. Mas havia descoberto o amor de Balzac, Shakespeare e Puccini, dos trovadores e dos poetas. Enfim, esta coisa chamada amor, e seu poder é tão forte que não podemos fazer outra coisa senão arriscar nossa vida por ele. A verdade era que eu lutara contra a tentação, mas não com muita determinação, e a tentação vencera. A verdade é que eu não queria mais ficar com meu marido, meu porto seguro; eu queria ficar com meu amante. A verdade é que, apesar da delicadeza do amor e dos anos de sentimentos de segurança e bem-estar, o que Francis me prometera de mais importante, ele não podia me dar. Eu só estava feliz quando estava com a outra pessoa. Não apenas isso; pela primeira vez, eu sabia o que significava ser realmente feliz. Sentir-me viva de verdade.

E agora, nossos aniversários. Sempre comemorávamos por um, dois ou até mesmo três dias e três noites completos. Uma tradição no casamento dos Holmes. E este ano todo o evento caiu num final de semana, e encontraríamos Tim e Charlotte Jennings em Bath. Eu gostava de Tim, um médico e velho amigo de escola de Francis, gostava de Charlotte, que se interessava por antiguidades, e eu amava Bath. Mas o programa fora marcado antes de Matthew existir. Agora, eu não queria ir por nada neste mundo, e não havia o que eu pudesse fazer a respeito. Não apenas isso, mas Francis — inocente, o jamais desconfiado Francis, que de uma maneira ou de outra não estava aproveitando muito dos prazeres conjugais ultimamente e que, acho, atribuía isso à morte de Carole — estaria esperando alguma coisa um pouco mais sexy no terreno da afeição do que uma esposa que bocejava na sua frente. Eu estava cada vez menos inclinada a provocar esta última traição: fazer amor com meu marido, enquanto desejava estar com outro homem.

Matthew e eu nos sentamos para discutir o assunto umas duas semanas antes. Apenas para deixarmos o ar mais leve. Conversa de homem e mulher, sentamos de frente um para o outro, à mesa de seu flat. A única diferença é que estávamos nus. E ele ficou estendendo a mão e tocando no bico do meu seio, o que tinha um efeito poderoso sobre minha capacidade lógica e racional.

— É melhor eu me vestir — eu disse, tentando fazer com que a discussão avançasse. Contudo, havia alguma coisa muito focada na maneira como a mão avançava. Havia alguma coisa muito focada na maneira como Matthew dissera "Não!", que fez com que eu desistisse da ideia. Quase como se ele me estivesse testando, de alguma maneira. Portanto, continuei sem roupa.

— Olhe — eu disse, firmemente —, nós fazemos essa viagem de aniversário todos os anos. É tradicional.

— Você não vai aproveitar.

— Eu sei — grunhi. Diante do que ele estava fazendo comigo do que pensava indubitavelmente fazer comigo e do pensamento de ficar distante dele por três dias, grunhir parecia a única opção.

— Não vá — disse ele. — Por favor.

— Tenho que ir. A menos que eu adoeça.

— Fique doente, então. Quero dizer, faça de conta que está.

— Não me toque desta maneira. Não consigo pensar.

— Assim, então?

— Não consigo resolver isso.

— Você não pode ir.

— Eu preciso.

Ele retirou a mão.

— Diga apenas que você não está a fim.

— Matthew, olhe para mim. Será que você não pode ver o que todos podem ver, inclusive Francis?

— O quê? A Sra. Holmes sem roupas?

— Estou falando sério. Dê uma olhada só pra mim. Estou florescendo. Subo as escadas de casa correndo. Canto. Olho e me sinto no topo do mundo. Meu cabeleireiro diz isso, meus vizinhos dizem isso, até mesmo meu filho me diz, *meu filho*, Matthew! E não há dúvida de que, se meu outro filho estivesse no país, ele diria o mesmo. Acima de tudo, Francis também diz isso. Na verdade, para um advogado, ele está sendo extraordinariamente obtuso, porque, se por um lado estou radiantemente bem e cheia de vida, por outro, quando batem dez horas da noite, estou repentinamente muito cansada para um rala-e-rola sobre as molas da cama.

Matthew se encolheu. Não notei. Apenas continuei o meu discurso. Nenhum sinal me alertou nem mesmo discretamente. Despejei meus pensamentos.

— Bem, ele vem emitindo um estranho murmúrio no sentido de "você não me parece muito cansada" quando digo que isso é o que deve ser. E ele está bastante convencido de que uns poucos dias em Bath vão me fazer bem. De fato, ele vem falando pelos cotovelos sobre como nossa viagem a Bath produzirá tal milagre de energia e saúde em mim que é como se estivesse tomando parte num romance de Jane Austen...

— Temperamental.

— Não sei o que fazer. Não quero transar com ele enquanto estou pensando em você. E estou sempre pensando em você. Nas raras ocasiões em que eu e ele transamos, desde que conheci você, eu imaginava que era o seu corpo encostado no meu... — Eu ri. — Quase em carne e osso.

Mas ele não estava rindo.

Ele estava muito longe de estar rindo.

Ele se levantou. Sua mão ainda estava sobre o meu pescoço, mas ele todo estava rígido...

— Matthew? Qual é o problema?

Ele retirou a mão apoiada no meu pescoço e afastou-se de mim. E então saiu da mesa.

Eu me senti completamente gelada, o que não tinha nada a ver com a minha nudez, e apenas consegui resmungar:

— Aonde é que você vai?

Caminhei para o quarto. Sua face estava pálida. Seus lábios, enrugados, aquela boca larga e generosa sumira — nenhum sorriso agora. Ele se vestiu. Ouvi o suave som do algodão e a rispidez do zíper subindo. Respiração. Espaço e tempo estavam encurralados entre nós — o peso de alguma coisa malevolente pendurava-se no ar. Então ele saiu do quarto novamente. Eu me perguntava se ele estivera chorando. Ele colocou as mãos sobre a mesa e olhou fixamente para mim. O azul dos seus olhos estava muito, muito sério.

Então perguntou:

— Quando foi que você transou com ele pela última vez?

5
Hotel Lotado

Dá para entender o que quero dizer com inocência? Nunca ocorrera a Matthew que eu tivesse de dar continuidade a uma relação física com meu marido porque ele interrompera as relações com sua companheira imediatamente. Ele estava totalmente voltado para si, com dor e raiva, e enciumado diante do pensamento de que eu estivesse fazendo sexo com Francis. Eu me lembrei do quão agoniada fiquei, sob aquele ângulo em particular, quando ele simplesmente apareceu com Jacqueline. Multiplique isso algumas vezes e suponho que eu também teria ficado pálida. Não importa que eu lhe dissesse que não sentia prazer naquilo (odiando dizer isso sobre o meu marido), que aquilo gerava em mim uma tensão terrível e que eu pensava sempre nele enquanto estava com Francis. Ele estava destroçado. Os homens são anos-luz mais românticos que as mulheres. Nós somos realmente as pragmáticas. Tivemos de aprender a seduzir para sobreviver mais tempo do que os homens.

— Você ainda tem prazer? — ele queria saber. Eu queria dizer que aquele território era proibido. Mas sua palidez instigou-me a mentir:

— Não, nunca! — eu respondi.

Fiquei pensando que, na verdade, eu ainda gozava; bastava que eu colocasse minha cabeça inteiramente em algum outro lugar ou que imaginasse que era com ele, e não com Francis. Apesar do choque total, a metralhadora que havia em meu cérebro me fazia sofrer; eu sabia disso melhor do que se o dissesse em alto e bom som. Ele parecia tão alterado que tive medo. Não por mim, mas por ele, porque também ele estava provando a realidade do poço em que, juntos, havíamos afundado. Ele disse baixinho:

— Não vá, só isso.

— Matthew, eu tenho que ir — eu disse. — Se eu não for, Francis vai querer me controlar com antidepressivos, vai começar a falar em voz baixa e gentil e a desconfiar. Ele é advogado. Não posso arriscar.

— Arriscar o quê?

Eu estava para responder "meu casamento, naturalmente", mas, então, vi a expressão dele.

— Arriscar! — Eu disse aos tropeços.

Por algum motivo, ele se acalmou e se desculpou. Não havia pelo que se desculpar, tampouco havia uma saída. O final de semana era iminente. Pelo menos, ele tinha coisas a fazer e não ficaria por aí brindando, desocupado, se remoendo. Havia amigos com os quais se encontrar, negócios de trabalho a fechar, e havia-lhe sido solicitado que redigisse a Declaração da Missão para uma Nova Abordagem das Instituições para Jovens Delinquentes (terminologia que me fez rir e o constrangeu). Esse último item me alertou para o fato do quanto ele e meu marido gostariam um do outro. Um alerta que ficou brincando na minha cabeça, bizarramente, dando origem às suas próprias selvagerias imaginárias: uma tela de Georges Seurat de Francis e eu caminhando ao longo de um rio, nós passaríamos por Matthew, e eu faria um simples cumprimento de cabeça, para então ver que ambos caíam nos braços um do outro com consideração sincera e respeitosa. Ou pior, os dois sentados na grama, completamente vestidos e em debate profundo, enquanto eu estaria nua e ignorada, sentada entre eles, uma monstruosa versão de *Déjeuner sur l'herbe*.* Eu não achava que esta fosse particularmente uma boa hora para dividir qualquer daqueles pensamentos com Matthew; portanto, eu disse a ele que o amava e saí. Então... chegou o fim de semana.

Francis e eu partimos na sexta-feira à tarde. Eu não havia conseguido ver Matthew no dia anterior, porque tive de ficar em casa pela manhã para esperar o telefonema de James, da Cidade do Cabo, e depois tive um almoço tardio com John e Petra, em cujo final Francis e Júlia, sua irmã, juntaram-se a nós (muito esperto: eles chegavam de um restaurante vegetariano a tempo de comer os pudins. Alguém já observou como aqueles que voltam de um almoço com comida saudável enlouquecem quando chega a hora da sobremesa?). Depois disso,

---

* *O almoço sobre a relva* ou *O piquenique sobre a grama* é um óleo sobre tela de Édouard Manet; nele, uma mulher nua está sentada num bosque ao lado de dois homens completamente vestidos. (N.E.)

levamos Júlia de volta conosco, porque, como sempre, ela ficaria cuidando da casa. Outra pequena tradição que, até agora, eu adorava. Sempre que possível, quando viajávamos, Júlia levantava acampamento e passava alguns dias na cidade, o que ela apreciava e nos dava paz de espírito. Uma vez que se é roubado, não se esquece jamais! Depois de alguns dias em Londres, Júlia já está ansiosa para voltar às praias do sul; portanto, é a combinação perfeita para todos. Nós nos damos muito bem nesses encontros fortuitos, e eu sempre gostei de suas visitas eventuais. Agora, eu estava detestando essa história de visitinhas pra cá e pra lá e acho que não fui uma cunhada muito simpática para ela dessa vez. Fui extremamente seca quando me telefonou confirmando tudo.

— Você *realmente* quer fazer uma visitinha?

Ela quis.

Portanto, nenhuma chance também de escapulir por uma hora ou duas na tarde de quinta-feira. Isso me deixou mal-humorada e enraivecida, e eu me descobri olhando com ódio para Júlia naquela tarde, como se ela fosse o prenúncio de alguma grande catástrofe. Quando ela sugeriu que nós todos deveríamos levar nosso cafezinho para o jardim após o jantar, já que estava tão agradável o clima, eu disse que estava sentindo calafrios *bem fortes* e que ia para a cama. O fato de que ainda eram nove horas da noite obviamente não passou despercebido, e a intenção era exatamente essa. Uma criancice inacreditável havia baixado em mim. Vi Francis levantar uma sobrancelha, mas, além daquilo, ele não fez nada. Então Júlia subiu as escadas atrás de mim, colocou a cabeça na fresta da porta e perguntou se havia me ofendido, de modo que tive de esconder o celular debaixo da colcha e estampar um sorriso radiante de boas-vindas em meu rosto. Devo ter parecido tão escancaradamente culpada quanto Tito servindo uma torta a Tamora.* Portanto, não havia onde me esconder. Quando finalmente consegui ficar sozinha, já era tarde, e o telefone de Matthew estava desligado.

Na manhã de sexta-feira, aniversário de Francis, Júlia estava lá, e como a ignorei completamente na noite anterior, não pude repetir o mesmo comportamento. Ficamos mudas no café da manhã, e, então, eu a levei à Peter Jones, como ela me pedira. Eu nunca odiei tanto a

---

* Tito e Tamora são personagens da peça *Tito Andronico*, de William Shakespeare, cujo enredo mostra as brigas intestinas pelo poder. (N.T.)

Peter Jones quanto naquele dia. Loja desgraçada! Eu me recusei categoricamente a comer a costumeira fatia do seu bolo de cenoura, e Júlia sentiu-se compelida a dizer:

— Acho que Francis está certo. Você precisa dar uma arejada...

Isso me despertou de uma espécie de letargia e me deixou mais alerta. E pensei, enquanto conversávamos sobre compras, trânsito e outras superficialidades, que era nisso que minha vida havia se resumido: a Peter Jones, galerias de arte, superpequenos descansos em Bath, relações desgastadas com pessoas desinteressantes, filhos e netos, uma meia-liberdade, o declínio escorregadio da autossatisfação das classes que não se comunicam... Eu poderia ter sido perfeitamente feliz nesse cenário, mas uma parte de mim não parava de agradecer por ter levantado a poeira do passado dos meus sapatos aparentemente tão limpos. E agora?

Júlia dizia alguma coisa sobre o algodão ser o oposto do percal.

— Acho que aquelas fronhas foram uma compra muito boa.

— É mesmo — eu disse, pensando *"fronha, fronha, fronha,* eu quero estar na fronha dele agora mesmo. AGORA!"

As mensagens deixadas em meu celular não podiam ser ouvidas repetidas vezes. Ouvi a primeira quando fui ao toalete, antes de deixarmos a Peter Jones. Elas me fizeram abraçar a mim mesma e deixaram-me terrivelmente excitada. Matthew se excedera na temperatura das palavras. Fronhas e bolo de cenoura com calda de chocolate escorrendo pelo meu corpo, qualquer imagem ou palavra ganhava uma conotação sexual... eu estava subindo pelas paredes!

— Você está um pouco corada, querida — disse Júlia quando voltei do toalete. — Está tudo bem?

— Perfeito — disse eu.

Eu podia sentir o telefone em meu bolso, quente ainda do contato com a minha mão e ouvido, e era quase como se eu pudesse sentir as mãos de Matthew me tocando. "Ligue para mim!", foram suas últimas palavras. Eu tentei, mas, outra vez, era impossível. No instante em que consegui me afastar de Júlia o bastante para usar o celular, a linha de Matthew estava ocupada. Uma dor irracional e um medo mortal me atingiram enquanto eu o imaginava falando com Jacqueline e lhe pedindo para voltar. Afinal, eu estava viajando com meu marido... Eu podia ouvi-lo dizendo isso com uma lógica fria e ácida.

Então, no meio da tarde, Francis voltou para casa, e nos preparamos para partir. Não me atrevi a checar o celular e buscar por mensagens novas, porque Francis ficou atrás de mim o tempo todo. Eu não podia nem me irritar com ele porque era seu aniversário; mesmo assim, ele comentou que eu parecia meio chateada.

— Louca para sair — respondi.

Isso de alguma maneira era verdade. Eu havia me desdobrado para evitar a presença amigável de Júlia e sua tagarelice irritante para tentar fazer uma nova chamada. Várias tentativas haviam falhado de modo singular, e, de qualquer maneira, todos os argumentos eram nada convincentes. O desespero levou-me a dizer que daria um pulinho no jardim para averiguar como estavam os lírios; que eles deveriam estar muito secos, devido ao calor. Então Francis e Júlia me olharam de um modo um tanto peculiar. Mas fui em frente, já estava discando o número, o coração batendo tal e qual liquidificador, quando Polly Savage, minha vizinha, pôs a cabeça sobre a cerca e disse:

— Pensei que vocês já tinham partido...

Levei um susto tão grande que acabei a assustando e quase caí de bunda naqueles úmidos e perfeitamente felizes lírios (malditos!). Não era à toa que Francis e Júlia haviam olhado para mim tão espantados: havia chovido pela manhã...

Acredite em mim, você não faz ideia de como é prisioneiro da própria vida até que deseja ardentemente se libertar, é como ter asas nas costas e grilhões nos pés. Desci as escadas e entrei no armário de agasalhos da entrada — último refúgio — no instante em que estávamos saindo. Então Francis saiu do carro para apanhar a câmera fotográfica, e eu sabia que, se ele me escutasse falando sozinha depois daquele *check-up* nos lírios, seria hospitalizada. Depois, ele voltou ao carro e pedi licença para ir ao banheiro do porão, mas não havia sinal. Portanto, partimos. Júlia acenando para nós do portão e dizendo a ele para cuidar bem de mim, e eu com um sorriso pregado em minha boca traidora. Acredite em mim, você não tem noção de como é prisioneiro da própria vida até que...

— Estou com grandes expectativas em relação a essa viagem — disse ele, enquanto pegávamos a estrada.

— Eu também — concordei, quase inaudivelmente. Eu soava tão entusiasmada quanto Maria Antonieta na guilhotina.

— Podemos reduzir a velocidade e ficar admirando a paisagem da estrada, se você preferir — ele sugeriu.

— Não, não! Vamos chegar logo lá. Acelera!

De alguma maneira, a ideia em minha cabeça era a de que, quanto mais cedo chegássemos, mais depressa acabaria tudo. Eu provavelmente estava, inclusive, *parecendo* Maria Antonieta na guilhotina. Francis perguntou-me se eu estava bem, e eu disse, entre dentes cerrados, que estava quase no paraíso, nas nuvens, enquanto olhava inexpressivamente para frente. Criancice. Ele concentrou-se na estrada e dirigiu em silêncio. Um mau sinal. Eu tinha de falar com Matthew ou deixar uma mensagem ou *alguma outra coisa*. Precisava de um telefone fixo, rápido.

Enfim, perguntei se podíamos fazer uma parada, e quando fizemos, corri para o banheiro, mas não consegui sinal. Não tive acesso às outras mensagens. Sem poder caminhar a esmo pela área de descanso de Membury, bem à vista do meu marido, de quase 60 anos, com um telefone grudado na orelha, eu só podia tentar outra vez e — parafraseando Samuel Beckett — falhar outra vez. Entrei no carro e imaginei o que estaria acontecendo em Beeston Gardens. Agonia, mal-estar. Inferno na Terra... Jacqueline? Aterrorizava-me pensar que o pudesse perder.

— Tudo bem com você? — perguntou Francis.

— Maravilha!

— É que você parece estar tão ausente...

— Estou naqueles dias.

— Sua menstruação terminou na semana passada... tem certeza de que está bem?

Era tão fofo, tão cuidadoso, tão verdadeiramente preocupado. Eu havia esquecido. Usara esse argumento como desculpa para evitar sexo depois da discussão com Matthew. Oh, Deus! Como eu odiava isso tudo!

— Talvez você devesse consultar o Dr. Rowe.

— Estou bem. Provavelmente foram aquelas lentilhas de ontem. Já passou.

— Bem, você poderia ao menos consultar o Tim.

— Eu estou bem... — Os dentes cerrados outra vez. — Ótima!

Ele atirou alguma coisa no meu colo.

— Ótimo! — disse ele. — Porque eu tenho isto. Feliz aniversário!

Abri o embrulho: ingressos para *A Flauta Mágica*, na noite seguinte. Uns três meses atrás, eu teria ficado extasiada. Agora, depois de Matthew, eu me sentia anestesiada. O que era assistir a Mozart quando eu poderia estar sentada nua com meu amante em um pequeno e aconchegante flat em Paddington?

— Adorável — disse eu.

— Humm. Acho que você deve ir visitar o Dr. Rowe. — Então ele baixou a voz, como se o carro estivesse cheio de espiões. — Você acha que pode ser *a menopau*...?

Ocorreu-me outra coisa. Eu havia inventado tantos ciclos menstruais que, além da necessidade de uma transfusão de sangue se todos fossem verdadeiros, eu não tinha a menor ideia de quando minha menstruação de verdade viria. Ela estava um tanto quanto descontrolada ultimamente, de qualquer modo, devido à aproximação das "delícias" da *menopausa*, provavelmente. E, é claro, eu nunca tive de lhe dar um momento de atenção — exceto estar preparada para ela. Mas agora me ocorria — louca, selvagem, idiota, pensamento impossível — que talvez eu pudesse estar grávida. A última menstruação genuína parecia ter ocorrido há muito tempo. Oh, meu Deus! Abri os olhos esbugalhados pela área em torno. Todos os carros pareciam ter cadeirinhas de bebês. Não podia ser, era impossível... Ah, mas *podia*! Aquela quantidade toda de sexo — bem que podia ser.

Forte até conhecer Matthew, eu me tornara uma mulher sensível. Quando o Dr. Rowe disse que eu deveria suspender a pílula e retornar ao diafragma — a progesterona sendo um hormônio muito perigoso —, eu o fiz. Afinal, aquele um e meio por cento de taxa de falha era uma preocupação quase inexistente. Eu fazia sexo legítimo ocasionalmente apenas com meu marido. Se alguma coisa acontecesse — bem, poderíamos cruzar aquela ponte... E era altamente, mas *muito altamente* improvável! Naquela época. Mas eu só estava tomando pílula regularmente há cinco semanas. E estava tendo mais coitos não interrompidos do que um bando de garotas em um bordel de beira da estrada. E — vamos encarar os fatos —, quando você está nos primeiros momentos de um caso de amor fascinante, os procedimentos de prevenção tendem a ficar um pouco relegados. Oh! Oh! Oh! Arregalei os olhos embasbacada para as traseiras dos carros que nos circundavam, rezei, convenci-me de que eu era agora uma mulher prestes a ser mãe, e, de fato, precisei do banheiro logo depois de pensar nisso.

— Só mais uma vez — disse a Francis. — É rapidinho.

— Corra, então — disse ele, compreensivelmente incapaz de conter a irritação.

Uma vez no banheiro, inspirei profundamente e pensei com seriedade: grávida? Eu provavelmente estava. Toquei meus seios: eles pareciam inchados. E minha pele irradiava, da mesma forma que quando estive grávida das três primeiras vezes. Quase chorei. Qualquer que fosse a metamecânica que regulava o Universo, certamente contava com maneiras de punir o adúltero, e surpreendi a mim mesma me perguntando, em um momento louco e vão, se havíamos guardado o berço. Eu me sentia grata por ainda estar sentada na privada quando esse pensamento me ocorreu. Aqui estava eu, provavelmente grávida e sem fazer sexo com meu marido por semanas. Até mesmo Francis, que confiava em mim até debaixo d'água, deveria ter problemas quanto a isso. E foi então que tive uma epifania.

Voltei correndo para o carro e, literalmente, me atirei sobre o banco do passageiro, dei um sorrisinho muito radiante para Francis — tão sedutor quanto consegui — e disse:

— Mal posso esperar para cair na cama esta noite.

Ele pareceu desapontado.

— Cansada outra vez?

— De modo algum. Eu estou muito excitada. *Muito* excitada.

— Ora — disse Francis, parecendo feliz e animado —, Tim e Charlotte só vão chegar depois das sete. E ainda são cinco horas. Estaremos lá antes das seis, facilmente. Portanto, aguente só mais um pouquinho, minha rainha.

— Ótimo — disse eu. Ai, ótimo!

Se eu estivesse grávida (era a lógica), poderia fazer o bebê passar por filho do meu marido. Compreende o que quero dizer com a inclinação para enganar? Está no sangue. O entusiasmo no tom da minha voz, todavia, era o mesmo de um prisioneiro sendo conduzido pelo corredor da morte. Entretanto, Francis estava radiante. Ele colocou uma fita de Bryan Ferry no gravador: *Let's stick together*, isto é, *Vamos ficar agarradinhos...* Argh! E pisou fundo no acelerador. A trilha sonora era uma seleção que os meninos haviam gravado para ele anos atrás, para animá-lo. A princípio, ele ouvia por obrigação e depois acabou gostando dela. Agora ele estava batucando no volante, aloprando nos refrãos e de quando em quando levantava as mãos para o alto no compasso da canção. Estava que não cabia em si, e eu mais e mais desanimada. De alguma maneira, quando retornamos à estrada, eu estava me sentindo enjoada e ainda mais convencida de estar grávida. Bem, enjoada ou não, grávida de Matthew ou não, eu faria sexo com meu marido o mais breve possível — o que cobriria todas as possibilidades. Não foi à toa que Henrique VIII se livrou de cinco mulheres. Ele teria descartado a sexta, se a sífilis não o houvesse matado.

O Real Hotel Edward é adorável. É grande e suntuoso, do tipo que os americanos adoram e que, graças aos nossos primos transatlânticos, oferece, nos dias de hoje, encanamento adequado e bom serviço. Quando você aciona o chuveiro, tem pressão. Quando você pede serviço de quarto, este chega com um sorriso. Já havíamos nos hospedado ali antes, e dessa vez Francis havia reservado uma suíte. Ficava no último andar, longe do barulho do tráfego e com uma vista maravilhosa para o mosteiro. Fui diretamente ao banheiro — sob o pretexto de me aprontar para fazer amor — e chequei minhas mensagens. Havia uma: "Eu te amo. Estou com saudades." Fiquei bastante aliviada. Não se tratava de "Onde você se encontra, porra? Por que não telefonou? Está tudo acabado!". Graças a Deus, ele estava sendo razoável. Então, ouvi o espocar do champanhe. Francis estava esquentando...
 Tiramos as nossas roupas, colocamos os roupões e sentamos próximo à janela, entornando o champanhe e olhando a vista. O mosteiro parecia dourado sob a luz do sol. Quisera eu que Matthew visse isso!
 — Que lindo — exclamou Francis, acariciando o meu joelho.
 Cerrei e depois trinquei os dentes: Deus sabe como judiei deles e tive um momento de histeria quando pensei na maternidade...
 Começamos a fazer amor. E, verdade seja dita, Francis parecia tão familiar e feliz, e tão descomplicado, que eu não estava desgostando completamente. Daí o telefone tocou. Fazer amor dentro do casamento significa que se o telefone toca você às vezes atende. Eu o apanhei, pois estava mais próxima dele. Uma voz, com um leve sotaque estrangeiro,

disse que flores haviam chegado para mim e queria saber se poderia trazê-las para cima.

— Não — respondi. — Ainda não.

— *O quê* ainda não? — perguntou Francis, deitado ao meu lado como se o mundo que habitávamos como marido e mulher fosse o mesmo, sem mudanças, um lugar delicado como sempre fora.

— Alguma coisa sobre solicitar o jantar. *Francamente...*

Se as flores tivessem sido ideia dele, o atraso não faria diferença, mas se não fossem...

E fomos em frente. Champanhe, luzes indiretas, lençóis brancos fresquíssimos e uma colcha de seda que nos envolvia. Apenas o homem errado.

E aí uma batida à porta.

— Não atenda — eu disse, tentando não soar assustada. Deviam ser as flores, e eu desabaria.

A batida soou mais forte. E mais forte.

Francis levantou da cama, vestiu o roupão, deixou nossa pequena saleta e abriu a porta. Ouvi o mesmo sotaque estrangeiro anunciando flores para a Sra. Holmes. Escutei Francis reagir e ser varrido para o lado enquanto as flores eram trazidas pela saleta e introduzidas no quarto onde eu estava sentada na cama, enrolada na colcha, nua de roupa e palavras. Porque a pessoa que as entregava era Matthew.

Matthew...

Só Deus sabe onde ele conseguira aquele terno, mas ele parecia perfeito no papel de um entregador de flores.

— Madame — disse ele, inclinando a cabeça e colocando a cesta (muito vulgar, por sinal) ao meu lado na cama. Seu rosto estava absolutamente impassível. Seus olhos azuis pareciam de aço. Tentei parecer como alguém que tivesse apenas dado uma cochilada. Eu não pude dizer nada porque Francis estava logo atrás dele, parecendo espantado. Arregalei os olhos para Matthew, que arregalou os olhos para mim. Eu nunca tinha visto olhos tão faiscantes assim. Podiam ser bastante ameaçadores, e eu esperava que ele desse um soco no nariz de Francis ou fizesse alguma coisa realmente má. Mas tudo o que ele fez foi se curvar em uma pequena reverência.

— Sinto muito, madame — disse ele, com seu sotaque estrangeiro esquisito. — Se precisar de qualquer tipo de serviço, é só chamar — e entregou-me um cartão.

Tinha feito tudo muito bem. Parecera perfeitamente natural. Exceto pelo fato de que nenhum empregado de hotel adentraria o quarto sem ser convidado — apesar das flores. Suponho, porém, que a velha máxima de que, se você fizer qualquer coisa com suficiente confiança em si mesmo vai passar impunemente, prevaleceu. Francis parecia distintamente irritado, mas, antes que pudesse dizer qualquer coisa além de "isso é tudo?", Matthew deu-lhe as costas. E, tão naturalmente quanto havia entrado, ele deixou o local. Deslizei o cartão para baixo do travesseiro.

Francis seguiu-o até se certificar de que saíra do quarto.

— Insolente miserável! — disse ele contrariado, enquanto a porta da saleta se fechava com um barulhão. Mas se Francis pensava que aquilo era alguma coisa mais do que muitíssimo estranha, escolheu não encrencar. Em vez disso, voltou para a cama.

— Bem — disse ele, tocando um dos cravos que se aninhavam ao lado dos demais —, algum jardim foi destroçado. Nunca vi um buquê tão chinfrim... De quem são?

Ele apanhou o envelopinho e puxou um cartão com algumas flores desenhadas na borda e as palavras "Com muito amor" impressas sobre ele. Assinado: "De todos da Beeston Gardens" — ele leu.

E me lançou um olhar inquisitivo.

— Minha titia Liza — disse eu —, Deus a abençoe.

— Quem são *todos*? — perguntou ele.

— Os gatos.

— Uma pena que eu não a veja há muito tempo — disse ele. — Ela parece um passarinho velho e feliz. Imagino que deva estar sentindo que seus dias estão chegando ao fim, daí toda essa ligação com você. — Ele deu um peteleco num botão fechado de uma rosa, olhou novamente para o cartão e sorriu: "Com muito amor."

O problema é que, sob a raiva e o medo da descoberta, eu amava Matthew *mais ainda* por ter engendrado esta cena. Isso fez com que eu me sentisse jovem e audaciosa como uma criança que sabe que alguma coisa é perigosa, mas, ainda assim, *ousará* fazê-la.

— Onde é que estávamos?

Ele riu. Eu forcei um sorriso. Mas soou como se a velha Maria Antonieta gargalhasse enquanto o carrasco a conduzia à guilhotina. Matthew não só estava no hotel, como poderia fazer outra entrada dramática a qualquer momento. Meu casamento poderia acabar mais rápido do que um estalar de dedos. Uma parte de mim, a parte zangada, desfez-se em uma sensação mais suave de amá-lo por inteiro outra vez. Essa espécie de prova de amor colocava *A Flauta Mágica* no chinelo. Mas então a parte zangada sobrepujou o amor suave, e eu estava pronta para avançar sobre ele para perguntar-lhe o que é que ele pensava estar fazendo — miserável! — com o meu casamento? Para o que ele naturalmente teria a resposta óbvia: "Que casamento?"

Fiz a única coisa possível: tomei outra taça de champanhe e acabei de fazer amor. Imperturbável. Talvez porque houvesse tido a presença de espírito de simplesmente *tirar* o telefone do gancho. Se alguém tentasse ligar pela próxima meia hora ou mais, a ligação não seria completada.

O número da nossa suíte era 505. O número do quarto marcado no cartão de Matthew era 215. Pelo menos ele não estava na porta ao lado. Ou ainda no mesmo corredor. Oh, Deus, por que Carole teve de partir e morrer? Isso tudo era culpa dela. E agora que havia acontecido, ela não estava aqui sequer para que confidenciássemos. Eu precisava dela. Era quase impossível suportar não poder contar isso a alguém. Não apenas eu queria conversar com alguém a respeito dessa louca, absurda e maravilhosa peça teatral, encenada para mim por meu amante, neste hotel, e sob o nariz de meu marido, mas, em geral e com frequência, eu queria dizer a alguém como é que eu me sentia, apaixonada como estava. Eu queria dividir as piadas, os momentos de conversa, todas as coisas que as mulheres confessam umas às outras a esse respeito. Não o tamanho do "equipamento" masculino, nem quantas vezes por noite, mas os periféricos encantadores. Ninguém foi testada como uma amiga verdadeira até que se tenha passado um mês de conversas extasiantes no que tange às maravilhas de um novo homem, se ele disse aquilo, mas fez isso, o que aquilo queria dizer em relação a isso, e ele tem uma covinha quando fica sério, e ele é o único homem que conheci que pode sair por aí vestindo amarelo, e eu já lhe contei o que foi que ele me disse ontem à noite, enquanto nós...? Falar, falar e falar. Eu não conhecia alguém em quem pudesse confiar; certamente não na minha irmã, pensei com amargura, aquela em quem eu *deveria* poder confiar. Ninguém! E aquele isolamento criou seus próprios demônios. Absolutamente ninguém estava lá fora com um par de ouvidos confiáveis. A loucura estava toda em cima de mim e permaneceu assim — eu estava em frangalhos com tudo aquilo, mas não havia solução. Pelo menos nenhuma solução para a qual eu estivesse preparada.

Tão logo Francis me abraçou e me acariciou, e ficamos nos tocando daquela maneira doce pós-sexo, comecei a tremer. Matthew Todd estava no mesmo hotel que eu, meu marido e nosso casal de amigos! Ele entrara no nosso quarto, passara pelo meu marido e me vira na cama, em uma circunstância que só o podia levar a uma única conclusão: que eu deveria estar tão ansiosa para arriar as calças de Francis que, tão logo a porta se fechou atrás dele, começamos a nos atracar. Eu tremi ainda mais. Se levou tanto tempo para acalmar Matthew depois que ele descobriu que uma esposa tendo um caso teria de dormir com seu marido, quanto tempo levaria para que se recuperasse depois do que havia presenciado? Eu só queria morrer. Eu queria me deitar naquela cama e dizer: "O.k., Destino, eu desisto. Toma-me! Leva-me! Eu não sei mais o que fazer!" Ele estava lá fora, era perigoso e poderia fazer qualquer coisa... E parte de mim desejava que ele fizesse.

Francis pousou sua mão sobre minha testa.

— Você parece um pouco estressada — ele disse. — Vamos com calma. Nós estamos aqui para relaxar. Deite-se aí por uns instantes; vou encher a banheira para nós dois.

Bem, é claro que caí em prantos.

E ele me confortou. Ou pensou que tivesse. Enquanto me enlaçava, coloquei o telefone de volta no gancho. O telefone tocou. "Leva-me, Destino", disse eu, silenciosamente. Mas era apenas Tim, para anunciar que havia chegado. Francis lhe disse que ia tomar uma ducha e descer para encontrá-lo, enquanto eu descansava na banheira. Espaço, pelo menos.

6
O Homem da Máscara de Ferro

Se alguma vez pensei que media minha vida com colherinhas de café, eu agora pensava diferente: media minha vida pelas vezes em que ficava sentada nos banheiros digitando números no telefone nervosamente. Tentei o número do quarto dele — ninguém atendeu. Tampouco atendia seu celular. Eu estava entrando em pânico. De volta ao quarto, tentei o dele outra vez: nada. Liguei para a recepção e perguntei se o hóspede do apartamento 215 estava no hotel. Até onde eles sabiam, sim: não havia deixado a chave com eles. Tentei o número do quarto dele novamente. E o celular. Nada. Então entrei num banho tépido e conversei comigo mesma. Nada de bom iria resultar se eu morresse naquelas circunstâncias. Da mesma forma — e suponho que isso era um pragmatismo inato, atávico —, eu deveria deixá-lo dar cabo ao que quer que fosse que ele quisesse lá embaixo. Ele poderia me guiar, e eu o seguiria, esperando que Francis nunca descobrisse nada. A severidade desapareceu: eu voltara a ficar alegre e excitada. Sorri entre as bolhas de sabão. Talvez consiga passar algum tempinho com ele; uma desolada, luminosa e completa loucura, é lógico. Porém, muito maior do que o medo de ser apanhada era a excitação daquela possibilidade. Como todas as Guineveres,* eu me sentia extasiada pelo seu feito heroico e loucamente feliz por ele ter feito por mim algo tão impetuoso.

Coloquei uma roupa e desci para o bar. No caminho, liguei para o quarto 215, mas não houve resposta. Plano B: eu escrevera um bilhete. Plano B: inútil. O bilhete não passava debaixo da porta. Tudo bem, eu desceria e o deixaria para ele na recepção.

---

* Guinevere foi a lendária esposa do Rei Arthur. Ficou famosa pelo seu envolvimento amoroso com Sir Lancelot, Primeiro Cavaleiro de Arthur. A traição é um dos fatores que levam o reinado de Arthur à ruína. (N.E.)

No momento em que o elevador parou no térreo, eu me senti mais calma, mais dentro da realidade. Tinha dois objetivos: o primeiro era vê-lo sozinho, tão logo fosse possível; o segundo era não ferir Francis. O primeiro, eu poderia concretizar ou não; o segundo, eu estava determinada a conseguir. Patético, de fato, tendo em vista o que eu estava fazendo às suas costas. Francis não era idiota, tonto ou arrogante, e, portanto, não merecia ser enganado; era apenas um homem que confiava em sua mulher.

Charlotte estava cruzando o saguão quando as portas do elevador se abriram. Nenhum Plano C então. Enfiei o bilhete de volta em minha bolsa e nos abraçamos. E então ela deu um passo para trás e me examinou de cima a baixo.

— Você está ridiculamente maravilhosa! — disse ela. E depois acrescentou com ceticismo: — Francis disse que você não tem passado bem...?!

Eu tinha uma tremenda urgência de contar-lhe tudo, mas felizmente o momento de loucura passou. Aja com naturalidade, eu disse a mim mesma, e enganchei meu braço no dela.

— É tão bom vê-la novamente — eu disse.

Fizemos nosso trajeto pelo saguão, em direção ao bar. Charlotte parecia a mesma de sempre. Uma dessas mulheres esguias, alta e magra, com um cabelo grisalho impecável, uma boa estrutura óssea e longas pernas elegantes. Ela vestia saias flutuantes de cor pastel, combinando com jaqueta também pastel e meias de náilon transparentes, o que, no conjunto, de certo modo, lhe caía bem.

— Você também está maravilhosa. Ainda mais elegante...

Ela interrompeu:

— Não — disse ela. — Eu estou falando sério: você está *realmente* maravilhosa. Qual é o segredo?

Olhei para cima, sorri, então focalizei alguma coisa longe enquanto sorria e suspirei. Por alguns instantes, fiquei sem palavras até que ela disse como quem não quer nada, quase hesitante:

— ... O segredo? — De um jeito que sugeria que ela estava, de fato, dizendo: "Olá!... Atenção, olha eu aqui!!!"

Pois meus olhos estavam fixados em algum lugar ao fundo. *Segredo? Qual era o meu segredo?* Bem, sem querer apontar de modo muito incisivo, lá estava ele, sentado em uma poltrona, lendo um jornal, ou melhor, de butuca sobre o jornal e com as sobrancelhas erguidas. Ele não sorria. Nem eu.

— Nenhum segredo — respondi, forçando-me a respirar normalmente. — Eles estão no bar, não estão? — E com meu braço enganchado no dela (e quase desmaiando), dirigimo-nos para lá.

Matthew levantou-se e seguiu-nos. Parecia perfeitamente normal. Bem, pode ser que aquilo parecesse perfeitamente normal, porém *ele* não parecia. Onde ele arrumara aquelas roupas? Estava usando blazer e moletom, com camisa branca e gravata e até mesmo um *alfinete de gravata*! Ele estava mais distante do meu Matthew informal do que Fred Astaire do *hip-hop*. Ele havia se transformado em alguém que fora expulso de um Clube Pomposo de Críquete. Eu teria rido muito e bem alto (ou provavelmente chorado) se ele não estivesse parecendo tão bizarro. Como estava, fixei os olhos lá na frente, tal como ele, e, quase lado a lado, pendurada ainda ao braço de Charlotte, nós três entramos no bar.

Francis e Tim estavam sentados perto da janela. Não havia mesas livres próximas a nós, e Matthew dirigiu-se a um banquinho do balcão. Quando Francis beijou meu rosto e disse que eu estava maravilhosa, quase berrei para ele "Não faça isso!" Uma corrente elétrica perpassa o ambiente entre mim e o bar. Dei uma olhada em volta, Matthew estava de costas. Então vi dois pontinhos de luz azul refletidos na extremidade do bar: ele estava nos observando através do espelho.

Tim disse alguma coisa sobre eu estar parecendo dez anos mais moça. Francis disse alguma coisa sobre champanhe ou gim-tônica, ao que respondi "Sim!", e ele disse "O quê, os dois?" E enquanto ele e o garçom tentavam desvendar qual, coloquei minha mão escondida atrás de minhas costas e fiz um leve aceno. Matthew fez a mesma coisa. Ele ainda não estava sorrindo. Então, de algum modo, eu estava sentada à nossa mesa, de costas para o meu amor, e não sabia se aquilo era melhor ou pior.

Eu deveria ter desconfiado. Eu deveria ter desconfiado de todas aquelas perguntas que ele me fez: sobre o nome do hotel, quando é que estaríamos chegando exatamente, se comeríamos lá no restaurante ou em algum outro lugar, que tipo de coisas fazíamos nesses fins de semana...?! Eu pensava que aquilo era em decorrência de ciúmes, mas era tudo uma armação. Eu dera as informações a Matthew, e — por Deus! — ele estava fazendo uso total daquilo. Lá estava eu sentada no bar, conversando com amigos, tendo a mão espremida pelo meu marido, tentando beber um gim-tônica — que eu desejava entornar goela abaixo de modo a afundar no poço do esquecimento — e tentando comportar-me o melhor possível, o que não era suficiente com seus olhos fuzilantes sobre mim. Quando deixamos o bar e nos dirigimos ao restaurante, Matthew veio junto, logo atrás. Ele foi encaminhado a uma mesa do outro lado da sala, perto da porta, mas eu podia vê-lo perfeitamente bem. E ele podia me ver. Ele me encarava. Sem emoção. Avistava sua face entre as cabeças dos demais clientes. Eu sorri. Ele não. Ele apenas ergueu seu copo vazio num brinde e pousou-o de volta, cruzando as mãos sobre a mesa e seguindo a me encarar. Se ele não tivesse uma face basicamente inocente, tranquila, sem um pingo de maldade no olhar, os seguranças do hotel o teriam botado para fora. Nenhum sinal de emoção em qualquer parte do corpo ou rosto. Ele poderia estar usando uma máscara.

Uma vez feito nosso pedido, e o vinho estando na mesa, pedi licença e saí. Eu tinha o motivo perfeito: esquecera o presente de aniversário de Francis sobre a cômoda, lá em cima. Levantei-me e disse:

— Não vou demorar nadinha — e fugi. Senti que Matthew me seguia. Pelo menos meus amigos conversavam ainda, lá adiante, entretidos. O garçom de Matthew, quando saí pela porta do restaurante, estava de pé, a garrafa na mão, sentindo-se um otário à súbita fuga de seu cliente. Eu o ouvi dizer "Senhor?", e ouvi Matthew responder: "Volto já, já", e eu saí correndo pelo saguão. Ele me alcançou.

— Eu te amo — disse.

Corri. Deus sabe o que as pessoas sóbrias, sentadas e aglomeradas à nossa volta pensaram a nosso respeito. Esse não era um hotel no qual as pessoas costumassem correr.

— Você está zangada? — ele perguntou.

Eu não respondi nada.

Subimos correndo as escadas para o próximo andar, e então ele tomou a minha mão, e seguimos voando para o andar seguinte, o dele. Alcançamos o seu quarto. O número 215 ficava na parte menos arejada do hotel, e descemos corredor atrás de corredor como se fôssemos Alice e o Coelho Branco. O quarto era pequeno, estreito, com uma cama de solteiro e um banheirinho apertado. Um dos quartos usados provavelmente por empregados do hotel e, eventualmente, por um solteiro pobretão. Depois do 505, aquele me deixou constrangida.

— Isso é terrível — eu disse. — Realmente nojento!

Pusemos os braços em torno um do outro e ficamos sobre aquele pequeno espaço acarpetado.

— Foi tudo que pude conseguir e está muito melhor agora — disse ele.

— Como você pôde fazer isso? — perguntei. — É completamente louco!

— Eu não sabia mais o que fazer.

Ele procurava pelo zíper, mas o meu vestido não tinha um. Ele não parecia notar.

— Ajudou — disse ele, num misto de reprovação e desgosto. — O planejamento, o segredo, a vinda até aqui. Tirou um pouco minha cabeça de você e dele.

Alguma coisa não estava muito correta em tudo isso. Certamente aquelas palavras deveriam ser pronunciadas pelo marido enganado e não pelo novo amante.

— As flores... aquilo foi engraçado.

Ele ignorou minha risada.

— *Engraçado?*

Ele desistiu do zíper e colocou a mão entre as minhas pernas.

— Você fez... — ele balbuciou — esta tarde...?

— Isso não interessa. Fiz o que tinha que fazer. Ele é meu marido, Matthew. Meu marido!

Eu estava berrando, de repente, medo e raiva cobriam toda a criancice daquilo tudo.

— Eu tive que fazer, caramba! — explodi.

— Existem outras maneiras — ele sugeriu.

— Não existem.

Ele se afastou de mim e me encarou como se eu tivesse enterrado uma faca em seu peito.

— Eu tentei de tudo. Mas não teve outro jeito. Agora esquece isso, por favor — eu me adiantei.

Ele recuou, o rosto frio como uma máscara outra vez.

— Vocês...

— Não acho que alguma coisa de bom possa resultar desta conversa... Eu te amo e quero ficar com você.

Tentei beijá-lo, mas ele recuou com a cabeça para trás. Tomei sua mão, segurei-a por um instante e odiei Francis naquele momento. Isso era o que eu queria. Agora.

— Fique — disse ele.

— Não posso.

— Você pode — disse Matthew. — Por favor.

Nós agíamos como dois adolescentes.

— Tenho que voltar. Estão todos lá embaixo. Se eu não voltar, eles virão me procurar. Eles já devem estar pensando que sou retardada ou que não estou bem, como dizem, e Francis acha que estou desequilibrada, deprimida e desvairada.

— *O quê?*

— Porque tentei ligar para você de todos os banheiros públicos possíveis, entre o viaduto de Hammersmith e aqui.

Fez-se uma pausa. Então — de alívio ou de nervoso? — alguma coisa fez-nos ver quão engraçado era tudo aquilo, e, por um instante, não podíamos parar de rir. Pelo menos a máscara havia caído.

Quando finalmente conseguimos parar, ele começou a acariciar o meu pescoço.

— Você pode simplesmente acabar com isso — ele disse. — Algum dia você vai ter que tomar uma decisão.

Aquele era o ponto que eu temia enfrentar. O ponto que o medo e a raiva protegiam. Não havia nada a dizer, exceto:

— Eu tenho que voltar. Eu realmente tenho que voltar. Se não voltar, ele pode desconfiar e daí...

Ele olhou para mim com o azul dos olhos endurecidos outra vez.

— E daí? E daí, o quê? — disse ele.

— É que... — Andei para trás. -— É que... ainda não estou pronta para ter essa conversa.

Eu o beijei. Seu rosto ficou rígido outra vez, como se fosse uma máscara de ferro...

— Não faça isso, Matthew, por favor...

Eu deveria supostamente me afastar, mas, ao contrário, eu me aproximava dele. Penso que, se ele tivesse me pedido mais uma vez para ficar, eu o teria feito. Mas ele beijou os meus cabelos apenas, e empurrou-me em direção à porta. Saímos do quarto. Silêncio.

— Você desce — eu disse. — Ainda tenho que ir apanhar o presente de Francis.

Eu estava à beira das lágrimas. Esperava ouvi-lo dizer a qualquer instante as velhas palavras "Se você me amasse, você ficaria" e tive uma súbita e louca impressão de sermos tão jovens quanto Romeu e Julieta e estarmos numa enrascada tão grande quanto a deles. Todo mundo morre, pensei irracionalmente. Aqueles dois, Madame Bovary, Thérèse Raquin, Madame Butterfly...

Quando chegamos ao final do corredor, ele seguiu em uma direção e eu apanhei o elevador para o quinto andar. Nesse momento, eu já estava realmente chorando. Era demais para aguentar, e eu não sabia o que fazer. Estava dividida em dois. Talvez *acabasse* mesmo mentalmente desequilibrada e desvairada.

Assim que saí do elevador e corri pelo corredor em direção à nossa suíte, vi Charlotte na minha frente, checando os números das portas. Chamei por ela, que se virou e sorriu.

— Francis estava preocupado — disse ela —, então eu vim. Você está bem? Você me parece um tanto...

— Pensei que você tinha dito que eu estava maravilhosa uma hora atrás — disse eu, um tanto petulante.

Ela deu uma piscadela. Querida, delicada e adequada Charlotte. Eu quase disse "Não, eu não estou bem! Estou trepando com dois homens e não sei o que fazer... Porque amo os dois. Ou penso que amo os dois... Amo um deles irrestritamente, e, embora também ame o outro, ao mesmo tempo não suporto mais estar ao lado dele..."

Felizmente, ela interveio:

— Bem, você andou chorando — disse ela, eximindo-se.

— Sim. Oh, desculpe. É isso aí.

Deixei que ela entrasse no 505 e me sentei em uma das cadeiras. Ela se acomodou na outra, parecendo preocupada. E não menos pela estranha cesta de flores.

— Seria a menopausa?

Levantei os ombros, lembrando-me de ficar o mais próximo da verdade quanto possível.

— Em um instante, estou feliz e logo em seguida estou desse jeito... Ela relaxou.

— Eu entendo. Também estou assim. Posso estar perfeitamente bem e, de repente, pronto! Estava cuidando jardim, na semana passada, quando subitamente me senti fraca e tonta...

Dona Charlotte. Cuidando do jardim!

Levantei-me.

— Bem, agora está tudo melhor. Só vou pegar o presente, e, então, descemos.

— Você sabe que pode conversar comigo sempre, não sabe? Prometo não comentar nada com Tim.

Olhei assustada para ela. Estaria suspeitando?

— Além disso — acrescentou —, você tem seu próprio médico.

Apanhei o presente, uma carteira, algo impessoal. Eu simplesmente não conseguira comprar-lhe alguma coisa que fosse para sempre, como um anel ou um relógio. E então descemos. Serenas, confiantes, duas senhoras de meia-idade comparecendo a um jantar com seus respectivos maridos em um alegre final de semana na adorável e histórica Bath. Exceto pelo fato de uma delas ter o seu amante sentado a outra mesa, que parece zangado com uma das duas serenas e confiantes senhoras que passam com um andar descontraído. Por um minuto apenas, pensei que devia me sentar com ele "Posso juntar-me a você, querido?", então tudo estaria acabado.

Mas eu me segurei e segui em frente, e me sentei com meu acompanhante. Eu sabia que Tim e Francis já haviam conversado a meu respeito. Se conversaram sobre o estado dos meus hormônios ou sobre a aparente vivacidade que tomara conta de mim, quem poderia dizer? Tim apenas sorriu sugestivamente; Francis apanhou seu presente e abriu-o, beijando-me o rosto, o que deve ter agradado muito Matthew. As entradas, que estavam sendo esperadas, chegaram. Dei uma rápida olhada no ambiente. Matthew e eu havíamos pedido ostras. Essas criaturinhas afrodisíacas. Pensei que isso era um tipo de sinal. Almas gêmeas... Coisa de loucos...

Então Tim, olhando para o meu prato, disse a Francis:

— Ahá! Você vai se dar bem esta noite!

O prato de Francis chegou. Ele também havia pedido ostras e piscou para mim assim que foram postas à sua frente. — As mesmas ostras sexies de sempre!

Os demais riram.

— Rules — disse ele, incluindo Tim e Charlotte na conversa. — Foi lá que ela me conquistou com as ostras. Nosso primeiro encontro.

Uma súbita tristeza se derramou dentro de mim, pela pessoa descomplicada e feliz que eu tinha sido todos aqueles anos.

Depois do prato principal, Matthew saiu. Virei-me para olhar para ele, mas sua mesa estava vazia, e as coisas estavam sendo retiradas. Meu pensamento banal e imediato foi: Oh, bem, ele não gosta muito de pudim. Então eu parei de sorrir por aquela bobagem e por compreender que, sob a paixão e o fervor, uma verdadeira afeição havia crescido.

— Dilys?

Francis dissera alguma coisa.

— Sim?

— Tim estava comentando como nós quatro temos muita sorte por termos chegado até aqui juntos e intactos.

— Eu achava que hoje em dia todos estivessem vivendo mais e com mais saúde.

— Mas sem se manterem vivos — disse Tim.

Charlotte riu.

— Manterem-se *casados*! É a melhor coisa para a vida.

— Mesmo? — Eu disse. A paranoia fez com que eu me perguntasse se aquele não seria algum tipo de teste. — Eu achava que o casamento mantinha os homens vivos e que as mulheres solteiras, por sua vez, viviam mais. Não é isso que dizem as estatísticas?

— Ah, estatísticas — disse Tim.

— Uma proporção muito maior de casamentos se desfaz agora — disse Charlotte. — Metade dos nossos amigos está se separando. E os filhos deles também.

Francis disse:

— Acho que nos dias de hoje eles confundem a festa do casamento com o casamento em si. A primeira é fácil, o segundo é mais difícil.

Ele riu e me deu um tapinha na mão.

— *Dificílimo!*

É bom mesmo que o álcool desça sem muito esforço. Qualquer atividade que requeria controle muscular estava além de mim. Por que estávamos tendo essa conversa? Saberiam eles todos que eu era uma adúltera? Estariam eles me torturando? Teriam combinado secretamente me assustar antes da revelação da verdade?

Tim continuou bastante óbvio para alguém com propósitos subliminares:

— De qualquer maneira, vocês podem se imaginar interpretando um Jeffrey Archer ou um Alan Clark? Adultério. Com todos os riscos. Só de pensar nisso me dá *um arrepio*....

— Esse é o problema deles, acho — disse Charlotte, rindo. — *Arrepio!*

Tim ergueu a taça para ela.

— Estamos há quase trinta e cinco anos juntos — ele disse. — E vocês devem estar há quase trinta.

— Sim — eu disse. Outra vez a caminho da guilhotina. Senti que Charlotte me lançou um olhar comprido e, portanto, estendi a mão e apertei a de Francis — e me senti enjoada quando fiz isso. Judas e Maria sentados lado a lado, infelizes, contando histórias sobre as pedras dos seus caminhos...

— Vamos juntos até os quarenta e cinco — disse Francis. Ele tocou o anel em minha mão. — Eu me adiantei uns anos, apenas, ao comprar-lhe a safira.

— O que acontece depois dos quarenta e cinco? — perguntei.

— Eu te despejo na neve — respondeu ele.

Todos riram.

Tudo em que eu podia pensar eram *quarenta e cinco anos*.

— Acho que vou tomar um brandy — eu disse alegremente.

Percebi que Francis e Tim trocaram o mais lânguido dos olhares. Francis havia, obviamente, se lembrado do brandy e do enterro de Carole, depois do qual nada mais fora a mesma coisa.

— Não é que agora eu goste disso.

Sorri falsamente.

— Por que não vamos para o bar?

Eu me sentia subitamente desesperada para encontrar Matthew outra vez. Mesmo que fosse só para estar no mesmo salão que ele.

Achei que ele havia ido afogar suas mágoas. Sei que eu estava pronta para afogar as minhas.

Saímos em grupo até o bar. O salão estava praticamente vazio. Ele não estava lá. Bebi sem prazer algum aquele brandy horroroso.

— Mozart amanhã à noite — disse Charlotte. — Isso é que é vida!

Passou pela minha cabeça, não sem um pouco de graça, que Matthew pudesse aparecer no meio do palco no dia seguinte. Eu não duvidava de mais nada que viesse dele. Mas ele não apareceu. Apenas deixou uma mensagem no meu celular, que dizia assim: "Não aguentei. Voltei para casa."

Fiquei completamente sem rumo.

7
Ter ou Não Ter

— O que é isso? — perguntou Francis, enquanto fazíamos as malas para voltar para casa.

— Pílulas hormonais — eu disse —, e não mexa nas minhas coisas. Pergunte.

— Não estou fuxicando — exclamou ele, magoado. — Só estava procurando uma caneta.

Eu estava furiosa.

— Bem, use a sua.

Eu sabia que deveria ter tirado umas duas pílulas da embalagem apenas, e deixado o resto em casa. Preguiça e adultério não devem andar de mãos dadas, eu estava me dando conta.

— Minha bolsa é pessoal, muito pessoal.

— Sinto muito — disse ele.

Fiquei muda, mal-humorada, num comportamento nem de longe adequado ao de uma esposa que acabara de passar um adorável fim de semana com o marido.

— Eu havia me esquecido de que este é o trono do poder de Chatelaine.

— O quê? — Perguntei.

— Sua bolsa. — Ele sorriu cautelosamente. — Prometo perguntar da próxima vez.

Ele esperou. Continuei de cara amarrada. Ele disse:

— Você pode continuar me dando patadas...

E, é claro, senti-me instantaneamente envergonhada, sem graça.

— O concerto foi maravilhoso. Obrigada!

— Vi suas lágrimas — disse ele, satisfeito. — Foi uma ótima produção. — E começou a cantarolar "O zittre nicht, mein lieber Sohn..."*

"Não tenhas medo, meu nobre rapaz" parecia elegantemente apropriado.

— Não faça isso — grunhi involuntariamente.

Ele ria enquanto fazia as malas.

— Um tanto quanto penoso aqui e ali... A Pamina era uma Pamina muito grande, não era?

— Com certeza.

Ele encerrou o caso:

— Se você tivesse de escolher entre Sabedoria, Razão e Natureza, em qual dos templos entraria?

— No da Sabedoria, é claro — menti. — E você?

— Eu teria dito a mesma coisa, mas — olhou para sua bagagem — acho que escolheria Natureza agora... dar uma caminhada pelo lado selvagem.

Nos velhos tempos, eu pararia diante dele, tocá-lo-ia afetuosamente, beijaria seu rosto — mais até. Agora eu praticamente dava tiros pelo quarto e pelo banheiro. Ele estava surpreso com a forma como eu havia enterrado o passado. Comecei a escovar os dentes outra vez.

Ele falou:

— Estou pensando na aposentadoria.

— Humm — eu disse através da espuma.

— Tim vai se aposentar no final do próximo ano. Eles estão pensando em dar a volta ao mundo. Estavam perguntando se queríamos nos juntar a eles.

— Adorável — disse eu, saindo do banheiro, afastando qualquer possibilidade de intimidade. Ele tocou minha orelha, na qual estava pendurado um brinco de safira, com que me presenteara pouco antes de sairmos para a ópera.

— Não acho adorável — disse ele. — Queremos viajar sozinhos, não queremos?

Eu não pude suportar aquilo e me afastei dele.

---

* "O zittre nicht, mein lieber Sohn": "Oh, não temas, meu amado filho..." Trecho da ária *Rainha da Noite*, da ópera *A Flauta Mágica*, de Wolfgang Amadeus Mozart, que a autora traduz como *"Não tenhas medo, meu nobre rapaz..."* (N. T.)

Ele deu o mais leve dos suspiros.

— Acho que deveríamos parar para um almoço. Vamos devagar na volta. O que você acha? Eu gostaria de parar em Henley.

Se a proposta de pararmos em Heney, onde ele me pedira em casamento tinha qualquer conotação romântica, não estava muito evidente. Mas aquilo não me caiu muito bem.

— Eu gostaria simplesmente de voltar para casa. Tomamos um café da manhã bem farto. De qualquer maneira, vai ser bom passar um tempinho com Júlia.

Ele concordou, desapontado; tanto quanto ficara naquela manhã na cama, quando começou a me tocar, e eu o repeli. Coloquei o braço em torno da sua cintura e dei-lhe um abraço frio, o que fez eu me sentir ainda um pouco mais cruel.

— Conte-me sobre o caso Hogan — eu disse.

Enquanto ele falava, minha mente estava maquinando uma forma de encontrar Matthew à noite. Eu tinha de encontrá-lo. Cada pedacinho de mim estava ligado a ele de uma forma abrasadora. Quem quer que tenha comparado o amor a uma droga — de Mozart a Bryan Ferry — chegou bastante próximo da verdade. Você não pensa sequer no perigo, no quanto vai custar consertar as coisas...

Passei todo o trajeto para casa queimando os miolos. Como poderia sair de casa com um motivo plausível, e sozinha, à noite? *Como?* Alguém duvidaria se eu usasse uma vez mais aquela carta na manga? Velha e doce titia Liza.

A viagem de Fulham a Paddington, numa tarde quente de verão, leva mais ou menos trinta e cinco minutos. Dessa vez, enquanto contabilizava esse tempo, em vez de deixar minha cabeça se comportar como um milho de pipoca estourando, tentei me concentrar em Pensamentos Úteis. Eu não tivera qualquer um desses desde o dia do funeral de Carole e não tinha certeza de que seria capaz de ter um agora, mas fiz de tudo para conseguir. Se existe uma coisa que a paixão faz por você é reduzir seu cérebro a proporções infantis. Qualquer coisa madura que venha junto simplesmente não consegue encontrar espaço entre todos os palitos de algodão-doce. Então eu me concentrei. Pelo menos eu tinha de ter alguma ideia de para onde essa *Coisa Errada* estava caminhando. Em nome da sanidade, se de nada mais, eu me concentrei entre Fulham e Paddington.

Quando ficamos parados no trânsito em Hammersmith, pensei nesses dois homens, Francis e Matthew. Marido e amante. Um, respeitável advogado; o outro, desempregado de Paddington. Escreva uma lista de suas qualidades e mal caberá uma folha entre eles. Pelo menos eu não estava corneando Francis com alguém que ele desaprovasse, o que não era conforto algum. Como não seria algum conforto para ele se algum dia viesse a descobrir. E, na estranha situação em que tentei falar com Matthew sobre Francis, ele pressionou um dedo sobre meus lábios e mudou de assunto.

Ambos acreditavam no bem acima de tudo. Ambos tinham visões liberais. Ambos lidavam com as severas realidades da vida em oposição ao reino dos ideais não tentados que habitam num braço da política ou no outro. Os sublimes ideais não tentados de "dê ao povo uma casa boa para morar e ponha comida em sua mesa, e ele será um ser sociável e não baterá nas velhinhas na rua".

Francis lidava continuamente com pessoas que tinham uma boa casa, comiam bem, tinham edredons limpos toda semana e, ainda assim, saíam e arrumavam encrenca com a primeira pessoa que cruzasse seu caminho. Um de seus clientes era um jogador de futebol que acabou com sua carreira ao enterrar uma faca na orelha de um sorridente aposentado. Enquanto sua casa era revistada, e a esposa segurava o bebê sem entender aquela cena, a polícia viu-se vasculhando gavetas e armários de roupas de cama extremamente bem passadas e dobradas, roupas pessoais de linho e roupinhas de bebê, que eram despejadas das gavetas sobre um imaculado e bem aspirado tapete Wilton. E ela disse não ter a mínima ideia de que seu marido era um criminoso... Não fiquei convencida na época, mas agora estou. Você pode enganar qualquer pessoa desde que ela o ame.

Do outro lado do espectro profissional de Francis, estavam os vulneráveis, os socialmente excluídos. Os desafortunados e os desesperançados que precisavam de proteção tipo "se você não pode enforcá-los, pelo menos dê a eles uma boa correção". Ele era o herói dessas pessoas, a luz no fim do túnel.

Francis lidava o tempo todo com clientes que tinham a cabeça chutada pelas botas de inúmeros policiais ou que tragicamente "escorregavam" das escadas da delegacia de polícia. Francis não fazia distinção entre um jogador de futebol cheio de grana com tendências assassinas, um drogado da periferia ou um ladrãozinho de galinha pé-rapado. Para ele, a justiça servia para todos, e não era adepto do lema de Margaret Thatcher: "Você é um dos nossos?"

Francis, saído de um mundo no qual privilégio significava que nada lhe deveria ser negado, acreditava em direitos sociais iguais. Ele apontava o dedo para uma injustiça sempre que podia. Thatcher e sua célebre frase: "Não existe isso que chamam de sociedade" era para ele um exemplo brutal de arrogância que impregnava nossas instituições. Ele achava intolerável que a falta de dinheiro, de trabalho ou de casa ainda o tornasse vulnerável ao abuso institucional, sem mencionar a exclusão social. Ele caiu em prantos, de dor e raiva, quando saíram as notícias sobre a tragédia de Hillsborough. Estava lá, em nossas telas — cidadãos de segunda classe, tratados como ralé, presos num cemitério vivo, pais ajoelhados sobre seus filhos, irmãos abraçando irmãos, a polícia perdendo a cabeça e — mais tarde — voltando à razão o bastante para compreender que deveriam destruir o vídeo que os desgraçava. Era um quadro dickenseniano, disse ele. E foi por isso que culpou Thatcher e sua ideologia; por ela ter vestido o cinismo brutal do "Não existe sociedade, apenas indivíduos... cada um por si." Autênticos valores vitorianos! Ele a detestava profundamente!

Era estranho, então, estar deitada na cama, em nossa primeira noite, e apreciar o amanhecer enquanto ouvia Matthew falar sobre as mesmas coisas, da mesma maneira que Francis. Eu poderia ter completado as pausas com as mesmas e exatas palavras — eu as conhecia intimamente. Tudo o que pude fazer foi privar-me de comentar isso com ele. No seu estado já alterado, ele teria *adorado* ouvir-me dizer o quanto se parecia com meu marido... Thatcher era o único ser humano que Francis poderia ter estrangulado com gosto com as próprias mãos; a forma de execução escolhida por Matthew teria sido assar a cabeça dela a banho-maria e servi-la numa bandeja de prata.

Havia muito pouco a diferenciar entre eles a respeito da Guerra das Malvinas também. Para Francis, fora uma daquelas experiências que aprofundaram seu compromisso político justamente numa época em que ele começara a se tornar menos radical. Na noite do Desfile da Grande Vitória, aquela dolorosa e ridícula ocasião em que os veteranos feridos e mutilados foram banidos, estávamos num restaurante local.

Um dos que jantavam na mesa ao lado cometeu o erro de erguer sua taça para nós pela Grande Vitória. Foi quando Francis correu para sua mesa, dizendo para ele enfiar a taça da Vitória naquele lugar, e desceu o punho com tamanha força no nariz do sujeito que as taças rodopiaram. Por sorte, o gerente nos conhecia...

Recordar aquela noite foi subitamente doloroso: o fato de sermos conhecidos no restaurante — um lugar que frequentamos tantas vezes — e a memória da moralidade irrestrita de Francis, suponho. Não importa o que eu estivesse fazendo ao meu marido agora, minha admiração por ele jamais balançou, apenas somou-se à minha vergonha o fato de eu estar ferindo alguém tão bom. Teria sido muito mais fácil se eu pudesse dizer simplesmente que Francis era um mau marido, um mau caráter, mau, mau e mau. Eu sabia que Matthew precisava ouvir essas coisas (que eu também precisaria, é óbvio, se ele tivesse uma esposa), mas a verdade é que Francis era bom, bom e bom. E eu tinha orgulho dele. Tinha orgulho dele e o traía também. Eu desejara tantas vezes contar a Matthew sobre as boas qualidades dele — sobre o restaurante e o Desfile das Malvinas, por exemplo. Mas ficava muda, enquanto me entregava em seus braços e ouvia, como se fosse inocente, e tomava conhecimento de que, na mesma noite do glorioso desfile, o estudante Matthew passara o tempo com dois veteranos sem-teto que haviam perdido as pernas.

Francis estava à vontade com a Revolução de Tony Blair, embora ele tivesse se sentido um pouco desconfortável quando soube que era uns doze anos mais velho do que o primeiro-ministro. Matthew rejeitou completamente a ideia da revolução. Suas expectativas sobre um novo investimento nas classes menos privilegiadas haviam sucumbido, enquanto Francis tinha uma visão mais ampla de que, apenas quando a classe média estivesse unida, as reformas poderiam começar. Era o caminho natural da história. Levantei aquela ideia para Matthew.

— Para o inferno com isso — disse ele. — A assim chamada Revolução Blairiana é uma traição a todo o movimento trabalhista. Quando você faz parte do governo, e sua primeira ação legislativa séria é cobrar taxas para a educação superior, e você conta entre suas reivindicações com uma política de tolerância zero com os sem-teto, então, meu bem, você perdeu o meu respeito!

— Mas em quem é que você vai votar, então?
— Não vamos falar de política na cama...
— Isso significa que você não sabe?
— Isso!
— Então por que não dar a Blair e cia uma chance?
— Porque, minha doce cachorrinha do capitalismo, dar a eles uma chance é do que eu tenho medo...
Mas Francis e eu esperávamos tanto tempo por essa guinada! Ela continha as sementes da culpa e do desespero que eu sentia agora. Porque, quando ela chegou — após um período tão longo de espera —, Francis estava finalmente pronto para deixar o campo. Foi quando começou a pensar seriamente na aposentadoria. A juventude, afinal, era que contava. Nós — ele e eu — estávamos livres de responsabilidades, por fim. Nunca me ocorrera pensar que eu estava na casa dos 40, relativamente jovem ainda. Éramos o senhor e sua senhora, abandonando o campo ao pôr do sol, num trabalho benfeito. Nós tínhamos mantido a fé, e o trabalhismo havia vencido, enfim.
A visão de Matthew era bastante diferente:
— Eles se desfizeram dos seus princípios em nome do poder: o governo deles pela junta diretora. Eu costumava ser convidado para as reuniões do conselho, quando captava recursos, e era uma fala corporativa irreal, aquilo que você gostaria que fosse, mas que não é, na verdade. Este governo não é diferente. Quando foi que você ouviu alguém dizer, ultimamente, "Sim, me desculpe, eu botei tudo a perder"?
— Stephen Lawrence?* — eu disse.
Pensei que Matthew fosse ter um colapso.
— Vendida — ele respondeu, espontaneamente. — Oh, por favor, Dilly, você acredita mesmo nisso? Quantos negros ou asiáticos estão nos altos postos da polícia? Quantos negros ou asiáticos estão nos altos

---

* Stephen Laurence foi um adolescente britânico negro esfaqueado até a morte enquanto esperava seu ônibus na tarde do dia 22 de abril de 1993. Após investigação inicial, cinco suspeitos foram presos, porém nunca condenados. No entanto, sugeriu-se que o assassinato tivera motivação racista. Em 1999, um inquérito investigou a Polícia Municipal (Metropolitan Police) de Londres e concluiu que ela era uma instituição racista. O episódio foi considerado um dos mais importantes da justiça criminal britânica na história contemporânea. (N.E.)

postos do escritório de Francis, me diga? Mais significativo ainda, quantos amigos você tem que não são brancos?

Tudo isso era uma desconfortável alfinetada. Como é que eu podia dizer a ele que a única pessoa que eu conhecia bem, de qualquer minoria étnica, era a minha faxineira? Até aquele momento, tudo estava em harmonia com o *Desideratum* — o mundo estava se desdobrando tal como deveria.

Por fim, Francis estava convencido de que a mudança verdadeira havia começado. Voltando para casa depois da dramatização do inquérito sobre Stephen Lawrence, ele estava ainda mais convicto. O preconceito e os estragos da polícia foram finalmente trazidos à luz para um público que não podia mais desviar o olhar para outra direção. O sepulcro branco fora aberto, por fim. Era a batalha que ele vinha travando há anos, e agora ela estava se confirmando.

— Estou feliz — disse Francis. — E estou cansado. Hora de fazer alguma coisa puramente egoísta.

Nós merecíamos, pensamos, assim que entramos em nosso belo e preto Saab, e dirigimos para o nosso restaurante favorito, onde gastaríamos o equivalente a uma semana de aposentadoria em uma única refeição. Eu desejaria poder esquecer aqueles momentos. Eu era genuinamente feliz. Era a coisa mais dura de se lembrar, aquela sensação de felicidade de consciência limpa. Você não pensa na palavra "felicidade" até que alguma coisa acabe com ela. Desde que conheci Matthew, eu conhecia o estado de felicidade. Mas a paz mental — que agora ria de mim como se eu fosse uma grande piada — não voltaria jamais.

E eu era feliz, então. Metade das minhas amigas tinha maridos que, à medida que iam entrando na casa dos 50 ou dos 60 anos, não mostravam sinais evidentes de estar dispostos a se aposentar. Na verdade, Jessica Pine, vizinha de porta de Polly, cujo marido, Edgar, trabalhava numa grande fábrica de medicamentos, procurou-me debulhada em lágrimas, certa manhã, porque Edgar, com apenas onze meses para a aposentadoria, havia voltado para casa com três anos a mais de trabalho.

— E supostamente compraríamos uma propriedade na Sicília no ano que vem — disse-me ela, com muita tristeza. — Ele prometeu. Estou esperando há trinta anos para ver, da porta da minha casa, o sol se pondo em Agrigento. E agora sei que isso não vai acontecer nunca!...

Ela estava certa. Ele ainda tomava o metrô para a cidade todas as manhãs, e ela continuava tentando convencê-lo a largar o trabalho, mas sem muito êxito.

Ela não era a única. Eu conhecia outras mulheres que estavam preenchendo o tempo em clubes de livros e partidas de badminton e aulas de ginástica, enquanto seus maridos diziam "mais um ano" e depois "mais outro ano". Aquelas mulheres que haviam completado suas vidas — família, carreira, casa, amigos — e que estavam mais do que dispostas a parar. Um ano a mais se passou para os Benson da esquina. Enquanto ele se ocupava no seu um ano a mais, Sylvia Benson sofreu um derrame, a crueldade residindo no fato de que ela não morreu. Ficou, no entanto, aprisionada a uma cama, babando, chorando a maior parte do tempo — uma tristeza além das medidas —, seu cérebro brilhante ficou para sempre encerrado em seu corpo morto, sabendo que ela jamais visitaria a Austrália e seus netos ou seguiria Eric Newby pelo Hindu Kush. Você tem de se indagar para que serve a vida quando presencia uma coisa assim. Fiz Francis prometer que me daria um tiro se algo desse tipo me acontecesse. Ocorreu-me que agora era a hora perfeita. Porém, por uma razão completamente diversa.

Portanto, o que eu estava fazendo? A mulher que agora tinha tanto e que sabia o que significava ter tão pouco, arriscando tudo por um belo recheio de cueca? Quando eu tinha 13 anos, digamos que no limiar dos 13 anos, observava todas as minhas amigas darem seus primeiros passos no fascinante mundo dos sutiãs, das calcinhas e dos conjuntinhos, eu era tão pobre que só tinha duas calcinhas — uma no corpo enquanto a outra estava sendo lavada — e uma única anágua, tão cinzenta e esfarrapada que nunca tive coragem de mostrá-la para ninguém. Portanto, nunca pude tirar a roupa na frente das meninas. Eu era taxada de pudica, e as pudicas eram excluídas entre as adolescentes. Acho que, se houve alguma coisa que sempre desejei na vida, foi *estar inserida no contexto*. Agora eu podia gabar-me de ter metade do departamento de uma Marks & Spencer's e de pertencer ao coração de uma família — marido amoroso, nossos filhos, suas esposas e nossos netos. Pois logo agora que eu chegara ao ponto perfeito, mais que perfeito, eu me decidia por explodir tudo?

Muito mais fácil para um homem, concluí. Um homem simplesmente diria à sua amante: "Bem, Cynthia, isso é tudo, é pegar ou largar." E Cynthia provavelmente aceitaria. A esposa iria, então, continuar na felicíssima ignorância, garantindo os feriados e o bolo Floresta Negra no jantar da empresa, e a amante Cynthia afundaria em um poço de rugas e amargura à medida que os anos cobrassem o seu preço. Caso eu dissesse a Matthew "é pegar ou largar", ele partiria. Porque ele não se rebaixaria, e esse pequeno drama que estávamos desempenhando estava mais para William Congreve do que para Aphra Behn. Finais melosos estavam por toda parte. A moral elevada como pano de fundo. Dois homens honrados na vida de uma mulher devem ser mais do que essa mulher em particular pode controlar. Matthew partiria, eu tinha certeza, se eu lhe desse o ultimato de Cynthia. E eu não conseguiria suportar a perda. Sim, é verdade. E qual seria meu prejuízo se eu prosseguisse?

E, enquanto eu dirigia para perto de onde ele se encontrava, meu coração batia cada vez mais acelerado, e o mundo ficava mais e mais bonito a cada rua ultrapassada.

Dar um ponto final? Eu não queria. Simples assim.

Subitamente, a ideia de estar ao lado de Francis pelo resto da minha vida era a última coisa que eu queria. O homem bom com quem eu me casara era alguém supérfluo. Na noite após a exposição sobre a Índia, eu mudara minha vida. Se bem que foi antes, na Estação Temple Meads em que eu me deixara levar. Deixara de ser uma mulher satisfeita com o futuro envolto em papel de seda, com vizinhos que jantavam conosco e faziam sentido, com — belisque-me, estou sonhando! — a vida fácil dos emergentes. Abandonara tudo aquilo para essa urgência intensa. Como eu poderia partir e destruir tudo? Se fosse por amor, bem, eu era amada — pelo meu marido, pelos meus filhos, pelos meus netos, e até — fato relevante! — por minhas noras. E agora Matthew havia surgido e jogara tudo por água abaixo... Meu amoroso, bem-sucedido e leal marido tinha passado a ser nada além de um estorvo. O mundo havia, aparentemente, se transformado numa bobagem. Eu tinha 19 anos outra vez, observava os músculos daqueles remadores através dos salgueiros de copas derramadas sobre o Henley e desejava, de todo o meu coração, ter tido a coragem de simplesmente dizer não!

Uns poucos meses antes, Francis estava olhando os classificados do *Sunday* e disse:

— Podemos vender esta casa, se você quiser, e comprar um daqueles armazéns remodelados. Ou apenas alugar algum lugarzinho para encostarmos. Sabe, estou com vontade de jogar tudo pro alto, reviver aqueles anos de juventude não tão bem aproveitados. Isto é, a *minha* juventude não tão bem aproveitada. Sobre a sua, não posso dizer o mesmo.

Mesmo depois de trinta anos juntos, Francis estava convencido de que eu havia levado uma vida muito mais devassa do que a sua na época em que nos conhecemos. Alguma coisa a ver com aquele poeta maconheiro. Eu neguei, como sempre, mas ele esperava que eu agora o apresentasse a toda essa vida vibrante.

Ele abaixou o jornal e disse:

— Talvez eu faça uma tatuagem. E use um brinquinho na orelha, o que você acha?

Respondi:

— Nada mal! — E estava falando sério. Eu estava tão entusiasmada quanto ele para fazer alguma coisa selvagem. Obviamente, pois assim se dava.

Aquilo foi o que tornou toda essa história muito mais dolorosa. Eu estava enganando um homem que cumprira seus deveres, esperara sua vez para ser irresponsável, e agora? Era como o derrame de Sylvia. Eu estava roubando o seu prêmio. Não tínhamos embarcado juntos no balão mágico aqueles anos todos, mas eu não o podia culpar por isso. Mal desejara subir a bordo eu mesma. Se uma garota não consegue paquerar, provavelmente não poderá sobreviver no deserto do Saara sem o seu tampax. E como eu tinha sofrido muito na vida, não estava disposta a ir aonde não houvesse um jogo de toalhas. Nenhum de nós era hippie, mas em algum lugar, sob toda aquela fachada comportada, Francis também tinha um lado selvagem; um lado que eu mal podia compreender; o tantinho de mistério, de inexplicável, que ocasionalmente dava as caras. Eu havia captado isso pela maneira como ele demonstrava gostar de alguns de seus vilões.

Francis havia conhecido uma legião do que ele chamava de *vilões tradicionais* no seu trabalho. Homens e mulheres que não acreditavam na lei, mas na vigarice, nas falsificações, na lavagem de dinheiro, que faziam disso sua arte. Ele não os aprovava, é claro, mas se dava com alguns deles, o que nunca pude compreender. Matthew, é claro, compreenderia. E embora Francis esculhambasse os irmãos Kray,* que designara como psicopatas, ele era curiosamente favorável a um bando diversificado de criminosos. Ele sempre disse que um vilão honesto vale mais do que um cidadão desonesto, o que suponho fosse um padrão usual entre os seus colegas. Um cliente dele, líder de uma gangue que roubava carros sob encomenda — e não estamos falando de Peugeots com dez anos de quilômetros rodados —, tinha herdado essa profissão do pai, e este do pai dele, tal qual fazendeiros transferem suas terras através das gerações. Era mais uma questão de prática dos códigos do que de vocação. Eu lhe disse que isso era apenas conversa de criança — que um vilão era um vilão, era um vilão... Ele concordou que a violência era parte do código, mas que, apesar de tudo, *era* um código. Com eles, você sabia com quem estava lidando. Do que ele e seus colegas de profissão se deram conta, apreensivos sobre o período pós-Thatcher, era que esses códigos, tal como os conheciam, haviam quase desaparecido. A Não Sociedade Autorregulada e Não Vinculada, havia se espalhado para além das fronteiras legais. Se o ritmo do mercado se impõe entusiasmadamente como a única moralidade predominante, assim também acontecia na selva do crime. A irmandade criminosa corta a fraternidade e começa a operar sem consciência ou código, movida pelo dinheiro apenas, atropelando tudo o que estava na frente. Como aquele cliente jogador de futebol que simplesmente gostava de sangue nas mãos.

Nada no mundo profissional de Francis tinha sido tragável, mas agora todos estavam se transformando em pequenos fascistas mafiosos, o que Francis argumentara ser exatamente no que os Tories,** sob Thatcher, haviam se transformado. Assim como não havia mais muita honra entre os ladrões, os anos Thatcher haviam, finalmente, limpado toda honra entre a velha guarda Tory. Pelo menos as classes patrícias

---

* Reggie e Ronnie Kray eram gêmeos idênticos que, entre a década de 1950 e 1960, dominaram a cena criminal de Londres com assaltos, assassinatos, torturas. (N.E.)
** Tory: nome do antigo partido político de tendência conservadora, que reunia a aristocracia britânica. (N.E.)

dariam um biscoito a um vagabundo nos tempos remotos. Então, de acordo com Francis, quase do mesmo modo, vilões tradicionais, tanto quanto a velha guarda Tory, começavam a se parecer com pessoas honradas. Eles podiam envenenar um cachorro aqui e ali para apanhar um gerente de banco e suas chaves do cofre e — é verdade! — não eram avessos a machucar pessoas ou utilizar uma arma em busca do sucesso, mas nunca esmagariam a cabeça de uma criança com uma barra de ferro para sentir o prazer de derramar sangue. A preocupação contínua dos antigos vilões era entrar e sair limpos. Tendo acompanhado alguns dos casos que passaram pelas mãos de Francis mais recentemente, eu podia entender seu ponto de vista. Ele não precisava assistir a Greenaway ou Tarantino — com aquelas coisas, ele lidava todos os dias.

Quando sugeri que havia ambiguidades nesse padrão, Francis disse apenas: "Existem graus..." Da mesma forma, ele costumava soltar fumaça das orelhas quando nos enviavam cestas da Harrods e caixas de uísque escocês no Natal, com cartõezinhos dizendo coisas codificadas, do tipo "De Sininho e Os Sombras" ou "Porco Livre". Nós deciframos o que o último queria dizer, se não a quem se referia — era "Porco Livre" porque Francis salvara o toucinho do sujeito. Era uma imagem bem distante da do jovem advogado bem-sucedido com quem eu me casara.

Lembro-me perfeitamente de quando ocorreu a mudança em meu marido. Ele tinha 33 anos e estava fabulosamente bem trabalhando fora da cidade, como todo mundo estava — nada que o obrigasse a sujar as mãos —, e ele também aparentava isso. Sobretudo preto, um cachecol combinando, aconchegado ao pescoço, luvas pretas de couro, calças de padrões discretos, sapatos pretos polidos, ar irlandês e os cabelos um pouco mais compridos. Em qualquer dia da semana, se você observasse a saída da estação de Temple Meads, veria centenas deles correndo para seus locais de trabalho. Isso foi justamente o que Francis me disse naquela tarde. Ele sugeriu que descêssemos a Piccadilly Circus a pé, em vez de tomarmos um táxi. E, enquanto andávamos, ele disse que decidira mudar sua orientação profissional. Ele estava pronto para atuar no outro lado da justiça e jogaria para o alto o sonho de um dia possuir um Morgan, um iate e um apartamento em Antibes. Estava na hora de dar alguma coisa em troca.

Eu não sabia o que pensar. Eu nos imaginei, um tanto quanto irracionalmente, metidos na pobreza. Porque, é claro, o que eu não compreendia, em razão das minhas origens, é que o corte em nossa renda seria apenas relativo; que os honorários ainda seriam generosos, que ainda viveríamos bem e que o que Francis ganhava por ano daria para manter muitos membros de minha família com fartura. Sem me dar conta de tudo isso, fiquei horrorizada e enraivecida e perdi a linha pela primeira vez na vida ali, na Piccadilly. O que chocou a nós dois. Eu me transformei de uma esposa doce e respeitosa numa acossada fera protegendo seus rebentos.

Eu vociferei:

— Você devia ter me consultado sobre isso. Afinal, nós dois sofre... Ou a minha opinião não lhe interessa?

E ele parou bem ao lado do edifício do Conselho de Artes, que ficava no Hyde Park, no final do distrito de Piccadilly, olhou para cima e depois para mim e disse:

— Não sofreremos, a menos que você pense que não ter um Morgan é sofrer. E se fôssemos sofrer, então, é claro, seria diferente. Mas no que se refere às nossas escolhas profissionais — bem, eu *nunca sonharia* tentar impedi-la se você desejasse mudar o que estivesse fazendo.

Ele não estava entendendo meu modo de pensar.

— E quanto ao dinheiro? — gritei.

Ele olhou para mim como se estivesse falando em holandês. Parecia confuso.

— Daremos um jeito.

— Daremos um jeito? *Daremos um jeito?!*

Eu estava apavorada.

— Não quero dar droga de jeito nenhum! Já dei muito jeito! Vivia dando jeito até quase não mais poder. Ah, não! Nem pensar, nem pensar!

E então vi seu rosto, preocupado, amedrontado, e parei.

Realmente vínhamos de planetas diferentes. Quando ele usou a expressão *dar um jeito*, queria dizer um jeito positivo, alguma coisa inquestionavelmente aplicável. Em minha adolescência, a expressão *dar um jeito* era diferente. Significava fechar a boca, lutar contra as adversidades, abrir mão do básico, isto é, significava sacrifício.

— Eu nunca faria nada que fosse dificultar a nossa vida...
Ele estava horrorizado.

Controlei a tremedeira de algum jeito e me recompus o suficiente para falar com coerência:

— Qualquer coisa que se faça no ramo das artes é muito mal pago — eu disse, ainda um pouco ríspida, mas tentando ser mais suave.

— Mas é gratificante, por outro lado — ele disse delicadamente.

— Nunca poderíamos nos sustentar só com o que ganho.

— Não acredito que cheguemos a esse ponto — disse ele. — Mas vou ter orgulho do que faço.

E então fizemos as pazes e continuamos a caminhar, e entendi que realmente estava noutro patamar. Eu soube, finalmente, que estava segura.

— Eu acho — ele disse — que alguma coisa gratificante, alguma coisa boa para a alma, é o que estou procurando, imagino: dar algo em troca. A diferença é que o meu trabalho paga consideravelmente melhor do que o seu, a menos que você desbanque um bestseller.

— Difícil na história da arte — eu disse.

— Ah, eu não sei. — Ele riu. — Pense em Gombrich, pense em Berenson.

Gombrich? Berenson? Qualquer menção sobre o que eu fazia da vida era irrelevante àquela altura, já que eu estava cheia até o pote de xixi e cocô de criança... Eu mal tinha tempo para me dedicar ao mundo da arte; em quaisquer momentos livres, que eram raros e doces, curvava-me sobre um livro. Eram momentos azul-celeste nas profundezas da minha feliz e repleta maternidade.

Mas a vida é dinâmica, e alguns anos mais tarde comecei a trabalhar num livro sobre Davina Bentham — uma pintora, prima de Jeremy e alguém a quem ele se refere numa de suas cartas a Rickman como "um tanto quanto amadora no que se refere a óleo sobre tela, mas também chocante e audaciosa para uma mulher". Francis me deu todo o apoio. Ele me comprou um computador Amstrad, o suprassumo naqueles dias, e jamais — no maremoto de todas as nossas babás e empregadas — demonstrou arrependimento. Ele, inclusive, descobriu um acampamento de verão para os meninos — acho que um colega lhe dera informações a respeito —, e eles passaram três semanas lá, enquanto desci ao inferno e voltei, tentando concluir o primeiro rascunho. Francis tinha um amor *ingênuo* pela arte e idolatrava meu conhecimento a respeito; portanto, eu não podia falhar, dado todo o apoio material e psicológico recebido. Ocorreu-me que era uma experiência oposta à da pobre Davina Bentham, em que cada passo profissional dado por ela era carregado de desaprovação e considerações sobre sua condição de mulher — tanto quanto a pressão e o constrangimento de ter de ganhar o próprio sustento. Seu avô perdeu quase todo o dinheiro da família na "Bolha dos Mares do Sul",* por isso ela cresceu na pobreza, mas com dignidade, e precisou procurar o próprio lugar no mundo. A família ficou horrorizada ao descobrir seus meios de fazê-lo através dos pincéis e da palheta. Ocorreu-me, igualmente — porque nunca passei do primeiro rascunho —, que, enquanto ela lutara contra todas as adversidades, eu, que não tinha nada contra mim, perdi a batalha. Uma pequena lição, sem dúvida.

Se eu tivesse sido mais ambiciosa, poderia ter exigido mais de mim, com mais intensidade. Meu livro tinha mais a ver com o caráter e a natureza de uma mulher e artista conquistando espaço no Iluminismo, a Idade da Razão. Eu admirava a maneira como ela mantivera seu objetivo e descobrira uma artista vivaz e atraente, tanto quanto prodigiosamente talentosa. Ela ainda se esconde bem lá no fundo de minha memória, sem forma, inacabada. Aproximei-me dela durante toda a pesquisa, mas, por motivos que desconheço, havia ali uma dimensão que não consegui atingir; uma peça do quebra-cabeça que não pude encaixar. Se eu quisesse avançar no que dizia respeito a ela, teria de descobrir aquela peça que estava faltando. Mas não consegui encontrá-la no meio de tantas outras.

Ela já era moderna numa época em que as mulheres tinham suas qualidades pouco reconhecidas. Era, por exemplo, mandona e impositiva com modelos humanos, o que era aceitável para Gainsborough

---

* *South Sea Bubble*: A primeira quebra da Bolsa, ocorrida no ano de 1720, na Inglaterra, depois que investidores apostaram todos os seus recursos por seis meses e, subitamente, sob corrupção política, histeria das massas enfurecidas e uma súbita mudança pública, a "bolha" estourou, e todos perderam seus recursos aplicados. (N.T.)

e Reynolds, mas nada bom para uma jovem senhorita de olhos arregalados. Ela também pintou um estudo sobre Hércules, recusando-se a vesti-lo, que, portanto, foi recusado para uma exposição, sob a alegação de atentado ao pudor. Quando enviaram um padre até ela, Davina caiu de joelhos e pareceu soluçar sobre seus pés. Mais tarde, verificou-se que estava rindo. A história não melhorou em nada sua reputação, e os trabalhos como retratista de crianças, em que era considerada muito talentosa, encerraram-se do dia para a noite.

Ela ficou, então, com três alternativas: podia ganhar muito pouco dinheiro com sua arte, casar-se com um homem rico ou ser a amante de alguém ainda mais rico — no caso, Lord Sidon, que se apaixonara quando seus dois filhos posaram para ela. Lord Sidon ficara milionário graças a um casamento vantajoso com uma mulher de grande fortuna, alguns anos mais velha que ele e agradecida por ter sido pedida em casamento. Lord Sidon nunca prometera ser fiel à esposa, conforme escrevera a Davina, mas deixara claro que jamais a largaria perante a sociedade; nada que se diferenciasse da conduta do príncipe de Gales, afinal. Portanto, se Davina estivesse disposta a aceitá-lo naqueles termos, descobriria que ele podia ser muito generoso.

— Eu te amo mais do que Afrodite é conhecida pela beleza, mais do que Filomena é conhecida por cativar com seu canto — concluía ele a carta, com floreios.

À margem daquela carta, Davina rabiscou:

"Então isso vai lhe custar caro!"

Ela escreveu para a irmã, Rowena, sublinhando isso, e dizendo que ele tinha um nariz pequeno, parecido com um botão, um prenúncio de que tudo o mais devia ser pequeno também. Sua irmã respondeu acidamente, dizendo que deveria ficar muito feliz com aquilo, tal como muitas outras mulheres. Se ela estava se referindo ao tamanho diminuto do membro masculino ou, mais inocentemente, à possibilidade de ser amante de alguém, ficou pouco claro. De sua parte, é certo que a pintora se referia aos genitais de Lord Sidon, região que não era um mistério para ela, o que ficou bastante claro pelos estudos da fadada pintura de

Hércules. Não se sabe, e eu não teria como descobrir, quem fora o modelo para aquela pintura, mas certamente há um olhar jovial sobre ele que não está de todo adormecido...

Lord Sidon, todavia, comprometeria muito sua liberdade. Davina, com certeza, não desistiria de sua arte. Por fim, ela escolheu seguir a estrada sozinha, acreditando que seu talento acabaria vencendo. Não venceu. Ela continuou a ganhar muito pouco dinheiro, ainda que os raros retratos encontrados mostrem uma especialista que não ficaria para trás de nenhum acadêmico. Ela possuía uma extraordinária habilidade com as cores e, ainda que as atenuasse para os clientes, em seu trabalho privado — paisagens, naturezas-mortas e estudos de amigos —, nunca se censurava. Apreciava também os ambientes domésticos, dos quais retratava perfeitamente a atmosfera caseira, muitos anos antes de Turner, e a transparência luminosa de suas janelas. Na verdade, o próprio Turner tinha um dos quartos de luz difusa, pintado por ela, com uma moldura cara o bastante para mostrar o quanto lhe era valioso.

Ela era interessante não só como pintora, mas também como mulher. Quando Rickman trabalhava no primeiro censo do século XVIII, ela viajou com ele vez ou outra e pintou alguns dos camponeses e algumas das cidades pobres entre as poucas e grandes cidades industriais. Rickman observa, numa carta para Jeremy Bentham, que ela "mostra um olhar temível e derrama tanta tinta sobre o carpete quanto sobre a tela, mas trabalha com rapidez..." Ela se sentia no direito de ser tão livre quanto o primo Jeremy e seus amigos acadêmicos — radicais, inteligentes e bêbados cambaleantes, sempre à procura das putas. Jeremy fazia o possível por sua prima, mas o único parente próximo dela que sobrevivera, o irmão Edward, não fazia nada. Ele desaprovava seus modos e métodos e xingou-a apaixonadamente em diversas cartas, enquanto ela viajava com Rickman, mas ela não se importava, rabiscando, apenas, nas estreitas margens do papel. E escreveu ao primo Bentham: "Edward me considera muito selvagem, até mesmo por cavalgar em cavalo separado aqui com o Sr. Rickman; portanto, dê-lhe meus cumprimentos e, por gentileza, queira entregar-lhe a pintura aqui inclusa para que veja, com os próprios olhos, como o Sr. Rickman é inteiramente desinteressante." A pintura está perdida, mas não há dúvida, pelo que indica o diário de Bentham, de que Rickman estava nu...

Finalmente, acabou brigando com Bentham. Tal como Mary Woollstonecraft, a célebre feminista que escreveu *A reivindicação dos direitos da mulher*, ela estava sujeita ao próprio temperamento e à sua altíssima inteligência, numa época em que ambos eram considerados desnecessários a uma mulher; porém, diferentemente de Woollstonecraft, ela nunca se apaixonou em detrimento próprio, até onde sei. Ela amava sua arte. "Tirem-me a arte, e morro" — encerrou assim uma carta a um dos primos, quando tentaram dissuadi-la a parar. O que fez com que sorrisse, por estar tão por cima. Pensava-se que a doença da qual morreu quando tinha apenas 46 anos fosse a sífilis, apesar de alguns sugerirem que ela tenha morrido de parto. Há, porém, uma grande possibilidade de que tenha sido simplesmente de pobreza. Mas como ela pôde deixar que aquilo acontecesse num mundo em que as mulheres eram protegidas pelos homens?

Em face do drama de sua vida e das poucas pinturas existentes, e outras que devem estar escondidas em alguma coleção particular, e devido ainda à sua colocação peculiar na história moderna da mulher, foi idiota de minha parte ter desistido do projeto. Bem, mas acho que o conforto gera preguiça.

A mãe de Francis via meu "trabalho" como os trabalhos de caridade de outras mulheres eram vistos: alguma coisa com que se ocupar; alguma coisa que Dilys fazia para manter a mente não ociosa. Ela nunca entendeu por que ele se casou comigo, nem por que abandonou a cidade, nem porque tinha um pôster do Partido Trabalhista em nossa janela durante as eleições ("Querido, você não podia simplesmente votar no Partido Liberal e nada mais?..."). Júlia, que então estava casada com um investidor, apenas sorriu indulgentemente para ele, e como se ele tivesse 8 anos, balançou a cabeça e disse: "Oh, Francis, Francis — sempre querendo fazer algo diferente..." Porém, meu relacionamento com eles não fora fácil. Foram necessários dez anos e dois filhos para que me aceitassem. As várias liberdades conquistadas na décadas de 1960 e 1970 não lhes quebraram o gelo. De origem pobre, eu devia ser uma alpinista social, de olho no dinheiro de Francis, e louca para me servir do nome da família. Ele deveria ter-se casado com uma garota como Charlotte Jennings, esposa do Tim. Na verdade, quando nos reuníamos num grupo de quatro e descíamos até a residência da família, muitas vezes surpreendi a mãe de Francis olhando com esperança para Charlotte e, depois, desanimada, para mim. Foi só mais tarde, quando entrei numa guerra contra Francis e impedi John de ser enviado ao ginásio estadual mais próximo — certificando-me de que ele iria para uma escola particular a umas poucas milhas dali —, que sua mãe e irmã finalmente me aceitaram. É claro que nada tinha a ver com o eixo educacional. Um Holmes simplesmente *não* frequentava as escolas estaduais. No meu caso, era um ponto de vista materno: não era o local certo para nosso filho. Francis e eu discutimos sobre o assunto exaustivamente, e essa foi nossa primeira divergência familiar; a única divergência verdadeiramente séria. Durante semanas, não falamos mais do que o trivial um com o outro. Mas eu sabia que John ficara contrariado. Só quando você já esteve do outro lado das instituições educacionais é que pode saber, de fato, do que se trata, e eu não queria que meu filho sofresse como uma cobaia.

Depois de ganhar aquela parada, minha sogra e minha cunhada ficaram mais simpáticas comigo. Eu tinha alcançado a maturidade das escalas mais altas da classe média. Júlia estava totalmente a meu favor, e minha sogra, embora com má vontade, me deu algum crédito. Ela, graças a Deus, partira há muito, mas a simples ideia da querida, confiável e delicada Júlia vir a descobrir sobre o meu caso me dava nos nervos.

Eu enterrara o mais fundo possível meu passado socialmente inadequado, mas estava agora a favor dos anjos. Era só ver como minha irmã se comportava ao meu lado, seu olhar enviesado, para ter certeza de que eu estava bem na fita. Eu estava também protegida dela. Protegida de tudo e de todos enquanto estava com Francis. Protegida, amada, respeitada; tudo que uma mulher pode desejar na vida.

Até que Matthew apareceu!

Agora, aquela brilhante esposa caucasiana, aquela que fazia enroladinhos de bacon e fornadas de minipizzas para nossas festinhas de arromba — numa delas, minha ressaca durara até meados da semana seguinte —, era uma vergonha. Agora eu havia criado um monstro. E daí que uma porção de mentiras fossem necessárias para que eu me equilibrasse na corda bamba? E o que diria a sra. Perfeição Minipizza sobre a mulher de agora, escapando furtivamente para trepar com seu amante num flat muquifento em Paddington, enquanto concordava com os planos futuros de seu marido? Eu não era melhor que qualquer político que dissesse ao mundo para se comportar de certa maneira, enquanto ele mesmo se comportava de modo completamente inapropriado. Como é que eu podia olhar para o espelho a cada manhã? Como poderia condenar os hipócritas quando eu mesma estava despejando montanhas de dinheiro engordurado nos caixas dos motéis? Com que direito eu levantaria o dedo para os malandros prevaricadores como Jeffrey Archer, quando eu esvaziava cada centavo do cofrinho lá de casa? Como é que eu podia fazer aquilo? Mas assim mesmo eu o fizera, eu o faria e eu o estava fazendo!

Que espírito cruel me trouxe até este thriller erótico que era todo sangue e osso, em vez de lábios vermelhos indecentes e músculos quentes? Nenhum. Fui eu que vim por conta própria. Todos os personagens desta trama terão de chegar a um final infeliz se eu for atrás daquilo que quero. Ainda assim, eu não conseguia vislumbrar uma saída, porque não parecia capaz de fazer a escolha correta. Inútil ficar arrancando os cabelos e dizer que estava sendo levada pela vida. Eu estava caminhando em direção a um desastre, por minha livre e espontânea vontade; quase triunfantemente; quase como se eu estivesse dizendo "Olhem, olhem, eu sou mesmo uma fraude!" O sangue ruim vai escorrer. Querido Francis. Querido e bom Francis, consciência social altamente desenvolvida, justa, cultivada, bom filho, bom irmão, bom marido, bom pai. O que eu estava fazendo? Para quê? E com quem?...

Isso vai me servir como uma luva, pensei enquanto descia a Bayswater Road — se é que eu estava mesmo grávida...

8

Nocauteada no Palácio de Londres

E Matthew? Como era esse homem cuja companhia pensei que Francis fosse apreciar se alguma vez se encontrassem em torno de uma cerveja no tradicional pub Rato e Papagaio. Matthew Patrick Todd. O que fez com que *este* honorável homem me despertasse? *Este* honorável homem que, assim como Francis, havia encontrado uma nova direção ao descobrir a consciência? Ele também mudara de orientação e combinara o trabalho com a ética da cidadania num único movimento. Algumas vezes, se é que alguma vez pensei a respeito, eu me perguntava se não teria sido bem mais fácil reverter a marca materna e encontrar, para mim mesma, um grande e cretino cafajeste.

Matthew. Deitada na cama de um motel, num lugar qualquer, uma ou duas semanas depois de nos conhecermos, comecei a aprender sobre seu passado. Depois de graduar-se brilhantemente — palavras dele — pela Universidade de Leeds e ensinar inglês na Namíbia por um ano — onde conheceu e se apaixonou por Alma —, voltara para Londres e registrara-se exatamente no tipo de trabalho que ele pensava que queria. Com certeza o tipo de trabalho que Alma e seus pais — ambos professores — desejavam para ele: no departamento educacional de um distrito radical de Londres. Articulado, atraente (verdade esta que — meu Deus! — eu podia confirmar), apaixonado, ambicioso e altamente motivado, ele foi preparado *para* e esperou *por* uma carreira na política. Ele aprendeu rapidamente como influenciar, fazer lobby e interceder, além de manipular. Seu distrito abrigava uma elevada proporção de imigrantes com uma também elevada proporção de mulheres com dupla jornada de trabalho — portanto, sua empreitada estava feita. O jovem e belo rapaz de temíveis olhos azuis e cabelos loiros como os de Byron pregava um socialismo fora de moda.

— Eu não era bonito — disse ele na defensiva — e já estava ficando careca.

Mas preferi ficar com a fantasia.

— E, de qualquer modo — disse ele —, Byron detestava as mulheres...

— Mas elas o adoravam.

— Isso era o que ele amava e odiava nelas. De minha parte, amo as mulheres.

— Percebi.

— Todas, exceto uma.

Nem dessa Thatcher conseguiria escapar. A filha do dono da mercearia de Grantham, uma cidadezinha a 150 quilômetros de Londres, tinha um meio de conseguir a atenção até mesmo do mais liberal dos homens, mesmo que de forma demoníaca. Pelo menos, pensei comigo mesma, Thatcher estava convencida de contar com o apoio da direita... O que era muito, sem dúvida, assim como Vlad, o Drácula, também estava convencido de contar com algum apoio dos morcegos, pelo menos. Todas as minhas crenças pareciam dissolver-se...

— O que gosto quando estou com você — continuou Matthew — é que pensamos de modo parecido.

— É verdade — disse eu, pensando: nós três, de fato. Conversa de travesseiro entre socialistas, ainda que num motel fajuto, é papo cabeça. Francis e eu costumávamos fazer a mesma coisa no início: deitar nos braços um do outro e trocar ideias sobre o *dono daquele armazém* em Grantham, e sua cabeça quente, recheada e frita. Francis fazia uma boa imitação dos ombros se sacudindo e daquela risada meio boba do homem que dera um empurrãozinho para os anos 80 naquela Garota de Grantham. Bem, aquilo já era o tipo da coisa *meio batida* até.

— E então, Matthew Todd, você foi preparado para alcançar as estrelas de Westminster; e depois?

Ele riu.

— E aí um dos tabloides tentou me nocautear, tachando-me de "homossexual esquerdista, bêbado e maluco", e ganhei um acordo préjudicial.

— Como foi que você se defendeu?

Se eu estava esperando uma demonstração de sua virilidade, fiquei frustrada.

— Eles tinham subornado alguém, e ele confessou. De qualquer jeito, depois daquilo, eu sabia que havia me tornado um político. O interesse em com quem eu fazia sexo e a projeção que essa história havia ganhado... Então pensei: qual será a próxima? — Ele riu novamente. — Que causa posso levantar que seja tão fora de moda que necessite da minha publicidade maluca, esquerdista e bêbada? E você sabe o que foi que descobri?

Balancei a cabeça, aparentemente tranquila.

— Mulher de Bangladesh. — Ele fez uma pausa. — Isso te faz lembrar alguma coisa?

— Bem — comecei —, eu sei de tudo porque...

Ele estava sorrindo largamente.

— Por quê?

— Bem, Francis estava trabalhando numa série de casos de exploração e — oh, meu Deus!...

— Exatamente. Ele — humm... — os colocou em contato comigo.

Esta era a primeira vez que o nome de Francis era citado com admiração por Matthew. Eu esperei. Não podia ter sido mais estranho, de fato, mas o *que* não era estranho atualmente?

— Seu marido foi muito esperto, porque compreendeu que, antes que pudéssemos ganhar algum espaço no tribunal, o que nós precisávamos era da aprovação da comunidade de Bangladesh, principalmente da população masculina.

Ele colocou as mãos atrás da cabeça e sorriu olhando para o teto.

— Portanto, tenho muito o que agradecer ao seu marido. Depois de tamanho sucesso, a televisão e o rádio começaram a me dar crédito como uma cabeça pensante jovem e dinâmica. Eu estava com 24 anos. — Ele me lançou um olhar estranho. — E tudo graças ao seu marido.

— Por que está me dizendo estas coisas?

Ele se encolheu.

— Para dizer a você que eu sei que ele é um homem bom; para mostrar quem eu sou... E para dizer que me sinto um merda, mas que não posso evitar. Quem foi que disse que o amor é um tirano?

— Não sei. E daí?
— Corneille, talvez?
— E então?
— Então tudo mudou. Quando eu estava prestes a comprar uma casa com Alma — e me acomodar —, joguei tudo para o alto...
— Vocês estavam noivos?

Lancei a pergunta como um tiro e fiquei surpresa que não tenha feito um buraco nele.

Ele fez uma pausa, parecendo um pouco largado, e aí disse:

— Estávamos, mas só porque os pais dela eram pastores protestantes... De qualquer modo, descobri minha vocação, que não era a de ser uma figura política proeminente e utópica, mas um ativista, com uma vida devotada ao submundo. Se isso surpreendeu Alma, certamente também me surpreendeu, e muito. Num dia, eu estava sentado numa reunião de conselheiros que discutiam o problema dos sem-teto e, no dia seguinte, eu saía para organizar um abrigo na área. Já que eu sabia como as coisas funcionavam, também sabia como administrá-las. Política... pura semântica — a palavra "problema" na reunião, o ponto de vista do conselho de que o melhor trabalho era cobrar o mínimo possível dos contribuintes para erradicar *o problema*. As assépticas "Refeições sobre Rodas", os pontos de adoção, uma casa ou duas para cuidar dos anciãos, tudo isso era ótimo... Mas a ralé, não; eles não queriam a ralé. Aquilo era quase o fascismo, a eugenia. Contribuintes votavam a aprovação e a desaprovação dos conselhos; contribuintes pagavam os salários dos funcionários do conselho... Eles não queriam fazer nada a respeito! Só queriam que *o problema* desaparecesse... Estavam, inclusive, aumentando o problema: acabando com os asilos e dando adeus a todas aquelas crianças sob seus cuidados assim que atingiam os 18 anos. E era ali que estavam os salvadores da pátria.

Eu estava pensando que até mesmo amantes recentes, envolvidos em seu sonho socialista, podiam exagerar na conversa política de travesseiro, quando ele disse:

— É isso aí! Eu simplesmente queria fazer a diferença. E fiz. Troquei Alma pelo bem-estar público — acrescentou, fazendo troça de si mesmo. — Pouco a pouco nós chegamos lá. O ponto alto foi quando persuadimos o conselho a ceder o Sheldon Point como um abrigo para os sem-teto. Nós o chamávamos de "Palácio de Londres".

— E Alma?

Ele me envolveu confortavelmente em seus braços.

— Você devia saber que, se eu tivesse de fazer aquela escolha agora, acho que não me arriscaria a perder você. De agora em diante — disse ele, entre sério e sorridente —, você será o meu "Palácio de Londres".

Ouvi o alarme do meu pequeno despertador, mas, deixando-o de lado, era como se o motel inteiro, como se o mundo todo houvessem suspendido a própria respiração. E então ele acrescentou:

— Seu marido enviou-me uma carta de apoio e disse que, se eu precisasse de sua ajuda, bastava solicitá-la. Por sorte, nunca fiz isso.

Dois pontos para o Rato e Papagaio.

Quando recobrei o fôlego, eu tinha apenas uma pergunta me queimando por dentro. Não o que acontecera às mulheres de Bangladesh. Tampouco o que acontecera ao sonho residencial dos sem-teto. Menos ainda o que foi que você fez depois de salvar o mundo, Matthew? No meu estado atual, é lógico, a única coisa que eu queria saber era...

— E o que houve com sua noiva?

— Minha...? Ah, Alma...

Prendi a respiração, esperando pelos sinais de um coração partido.

— Pedi a ela que esperasse, e ela disse que esperaria, mas não esperou.

— Coitadinho — disse eu, deliciosamente culpada.

— De jeito nenhum! Quando pedi a ela que esperasse, acho que estava esperando mesmo que desistisse. Eu não queria estar atado a mais nada. Não queria um trabalho estável, ações, crianças, carro. Eu tinha seguido as regras à risca — percorrera o trajeto planejado e descobrira que era dourado demais, fácil demais... Eu queria era outra empreitada.

E agora, olhe só pra você, pensei, correndo meus dedos pela pele dele.

Havia orgulho transparecendo em sua voz.

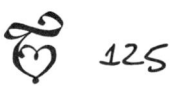

Eu estava com ciúmes até mesmo *daquilo*.

— E nós a transformamos no maior local daquela espécie no país. Foi um resultado e tanto ou não foi?

Lembrei-me da inauguração. Francis e eu fomos juntos à cerimônia — a fantástica festa de celebração. Era impossível qualificar os elogios de Francis ao esquema. Dizer que recordar tudo isso fez com que meu sangue gelasse nas veias seria um exagero. Mas pensar naqueles dois, no mesmo ambiente, brindando ao mesmo sucesso? Eles haviam nascido para ser amigos.

— Eu me lembro — disse eu. — Francis foi à inauguração.

— Eu sei — ele disse. — Passei algum tempo conversando com ele. Ele estava começando a trabalhar com os "Advogados Conscientes".

Esperei que ele dissesse que também se lembrava de mim. Mas não disse. E, apesar de eu não me lembrar *dele*, lembrava-me de que usara um conjuntinho preto particularmente sedutor de que Francis se lembrava até hoje com afeição. Por um instante, pensei em dar um tapa na cara dele. Afinal de contas, estávamos deitados agarradinhos na cama, tínhamos acabado de fazer amor, eu estava em chamas, e ele teria de se lembrar. Ou fingir pelo menos. Carente, este era o meu sobrenome. Mas os olhos de Matthew brilhavam com a luz da verdadeira evangelização.

— Foi fantástico — disse ele, transportando-se de volta ao seu maior triunfo. — Queria que você estivesse lá!

— Eu estava.

— Não acredito!

Acredite.

Os dois mais importantes homens de minha vida, e *os dois* tinham de ser uma combinação de Lancelot, Charles Dickens, Keir Hardie e Bronoswsky.

— Então a mudança de direção era séria?

— Muito séria.

— Em todos os níveis?

Ele olhava, confuso.

— O homem como um todo?

Ele encolheu os ombros, ainda em dúvida.

— Acho que sim.

— *Em todos os níveis?* — enfatizei.

— Até as extremidades dos nervos — disse ele, fingindo brincar comigo e, obviamente, não fazendo ideia de aonde eu queria chegar.

Respirei fundo. Eu me perguntava, rapidamente, aonde é que aquela mulher chamada Dilys, conhecida por ser séria demais em horas assim, tinha ido. Talvez eu tivesse me superestimado, mas era quase como se Buñuel subitamente resolvesse fazer seu próximo filme seguindo as linhas de *Erguendo o Muro de Berlim*. O amor me deixara de pernas pro ar!

— O quê? — Ele ainda estava esperando.

Outro suspiro profundo.

— E na sua vida amorosa também?

As luzes agora raiavam.

— Ah, isso... — Ele disse disfarçando o constrangimento. — Você quer dizer sem Alma?

Assenti.

— Bem, acabei perdendo aqueles tempos de amor livre — disse ele —, portanto, eu o reinventei para mim mesmo, um pouquinho mais tarde...

Ele deu um leve sorriso, com um toque um pouco exagerado de triunfo. E balançou a cabeça com satisfação... — Foi excelente, obrigado. Excelente!

— Conte-me.

— Nada a dizer.

— *Conte-me...*

— Uma porção de mulheres lindas.

— Uma porção?

— Milhares.

— Alguém em especial?

— Cada uma delas era especial.

— Ah...

Fiquei com a boca seca. Para mim, tudo que estava relacionado a ele era como se fosse pela primeira vez. Para ele, aparentemente, eu era apenas uma mulher especial entre muitas. Especial por um pouco de tempo, e então ele partiria. Não acreditaria mais se ele dissesse que nunca seria capaz de me deixar.

A melhor maneira de superar o sofrimento é revesti-lo de dignidade. E uma forma de encontrar dignidade era vestir-me. Eu me levantei. Se era assim, então, sairia eu; estava tudo acabado.

— Mas nenhuma delas, nem uma só delas, era tão especial quanto você.

Ele passou a mão espalmada e quente sobre o meu estômago gelado. Eu fiquei ali de pé, ao lado da cama, olhando para ele, que estava deitado.

— Quantas vezes você já disse isso?

— Nunca me senti assim com nenhuma outra — disse ele solenemente.

— Mas se todas elas eram especiais, então eu não sou diferente de ninguém.

— Se você quer que eu diga que nenhuma delas, antes de você, significou alguma coisa, eu estaria mentindo. Mas eu amo você. Não consigo controlar isso, algumas vezes nem gosto tanto disso, mas não posso fazer nada a respeito. E a merda toda é que — e ele parecia tão infeliz quanto eu parecera até uns instantes atrás — você é casada com outra pessoa.

Ele me puxou para a cama, onde nos sentamos lado a lado, as costas eretas, olhando para frente.

— Você está casada com outra pessoa, e eu não quero que você esteja. Quero que sejamos livres e não quero mais continuar nesse jogo.

A conclusão daquilo que ele estava dizendo era óbvia. E eu não estava preparada ainda para tomar esse rumo. Ele queria tudo às claras, honestamente, as cartas na mesa, da forma como sempre vivera sua vida até então. Assim como Francis havia sido honesto ao confessar seu casinho, quando não precisava fazer. Ah, sim! Se algum dia os dois se conhecessem, eles se entenderiam como velhos companheiros. Dois homens muito, muitíssimo honrados. Exceto se, por acaso, Matthew se esquecesse dos fatos e desse um tapinha nas costas de Francis, dizendo quanto, mas quanto mesmo, ele gostara da maneira como eu modificara sua vida ao chegar.

Matthew tinha 42 anos. Mas, como tantas outras pessoas que nunca tiveram filhos, ele era muito mais jovem de espírito. Não sei se somos o que comemos — cereais integrais ou gordura hidrogenada —, mas acho que a roupa que usamos reflete a idade que sentimos. Matthew, a despeito daquela vez em que se fantasiara para me ver no Real Hotel Edward, nunca vestira mais do que jeans e camisetas, algumas vezes uma camisa de brim, outras uma jaqueta de couro e, ocasionalmente, um terno preto folgado — quando visto por trás, parecia ter 18, 25, no máximo 36 anos. Ele vestia o tipo de coisa de que Francis debochava: bonés de beisebol, as sandálias preferidas pelos naturalistas e cabelos muito curtinhos. Além disso, bebia cerveja diretamente da garrafa num bar. Aquelas eram declarações falsas sobre ser descolado, segundo Francis. Eu costumava assentir com a cabeça, concordando com tudo. Agora eu amava a juventude e a liberdade de tudo aquilo; até mesmo aquelas sandálias peculiares eram excitantes, porque elas faziam de Matthew uma pessoa diferente de todas que eu já conhecera. Se alguma vez eu precisasse apelar para uma tirada espirituosa, estaria perdida: não poderia lançar uma piada sobre aquelas sandálias de naturalistas que ele calçava.

A forma como ele se vestia refletia sua natureza — era afável, cheio de vida e só precisava preocupar-se consigo mesmo. O que ele fizera fora descobrir em mim também esta juventude. Sedução fatal! Com Matthew, eu era uma menina. Não apenas pelo que a novidade do nosso relacionamento representava para mim, mas porque ele era muito mais jovem, sob todos os ângulos, do que meu marido. Pela primeira vez, eu me sentia irresponsável e adorava cada minuto daquilo. A única restrição era que — bem, eu não estava solteira..

Matthew, como Francis, tinha sido amado quando criança. Sabia lidar com pessoas. *Gostava* de pessoas. Como naquele dia, na estação, quando soube o momento certo de me oferecer um lenço e as palavras certas que me confortariam.

— Não há nada como estar presente quando um velhinho chega ensanguentado, roupas sujas e esfarrapadas, e depois ver o mesmo homem, na manhã seguinte, sentado a uma mesa, tomando café da manhã, próximo de se sentir normal novamente.

Ele encolheu os ombros e sorriu timidamente.

— Compensa por todos aqueles que chegam com quatro pedras na mão para atirar em você.

— Soa como se você fosse uma espécie de Messias.

— É exatamente isso — disse ele com alegria. — Sou a tentação do demônio. Leve-me ao telhado do Sheldon Point, diga-me que, se eu proclamar a mim mesmo o Messias, então todos os cobertores enrolados sob as marquises serão meus, eu o farei... O que há de errado em fazer o bem e sentir-se bem com isso? E daí? Não vou fingir. As pessoas se sentirem gratas pelo que você fez por elas é legal... Significa que você fez uma diferença...

Então, pensei: os magnatas não pensam assim. Os magnatas fazem seu trabalho em troca de altas somas e de forma um tanto quanto silenciosa, à medida que podem se safar com o dinheiro impunemente. E passam a sentar-se na Câmara dos Lordes.

— Então, por que você não está mais sendo um Messias?
— Por sua causa.
— Você não estava sendo o Messias antes de me conhecer!
— Só temporariamente.
— Então, por que você não volta a fazer o bem? O que aconteceu com o "Homem-Maravilha"?
— Ah, o "Homem-Maravilha" voltará. Ele só está temporariamente ausente. No último lugar em que trabalhei, alguém alertou que havia heroína na casa. E era verdade, não havia dúvida. As pessoas que a levaram para dentro da casa quebraram as regras: nada de bebida, nada de drogas. Mas nós havíamos adotado a política de nunca revistar. Aí, um dia, a polícia bateu no lugar e — pau, pau — pronto!...
— E?

Ele arregalou os olhos.

— E se eles não tivessem retirado a queixa, eu talvez tivesse consultado um tal de Francis Holmes, advogado, sobre minha iminente acusação por ter permitido tais negociações no local. Que tal a ironia?

Aterrorizante! Ocorreu-me que ele teria vindo à nossa casa, se Francis o tivesse representado no caso das drogas. Eu teria preparado um jantar para ele, me sentaria à mesma mesa, conversaríamos amenidades, e nunca teria pensado a nosso respeito. Ou será que algo teria despertado um desejo inevitável entre nós dois mesmo assim? Só Deus sabe, de fato. Obviamente não tínhamos certeza de nada. Bem, tal e qual a escritora iluminista francesa Madame de Stäel gostava tanto de afirmar: "O amor é um egoísmo a dois."

Virei para a estrada que levava à casa de Matthew, e minha excitação seguiu ladeira acima sem censuras. Coisa de doido! Ah, não havia sentido naquilo. Tampouco fazia sentido a forma como quebrei a Divina Providência em seu nome. Como esta noite: só para ver o rosto de meu amante, deixei meu marido em nossa casa, a sós, com a própria perplexidade e pequena mágoa. E ele estava, sem dúvida, se perguntando por que eu precisava visitar uma velha tia a uma hora da madrugada quando, se ela não estivesse envolvida com os velhos livros de suas estantes, deveria estar dormindo? Tirei o rosto magoado de Francis e minha vida conturbada da cabeça. Nada disso me importava mais. E eu não precisava mais me importar com nada, porque estava aqui, agora.

Parei o carro ao lado do flat de Matthew, estacionei atrás do seu velho Saab preto, uma lata velha. Até o carro dele me emocionava: as pancadinhas, os riscos, as ferrugens, o espelho lateral quebrado e pendurado e até mesmo o cheiro de couro do seu interior; tudo era a essência dele. Acho que nunca disse isso a Matthew. Mesmo ele, em seu estado de romântico sem salvação, acharia que isso já era demais. Também não contei que ele e Francis se dariam muito bem se eles se conhecessem melhor. Agora, como de costume, meu coração galopava por antecipação. E eu sabia, por uma súbita erupção de arrepios, que só por um mero acaso eu estava numa posição superior a ele naquele momento. Gire um pouquinho a roda da vida, e eu poderia facilmente me surpreender ali na janela, segurando as cortinas, olhando para baixo como se minha vida dependesse de vê-lo chegar. Acenei e sorri. Ah, sim, poderia reverter-se tão facilmente. Eu poderia passar a ser uma misteriosa representação da solidão na contemporaneidade do pintor realista Edward Hopper qualquer dia desses.

Tentei amenizar todas as situações. Ri da sua aparência no Real Hotel Edward e perguntei onde ele descolara aquelas roupas — a calça, o blazer maluco —, e ele respondeu que os comprara na loja Alívio do Câncer. Eu disse que gostaria de vê-lo mais vezes usando aquele blazer. Só o blazer, mais nada! Mas ele não estava rindo. E qualquer sensação de poder ou prazer na força de seus sentimentos dissipara-se depressa. Primeiro, ele pediu desculpas por ter sido tão egoísta indo para Bath; depois ele se desdisse, reclamando que eu nunca deveria ter ido de qualquer forma, e, por fim, quis saber todos os pormenores do fim de semana, porque era melhor sabê-los do que os ignorar, para, em seguida, dizer que não queria saber de nada, nadinha! Aí ele passou um café e, enquanto coava, serviu um uísque em dois copos. Então ele mais ou menos me arrastou para o quarto e, assim que se deitou, levantou-se outra vez e me perguntou, novamente, o que é que Francis e eu havíamos feito.

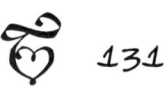

— Saímos para uma caminhada no sábado à tarde, depois assistimos à peça *A Flauta Mágica* à noite e no domingo pela manhã...

— O que fizeram na cama?

— Dormimos.

— Você estava trepando com ele quando eu entrei no seu quarto.

— Ele é meu marido.

— Você gostou?

— Você não devia ter ido lá.

— Você gostou?

— Ele é meu marido.

— Tem um sabor especial por minha causa? Se nós treparmos agora, isso será um pouquinho mais excitante?

— Estou indo embora.

— Como tem sido trepar com ele ultimamente?

Quando me recusei a responder, ele disse de forma agressiva:

— Como é que você pode fazer isso com outra pessoa?!

— Ele é meu marido — repeti, sofrendo muito agora, cansada de tudo aquilo.

Ele me perguntou se isso significava que estava tudo acabado entre nós.

— Eu te amo — disse. — Desejei estar aqui com você, dessa forma, desde que vi você naquela maldita Bath. Eu desejei nunca ter ido; eu desejei...

Estávamos quase chorando ou já estávamos chorando, não sei...

Eu disse:

— Não tenho certeza se posso seguir em frente com isso.

— Você quer acabar com tudo agora?

Eu nunca tinha visto alguém roer o dedo; lera algo a respeito, mas Matthew estava roendo o lado do dedo como um cachorro brabo.

— Acabar com isso é a última coisa que passa pela minha cabeça. O que não sei é como seguir em frente. Você realmente não faz ideia do que é isso para mim; você não está magoando ninguém que queira bem, mas ele é o meu marido.

— Você já disse isso.

Ele continuou roendo o dedo e olhando para mim, então, subitamente, apontou-me o indicador. Aquele que eu havia conseguido evitar com sucesso até agora. O inevitável.

Suponho que eu estivesse esperando por isso. Mas sempre esperei que ele voltasse atrás, o que não aconteceu. A doce ingenuidade do pensamento dele de que o amor entre mim e Francis fosse apenas platônico havia desaparecido. E com ele qualquer possibilidade sobre o futuro. Era obviamente concretizado no plano físico. Ele apenas olhou para as minhas mãos, tocou-as levemente, como se para anunciar o peso do que estava para acontecer.

— Bem — disse ele —, então quando você vai deixá-lo?

— Eu gostaria daquele café.

— Dilys, quando você vai deixá-lo?

— Não vamos...

— Quando você vai deixá-lo?

— Você está querendo dizer que eu tenho de escolher?

— Estou perguntando, quando você vai deixá-lo?

Congelei, porque não havia uma resposta certa. Agora eu sabia o que Michael Howard sentira a respeito das numerosas repetições de Jeremy Paxman de "você fez... ou você não fez?"*

— Eu não sei.

— Quando?

— Não posso...

— Quando?

— ... ainda.

— E então?

— Eu não sei...

---

* Jeremy Paxman é um jornalista da BBC, famoso por ser arrogante e direto e não tolerar qualquer enrolação por parte do entrevistado. Ficou famoso por ter feito doze vezes a mesma pergunta ao ex-ministro do interior Michael Howard diante da recusa do político conservador em lhe dar uma resposta convincente. (N.E.)

E então acrescentei, sem nem mesmo pensar sobre isso...
— ... se alguma vez irei.

Existe uma forma de fazer amor, sei disso agora, como se fosse pela última vez. E de alguma forma, era. Porque o que quer que acontecesse a mais em nosso futuro, estaríamos deixando alguma coisa para trás naquela noite. Éramos como um peixe fora d'água. Desorientados, sem saída. Tínhamos de aproveitar o ar que nos restava para sobreviver ou morrer. Aquela pergunta, "Quando você vai deixá-lo?", mudara tudo para sempre.

Quando dirigia de volta, muito mais tarde do que tivera a intenção, alguma coisa extraordinária aconteceu. Dei uma paradinha num posto de gasolina e apanhei da banca um exemplar da revista *Hello!* Cheguei ao caixa antes mesmo de pensar a respeito do que estava fazendo. Paguei e saí. Tinha inúmeras fotografias coloridas de estrelas do showbiz sorridentes, de personalidades do esporte e, como sempre, uma fotografia em destaque de um evento ou outro da realeza. Quando cheguei a casa, levei-a para Francis, que estava em seu escritório, e disse:

— Titia Liza insistiu que eu lhe trouxesse esta revista.

E nos sentamos ali, eu nos braços de sua poltrona, folheando aquelas páginas, rindo sobre os absurdos contidos ali, até que estivesse convencida de que nós dois acreditávamos que minha tia realmente existia.

A coisa extraordinária foi o caminho tortuoso e espontâneo que seguiu minha consciência. Eu me vi naquela banca, a revista na mão, antes mesmo de ter alguma consciência do fato, o que me assustou e convenceu de que eu não podia continuar daquela maneira. Era o mais correto e esperto a se fazer. Eu estava quase fora de mim, surpreendida com meu poder de iludir e decepcionar. Eu poderia continuar inventando fórmulas para manter a história por muito e muito mais tempo. O único problema era que, a cada nova peça de esperteza que eu perpetrasse, estaria afiando mais ainda os espinhos que espetaria no coração de Francis quando ele finalmente descobrisse a verdade.

Qualquer dia desses, ele se sentaria neste mesmo escritório, provavelmente remoendo as muitas mentiras que eu já lhe contara. Ele se lembraria desse momento e daquela revista ridícula, e a lembrança de nós dois sentados agora, ali, rindo juntos daquelas bobagens, o arrasaria.

E se não fosse aquela decepção, seria a próxima, ou outra, ou outra ainda, e a seguinte... "O golpe de Brutus foi, de todos, o mais brutal e o mais perverso. Pois quando o nobre César viu que Brutus o apunhalava, a ingratidão, mais que a força do braço traidor, parou seu coração." — diz Marco Antônio sobre o cruel ataque feito pelo punhal traiçoeiro de Brutus ao amigo mais próximo. O que ele diria se aquele punhal fosse enterrado em César pela própria esposa?

9
Medo de Mentir

Bem, você fica remoendo tudo por uns dias. Recebe um telefonema de Charlotte contando toda aquela baboseira sobre os prazeres do fim de semana e mal consegue elevar o nível do seu entusiasmo aos patamares do de Maria Antonieta perante a guilhotina. Charlotte pensa que são os hormônios outra vez, e você deixa que ela continue pensando assim. Alguém contou a ela que batata-doce é bom para equilibrar os níveis de hormônio. Você dá um jeitinho de não a mandar enfiar a batata-doce no seu..., desliga e chora.

Você vai passar o dia com suas netas, Claire e Rosie, de quem sempre gostou de tomar conta, em parte porque pode mimá-las com cereais não integrais e com uma quantidade de vitamina E abaixo da crítica, e em parte porque pode devolver as queridinhas mimadas a seus pais no fim do dia — e lá está a conhecida Maria Antonieta na guilhotina novamente! A tagarelice das pirralhinhas a aborrece. Você esqueceu de lhes comprar uns presentinhos e mal consegue sorrir das gracinhas que fazem.

Você vai ao teatro com seu marido para ver a aclamada montagem de *A Noite dos Reis*... Ingressos que foram reservados há meses; ingressos de ouro — a crítica não poupou elogios, as cortinas desceram seis vezes, mas as únicas frases que você pôde ouvir foram as da velha e pobre Olívia: "Eu sei que não sei o que é e temo descobri-lo/ Meus olhos são mais indulgentes que minha mente./ Destino, tu mostraste a tua força; nós nos pertencemos;/ o que está decretado terá de ser; e que assim seja."*

---

* "I do I know not what; and fear to find./ Mine eye too great a flatterer for my mind./ Fate, shew thy force: ourselves we do not owe;/ What is decreed must be; and be this so." *Twelfth Night*, de William Shakespeare (1564-1616). (N.T.)

Francis aplaude e torna a aplaudir a cada descida da cortina. Ele grita "Bravo!" — porque parece que é merecedora de um "Bravo!" E você mal consegue... etc... etc... etc...

Porque acabou. Com muita tristeza, você deu o caso por encerrado. Ele quer que você conte tudo ao seu marido; você não pode contar nada ao seu marido. Nem hoje nem nunca: um beco sem saída! Ele diz muitas coisas, e a essência do problema reside no fato de ele não a conseguir dividir com seu marido. E assim, encorajada pelo surrealismo que é ter de dizer adeus, você diz adeus. Umas doze horas depois de encerrar o caso, sob grande sofrimento, você sente como se todas as suas extremidades nervosas tivessem sido amputadas; como se cada tendão tivesse sido pinçado; como se cada músculo se houvesse estirado, rasgando caminho em direção a terra. Na verdade, nessas circunstâncias, cerca de vinte e quatro horas depois, um perturbador cadafalso estaria à altura de um alívio rápido e vertiginoso.

Você se lembra da pintura de Jacques Louis David. Uma rainha feliz subitamente atada, indefesa, sentada na carreta que a conduziria à sua sorte. Você reza. Francis se aproxima quando você está deitada, os olhos fechados, na banheira, cantarolando "Ai, ai, coração..." ou algo parecido. Você dá um jeito de se lembrar de mentir e, através do vapor, diz que é uma nova canção popular. Pelo menos Francis jamais será capaz de checar.

Você sente que está se afogando.

Quando não está ocupada com os afazeres da vida, você senta com as mãos no colo, ao lado do telefone, esperando pela única chamada que a fará feliz. Subitamente, vocês se amam e se odeiam. De repente, você diz a si mesma que ainda está no controle da situação para, em seguida, sentir que não está. Qualquer dia, esta dor vai passar, você diz a si mesma. Você imagina o objeto de seu amor encontrando consolo nos braços de outra mulher. Simples assim. Num momento, ele está sentado na cama com você, e ambos estão em prantos, quando você decide que partir é o melhor; e, no momento seguinte ao que você se foi, ele se levanta, toma uma ducha, sai do seu flat, avista uma mulher bonita vindo em sua direção, convida-a para sair — e tudo muda de figura. Ele está feliz novamente. Esta é a cena que você mais ou menos vislumbra em sua cabeça. Ao sofrer essa verdadeira agonia, um grande milagre acontece: você não consegue comer. Uma pequena parcela de você — a pequenina parte de seu cérebro que continua funcionando — sussurra ao seu ouvido que perder peso é uma compensação. O problema é que você pode beber. Portanto, os quilinhos não a abandonam.

Foi só quando Francis disse, na noite de quarta-feira, "Eu tenho certeza de que havia uma garrafa novinha de gim aqui...", que você se dá conta do seu estado. Gim-tônica às nove e meia da manhã? Não parece uma boa ideia! Você se odeia ainda mais quando seu marido expressa preocupação e você diz que não é nada, que ainda deve estar perturbada pela morte de sua amiga Carole. Francis fica instantaneamente solícito, e a possibilidade da suspeita se esvai. O último pecado mortal desse caso de amor sombrio pelo qual você foi capaz de mentir e enganar sob todas as formas necessárias para mantê-lo — agora inclui o pecado capital de desonrar a morte.

Então o seu amante telefona, porque ele tampouco consegue manter-se longe de você. Ele lhe dá carta branca para tomar qualquer decisão e pede desculpas por tê-la encostado na parede. Nesse momento, você já lhe terá escrito uma carta, que ele receberá na manhã seguinte. Você sabe disso, porque está lá, na cama dele, na manhã seguinte, quando sua correspondência chegar. Não acabou de modo algum. Intensificou-se. Está pior. Precisa acabar. Não pode acabar. Tem de esvaziar-se, porém, para clarear toda essa água turva. Separação forçada, distância grande — grande o suficiente para abrigar o impensável, é isso o que acontece. Você concorda em *dar um tempo* para arejar a relação. Seu amante, então, vai passar uns dias com a irmã, perto de Bridlington, na esperança não revelada de que, de alguma maneira, uns poucos dias sejam suficientes para resolver a situação. Não resolvem nada. Nem para você nem para ele. Ah, droga! Ficar separados, mesmo dessa maneira delicada, faz com que o vínculo apenas se fortaleça. Você diz ao seu marido — sonhadoramente e sem pensar — o quanto gostaria de passar um período no campo; você está pensando em Bridlington. Seu marido — que já não entende mais nada sobre a intensidade da variação do seu humor — é contrário a essa ideia. Seu marido, seu pobre marido, obviamente não está muito certo sobre *o que* pensar, mas já fez sua declaração.

Seu amante volta, e você entra em transe. Subitamente, você é uma pessoa diferente em casa. Seu marido a observa com suspeita. Você, que não lavou os cabelos nos últimos quatro dias e que sequer esquentou uma pizza, agora está transformada. Você é tão requintada quanto uma top model enquanto está preparando um saboroso peixe assado na brasa para o seu marido quando tudo o que ele esperava era um sanduíche de queijo. E canta enquanto faz isso.

Você ama o mundo outra vez. A energia corre em suas veias como fogo selvagem. Você se banha na luz que é estar sendo amada novamente. Você quer amar o mundo. Você sugere, portanto, ter toda a família à sua volta para o almoço de domingo, incluindo os pais de Petra, sua nora, seu irmão e cunhada e os dois grupos de vizinhos do lado. Apenas para mostrar a Deus como você é boa. Doze adultos, quatro crianças e o estudante de intercâmbio que chegou de Madras.

Está completa a agonia: todos em sua família são brancos da classe média que só pensam em si mesmos e têm de se esforçar para não dizer alguma coisa remotamente racista. Você se lembra de uma conversa com seu amante quando ele a acusou de um pseudoliberalismo. Você tenta o mais intensamente possível relevar qualquer coisa dita pela família de Petra, que é, definitivamente, racista. William, pai de Petra, refere-se a todos que não são brancos como *pessoas de cor*. Assim que os pais de Petra, seu irmão ou cunhada abrem a boca para se dirigir ao estudante de Madras, você ou Francis, *ou os dois*, imediatamente mudam de assunto. Um não consegue atenuar o estardalhaço que lhes é costumeiro fazer quando desejam dizer alguma coisa tão inocente quanto "passe-me o sal". Num dado momento, a mãe de Petra se levanta, e eu e o genro dela imediatamente ordenamos que ela se sente novamente. Ela é forçada a anunciar, em alto e bom som para toda a mesa, que está indo ao toalete. Você se pergunta se o estudante de olhos grandes de Madras está pensando que esse comportamento estranho é típico da etiqueta inglesa. Francis arregala os olhos para você.

William consegue proferir uma sentença que começa com "Vocês sabiam que lá pelo ano de 2030 haverá mais *pessoas de cor* do que nós?", então Francis lança um olhar para você como se quisesse dizer "Estava bêbada quando organizou este almoço?". Então, assim que você expõe sua desesperada opinião a respeito, sua neta mais nova pergunta ao estudante indiano por que ele tem uma pele de cor diferente, e todos que estão à mesa apresentam uma versão distinta sobre uma dança de guerra dos índios Navajos. Exceto, naturalmente, o estudante de Madras. Inferno na Terra. Você bebe.

Tal como prenunciado pelo mencionado marido, você se sente um caco depois de todo esse esforço. E com uma terrível ressaca. "Não repita mais isso", diz seu marido, sem rodeios. E você, igualmente sem rodeios, diz-lhe que é um bruto por chutá-la enquanto você está por baixo. Mas ele parece no fundo do poço também. "Não sei o que se passa com você", ele diz, como um homem que sofre.

Você passa a segunda-feira toda na cama. Sua própria cama, porque seu amante tem uma entrevista de trabalho. Você tem a súbita sensação de que está velha. Ah, não, você não está velha! Na terça-feira, você põe um jazz de Charlie Parker para tocar bem alto e fica gritando sozinha pela sala de estar, de modo que Jess, sua vizinha do lado, é forçada a entrar no clima sem precisar sair de casa.

Na quarta-feira, você passa o dia com seu amante.

Com brilho no olhar, na quinta-feira, você se senta com seu marido e diz a ele dos planos que fez para um jardim de plantas ornamentais. *Um jardim de plantas ornamentais?* Por quê? Porque você assistira ao programa sobre jardinagem, numa tarde dessas na cama do seu amante, e, de repente, alpestres pareceram a coisa mais encantadora na face da Terra.

Na sexta-feira você faz compras até se cansar em busca daquelas coisinhas que sua mente tem mania de apontar como extremamente necessárias: um curvex para encurvar os cílios; um conjuntinho verde-limão; de um livro de poemas de amor; as mais sedutoras peças de lingerie; diversos CDs que jamais passaram pela sua cabeça comprar até agora, entre eles os grandes sucessos da banda The Eagles. Meia hora depois de chegar a casa, você já decorou todas as letras mela-cuecas e está cantando com toda a emoção que consegue arrancar do coração. Você canta tão alto e tantas vezes a mesma canção que, mais tarde, seu marido se enfurna no escritório e bate a porta.

Você pesquisa o termo "amenorreia", ausência de menstruação, num site da Internet sobre a saúde da mulher, e, como era de se esperar, assume que tem todas as coisas ali anunciadas — câncer, gravidez, menopausa etc., você se afundou de novo em nefasta depressão. Mas vai sair dessa bravamente sem precisar de ninguém. Já que não há mesmo ninguém em quem você possa confiar, isso não é difícil. Ocorre a você que, se tiver um bebê, ele terá uma sobrinha dois anos mais velha que ele. Você coloca *Desencanto* no videocassete e chora sozinha.

No sábado e no domingo, as coisas parecem estar melhores — você tem cólicas e reza que isso signifique que você não está grávida. A razão diz que isso é um absurdo. Mas não existe racionalidade nisso. Nada acontece. As cólicas simplesmente significam que você tem estado tão tensa que seus músculos começam a reclamar. "Se vocês pensam que isso é difícil para vocês, seus idiotas" — você se descobre falando com os próprios músculos, enquanto prepara um almoço sem graça — "tentem se colocar no meu lugar".

Francis, sem entender bem todo o chororô e a forma como você pressiona o abdome, pergunta:

— Menstruada de novo?

— Não — você diz, aos prantos.

Você queima o arroz, e isso é o equivalente ao Dia do Juízo Final da culinária. Você chora.

— O que é isso?! — diz Francis persuasivamente. — Alguma coisa está acontecendo!

Naquele momento terrível, você diz a Francis que acha que está grávida. Ele faz a única coisa possível e esperada: cara de espanto.

Depois ele parece cauteloso. Será que isso é uma armadilha? Se ele disser "Oh! meu Deus, não!", você vai ficar histérica? Você o deixa sozinho pensando. Mas, pelo menos, você apagou todas as pistas e, é claro, espera que ele não desconfie de nada. Como um ladrão que volta ao local do crime, você quer se certificar de que eliminou todos os vestígios. Portanto — para não deixar nenhuma brecha —, você diz, aparentemente de maneira inocente:

— Deve ter acontecido em Bath. — E ele ouve errado e pensa que você quer dizer que aconteceu *no* maldito banho. Seria cômico se não fosse trágico. Você lhe diz que ele está sendo muito, mas muito insensível.

— Grávida, Francis! Isso não é hora para perda de memória sexual!

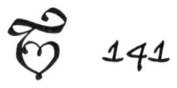

Ele consegue dizer alguma coisa sobre já ter cruzado aquela ponte. Ele ainda não está convencido. Nem você. Mas, ai, aqueles demoninhos na minha cabeça...

— Vá ao médico! — recomenda Francis, gentilmente.

— Não se atreva a telefonar para o Tim — você diz, quase que simultaneamente.

Como era de se esperar, Francis, depois de vascular a mente por alguma saída desse fandango enlouquecido, pinça algo que você dissera e volta para casa na tarde da segunda-feira seguinte anunciando que alugou uma casa de campo em Dorset por quatro semanas: todo o mês de julho! Algum lugar onde internar a esposa louca. Ele disse que fez isso porque levou ao pé da letra algo que você dissera há algum tempo — você realmente se lembra de ter dito algo mais ou menos assim: — "Oh, meu desejo era sair daqui e me enfurnar nos campos ingleses por um longo tempo..." (Aquele fora, é claro, o "momento Bridlington.")

Passa pela sua cabeça que ele esteja querendo levar você para o mais longe possível do jardim. Pode ser que você tenha falado demais sobre as tais plantas ornamentais — não que realmente desejasse algumas, mas porque, cada vez que você fala a respeito delas, está novamente na cama com seu amante e se enfeitando toda em frente do seu marido, com um segredo que ele jamais saberá. É vil e cruel, mas você não pode evitar. É como se quisesse se aventurar na perigosa zona das descobertas. Francis não sabe disso. Para ele, a ideia de um jardim de plantas ornamentais, aquelas plantinhas sobre as quais você fala com tanto amor, deve ter certamente plantado algum tipo de terror em seu coração. Até agora, o seu jardim é grosseiro e foi desenhado para ser grosseiro. Tem um extenso gramado, alguns arbustos fáceis de cuidar, um laguinho bobo de que Francis e os meninos sentem o maior orgulho de terem construído e um pátio ideal, de pedra york, para se sentar lá fora. Foi para isso que o jardim foi desenhado: para se ficar lá fora sentado. Não para se trabalhar nele. E certamente não para ser ornamentado...

Fandango enlouquecido foi o que eu disse que era? Era mais como estar entre a cruz e a espada. Para mim, em meu estado de loucura, a ideia de Dorset foi um milagre. No início, fiquei apreensiva e aterrorizada com a possibilidade de ficar isolada. Depois compreendi que aquilo significava que Matthew e eu poderíamos passar a semana juntos. Francis viria nos finais de semana, e isso eu poderia suportar. Se eu passasse da noite de domingo até a manhã de sexta-feira com o meu amante, eu poderia ser uma esposa feliz pelo resto dos dias. Era a solução perfeita. Eu seria calma, prestativa, descontraída, novamente. Nunca se preocupe com um grão de areia — tudo que eu via era um universo perfeito na casa alugada do Condomínio Carey, em Woodlynch, durante o mês de julho.

Também significava, até onde eu entendia, que poderia adiar a resposta à Grande Interrogação por mais um mês inteiro. Ao ficar sabendo sobre Dorset, Matthew recuou, e ficou tacitamente combinado entre nós que qualquer decisão sobre futuras confissões estava suspensa. Em homenagem à causa maior: nosso prazer. Na verdade, o prazer era tudo que almejávamos. Era como estar à espera de dez mil presentes de Natal chegando ao mesmo tempo. Acho que Francis ficou completamente desnorteado com a intensidade da minha alegria.

— Se eu soubesse com que força você queria sair daqui, poderíamos ter feito isso muito mais cedo — disse ele, com uma irritação besta.

— Nem eu sabia — eu respondi. E tentei não parecer como um gato contemplando sua tigela de leite. Mas meu corpo parecia ronronar como o de uma gatinha. Fizemos sexo naquela noite, o primeiro desde nossa viagem a Bath, e eu agi como uma cortesã agradecida, cujo protetor lhe houvesse trazido um diamante Koh-I-Noor. Não acredito que Francis tivesse a ideia do meteoro que o havia atingido.

— Cuidado — disse ele, satisfeito —, ou você vai ficar grávida de verdade... — Ele fez uma pausa para corrigir-se. Teria sido cômico em outras circunstâncias. — Isso se você já não estiver — acrescentou cautelosamente.

Mas eu não queria nem pensar nessa possibilidade. Nenhuma nuvem negra seria permitida no horizonte do próximo mês.

Havia a necessidade de alguns detalhes a serem repensados, quando ele começou a falar sobre aquela parte de Dorset que ficava a apenas duas horas e meia de Londres, mas eu estava bem na frente dele. Você está sempre se antecipando quando trama algo — seus sentidos ficam mais aguçados e venenosos. Telefonei para a Polícia Rodoviária — e eles confirmaram que Dorset ficava a mais de três horas de distância devido ao trânsito lento, a menos que você dirigisse depois da meia-noite. Eu estava pronta para aquilo. Quando Francis disse, tão casualmente quanto possível (tal como eu sabia que ele o faria), que talvez pudesse dividir seu tempo entre Londres e Dorset, lembrei-o do mínimo de três horas, na ida e na volta. Quando ele disse então que talvez partisse apenas na segunda-feira pela manhã, tive de agir rapidamente: disse que queria usar o tempo para voltar a escrever. Ele pareceu surpreso. E deve ter ficado mesmo: eu não mencionava algo sobre escrever qualquer coisa da natureza de um livro há quase dez anos.

— E daí? — eu disse, de modo um tanto agressivo. — O que há de errado nisso?

— Nada — respondeu. — Nada mesmo!

— Pode ser que eu retome Davina Bentham.

— E por que não? — disse ele com um sorriso.

— ... ou comece algo novo.

— Ótimo...!

— Portanto, se você sair na segunda-feira pela manhã, eu não serei capaz de me organizar para isso. Mas se você viajar no domingo bem tarde, quero dizer, lá pelas seis ou sete horas, no máximo...

Ele pareceu surpreso. A ideia de bem tarde ser seis ou sete horas, não era — tudo bem — realmente muito lógica, mas eu estava acariciando sua orelha, a *putinha* fazendo tudo ficar mais fácil — e ele decidiu aceitar a sugestão.

— ... daí eu posso acordar, levantar e pôr a mão na massa na segunda-feira logo pela manhã...

Ao que ele pareceu ainda mais surpreso, o que era bastante compreensível, as manhãs não eram definitivamente o meu ponto forte.

— Vou precisar de muita energia. Especialmente se for começar um trabalho novo.

— Tudo bem. — Disse ele. — Sairei do escritório o mais cedo possível na sexta-feira e volto no domingo à noite. Contente?

— Obrigada!

— Do que tratará o novo trabalho?

— A nudez — respondi prontamente. — Sim, acho que provavelmente irei por esse caminho...

Ele concordou e começou a traçar as minhas próprias linhas despidas.

— A nudez — disse ele, preparando-se para agir outra vez — parece um tema altamente apropriado.

Tudo que eu conseguia pensar era que Matthew poderia ficar a semana toda. Uma semana inteira!, nada de sair de sua cama quente e voltar para casa e contar mentiras, viver mentiras. São as mentiras o que você não pode suportar. Você não sabe se não pode suportar porque mentiras são uma coisa ruim ou porque está com medo de vir a ser descoberta. O que você teme, tal qual o negócio das infelizes plantas ornamentais, é que uma parte de você talvez queira ser descoberta. Uma coisa era certa: eu não queria que nada estragasse esse mês; assim, Francis não podia descobrir a verdade agora. Eu teria de ser o mais agradável e o mais normal possível com ele, de forma que pudesse ser o mais depravada e o mais louca possível quando não estivesse com ele.

Para o seu amante, você esquece toda e qualquer possibilidade de dificuldade pela frente. "Semanas e semanas para estarmos juntinhos", você diz. "Portanto, não as vamos estragar com *a verdade*..." E você logo se segura para não acrescentar coisas do tipo "Não vamos pedir a lua, nós temos as estrelas", aquela famosa frase da Belle Davis em *A Estranha Passageira*, para ele não pensar que você é velha o suficiente para ter visto esse filme pela primeira vez no cinema e mudar de ideia sobre vocês serem mais ou menos da mesma idade...

E assim começam os mais estranhos trinta dias de toda a sua vida. Você passa a ser duas mulheres por um mês inteiro. Ao final de tudo, você se pergunta se alguma vez voltará a ser sã e calma.

10

Esposa em Bath

Era *como* o Natal, porque não pude dormir de ansiedade na véspera. Francis estava pateticamente satisfeito por ter acertado tanto em alguma coisa. Como é que encaramos a nós mesmos quando fazemos coisas desse tipo? Como?

Saímos na sexta-feira à tarde, e nunca me senti mais feliz em minha vida. Matthew chegaria no domingo à noite. Tudo o que eu tinha de fazer era passar pela noite de sexta, de sábado e a de domingo até — como havíamos combinado — perto das oito horas, e então eu teria minha vida só para mim por pelo menos cinco dias. Diante de uma tão promissora perspectiva, eu poderia fazer a gentileza de ser uma companhia agradável.

Enquanto ele dirigia, eu cantava. Francis estava sorrindo. Então apareceu aquele demoniozinho outra vez...

— Francis, esta foi uma ideia esplêndida! Você é realmente o melhor dos maridos!

Fiquei o observando sorrir, um sorriso satisfeito, sem a menor dor na consciência. E realmente, eu estava agradecendo ao meu marido por ter tido a consideração de alugar a casa na qual eu estava planejando aproveitar um idílio de amor e sexo com meu amante. E estava agradecida do fundo do meu coração. Esperei. A terra não se abriu em lavas de fogo ardente nem me engoliu. Ao contrário, o sol iluminou as verdes montanhas, e nós ficamos sem fôlego quando o primeiro brilho do mar distante apareceu no horizonte. É assim que um casamento termina, pensei, é assim que um casamento termina — não com uma trovoada, mas com um sol a brilhar no horizonte.

Conhecíamos o oeste de Dorset muito bem, porque, logo que Bruce e Virgínia se casaram, foram viver justamente nos subúrbios de

Dorchester. Verdadeiro território *hardyano*.* Francis e eu os visitamos inúmeras vezes — a sedução da beleza do lugar misturada, mais tarde, ao prazer de sair de Londres e fazer companhia a pessoas que entendiam de bebês. Digo isso pela minha irmã: se você precisasse de ajuda, ela era ótima. E quando tive John e depois James, e algum tempo depois um aborto, ela realmente me ajudou. Pelo menos havíamos saído daquela fase infantil, quando ela parecia aproveitar toda oportunidade que surgia para me dar umas bofetadas. Foi só quando saí do fundo do poço, passando a ser mais eu mesma, que ela ficou daquele jeito estranho. Foi aí que me voltei para Carole. Ela tomava conta dos meus filhos já crescidinhos, preparava umas comidinhas gostosas e ainda conseguia conversar sobre arte e me fazer rir sobre seu exótico mundo de amantes em Paris e voos noturnos para Nova York.

Mais tarde, depois que Virgínia e Bruce se mudaram para Kingston (ou Surrey, como Virgínia insistia em chamar), e quando nossos meninos cresceram, continuamos a descer para a praia nos fins de semana, ficando em Bridport ou Eype. Aqueles dias substituíram todos os feriados que eu nunca tivera, eu parecia uma gordinha com um pote de sorvete. Só de estar numa praia, com minha família feliz, já me parecia tão bom, tranquilo, normal, tão oposto à minha própria infância, que passei a agir como uma criança também. Viajar para o exterior realmente nunca me interessou quando os meninos eram pequenos — aeroportos, voos e toda aquela confusão com passagens, passaporte, embarques, bagagens, era simplesmente estressante, e o sol era quente demais para suas peles tão delicadas. Portanto, passávamos os feriados na Inglaterra e gostávamos de Dorset mais que tudo.

Sempre foi nosso sonho possuir, naqueles tempos, um daqueles chalés de Dorset para o descanso de fim de semana. Costumávamos fazer "caminhadas em círculo", único tipo de passeio que você pode fazer quando tem filhos, em minha opinião, porque acaba voltando ao carro. Ao fim de uns quatro quilômetros, eu costumava corar de emoção quando dobrávamos a esquina e víamos o velho Saab esperando para nos rebocar. Parece inacreditável que tais coisas, tão simples, tão

---

* Thomas Hardy (1840-1928): Poeta e novelista, centrou quase todas as suas histórias nas cercanias de Dorset e Dorchester, o chamado "Wessex Country". (N.T.)

bobas, pudessem ser tão prazerosas... Dadas a profundidade e a intensidade do que experimento hoje em dia, é como se aquele tempo fosse uma mera membrana superficial sobre minha vida. Um pequeno deslize e tudo viraria pó.

Quando Virgínia telefonou, contei que Francis estava alugando uma casa de campo por uma temporada, mas fui deliberadamente vaga sobre o local e o período. Virgínia, é claro, tanto zombou sobre quão decadente era aquilo quanto ficou ansiosa para nos visitar e recebeu em troca uma combinação de respostas que a fez ficar muito irritada.

— Francis está supercansado — eu disse a ela. — Ele precisa relaxar. Afinal, está chegando à casa dos 60.

Uma vez que Virgínia já dava adeus aos seus 56, isso fora uma tática muito pouco feliz. No nosso relacionamento um tanto complicado, fora um gesto suicida.

A voz dela subiu uma oitava:

— Nenhum de nós está usando babador só porque está chegando aos 60, fique sabendo. Algumas vezes acho que você vive no mundo da lua, onde outras pessoas não têm sentimentos, Dilly, e...

Francis, que acabara de entrar na sala e a quem fiz um sinal de que estava no telefone com minha irmã — como se ele precisasse ser avisado quando os decibéis explodiam no ar —, quase gargalhou — de nervosismo, presumo — quando, em lugar de minha costumeira humildade, eu disse repentinamente:

— Ah, Virgínia, vá cuidar da sua vida!... — e desliguei o telefone. — É bom que ela cuide da própria vida mesmo — disse eu, asperamente. — De qualquer modo, é melhor ofendê-la do que tê-la conosco por uns dias. Eu não quero ninguém atrapalhando esse idílio.

Francis olhou para mim muito contente, e compreendi que ele, naturalmente, pensava que o idílio seria com ele.

Woodlynch era perfeito para a casa de campo dos sonhos, porque era perto o suficiente para se ir a pé até Bridport e longe o bastante da cidade para que não nos sentíssemos urbanos. Agora, enquanto dirigíamos por suas familiares e sinuosas pistas, eu pensava em meus filhos correndo de um lado para o outro atrás do porquinho campeão. Será que eu me lembrava de como o fazendeiro Hope nos presenteara com mel de suas próprias abelhas e de como a filha de Hope, não muito mais velha que John, lançara olhares encantados para ele e, para nossa surpresa, seguira-o por toda parte? Será que eu me lembrava dos nossos dias de colher amoras, framboesas azedinhas, de nossas caminhadas para cima e para baixo nas montanhas, onde nos sentaríamos e desfrutaríamos um próspero café da manhã? Não. Só pensei em luxúria, prazer e atos ilícitos praticados nesse pedacinho escondido do mundo e em mostrar a Matthew como a área era bonita e como ficaria mais bela com nossa presença ali. Todas aquelas histórias de família, todas aquelas lembranças preciosas não valiam mais nada.

Francis estava feliz quando finalmente chegamos ao Condomínio Carey.

— Você não parou de sorrir desde Dorchester — disse ele. — Espero que o lugar esteja à altura do seu bom humor.

Naturalmente estava. Subi correndo as escadas para checar. Tinha um grande quarto principal e uma enorme cama antiga de pinho. Aquilo, de fato, foi tudo o que vi e que precisava ver. Sentei-me na cama e quiquei umas duas vezes nela, e Francis, subindo com as malas, disse alguma coisa sobre o fato de eu estar tão ávida: será que eu não podia esperar até termos tomado pelo menos uma xícara de chá?

— Você é como Mary quando voltou à Inglaterra com William Henry of Orange — disse ele, rindo. — Um país inteiro e o trono da Inglaterra com que se preocupar, e tudo que ela conseguiu fazer foi entrar de quarto em quarto e quicar nas camas do palácio.

Francis colocou as malas no chão e veio em minha direção.

— Você quer fazer o chá enquanto desfaço as malas? — perguntei.

Permaneci no andar de cima, desfazendo as malas, tentando me acalmar, enquanto Francis, igualmente excitado, foi de quarto em quarto, abrindo portas e janelas e chamando-me para que o acompanhasse e para saber se me sentia tão feliz quanto ele. O jardim dava para o ocidente e tinha macieiras e uma adorável cadeira de balanço com um guarda-sol. A sala de estar tinha uma elegante lareira e janelas francesas que se abriam para um antigo pátio cor de tijolo. Espetacular! A mobília era antiga e elegante. Nenhum sinal de mau gosto em lugar algum. Maravilhoso! Na verdade, eu estava pouco me importando. Mas o banheiro era amplo e fora abençoado com uma banheira generosa o bastante para dois — cometi o erro de usar a palavra idílio com meu marido. Ele me lançou um olhar sedutor que me fez disparar escada abaixo para outra xícara de chá. Não é à toa o que se diz de nós, britânicos, que ganhamos a guerra por uma xícara de chá.

Concordamos que tudo estava perfeito. Abraçamo-nos, bebemos nosso chá de pé na cozinha, lado a lado, a imagem da união perfeita, mas, quando me perguntou se eu gostaria de experimentar a banheira com ele, respondi alguma bobagem: *"Não estou me sentindo bem para isso."*

Em vez disso, saímos para um passeio na tarde pálida do final de junho e ficamos assistindo ao pôr do sol. Então escapuli para dentro de casa e dei meu golpe de amante: eu tinha me lembrado de trazer o Jogo de Palavras.

Se Francis estava menos do que entusiasmado com isso, ele me perdoou, jogou bem e acabamos aproveitando a noite. Passou pela minha cabeça que eu e ele poderíamos vir a ser bons amigos algum dia. Provavelmente a coisa mais cruel que você pode sugerir a um homem ou a uma mulher que tenha aquecido a sua cama é: "Não quero mais nada sexualmente, mas somos ótimos parceiros de baralho, querido..."

Minha irmã estava provavelmente certa — eu vivia no mundo da lua.

Quando chegou a hora de irmos para a cama, dei um jeito de adormecer imediatamente, enquanto Francis ainda estava no banheiro. Eu não prometera a Matthew, porque não podia, que evitaria situações conjugais, mas tentei o máximo que pude ficar distante de sexo com meu marido. Uma tarefa que é muito mais difícil do que alguém possa imaginar, dadas todas aquelas piadas dos antigos musicais sobre as esposas e suas dores de cabeça. Como foi que as mulheres conseguiram durante meses permanecer sem cumprir com suas obrigações conjugais? Eu tinha praticamente me transformado em uma louca sra. Edward Fairfax Rochester para evitar sexo legítimo durante as últimas noites e sabia que aqui seria inevitável. Apenas uma questão de adiá-lo o máximo possível, decidi. E eu poderia evitá-lo nesse primeiro fim de semana se fosse esperta *de verdade...*

Na manhã de sábado, fomos acordados pelo telefonema de Júlia. Ela fizera alguma besteira com o alarme contra roubo e não conseguia desligá-lo em Hove. Quando finalmente Francis conseguiu resolver o problema, eu já me levantara, me vestira, fizera café e estava aquecendo os croissants. Se é que ele ficara desapontado, guardara tudo para si. Havia apenas um pequeno *frisson* no ar, tão imperceptível que era fácil de evitar. Já havíamos decidido que iríamos até a feira de artesanato em Bridport para dar uma olhada nas cerâmicas. E aquela atividade poderia se alongar. Uma vez no caminho, sugeri que almoçássemos no Touro. Com um pouquinho de sorte, ele cairia no sono à tarde, depois do almoço.

Levamos um bom tempo visitando as barraquinhas. Acenamos para o velho fazendeiro Hope e sua esposa, que nos reconheceu, e mais tarde para a filha de Hope e seu marido, ela agora era uma adulta, uma criatura com belos e fartos cabelos que por certo era grande fã de bacon. Eles moravam numa terra que valorizava os porcos.

— Bem — nós dois ficamos saudosos quando a vimos — o tempo passa depressa.

Comprei para Francis uma caixa antiga de couro com abotoaduras, porque uma das letras gravadas nela era um F. Que a outra letra gravada também fosse um F, em vez de um H de Holmes, não tinha importância, eu dissera. O que pensava mesmo é que nada importava, nada mesmo...

Ele queria comprar para mim um vidrinho vitoriano para colocar perfume, mas fiquei subitamente irritada e disse que não precisava de mais nada inútil na minha vida. O homem da barraquinha ergueu as sobrancelhas, e nós fomos andando. A irritação não tinha a ver com o vidrinho para perfume, que era, aliás, muito bonito; tinha a ver com o fato de eu querer desesperadamente comprar um presente para Matthew e estar com meu marido H aparentemente na cola de cada um dos meus movimentos, que, como um carcereiro, observava cada pensamento e sinal e fazia com que as coisas ficassem mais difíceis para mim. Por fim, vi um par de tacinhas para ovos quentes no formato de um galo e de uma galinha e as comprei. Elas eram engraçadas, mas também diziam algo sobre um casal e sobre tomar café da manhã juntos, num clima de romance.

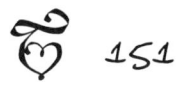

— Você e eu — disse Francis, rindo da estranheza daquele artesanato.

Consegui interromper meu impulso quando estava a ponto de arrancar aquelas avezinhas das mãos dele.

— Pode deixar que eu seguro — eu disse.

Ele me lançou um rápido e estranho olhar.

— Melhor comprar alguns ovos. — E dirigiu-se para a barraquinha dos laticínios.

— Já comprei alguns — menti.

Almoçamos no Touro, e insisti para que Francis tomasse mais um chope. Quando voltamos ao Condomínio Carey, escondi as tacinhas para ovos pela simples razão sentimental de que eu as queria estrear com Matthew. Deus me ajude, pensei ao socá-las no fundo da minha gaveta de roupas íntimas; e se eu for atropelada por um ônibus e descobrirem porcelanas escondidas em minhas calcinhas? Então um arrepio no peito. Meu testamento? Meu enterro? Oh, meu Deus, eu havia de pensar em tudo *aquilo*... Bem, para o inferno com tudo aquilo!

Sábado depois do almoço, eu estava deitada no sofá lendo um livro, as janelas francesas abertas. Atrás delas e esticado num tapete sobre a grama, cochilando graças ao chope extra, estava Francis. Eu lia um velho Agatha Christie, extraído da estante da casa, o qual estava à altura do nível de concentração de que eu seria capaz — qualquer coisa um pouco mais profunda, e meu cérebro entraria em parafuso. Mesmo antes de Matthew surgir em minha vida, eu jamais conseguiria descobrir quem era o criminoso em qualquer dos livros dela. Eu os lera aos 14 anos e os relera, como se fosse a primeira vez, quando os meninos a descobriram na adolescência. Estava agora na terceira leitura e não conseguia me lembrar de nenhuma das tramas, tampouco de seus capítulos decisivos e *esclarecedores*. Perfeito: corda para a mente! Eu me envolvia com o estilo da época e os adoráveis e inocentes personagens de suas histórias, nos quais nada ou ninguém era, jamais, o que aparentava ser. Fascinante e esperta Agatha! Tudo que ela teve de fazer foi colocar nossos demônios internos num livro barato e sob uma roupagem moderna, e todos sairíamos ganhando. Ler Agatha fez com que a tarde transcorresse depressa e me permitiu dar um descanso para minha mente. Fiquei tão absorta que não percebi que Francis já havia acordado e estava na porta a observar-me havia algum tempo. Não havia escapatória. O dia estava quente, eu vestia algo leve. Eu tinha uma vaga recordação de Matthew dizendo algo como "Seria melhor se você vestisse um *macacão*..." Gostaria de estar na cama dele agora. Continuei lendo, fingindo que não notara a presença de meu marido, e então ele disse meu nome de um modo muito pouco costumeiro de sua parte.

— Olá, e aí? — respondi, tirando os olhos do livro. Mas ele não estava a fim daquele tipo de comunicação. Até mesmo com todos os meus truques de repulsão, eu sabia que esse era o meu fim. Tirei o rosto de Matthew da minha mente. "Ele é seu marido, ele é seu marido, ele é seu marido", eu tentava convencer a mim mesma quando Francis veio até mim, ajoelhou-se e levantou o vestido acima das minhas pernas. Então, muito cuidadosamente, muito lentamente, muito gentilmente, abriu minhas pernas e colocou a cabeça entre elas.

O que é que eu podia fazer? Sair correndo, gritar? Depois de tudo, no banho, eu estava ensaboando suas costas e pensando que era tranquilo manter essa dualidade. Eu podia lidar com ela. Pelo menos eu sabia que Matthew não irromperia porta do banheiro adentro, vestido como um caipira e carregando uma espiga de milho. Ele não precisaria saber dos detalhes. Portanto, consegui gemer e agir como a boa esposa que eu *não* era, enquanto Francis se deliciava dentro da banheira e eu me perguntava por que meu agradável, mas tranquilo, casamento parecia subitamente ter-se tornado alguma coisa além de um *ménage à trois*?

— Este foi o melhor dos nossos momentos nos últimos tempos — disse ele, agarrando minhas coxas. — Acho que redescobri as urgências da minha adolescência.

Ele riu satisfeito e depois acrescentou, com cautela:

— Você não parece estar grávida...

Continuei ensaboando suas costas da maneira mais inexpressiva possível.

— Humm... — murmurei.

— Sabe — continuou ele —, acho que você estava certa em querer afastar-se de tudo e de todos por uns tempos. Eu provavelmente preciso disso tanto quanto você. Nós dois precisamos disso. Estou feliz, agora, que você tenha batido o pé sem dar ouvidos a John, a Petra e às nossas netinhas.

Ele escorregou para trás e deitou-se nos meus joelhos, feliz e absolutamente relaxado.

— Acho que precisamos de um pouco de tempo para nós mesmos.

Massageei suas costas muito gentilmente e me afastei, feliz ao ver que as torneiras eram tão antigas e corroídas que ele não podia ver o meu reflexo.

Na manhã de domingo, tentei o mais que pude não parecer impaciente. Ocupe suas horas, ocupe suas horas... Então sugeri que saíssemos para um drinque no pub local, antes do almoço. O Braços de Watton tem um jardim bem próximo de onde o porquinho campeão, ou qualquer um dos que o sucederam, costumava morar, mas seu chiqueiro havia sido demolido, e, no lugar, havia uma grande e descaracterizada loja. Presumo que pertencesse à filha de Hope. Obviamente, eu não poderia fazer com que Francis bebesse outra vez. Não se eu não quisesse lhe dar a desculpa perfeita para não dirigir de volta para casa naquela noite; portanto, só bebemos um chope e voltamos para casa. Eu estava quase louca de tanta impaciência, mas consegui disfarçá-la como se tivesse todo o tempo do mundo.

— Isso é o paraíso — disse ele.

— Sim — concordei com doçura, certificando-me, ao passar pelo nosso carro, de que todos os seus pneus estavam cheios.

De volta ao Condomínio Carey, comemos caranguejos de West Bay no almoço e, depois de um cochilinho e de Francis ter tomado banho — quando ele tentou de todas as formas me arrastar para dentro da banheira —, já estava mais ou menos na hora de ele partir. Eu sabia que meu amante já se encontrava na estrada, correndo ao meu encontro. Seus carros se cruzariam em algum ponto. Pelo menos eu esperava sinceramente que se cruzassem. A perspectiva de ler nas manchetes ESPOSA PERDE MARIDO E AMANTE NUMA COLISÃO FRONTAL enfraqueceu-me os joelhos. Fiquei com os joelhos ainda mais fracos quando Francis, que acabara de surgir na base da escada com sua mala, faltando quinze minutos para as sete horas, subitamente largou-as no chão e disse:

— Você sabe, realmente não preciso ir embora antes de segunda-feira pela manhã, se eu sair bem cedinho.

Fiquei gelada. E logo me imaginei como um líquido negro escorrendo pelo ralo. Sim, queridos, isso acontece de fato! Mas logo vi uma luz no fim do túnel e dei um forte suspiro de alívio.

— Você não pode ficar. Amanhã você vai dar uma carona para Júlia até a estação.

Ele apanhou sua mala outra vez.

— Merda! — disse, com irritação.

— De qualquer modo, talvez você fique preso no trânsito...

— Não se eu saísse às cinco.

— Ou fure um pneu...

— Veja um lado positivo, será que você não consegue?

— Eu simplesmente não me sentiria tranquila se soubesse que você está dirigindo sob pressão...

Eu já estava perdendo a paciência. Pensava tão loucamente em Matthew que sentia arrepios. Como ele podia deixar de sentir as vibrações? Mas Francis não as sentia. Em vez disso, sorriu como alguém que fosse muito amado.

— É verdade! — disse ele.

Ele subiu mais dois degraus da escada. Vá embora, vá embora, *vá embora*..., e então colocou a mala de novo no chão. Ele pôs as mãos atrás do meu pescoço e, se eu esperava que ele fosse me dar um rápido beijo de adeus, eu estava muito enganada. Você sempre desconfia que um beijo não será um costumeiro beijo de despedida quando uma mão se move à frente do seu pescoço, desce em direção aos seus seios e migra para o sul, a região que já está fervilhando à espera da chegada do seu amante. Francis ficou bastante impressionado com o calor e a umidade que encontrou por lá. Fiquei pensando nas horas. Mas, assim como eu estava me tornando uma exímia manipuladora da verdade, também havia encarnado a *putinha* com maestria. Eu me mantive feliz por imaginar Matthew chegando e recebendo o que seria de Francis, e Francis recebeu o benefício. Se não tivesse sido cruel, teria sido engraçado.

— Agora vista-se — disse a ele, por fim —, e chega de perder tempo.

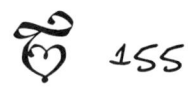

Soava como uma professora escolar lançando advertências para seu aluninho rebelde.

Tentei parecer tranquila, de coração leve, mas interiormente estava pesada de medo. Se ele ficasse, eu, por certo, morreria.

Enquanto estávamos caminhando, ou melhor, no meu caso, cambaleando, até o carro, Francis, com o braço em volta da minha cintura, assobiava e me irritava.

— Eu gostaria de viver esta vida — ele disse.

— Dirija com cuidado para casa — aconselhei. E dei meia-volta. Eu estava a ponto de entrar em autocombustão.

Já quase saindo, ele disse:

— Ah, sim, o que devo fazer se sua tia telefonar?

— Minha tia?

— Titia Liza?

— Ah, bem, diga-lhe que vou escrever. De qualquer modo, ela tem meu celular.

Ele soprou-me um beijo.

— Vejo você na sexta — ele gritou.

Ali estava aquele olhar lascivo outra vez. *Jesus Cristinho*. Nós estávamos no auge sexual do nosso casamento. Eu, num estado de prontidão perene, numa casa de campo com rosas na entrada e uma banheira feita para dois, com, aparentemente, nenhuma outra distração, a não ser um pequeno e indefinido projeto de escrever um livro, visitada somente pelo meu Senhor nos fins de semana. Realmente, meu Deus, só me faltava um cinto de castidade!

Ainda trêmula pela menção ao nome de titia Liza e pelas transas recentes, e com um medo generalizado de que ele pudesse decidir voltar, fiquei observando as luzes traseiras do carro freando nas esquinas até que ele estivesse, de fato e de verdade, longe dos olhos. E, enquanto eu o avistava, meu celular tocou.

— Estou pertinho de Dorchester — falou Matthew.

— Você devia ter esperado eu ligar — disse desesperada. — Foi isso o que combinamos.

— Eu sei — disse ele —, mas não consegui esperar.

Essa é outra questão no que tange ao mundo da putaria. Tudo bem, você pode passar de um para outro, sem perder o ritmo. Supostamente, seria uma das mais *sexies* e modernas conquistas femininas, mas, posso lhe garantir, não existe nada menos sexy do que sua pressão arterial alcançar os níveis de um homem de negócios gordo e estressado de 65 anos que tem de correr um quilômetro e meio em quatro minutos depois de ter comido um boi inteiro numa churrascaria. E, conforme pude descobrir, você ainda corre o risco de trocar os nomes de maneira um tanto arbitrária.

Quando Matthew chegou, com os braços carregados de bebidas e flores, eu estava desbotada devido aos inúmeros banhos que havia tomado durante o dia, tensa dos pés à cabeça. Ele deve ter-se perguntado *o que será que está acontecendo*, pelo modo como agarrei uma das garrafas e arranquei a rolha imediatamente, tendo apenas lhe sapecado uma beijoca na face. Certamente devia haver alguma coisa errada com a cena de uma mulher desesperada para abrir uma garrafa, enquanto o homem que ela supostamente ansiava ver ficava atrás dela, tascando beijinhos em seu pescoço.

Quando me acalmei e nos sentamos juntos no chão da sala de estar, observando uma lua que minguava sobre o jardim, enquanto trocávamos delicadas carícias e meu pobre e confuso corpinho começava a recompor-se e a ter desejos outra vez, ele perguntou, inesperadamente:

— Vocês transaram?

— Claro que não! — exclamei, olhando para a lua que aparecera no céu azul melancólico ao mesmo tempo em que o sol se apagava. A lua me encarava, palidamente. Penso que muita mentira já deve ter sido contada sob suas luzes para que ela estivesse agora me julgando.

Matthew soltou um suspiro de alívio.

— Obrigado — disse ele. — Não deve ter sido fácil.

E logo estava fora do jeans e da camiseta, peladinho como um bebê e em ponto de partida, antes que eu pudesse refletir sobre o fato de que não estava apenas mentindo para meu marido; eu também estava mentindo para quem eu deveria estar mentindo *a respeito*... a respeito do meu marido!

Uau, Tarzan! Eu não tinha essa energia de sobra para uma loucura assim. Tudo que sei é que me senti incrivelmente feliz, de repente. Um estado de espírito que não ficou sequer abalado quando Francis telefonou poucas horas depois para dizer que havia chegado sem problemas.

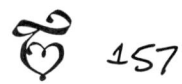

— Levei duas horas e cinquenta — ele disse.
— Então você já chegou aí.
— E onde é que você está? — perguntou ele com alegria na voz.
— Na cama — respondi. Dizendo a verdade, finalmente.

11

Longe, mas Não o Suficiente, da Multidão Enlouquecida

Como é que pude deixar de enxergar a inconveniência vital de tudo isso? Parte do meu cérebro devia estar em coma, porque não enxerguei, só quando Matthew estava comigo, essa parcela cerebral ressuscitou — como uma vingança —, e eu pude me dar conta. Desconfio seriamente de que aquilo passou pela cabeça de Matthew, e ele decidiu ignorá-lo, ainda que eu nunca tenha confirmado. Não, a culpa era minha e só minha. Eu o havia persuadido e a mim mesma de que tudo era um paraíso, mas é claro que havia um verme neste paraíso. Será que alguém já atentou para o detalhe esquecido? É que não existe lugar na face da Terra onde você possa manter o anonimato. Minha ideia de nós dois caminhando sob um pôr do sol num lugar desabitado era totalmente fantasiosa. Comecei a sentir que mesmo que fôssemos para o deserto de Gobi por uns dias, cedo ou tarde algum camaradinha surgiria, num bimotor, cruzaria por nós dizendo "sra. Holmes, você por aqui?"

Depois de um dia ou dois em que ficamos em casa, brincando de todos os tipos de jogos domésticos, o que incluía café da manhã na cama com ovos servidos em tacinhas em forma de galo e galinha — muito bonitas, diga-se de passagem! —, Matthew e eu nos aventuramos a sair. Passeamos pelas ruas de Woodlynch e subimos pelas trilhas do morro até o seu cume, e depois, como se detivéssemos todos os direitos do mundo, fomos caminhar devagarzinho em Bridport. Isso aconteceu à hora do almoço de terça-feira, e havia pouquíssimas pessoas por lá. O pequeno museu estava fechado, e nós havíamos apenas acabado de ler a nota a respeito quando a filha de Hope sussurrou em meu ouvido:

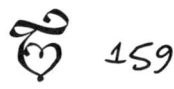

— Só abre aos sábados e às quintas-feiras agora. Não dá para mantê-lo aberto sempre.

Ela estava dizendo aquilo para mim, mas seu interesse pousava em Matthew.

Matthew, procurando ser educado, estava pronto para emendar num papo com ela quando eu disse com firmeza "Oh, que legal..." e o arrastei para trás de mim.

— Então você está escrevendo um livro aqui? — ela perguntou.

E ficou esperando a resposta.

Eu fiz que sim com a cabeça.

— Pois é — murmurei, perguntando-me como é que os caipiras haviam descoberto isso, e preparei minha retirada.

— Do que se trata?

— Porcos — respondi. Só Deus sabe por quê!

— Ah! — ela disse. — Bem, você veio ao local certo. Pode fazer perguntas ao meu pai sempre que quiser...

— Obrigada! — Agradeci, um pouco sem graça, e ela se retirou.

Matthew olhou para mim, perplexo.

— *Porcos?!*

— Deve ter sido por associação — eu disse. — O pai dela cria porcos na cidade. Nós costumávamos...

Ele pôs os dedos sobre a minha boca.

— Não me fale do passado — disse ele. — Agora não.

Portanto, estarmos juntos no meio do campo não seria tão fácil quanto parecera. Achei isso deprimente. A brincadeira de que Matthew teria de se esconder em minha cama a semana toda perdera a graça naquela tarde. O clima estava magnífico, e queríamos aproveitá-lo ao ar livre, fazendo coisas normais, juntos. Um tempinho atrás, havíamos decidido passar a noite toda um nos braços do outro. Agora queríamos sair, andar e fazer de conta que éramos marido e mulher. A dificuldade residia no fato de eu ter um marido de verdade, que também estava ansioso para fazer o mesmo.

Na manhã de quinta-feira, Matthew precisou se agachar no banco do passageiro enquanto nos dirigíamos para Woodlynch e depois para Dorchester, porque a filha de Hope parecia estar sempre fazendo alguma coisa em seu jardim. Provavelmente um canteiro com plantas ornamentais. Ela era, sem dúvida, uma abelhuda... Era mulher e não era tola. Matthew podia não ser nenhum Adônis, mas era atraente o bastante para que ela aventasse a possibilidade, em sua imaginação, de que nossa ligação não fosse inocente. E, é claro, ele não estava muito preocupado com a possibilidade de ela suspeitar ou não. Portanto, era eu quem tinha de estar atenta. Pelo menos se fôssemos um pouco mais para longe da cidade, estaríamos a salvo. Era dia de feira em Maiden Bassett. Iríamos até lá. Passamos uma hora deliciosa buscando coisas que nunca perderíamos tempo em procurar se estivéssemos em Londres. Era adorável estarmos juntos, apenas isso, descobrindo como lidávamos com o mundo lá fora. Então ouvimos uma voz bem de pertinho:

— Legal ver vocês novamente.

Mas era para Matthew que ela arregalava os olhos, com mais curiosidade ainda.

Ela se aproximou.

— O que é que estão procurando?

— Raymond precisa de algo para seu carro, uma antiguidade.

Matthew manteve a cabeça firme, virada para uma pilha de velhas bugigangas. De repente, ergueu uma peça.

— E, olha só, aqui está — disse ele.

Nós duas olhamos. Ele estava segurando um pedal, modelo 1935 mais ou menos, conforme nos fora dito pela simpática vendedora.

— Ah, mas então não é modelo 1938? — disse Matthew, muito convincentemente.

A vendedora negou com a cabeça, irritada com a afirmação idiota.

— Então deixa pra lá! — disse Matthew e, lançando à filha de Hope um sorriso estonteante, recolocou a peça sobre a barraca e saiu.

— Até qualquer hora — eu disse, seguindo-o.

Pude sentir os olhos dela sobre nós dois por um bom tempo. No campo, o dia de feira em qualquer cidade que fique a uma distância razoável é um evento e tanto. Podíamos não ser reconhecidos, mas seríamos vistos. E isso era um fato.

— Dilys — disse ele mais tarde enquanto subíamos o Monte Eggardon —, vamos ter que nos arriscar. Afinal, algum dia ele vai ficar sabendo.

— Sei... — disse eu. Uma palavra útil, tal como o som e a fúria, que não quer dizer bulhufas. Eu prometera a mim mesma não pensar naquilo e não ia pensar naquilo, ponto final. Posso ter tido algumas pequenas isquemias, mas não era louca. Depois desse mês, alguma coisa devastadora aconteceria. Esses eram os últimos dias de paz.

A melhor maneira de assegurar que meu marido e a filha de Hope não se encontrassem nas ruas da cidade e desandassem a conversar sobre "aquele jovem simpático que sua esposa andava hospedando..." era manter Francis ocupado no fim de semana. Eu só podia pensar numa coisa a fazer. Telefonei para Petra naquela noite e sugeri que ela e John trouxessem as crianças na manhã do sábado seguinte, bem cedinho.

— Não diga a Francis — recomendei. — Vamos fazer uma supresinha a ele.

Ela ficou feliz com o convite. Ambos estavam ansiosos para descer e não conseguiam entender nossas reticências. Geralmente ficávamos muito felizes em incluí-los em qualquer coisa que fizéssemos.

— Ótimo! — disse ela. — Levarei algumas coisinhas da loja.

— Maravilha! — eu disse. — *Maravilha!*...

Então voltei para baixo das cobertas, para minha última noite com Matthew antes que o substituísse pelo meu marido. Era como uma versão muito tosca de um termômetro em que o bonequinho do calor substitui o bonequinho do frio: quando um saía, o outro entrava. Em mais de um sentido.

Francis não chegou antes das nove na noite de sexta-feira. Trouxe comidinhas gostosas, duas garrafas de champanhe e um pedido de desculpas por não ter sido pontual.

— Você tinha razão — disse ele. — Eles começaram alguns reparos na estrada.

Eu, mal conseguindo manter os olhos abertos, não estava nem aí para a pontualidade de Francis. Ele começou a me contar sobre a sua semana, mas a mistura do champanhe com meu nível de exaustão me derrubou, e comecei a cochilar enquanto ele estava na cozinha, coando café. Lembro-me de ele estar me ajudando a subir as escadas e a colocar o pijama, depois do doce perfume dos lençóis frescos (as coisas ilícitas jogadas para baixo do armário do quarto da bagunça) antes que a consciência se apagasse. Na manhã seguinte, quando disse que sentia muito ter desmaiado, ele disse que também estava cansado. E o que é que eu havia feito demais que me deixara daquele jeito?

— O ar puro do campo — eu disse, ciente de que ele podia ouvir as batidas do meu coração.

— Como vai... — Ele olhou para a minha barriga.

— Da mesma maneira — eu disse rapidamente. Assunto encerrado.

Ele estava sentado ao lado da janela do quarto, pronto para nos preparar um café, olhando para a bela manhã lá fora.

— Não se mexa — disse ele. — Eu trarei uma bandeja.

Fiquei ali, deitada, sentindo uma leve ressaca e me sentindo péssima, com uma dor pubiana que me convenceu de que provavelmente estava com prolapso uterino, o que não me surpreenderia, devido a toda atividade que estava rolando ali embaixo. No passado, Francis e eu tínhamos sido amantes esporádicos. Às vezes, passavam-se duas ou três semanas sem que mais que alguns beijinhos rolassem na cama. Mas, nessas últimas semanas, ele havia descoberto uma nova energia saindo de algum lugar. Talvez fosse algum instinto primitivo. Ou talvez fossem meus feromônios... Essa casa de campo, porém, havia gerado nele uma nova e pulsante energia. Se fosse um prolapso, eu teria algumas mentiras graves a contar quando consultasse o dr. Rowe. Uma coisa era sentir e agir como uma garota de 20 anos, outra era esperar que essas transgressões passassem impunes. O dr. Rowe não era idiota. Mentiras e mais mentiras. E podia ser, ainda, que alguém naufragasse na praia daquela loira oxigenada que morava onde um porquinho caipira residira uma vez.

Francis voltou com o café e uma expressão de surpresa no rosto. Havia na bandeja um raminho daquelas florezinhas silvestres — azuis, brancas e cor-de-rosa — e madressilvas, o que era mais comovente do que uma variedade de safiras. Não era a primeira vez que eu me descobria próxima das lágrimas. Em que eu estaria pensando? Mas ele estava sorrindo ao apoiar a bandeja.

— Não me surpreende que você tenha desmaiado — disse ele. — Achei seis garrafas de vinho vazias lá embaixo...

Oh, Deus! Oh, *Deus*! Eu tinha sido tão cuidadosa com o lixo, ensacando-o e levando-o para longe. Mas a boa dona de casa e a ecologista em mim haviam, automaticamente, deixado as garrafas lá fora para levá-las ao depósito de reciclagem. Era muito difícil. Eu estava esgotada com aquilo e prestes a desistir; queria fazer o que Matthew desejava tão claramente, mas me segurei para não jogar tudo para o alto e dizer a Francis:

— Bandeira branca, eu me rendo!

Mas, vendo o rosto dele e aquela mão familiar segurando a xícara enquanto olhava para fora da janela, não consegui.

— Nem todas me pertencem — disse eu, rindo. — Recolhi as outras. Andei desenhando um pouco.

Suaves, suaves mentiras...

Ele se sentou ao meu lado na cama.

— Então você abandonou os nus?

— Não exatamente, estou fazendo de tudo.

— Bem, você está bem mais calma agora — disse ele, aliviado. — Posso vê-los?

— Ainda não. Não estão prontos para eu mostrar a ninguém. Vamos tomar o café?

— Não consegui encontrar as tacinhas dos ovos.

Isso não era nem um pouco surpreendente, pois elas estavam lavadas e guardadas no quarto da bagunça.

— Para mim, só uma torrada. Eu preparo.

Comecei a sair da cama.

— Fica mais um pouquinho comigo — disse ele, com voz terna, e veio sentar-se próximo de mim. Ele colocou a mão em meu braço.

— Como foi sua semana? Sentiu minha falta?

E depois, tal como a cavalaria americana, ouvimos o súbito e persistente soar de um trompete infantil de brinquedo, vindo da rua.

— Se eu não estou enganada, esta é a neta número dois fazendo sua presença ser notada — disse eu.

Salva pelo trompete!

Francis olhou para mim.

— John e Petra — disse eu.

Ele se levantou imediatamente e foi para a janela.

— Sim — ele disse e acenou para eles como um cachorro com o rabo entre as pernas.

— Não tive como dizer não — menti.

Ele olhou para mim, surpreso, mal-humorado, triste, e olhei para ele como que me desculpando.

— Tranquilo.

Bem, *fait accompli*.

Quando vimos a filha de Hope outra vez, ela estava com seu maridinho Geoff, e isso não fez diferença alguma, porque estávamos rodeados pela família.

— Será que podemos evitá-los? — perguntei ao Francis, quando nos sentamos na varanda do pub, no sábado à noite. — Senão terei o maior trabalho para me livrar deles durante a semana.

Sem devolver qualquer olhar ou aceno aos cumprimentos deles, apanhei Rosie, ergui-a sobre a cerquinha do jardim e falei com ela sobre margaridas, dentes-de-leão e todas as demais flores do campo, enquanto atrás de mim ouvia uma conversa educada e o convite para conhecermos a casa deles. Francis, que visualmente teria respondido "sim" por educação, disse que, na verdade, teria de voltar para casa com as crianças. Daí Petra disse:

— Ah, não se preocupe.

E Francis disse "Dilys?", o que poderia ser grosseiramente traduzido por "*Ajude aqui!*"

— Nós temos muitas fotos de porcos — ela disse.

Ao que minhas netinhas demonstraram o maior interesse.

— Obrigada mesmo assim— disse eu, voltando para o banco e para minha família —, mas realmente as quero levar às montanhas.

— Quem sabe amanhã?

Francis, chamou as meninas e lançou um desafio de quem chegaria primeiro ao portão do pub. Depois ele se voltou, deu um adeus muito firme e pegou o meu braço.

— Trabalhando no livro, certo? — disse a filha de Hope. Impossível saber aonde ela estava querendo chegar.

— Isso — respondi.

— Eu contei para o meu pai. Ele tem uma porção de fotos antigas, diferentes; você vai achá-las interessantes.

— Obrigada! — eu disse. — Vou me lembrar disso.

Atrás de mim, Francis cochichava alguma coisa, provavelmente o equivalente a "mulherzinha chata". Do outro lado da varanda do pub, o velho fazendeiro Hope estava acenando e sorrindo, mal sabendo que nós o estávamos xingando e amaldiçoando.

— Fotografias, claro — disse Francis, querendo não parecer tão mal-educado.

— Vamos embora — sussurrei.

John perguntou:

— Que livro, mãe?

— Ah, nada de importante! — respondi.

Petra, que entrava na fase "mulher, assuma seu lugar no mundo", como se isso fosse invenção da geração dela, e não da minha, disse:

— Por favor, não se diminua. O que é?

— Só estou pensando em fazer um livro sobre nudez, mais nada.

Houve uma nova troca de olhares significativos entre Petra e Francis. Grosseiramente traduzido, aquilo queria dizer "não contrarie". A sogra, Dilys, com quem, mais do que evidentemente, alguma coisa nova estava se passando!

Francis passou o fim de semana contrariado. Ele não agira como um pai muito preocupado quando John pedira seu conselho sobre alguma campanha estratégica que a Associação Orgânica estava planejando, também não foi um avô muito dedicado. Na verdade, quando eles chegaram, saltando para fora da Caravan e gritando "Surpresa! Surpresa!", o mal disfarçado olhar emburrado daquele momento mudou muito pouco durante o resto do fim de semana. Ele recusou todos os chocolates naturais oferecidos por Petra, recusou seu feijão sem agrotóxico e, decididamente, serviu-se de uma boa dose de uísque, enquanto nós todos sorvemos nossa cidra de pera orgânica.

— Pensei que fôssemos aproveitar o tempo e o espaço para ficarmos a sós — reclamou ele mais tarde, na cama.

— Não seja egoísta — retruquei, do alto de minha arrogância, como só um hipócrita consegue fazer. — E lembre-se de como estas paredes são finas.

Funcionou. Com a cambada toda lá — as crianças se alojaram no quarto da bagunça, e Petra e John lá embaixo, na sala de estar —, as oportunidades de ficarmos mais tempo juntos em situações de caráter conjugal se tornaram escassas. Como podíamos ouvir todos os suspiros e roncos ou as tosses das garotas atravessando a parede, não foi necessário dizer que, se nós dois transássemos sobre as molas da cama, acordaríamos a casa toda. E nada de banhos juntos. Tivemos de abandonar, felizmente, aquela fase "fogo no rabo", e não havia mais beijos exploratórios. Em vez disso, dormimos, que era exatamente tudo de que eu estava precisando. Então, quando eu estava me achando um gênio, o desastre!

Pensei que Francis estivesse sendo apenas um pouquinho insistente quando perguntou repetidas vezes a John e Petra se voltariam mesmo para casa na manhã de domingo; quando eles disseram que sim, ele sorriu. Logo descobri por quê: enquanto Petra e eu vestíamos as crianças, e John arrumava as malas, Francis deu um telefonema, depois do qual pareceu preocupantemente satisfeito consigo mesmo.

— Júlia vai ficar um dia a mais — disse ele. — Voltarei para casa só na noite de segunda-feira. Trouxe algum trabalho comigo que posso resolver aqui.

Quem quer que tenha inventado as pastas de trabalho deveria levar um tiro, esse foi meu primeiro pensamento (e não posso repetir o segundo...).

Tentei parecer satisfeita, mas era como se alguém houvesse me acordado com uma mangueira na cara, e a dor no útero só piorou. Quando finalmente consegui descer e ir até um cantinho do jardim para telefonar para Matthew, quem respondeu foi a secretária eletrônica. A *secretária eletrônica?!* Era a manhã de domingo. E onde ele estava? Talvez não tivesse passado a noite em casa?! O que significava que agora, adicionado à minha bolha de medo pela perspectiva de ele aparecer no domingo com um sorriso no rosto e suas roupas surradas, tão logo atravessasse a porta e encontrasse Francis trabalhando de cueca samba-canção sentado na poltrona, havia o ciúme, esse terrível monstro de olhos verdes que, na verdade, o ciúme é. Eu imediatamente me lembrei de nossa conversa no motel de Oxfordshire. Talvez eu tivesse deixado de ser especial. Talvez ele ainda visse Jacqueline esporadicamente. Você sempre pensa o pior. Vi a mim mesma abandonada e grávida, enquanto ele caminhava em direção ao pôr do sol, com uma mulher nova. Deixei uma mensagem:

— Onde é que você se enfiou? Francis vai ficar mais uma noite. Repetindo: Francis vai ficar mais uma noite. Venha na terça-feira.

Tento te ligar amanhã de novo. Espero que você esteja se comportando bem...

Soou muito incompleto em comparação com o que eu estava sentindo. Eu poderia matar Francis naquele momento; matá-lo, real e verdadeiramente. Ele estava na porra do *caminho*.

Oh, eu estava desesperada, à beira de um ataque de nervos. Onde estava o meu amante? Por que ele não estava acorrentado ao seu telefone? Por que ele não tinha a droga de um celular, como todas as outras pessoas? Amantes, principalmente amantes secretos, precisam de telefones celulares. Na verdade, celulares foram provavelmente inventados para amantes proibidos. Nunca me ocorrera que Matthew pudesse ter uma vida em separado da minha, nem que pudesse ser capaz de funcionar normalmente sem mim. Afinal de contas, eu tinha uma outra vida, mas ele não. Compreendi que esperava que ele estivesse sempre sentado em seu flat, esperando pelo meu telefonema ou pela minha aparição, e não tivesse qualquer outra existência. Enquanto isso, eu permanecia ali no jardim, e os sinos da igreja tocavam a Ave-maria!

Quando entrei pela porta dos fundos, minha expressão revelava meu estado de espírito.

— O que está pegando? — perguntou meu marido, estranhamente jovial, agora aproveitando a vida no seio da família. Passei os olhos nele, em John e em Petra, todos pareciam cheios de interrogações.

— Estou com muita dor de cabeça — disse eu.

Um olhar transitou entre Petra e Francis.

Exagerando, podia-se ler algo como "alerta, velhinha fora dos eixos outra vez...".

— Ai, ai, ai, venha cá — disse Petra. — Vou fazer uma massagem nos seus pés.

— Não é a droga dos meus pés que está doendo — devolvi rispidamente.

Ela piscou seus enormes olhos expressivos.

— Eu sei — disse suavemente —, mas os chineses conhecem os pontos de pressão. Vai ajudar. Cada pedacinho do pé representa uma parte do seu corpo, e você pode dizer, pelo desconforto no pé, que parte do seu corpo precisa de atenção.

— Vá em frente — disse John. — Funciona comigo.

— Vamos fazer o seguinte — eu disse —, vou tomar um banho e você me faz a massagem depois.

E saí. Irracionalmente furiosa com todos eles. Em especial com meu amoroso, cuidadoso e delicado marido *real*. Enquanto subia as escadas, pensei, por um instante apenas, que eu podia entender aquelas heroínas de Agatha Christie. Eu bem que gostaria de uma reviravolta surpreendente no final.

Quando me despi para o banho, ri, mas não sem um amargo alívio.

Bem, bem, nenhum bebê estava a caminho, isso era certo. E nada da pimbadinha matrimonial para Francis naquela noite, tampouco. Isso me animou. O que demonstrava quão vil e safada eu me tornara subitamente. Desci mais tarde, de camisola, toda sorridente.

— Não preciso mais de massagem nos pés — disse a Petra e expliquei por quê. Então deparei com os inquiridores olhos de Francis, sorri, acenei com a cabeça e murmurei:

— Fiquei menstruada.

O que, pelo olhar no rosto dele, seria a próxima melhor coisa após uma tremenda dose de cianeto à moda de Agatha Christie.

Petra, Deus a abençoe, cozinhou o cordeiro para o almoço, mesmo sendo vegetariana. Os demais saímos para um passeio pela praia. E eu consegui me estruturar, *pari passu*. Segurei a mão de Francis e torci para que Matthew não estivesse de tocaia na beirada da montanha com um par de binóculos. De qualquer forma, eu estava preparada para o caso de ele perder minha mensagem, chegar naquela tarde e explodir meu mundo pelos ares! Quando voltamos do passeio, tirei o carro de Francis da parte escondida do estacionamento e o movi até a rua. Pelo menos, se chegasse, Matthew o veria e se daria conta. Francis estava compreensivelmente atônito diante do meu comportamento um tanto quanto peculiar, até que, com o cérebro afiado pelas mentirinhas já pregadas, eu disse que o jardineiro precisava de espaço, em primeiro lugar. Ele aceitou de bom grado. Naturalmente, eu teria de pensar em mais alguma coisa quando nenhum jardineiro aparecesse. A menos que Matthew desse as caras — caso em que ele poderia protagonizar *o próprio*. Faz algum sentido imaginar que Francis pensasse que eu estava ficando doida? Se ele entrasse na minha cabeça, veria: eu estava!

Caímos de boca no almoço de Petra, e, depois de uma taça ou duas de vinho, fui capaz de rir com eles sobre o velho e sujo fazendeiro Hope e suas antigas e safadas fotografias de nus (ai, confusão!) enquanto abraçava minhas netinhas, o que era um pouco reconfortante. Se as coisas seguissem o curso normal, algum dia esses simples prazeres me abandonariam.

Francis partiu na segunda-feira à tardinha. Antes de sair, como se estivesse se dirigindo a uma criança teimosa, ele disse:
— Por favor, não convide mais ninguém para vir aqui novamente.
— Não estamos rejuvenescendo e nós dois merecemos uma folga.
— Desculpe — disse eu, docemente.
— Por falar nisso, falei com Virgínia. Ela está querendo descer.
Quase desmaiei.
— Não! — gritei, furiosa, esquecendo-me da docilidade. — Não, não e não!
— Tudo bem — disse ele, rindo. — Eu disse a ela que nós dois estávamos um pouco estressados e que este era o nosso refúgio.
— Ótimo! — eu disse.
— E é verdade, não é?
Concordei.
— Sem visitas, então?
Eu tinha a estranha sensação de que ele estava blefando comigo...
Lá fora, já no carro, vimos a filha de Hope e um cãozinho beagle, de olhos tristonhos, caminhando pela estrada.
— Isso mesmo — disse eu, segurando a respiração. — Um refúgio.
Ela parou em frente ao nosso portão.
— Ah, você está indo embora? — perguntou a chatinha.
— Como você pode ver — disse Francis, educadamente. — Eu só consigo descer nos fins de semana.
— Você fica sozinha, então? — e olhou para mim. — Por que não vem tomar um drinque conosco uma noite dessas?
— É mesmo — disse Francis, olhando com ar de inocência para mim. — Dilys, por que você não vai?
Definitivamente, havia um toque de *"ponto para mim"* naquele comentário.

— Você sabe que não posso tomar nada alcoólico durante a semana, querido — respondi docemente. — Estou praticando ioga todos os dias. Como me indicou Petra.

— Ah, é verdade! — ele concordou gravemente e girou a chave na ignição.

— Não precisamos beber nada, então — disse a filha de Hope.

— Tchauzinho! — eu disse.

Francis passou o olhar de mim para ela, obviamente perdido diante da falta de sequência na conversa.

Ela foi embora.

— Encontrei com ela no museu outro dia — eu disse.

— Ah! — Ele pareceu aliviado. E, quando já estava pronto para partir, ele se inclinou para fora da janela do carro e disse: — Outra coisa. Não permita, de forma alguma, que aquele velho fazendeiro safado *sequer* chegue perto da nossa casa...

Pobre fazendeiro Hope. O nome dele estava desonrado para sempre.

Quando Matthew chegou, esqueci tudo que se relacionava à suave arte da sedução e fiz perguntas até não poder mais.

— Onde é que você estava? — perguntei.

— Quando?

— Domingo de manhã.

Ele parou um momento e olhou em volta como se estivesse pensando. Meu ciúme convenceu-me de que aquela era uma forma fabulosa de atuar.

— Fui ao cinema.

— O quê, às dez da manhã?

— Eles estão passando uma retrospectiva de Hitchcock no Centro das Artes. Quatro por dia.

— Com quem?

Ele pareceu confuso.

— Todos os suspeitos costumeiros.

— Quero dizer, com quem você foi ao cinema?

— Dois colegas. — E então acrescentou, com uma pontinha de acidez: — Talvez você queira conhecê-los, algum dia.

Rompi em lágrimas e solucei, e solucei, e fiquei tão histérica que ele, de repente, ficou muito preocupado, sem saber o que fazer comigo. Era uma reação, é claro; reação a todas as coisas e àqueles queridos hormônios. Mas, ainda assim, isso o atemorizou.

— Isso precisa acabar — disse ele.

Pensei que ele tivesse deixado de me amar. Imaginei que o filme de Hitchcock tivesse sido o primeiro encontro com alguém novo. Fora de foco, sem cabeça, esta er.. eu. Inclusive os imaginei na cama, agarradinhos, mas não adiantaria nada manifestar esse pensamento em alto e bom som e insistir em lhe perguntar se isso acontecera, porque ele poderia facilmente mentir. Afinal de contas, eu mentia o tempo todo.

Então ele disse:

— Eu te amo. — E repetiu: — Isso precisa acabar.

— Eu te amo — eu disse — e sei que precisa acabar.

Esse refúgio não havia adiantado nada. Apenas evidenciava o fato de que não havia lugar para nós dois, onde pudéssemos agir com naturalidade. Portanto, precisávamos colocar um ponto final nessa loucura. Essa loucura, esse estresse, essas traições com tantas pessoas envolvidas não podiam continuar.

— Você transou com ele neste fim de semana, não transou?

Como eu mesma tivera temores a respeito dele, compreendi que ele estava sentindo tanta dor quanto eu.

— Não — pude responder com sinceridade.

Ao que ele replicou:

— Ah, mas você vai acabar transando!

Ao que redargui:

— Se pelo menos você tivesse um celular...

Ao que ele respondeu:

— É difícil ter um recebendo seguro-desemprego.

E repliquei:

— Vou comprar um para você — como se isso pudesse resolver todas as coisas.

— Isso não vai adiantar nada — ele observou.

Pela manhã, fizemos um pacto. Usaríamos o restante do nosso tempo deixando "essa questão para mais tarde". Nada de perguntas difíceis, nada de ultimatos ou caras amarradas. Nada de ciúmes. Ficaríamos felizes com o que tínhamos, aqui e agora. Só dispúnhamos de mais três semanas. E, quando eu voltasse para Londres, prometi-lhe, aquela seria a hora H.

Francis e eu caímos numa razoável rotina de fim de semana, e, se ele não fosse um inconveniente na minha vida, eu teria me alegrado com a paz que sua presença me proporcionava. A amizade de trinta anos se aprofundara, e aquele lugar, em si, guardava muitas lembranças. Mas estava tudo maculado pelo medo de eu ser descoberta — e o desespero que eu sentia pela proximidade de cada noite de domingo. O fato de ele não gostar da ideia da estranha coleção de nus fotográficos do fazendeiro Hope o mantinha distante deles — exceto pela mais fria forma de civilidade, quando o perigo diminuía. Do mesmo modo, Matthew e eu fizemos pouquíssimas caminhadas e nunca mais voltamos a Lytchetts ou andamos de mãos dadas num raio de quinze quilômetros. Por sorte, o clima estava bom o suficiente para que passássemos um bom tempo nas várias praias que nos rodeavam, e ir à praia não era um costume local durante a semana. Íamos a Lyme, ou um pouco além de Abbotsbury, ou para o anonimato de Weymouth e Poole. E, se quiséssemos nos manter no campo, sempre havia Maiden Castle ou o longo caminho pelas encostas.

À noite, o jardim era todo nosso, desde que nos lembrássemos de manter nossas vozes num tom baixinho, e, no interior, as persianas abaixadas. Matthew estacionava o carro dele a uns quatrocentos metros da casa, de modo que não havia maneira de descobrirem que ele estava lá. Tenho quase certeza de que todos sabiam, mas nada era dito porque eu não dei abertura a ninguém. Essa era a mudança mais estranha de todas: eu, que sempre distribuía sorrisos, que era atenciosa, passei a ficar distante e fria em relação ao mundo. Eu não precisava de ninguém, simples assim! Com Matthew, eu me sentia completa e não precisava de sorrisos ou palavras de qualquer outra pessoa. Era mais seguro daquela maneira e também não era castigo algum. Eu o tinha inteiramente para mim, sem ter de dividi-lo, e isso me satisfazia plenamente.

Infelizmente, não apenas Francis fez um comentário sobre meu bronzeado à medida que as semanas transcorreram, como também passou a preferi-lo e gostava da minha pele morena espalhada sobre o lençol branco da cama. Por fim, eu me sentia obrigada a ceder meu corpinho. Eu estava cansada de gastar tanta energia em alguma coisa que agora significava tão pouco. Sempre que era necessário, eu mentia para Matthew; quando isso não era possível, eu dava a desculpa das circunstâncias fora do meu controle...

— Você prometeu — disse para ele — que não íamos nos aborrecer com isso... — o que, se não por obrigação, ele aceitava.

Na cabeça de Francis, minha morenice era um sinal evidente do quanto eu estava precisando relaxar e, presumivelmente, voltar a ser a esposa feliz de sempre. Ele ria e dizia que, a julgar pela cor, eu não havia, afinal, me disposto a trabalhar seriamente em nenhuma tarefa. "Bem, há uma tarefa à qual eu me dediquei intensamente", eu pensava com certo grau de crueldade.

Se alguma vez acreditei na possibilidade de que essas poucas semanas diminuiriam meu amor por Matthew — o que acho que devo ter feito —, não deu certo, porque ele só aumentou. Eu disse isso a ele no último fim de semana. Eu nunca fora mais feliz em minha vida do que naquelas quatro semanas, nem me sentira tão viva, nem tão jovem. Essas notícias eram ao mesmo tempo boas e más para nós dois, embora eu não possa dizer ao certo o que conversávamos, como preenchíamos as horas, o que fazíamos e pensávamos enquanto estávamos na companhia um do outro. Funcionava, apenas. Qualquer que fosse a química ou o mistério do amor, nós o havíamos encontrado.

— E com você? — perguntei. — O amor diminuiu?

Mas perguntei de uma posição de certeza. Eu sabia que o amor só havia crescido. E aquilo significava que a bomba ainda estava armada e prestes a ser detonada quando essa última semana chegasse ao fim. Quando estava com Matthew, eu tinha toda a coragem do mundo. Se aquele era o caminho, então assim teria de ser. Demos uma caminhada em volta da montanha em nossa última noite, olhamos para a cidade lá embaixo e acenamos na direção da propriedade da filha de Hope, embora ela não estivesse no seu jardim. Não faria diferença. Ela poderia gritar de cima do telhado se quisesse, isso já não importava mais.

Em nossa última manhã, eu o presenteei com aquelas tacinhas bobas para ovos quentes.

Ele riu quando segurou o galo e a galinha.

— *Badulaques* — disse ele.

— Símbolos — corrigi. — Guarde com carinho.

Desde que as comprara, eu as mantivera sob a ideia de que, mesmo que Francis me tivesse, me tocasse, nunca poderia tocar naquelas porcelanas idiotas e, enquanto ele não as tivesse, também não me teria de fato.

Matthew balançou a cabeça com essa explicação.

— O cérebro feminino! — disse ele. — A única forma de ele não ter você, querida, é se você o deixar.

Como diria o célebre escritor Kurt Vonnegut, a respeito da morte: "Que assim seja!"...

12
Uma de Nossas Tias Velhas Desapareceu!

Observei a marquinha de sol da minha pele se apagar como um talismã. Quando tiver desaparecido por completo — disse a mim mesma —, serei feliz novamente. Ou, se não feliz, ao menos contente outra vez. Ou se não feliz e contente, ao menos em paz. As coisas terão mudado, as respostas surgirão.

Era o início de agosto e nada de extraordinário havia acontecido. As marcas em volta das minhas coxas e dos meus seios ainda estavam bastante aparentes. A pele continuava alvíssima dentro da marca do biquíni. Eu escondia meu corpo o máximo possível de Francis. Em parte, acho, porque Dorset parecia algo irreal — um mundo de sonho —, e o sexo com ele não havia significado quase nada; estar de volta a Londres era a realidade verdadeira, e comecei a repelir seu toque. Era como se ele estivesse dizendo: "Esta propriedade é minha e tenho de deixar meu cheiro nela outra vez, e rápido." Era como se eu não tivesse vontade própria. Ele deve saber, com certeza, como me sinto, pensei. Será, será mesmo que ele pode ler a minha mente e saber que passei a odiá-lo?

Para Francis, nosso mês no campo tinha impulsionado nosso casamento. Eu voltara a fazer as coisas que as esposas devem fazer de vez em quando, como tomar banho juntinho, fazer amor ocasionalmente e até me aventurar num sexo selvagem no meio do milharal.

Segundo ele, este último fazia-o lembrar os primeiros anos do nosso casamento, o que evidenciava uma falta de sintonia ainda maior. Eu não me lembrava desses primeiros anos. E não me importava nem um pouco com isso. É fácil. Você simplesmente segue em frente. Eu podia olhar sorrindo para seus olhos, e ele nunca adivinharia que o tempo todo eu estava em outro lugar. Era tão irrelevante para mim quanto nosso Jogo de Palavras ou nossa caneca de cerveja no pub.

Mas Francis estava completamente satisfeito. Ele contava sobre nosso refúgio no campo para completos estranhos em jantares festivos; não há dúvida de que ele contava também ao pessoal do trabalho e a seus amigos mais íntimos. Ele estava deliberada e surpreendentemente exagerando sobre aquilo, de tal sorte que meu desânimo era um completo contraponto.

— Se você quer recarregar as baterias, alugue uma casa de campo por um mês e não dê moleza para sua esposa enquanto estiver lá. Funcionou conosco...

E ele se debruçaria sobre mim e apertaria minhas gordurinhas de modo a não deixar dúvida alguma sobre o que é que ele estava dizendo. Aquilo me repugnava!

O lar passou a ser uma simulação, e a situação familiar agora destoava. Havia muita necessidade de que eu representasse o papel de mãe, avó, sogra, quando tudo que eu queria fazer na vida era ser aquela garota adolescente bobinha em que o amor me havia transformado. Suplicando por uma mudança de cenário — ao que Francis pareceu claramente surpreso, já que eu estava em Londres há apenas poucas semanas —, fui para a casa de Júlia por alguns dias. Ela, pelo menos, não iria querer conversar comigo segurando meu seio em sua mão. Ou ambos. Eu me sentia nocauteada pelo meu corpo. Tudo isso doía como uma terrível infelicidade, e tudo parecia estar invadido e não mais privado. Eu estava sendo escancaradamente desnudada. Agora eu queria me vestir. E Francis não me permitia. Não que ele forçasse uma situação. Era o que ele não fazia, o mutismo de seus desejos e o mutismo de minhas recusas. Não resta dúvida de que muitos casamentos cambaleiam, enquanto outros florescem, como este, segundo Francis, e esta constatação só multiplicava minha culpa por dez. A frase "Feliz Aposentadoria!" buzinava em meus ouvidos; Francis estava na expectativa da feliz aposentadoria, enquanto eu subitamente me sentia como se tivesse acabado de nascer. Mudar de cenário era a melhor opção. Júlia seria um bom lembrete de que existem sortes piores do que ter um marido amoroso que quer amar você e a quem você não pode retribuir esse sentimento. E um amante que quer amar você e a quem você não pode sequer imaginar deixar de amar algum dia.

Júlia, como todos os demais, comentou sobre como eu estava jovem. Ela — lealdade fraterna — atribuiu tudo à malandragem de Francis. Não tão malandro assim, pensei, enquanto transava com meu amante nas areias da praia de Hove. Ninguém era malandro o suficiente para me passar a perna agora.

— Vou dar uma voltinha, para assistir ao pôr do sol na praia, Júlia.

E lá estava Matthew, esperando ao lado dos tocos do velho quebra-mar de madeira, meio escondido. A poucas horas de distância de Londres, logo ali estava, afinal, Hove. Os poucos dias se transformaram em uma semana. Francis estava impaciente para que eu voltasse para casa. Júlia estava feliz com minha estada. Mas Matthew disse alguma coisa estranhamente caseira uma noite, quando estávamos tomando uma cerveja pós-coito num pub não muito simpático.

Ele disse:

— Os impostos do carro sobem na próxima semana.

— É mesmo? — eu disse.

— O meu está precisando de uma revisão.

Não era do feitio dele falar sobre carros, mas eu faria qualquer coisa para deixar meu amante feliz.

— Quanto tempo tem seu carro?

— Treze anos.

— Hora de trocar umas peças, né?

Ele me deu uma olhada que parecia querer dizer mais ou menos: "Você não tem muita noção de carro né... Vou ter de me desfazer dele."

— O que foi? — perguntei.

— Quero dizer que a revisão vai mostrar uma porção de coisas que precisam ser feitas... E isso vai custar uma fortuna...

— Vai no nosso mecânico; ele é bem barateiro... — Eu ainda parecia uma mulherzinha sem noção. — Você não pode se desfazer dele. Como vamos nos ver?

Ele olhou para mim e balançou a cabeça vagarosamente.

— O auxílio-desemprego não inclui dirigir um carro — disse ele.

— Acho que chegou a hora de trabalhar. E já estou entrando na meia-idade também.

Não era necessária uma bola de cristal para adivinhar que logo não se poderia mais adiar essa situação.

— Compreendo — eu disse.

Francis ameaçou, meio que brincando, meio que sério, vir me buscar e me arrastar de volta para Londres.

Minhas netas mandaram-me cartõezinhos perguntando, com lápis de cera de cores brilhantes, "Onde está você, vovó?"

E eu concordei em voltar a Londres.

Matthew se desfizera do carro e, para nosso último encontro na praia, chegou de trem, o que achei até mais galante. Uma vez que minha família estava descendo para a praia no dia seguinte, eu não o podia levar de volta a Londres. Eu o levei de carro à estação, em cima da hora para que apanhasse a última conexão para Londres. A noite estava estrelada e quente. A estação, silenciosa, fantasmagórica, apenas uma adolescente solitária chutava o banco no final do pátio com seus saltos, inofensiva. Não havia um bar na estação, é claro, nada parecido, mas tive aquela velha sensação de *Desencanto* outra vez. E quando o trem chegou à plataforma, e Matthew entrou no vagão, e as portas deslizaram, fechando-se, tudo parecia um final, como se ele estivesse indo na verdade para um império distante, para não mais ser visto. Assim que o trem se deslocou, ele pareceu completamente assombrado com as lágrimas em meus olhos e lançou pequenos acenos desesperados enquanto saía de cena. Telefonei e deixei uma mensagem em sua secretária eletrônica, dizendo-lhe para não se preocupar. É que eu o amava demais, apenas...

Quando voltei para Londres, uns dois dias depois, fui diretamente a uma loja e comprei-lhe um celular. Ele o apanhou com alguma hesitação, mas eu o enfiei com firmeza na sua mão.

— Por mim! — eu disse. — Preciso que você tenha um.

— Você vai precisar que eu tenha um muito mais do que imagina — disse ele, num tom um pouco carrancudo.

Ele havia recebido a oferta de um emprego.

— Quando?

— Começa em novembro.

— Onde?

— Sheffield.

— *Sheffield?* Você vai?

— Você vai?

— Pensei que você fosse jogar tudo para o alto! — exclamei, de forma infeliz.

— Vai completar nove meses desde que saí de Sheldon. Tempo de voltar à realidade.

E eu entendi. Matthew não me daria ultimatos *vazios* — ele me daria ultimatos saturados até a borda.

Estávamos à beira do rio, em Kew. Terreno perigoso num dia de verão, tão perto de casa. Mas eu estava cansada de dizer "melhor não..." para Matthew, como se ele fosse uma criança malcriada. De qualquer maneira, estávamos em agosto, e o rio soltou uma leve e bem-vinda brisa, diferente do vapor estagnado de Paddington Green. Aqui estava a nossa cena contemporânea *à la Seurat*. As famílias faziam piquenique na grama, chupavam picolés, barcos e canoas passavam pelas águas encrespadas, e câmeras japonesas clicavam tudo à nossa volta. Tudo era muito comum. Normalidade: eu ansiava por ela.

Por essa época, eu lera a respeito de uma jovem menina judia que fora mandada para viver numa remota fazenda da Alemanha durante a guerra e foram-lhe dadas uma identidade e uma história de vida inteiramente novas. Fora-lhe dito que deveria viver e respirar essa nova identidade ariana e esquecer o próprio passado — ela deveria, inclusive, sonhar como um ariano. Ela conseguiu administrar por um longo período até mesmo os sonhos, mas, um dia, agarrou sua bicicleta e pedalou pela estrada afora, para tão longe quanto alcançou, para onde nenhuma alma viva pudesse ser vista, e lá berrou seu nome verdadeiro até onde conseguiu gritar, e outra vez, e mais outra, antes de voltar à mentira... Eu me lembrava daquilo com a maior clareza, enquanto todas as pessoas comuns passavam à nossa volta. Ser aprisionada dentro de uma fraude — mesmo uma fraude ameaçada de morte — é uma opressão cruel. No meu caso, a fraude era minha e só minha, não importa o quanto Matthew pensasse que ele a estava dividindo comigo. A julgar pelo que disse a seguir, ele não fazia qualquer ideia disso. Como se pedir que eu trocasse Londres por Sheffield já não fosse ruim o bastante, ele então virou a cereja do bolo das impossibilidades.

Apesar do rio e da brisa suave, o ar estava pesado, quente e úmido, daquele jeito todo peculiar de agosto, e estava prestes a ficar ainda mais pesado com o que estava por vir. *Você virá?* — Por Deus! Ele não esperou por uma resposta; simplesmente parou de caminhar, virou-se para mim e disse:

— Antes que eu comece a trabalhar, há outra coisa que quero fazer também; algo que quero fazer junto com você, agora que posso me dar o luxo de gastar minhas economias.

Economias? Que economias? Aquilo soou tão docemente em meus ouvidos, como se ele fosse um menininho prestes a quebrar seu cofrinho.

Por um instante, ele pareceu sem graça:

— Você pode usar as suas e vir comigo?

— Para onde?

— Você sabe. Para a Índia.

Oh, meu Deus. Mantive a minha expressão facial absolutamente inalterada.

— Você nunca conheceu realmente o lugar; você sabe o quanto quero voltar lá. E eu gostaria de voltar com você. Setembro é uma boa época para ir, e podemos economizar se formos por Amsterdã. — Ele riu. — Não me olhe assim — disse ele, balançando minha mão. — Vamos, lindona, vamos ser felizes!

A minha porção excitada estava em brasas. É claro que eu queria ir. É claro que eu *iria*. De volta ao exotismo da Índia e, dessa vez, *com ele*. E minha porção desanimada pensou, bem, agradeço a ele — obrigada, outra vez — por me dar alguma coisa relativamente tranquila de combinar com meu marido e minha família. Eu já podia me imaginar anunciando — talvez num domingo, assim que entrássemos no Parque Cannizaro: "Bem, pessoal — a esposa e mãe que sou está pouco se lixando para tudo e se mandando de mala e cuia para a Índia — ... sozinha, por umas duas semanas... Oh, não, não vou com ninguém que vocês conheçam. O.k.? E, ah, Francis, estou retirando uma boa quantia de dinheiro da nossa conta conjunta, não quero que você venha, e a pizza está no freezer, valeu?..."

Em vez de dizer todas essas coisas, e falando como alguém que está concorrendo à medalha de ouro não por amar sabiamente, mas por amar muito, eu simplesmente disse que precisaria de um tempo para pensar sobre isso, ou melhor, para preparar um plano. Como você é precioso, pensei, olhando para sua face sorridente. Ele poderia ter dito "deixe-o ou dane-se". Ele poderia ter dito "se você realmente me amasse...." Mas, em vez disso, ele me ofereceu prazeres verdadeiros — joias não palpáveis, possibilidades irresistíveis. Este era o futuro, e eu não precisava evitá-lo dessa vez. Matthew sorriu de novo e parecia completamente feliz.

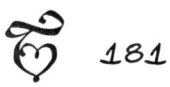

— O que eu amo em você — disse ele para o céu, para as árvores e para o mundo em geral — é que você é tão aberta a todas as coisas. Eu digo "vamos?", e você responde "sim!", e só vai pensar nas dificuldades depois.

Dei um jeito de sorrir, mas, na verdade, eu estava de mãos atadas, de pés atados e de volta à guilhotina. Se ele pensava em sua cabecinha que mudar os últimos trinta e tantos anos de minha vida eram "dificuldades, afinal de contas", eu de fato estava sozinha neste barco. "Oh, sim", eu disse. E o que é que eu poderia dizer?

Matthew já estava falando sobre vacinas para turistas, Mumbai *versus* Nova Délhi, como se a coisa toda estivesse assinada e selada. Estávamos prestes a fugir juntos — ou mais ou menos isso. Jesus Cristinho, eu me perguntei: o que é que meus filhos vão dizer? Será que eles ficariam emocionalmente traumatizados pelo resto da vida se a mãe deles desse no pé?

Todavia, o destino é uma prostituta insegura. No meio daquela fase Índia, Taj Mahal, essa sétima maravilha do mundo, a morte baixou uma mão sobre nós: tia Cora morreu. Foi Francis quem atendeu à ligação. Entrei em casa pronta para detonar a bomba indiana para deparar com Francis de pé na sala com cara de má notícia.

— Você não checou as mensagens do seu telefone — disse ele. E então me contou que minha prima havia telefonado para dar a má notícia.

Era bom ser amparada por ele. Muita coisa em minha vida era efêmera, e naquele momento ele me pareceu sólido e verdadeiro. Era bom, para variar, desejar tê-lo por perto, já que eu passara tanto tempo da minha vida, nos últimos tempos, desejando que ele estivesse bem longe.

— Queria tomar um gim — disse eu.

Ele presumiu que fosse por causa da morte, e não porque eu precisava fazer malabarismos para me dividir entre os funerais, os vistos, as roupas para levar para a lavanderia, os remédios contra malária, a vacina contra hepatite B *(minha agenda estava lotada!)*, e se mostrava delicado e solícito. O que, é claro, fez com que eu me sentisse muito pior.

Fiquei triste pela Cora, mas, quando um caso de amor ainda está quente, você nunca é tocado seriamente por algum outro assunto além do caso de amor; portanto, eu estava um tanto quanto desprevenida quando fui prestar as condolências pelo telefone à minha prima Lucy. Eu disse todas as coisas certas e concordei que um coração poderia parar a qualquer instante e que não era possível culpar ninguém — afinal de contas, ela tivera uma vida longa e feliz, blá-blá-blá... — e foi bom que ela estivesse aproveitando a vida quando aconteceu. Ela estava pedalando na orla da praia, de Hunstanton, uma adorável paisagem para morrer, então se desequilibrou da bicicleta e morreu.

— É o modo que eu escolheria para morrer, se isso fosse possível — disse eu, segura ao dizê-lo, já que eu nunca me sentira tão cheia de vida.

— Acho que eu também — disse Lucy.

Metade da minha cabeça estava na Índia e em Matthew enquanto conversávamos. Estava para acontecer uma autópsia, porque não havia qualquer precedente histórico de problema cardíaco, o que significava que o funeral iria atrasar. Depois veio a megabomba que explodiu Délhi, Agra, Mumbai e os comprimidos contra malária saíram de estoque.

— Oh — disse ela —, queremos que tia Eliza venha ao funeral. Ela conhecia mamãe mesmo que raramente se encontrassem. Eram cunhadas, afinal. É correto...

— Sim — disse eu, esquecida da minha outra face — Você sabe como encontrar ela?

Uma leve pausa se fez e senti uma sombra passar sobre o sol.

— Não — disse Lucy —, mas eu sei que você sabe. Francis me disse. Me dá o telefone dela, vou apanhar uma caneta...

Eu me lembro de duas coisas: a primeira é de o ar da sala ter sido de repente evacuado, deixando para trás um vácuo de silêncio. E a segunda era a cara de Francis, olhando para mim, do sofá, do outro lado da sala, uísque em uma das mãos e documentos na outra. O que é que eu deveria fazer? Dizer a Lucy que tudo não passara de uma brincadeirinha? Que a titia Liza não existia de fato? Que podia até ser que ela existisse, provavelmente existia, mas que eu não tinha a menor ideia de onde estava? Que talvez ela também tivesse batido as botas? Mas a sinuosa senhora das mentiras mostrou suas garras.

— Olhe — eu disse —, ela é bastante estranha no que diz respeito a ver outras pessoas; talvez fosse melhor se você me desse os detalhes do funeral. Eu posso transmiti-los.

Lucy cortou-me, e ali estava aquele indubitável algo de *Virgínia ofendida* nela.

— Você está me dizendo que ela não falará comigo?

— Ela não vê nem mesmo o Francis. Você sabe como as pessoas de idade podem ser esquisitas às vezes.

— Francis diz que ela mora em algum lugar de Paddington. Isso é estranho.

Lucy morava em Bexley Heath, então suponho que Paddington fosse estranhamente exótico.

— Ah! — eu disse. — Ela está se mudando.

— Quando?

Pude ver Francis abaixar os documentos e bebericar seu drinque, ouvindo atentamente.

— Por agora — disse eu, desoladamente. — E ela não me deu o endereço novo. Ela é muito *estranha*, Lucy.

— Eu sei o que você está dizendo. Honestamente, no último ano, mamãe também fez algumas coisas estranhas.

Então a voz dela voltou a ficar embargada.

— Desculpe por isso — disse ela, entre lágrimas.

— Olhe, não se preocupe com titia Liza. Eu vou descobrir o endereço novo para você. Concentre-se em si mesma. Acaba de sofrer um choque.

Ela fungou o nariz entupido, mas logo se controlou.

— Bem, não a poderemos enterrar, agora. Enquanto você tenta descobrir, o Francis pode ir até o velho endereço de Eliza e ver se alguém sabe o novo paradeiro dela por lá.

Resistindo à urgência de gritar frente à metamorfose de minha prima de uma inocente tolinha em potencial a uma espécie de Sherlock Holmes feminina, eu disse que veria o que podia fazer. Para ela não se preocupar com isso. Que era o mínimo que eu poderia fazer nesse momento de perda. E desliguei o telefone.

Francis continuava me olhando, interessado. Apoiei os óculos na ponta do nariz.

— Tomarei outro gim — eu disse.

O escritório do sr. Merrick era exatamente aquilo que se imagina do escritório de um detetive. Ficava na cobertura de um edifício, no lado barra pesada de Chelsea, com janelas embaçadas, duas escrivaninhas, cobertas com papéis amarelados, uma porta com uma plaquinha que anunciava que o negócio pertencia ao sr. e à sra. A. C. Merrick, mas da sra. não havia nem sinal, e cheio de fumaça de cigarro. Isso dito, o sr. A. C. Merrick não era nenhum escandaloso Robert Mitchum, mas um homem de cabelos grisalhos, bigodes castanhos aparados, um pesado suéter multicolorido, daqueles vendidos pelos feirantes no mercado da classe baixa, e dentes manchados. Ele presumiu que eu desejasse encontrar minha velha tia porque ela devia ter-me deixado alguma pequena fortuna em seu testamento. Uma indignação, tipo de indignação que atinge as pessoas tão chafurdadas na lama da culpa que se indignariam com praticamente qualquer coisa, acometeu-me e só me acalmei quando Matthew tocou meu braço. Ele me fez lembrar de que esse homem havia visto todos os aspectos da natureza humana e que a sensibilidade não era seu forte. Os resultados, sim.

Sentamo-nos em frente ao sr. A. C. Merrick enquanto ele fazia anotações. Atrás dele, através da janela encardida, estavam o horizonte de Chelsea e a Torre de St. Olafo, além de diversos edifícios conhecidos, nenhum dos quais servia de qualquer conforto para mim. Eu tinha uma semana para encontrar titia Liza — melhor dizendo, eu não, esse homem nada atraente à minha frente —, e, a despeito de Matthew dizer que Merrick era bom no seu metiê, havia encontrado muitas crianças perdidas ou pais instáveis, duvidei muito do sucesso dessa operação. Tampouco ajudou que Matthew tivesse inventado uma fuga de titia Liza incrivelmente engraçada e sugerido que, se tudo o mais falhasse, ele se vestiria para o papel:

— Vi no cinema *A tia de Carlito* — disse ele. — Uma peruca e uma bengala e eu estarei perfeito.

E uma pequena porção de mim, possivelmente a porção chamada fatalismo, pensou que aquele era meu fim...

Ele podia dar-se o luxo de ser irreverente, uma vez que acreditava que o turbilhão prenunciado em meu futuro estava classificado como "dificuldades", ainda mais quando ele acreditava que cedo ou tarde, de preferência cedo, eu contaria tudo a Francis. A situação imediata era apenas uma fuga passageira, e ele estava muito mais preocupado com a bela visão da viagem à Índia. Parecia que eu gastava mais e mais da minha vida adiando as coisas.

E, como se aquilo não fosse o bastante, Francis subitamente disse, a propósito do funeral:

— Bem, depois que tudo acabar, que tal pensarmos num feriado juntos? Umas duas semanas na Dordonha seria ótimo.

Bem, programamos para antes ou depois de eu ir para o Rajastão, querido?

Eu não tinha a menor fé em que nosso detetive descobriria minha tia, o que só serve para mostrar que não deveria ter muita fé em mim mesma. Em três dias, o Sr. Merrick a havia encontrado. E — obrigada, Senhor! — ela não estava morando na Lua, mas num condomínio particular de flats em Lichfield. Eu não tinha a menor ideia do que falar para ela quando chegasse lá. Tal como na complicada família de Darius, pensei, deverei sujeitar-me à sua misericórdia. De qualquer forma, ela deve estar gagá. Eu não queria admitir, nem mesmo para mim mesma, mas era o meu desejo mais íntimo.

Francis tomou-se de um intenso interesse, e fiz o melhor para me mostrar indiferente sobre a coisa toda.

— Provavelmente passarei a noite lá — eu disse, sempre com a mente trabalhando numa forma de passar a noite toda com Matthew. — Eu ligo para você.

— É uma pena que eu não possa ir — disse Francis. — Nunca vi a Catedral de Lichfield. Tinha vontade de conhecer.

— Bem, quem sabe da próxima vez — eu disse. Senti as lágrimas escorrendo — frustração, é claro, mas mal compreendida por Francis. Ele lançou um olhar inquiridor e depois me abraçou como se para dizer que sentia muito, que havia esquecido que se tratava de mais que uma simples visita. Ele pressionou o meu braço para mostrar sua solidariedade. O único probleminha é que eu havia tomado vacina no dia anterior, e o local da injeção estava dolorido. Berrei de dor e saltei quase um metro...

— Pelo amor de Deus, Dilys, mas o que está acontecendo com você?!
— Picada de abelha — respondi.

Aquela Dama Venenosa das Mentiras Precisas começava a sentir-se muito cansada.

E a credulidade de Francis também começava a se abalar.

— Picada de abelha — murmurou ele e saiu para tomar um banho. Sozinho.

13
À Caça da Tia

Deixei Matthew no centro. Ele estava bastante contente em vagar por ali, dar uma olhada no lugar e então reservar uma mesa em nosso hotel para as oito, uma preliminar para nossa pequena orgia. Eu disse que não sabia se teria disposição para um rala-e-rola depois da refeição, e ele disse que disposição era o que não me faltava... nunca!

— De qualquer maneira, será a última vez que ficaremos num lugar tão bom como este por um longo, longo período — disse ele. — Portanto, vamos aproveitar ao máximo.

Nós nos beijamos e nos separamos, e eu disse a ele que acendesse uma vela por mim na catedral.

O flat de titia Liza era próprio e certamente não alugado, tal como ela frisara, antes mesmo de dar-me um beijo de boas-vindas. Circundado por lojas deprimentes e residências sombrias, o flat ficava bem distante da grande catedral, o som de seus sinos e de suas atrações melosas longe dos ouvidos. Eu estava desapontada. Eu a imaginara acomodada em uma casa campestre de tijolinhos vermelhos, estilo georgiano, logo à entrada da cidade, e não aninhada no final da estrada principal de Lichfield. Mas os terrenos eram bem cuidados e havia um pequeno jardim com loureiros e hortênsias e grama aparada. Bonito e sem alma...

Dentro do pequeno flat, o ar era daquela imperturbável imobilidade, daquela atmosfera de um lugar poucas vezes deixado ou visitado, meio antigo, mas não desagradável. Cheirava a eucalipto misturado a um odor que eu lembrava da infância e das poucas ocasiões em que tive permissão para entrar no quarto de minha avó. Era uma combinação de água-de-rosas com lavanda e um vago cheiro de mulher velha.

Havia dois cômodos, pequenos e quadrados, uma quitinete e um banheiro. Ela estava no segundo andar, em frente a um inútil e estreito balcão onde mal cabiam uns vasos de plantas cuidadosamente tratadas. O flat ficava voltado para os fundos. Algo que ela lamentou profundamente assim que cheguei.

— Eles sempre me põem nos fundos, querida — disse ela. — A minha vida inteira. Sempre! Sente-se. — Ela praticamente encostou o rosto no meu para me examinar.

— Bem, bem — disse ela. — Você parece mais jovem do que é. Eu costumava parecer jovem para a minha idade também... — E ela acrescentou melancolicamente: — Pelo menos era o que diziam.

O lugar era tão limpo quanto uma velha pessoa com vista ruim podia manter e abarrotado de fotografias, quebra-cabeças, pequenas lembranças dos feriados com os netos — burrinhos de palha, miniaturas de casas gregas, caixas de madeira pintadas, um grande e cobiçável Hórus em bronze, uma ou duas belas peças de vidro e porcelana e várias pequenas mesinhas. Havia ali um velho sofá estofado de veludo verde e marrom e uma poltrona combinando, ambos cobertos com um lençol amarelado antimofo, provavelmente comprado na cooperativa há uns quarenta anos. O quarto já tinha vivido dias melhores, assim como os ninhos na janela — assim como tudo, aliás. Aquele muquifo era semelhante à casa de meus outros tios e tias à medida que envelheciam. Tudo beirava o *kitsch*, e todas as coisas brancas tinham amarelado com o tempo. Isso me fez compreender o quanto eu me afastara das minhas raízes. Eu gostava do Hórus é claro. Porém, parecia um estranho no ninho.

Titia Liza sentou-se ereta na poltrona, exibindo ainda um belo par de pernas e uma cabeleira razoável, um tanto grisalha, evidentemente acabara de pentear-se. Ela era pequena e delicada, em vez de enrugada e corcunda, e seu rosto carnudo estava salpicado de uma base rosada e de pó-de-arroz. Havia envelhecido bem. Apenas seu olhar distante denunciava que ela estava levemente fora de foco. Quando a ajudei a coar o café, ela passou os dedos nas beiradas das xícaras, como uma senhora plenamente lúcida.

— Acho que só tenho Nescafé — disse ela, arrastando as vogais como sempre fizera —, também não consigo fazer mais que isso hoje em dia.

Estava inapetentemente fraco. Ela costumava se referir a isso como "café com cê maiúsculo". Quando mamãe tomava esse café, costumava dizer com uma careta: "Você quer dizer cê minúsculo." O café de minha tia era famoso, tendo sido apelidado como *chafé*.

Uma vez que a bandeja era levada de volta à sala e deposta cuidadosamente sobre a mesinha, ela se acomodou de volta à poltrona e disse:

— Agora, se você se sentar aí — ela apontou para o sofá com o indicador, e, no anular, ainda cintilava a aliança de casamento —, ficará sob a luz do dia, e eu poderei vê-la melhor.

Ela posicionou a cabeça de lado para fitar-me.

— Bem, você acabou se transformando numa bela mulher — disse ela. — Lindas roupas. O que é que você faz hoje em dia, querida?

— Escrevo sobre arte esporadicamente. Organizo exposições.

— Ora, isso parece interessante.

— E é.

— E você se casou?

— Sim, com um advogado.

Ela se inclinou para trás na poltrona.

— Isso é o que eu deveria ter feito — disse ela. — Meu pai teria gostado disso. Mas ele perdeu todo o dinheiro da família quando a Bolsa quebrou, você sabe. E conheci Arthur.

— Eu sei — disse eu.

— Eu era habilidosa, você sabe. Arthur cuidava apenas do financeiro.

— Eu sei. — Eu me lembro de que havia sempre lindos arranjos de flores em sua casa.

Ela inclinou-se em minha direção, tocou o meu rosto e me pareceu muito triste.

— Estou com 85 — disse ela —, e eu tinha um companheiro até o ano passado. Ele tinha 76, querida, e pensava que eu tinha a mesma idade. — Ela deu um sorrisinho malicioso. — Não importa, ele foi embora de repente e casou-se com outra. — Uma lágrima escorreu pela sua face. — Muito instável.

— Sinto muito — disse eu.

— Bem, imagino que esteja pagando pelos meus pecados. Você sempre acaba pagando no fim, você sabe.

Isso fora dito com uma deliberada pontada de tormenta, pois ela fixou seus olhos sombrios nos meus, mas eu estava disposta a não perder o rumo.

— Titia Liza — disse eu —, lamento dizer-lhe que tia Cora faleceu uns dias atrás. Vim convidá-la a comparecer ao funeral. Lucy, a filha dela...

— Sim, sim — ela me cortou —, eu sei quem é Lucy. Nunca gostei dela. Sem classe. Casou-se com um verdureiro. Então Cora se foi. Ela era intratável...

Então, como que para mudar de assunto, ela apanhou o buquê que eu lhe trouxera, reclamando e dizendo que não precisava. Mas feliz.

— Até que você se saiu bem, querida. — Por um instante, pensei que ela fosse lavar roupa suja, mas não fez isso. Talvez o tempo lhe houvesse ensinado alguma humildade.

Ela enxugou uma lágrima num xale de seda e colocou-o em volta dos ombros. Depois sussurrou algo para as flores, sentindo-as com seus dedos.

— Que belo feitiço — disse ela. — Que lindas flores!

Coloquei-as, conforme ela me instruíra, em cima da pia.

— Deixa que o resto eu faço mais tarde — acrescentou. — Venha para cá, vamos conversar.

Ela fez com que suas ordens soassem como um exercício de retórica. Sua voz era tão afetada que era difícil não rir. Obedeci e me sentei novamente. Para evitar um silêncio constrangedor, perguntei-lhe sobre sua filha, minha prima arrogante.

— Oh, Alison vem quando pode — disse titia Liza —, mas ela mora em Kidderminster agora. É bem longe. Quantos anos você é mais velha que ela, querida?

— Dois ou três anos — disse eu.

Ela fez que sim com a cabeça.

— Ally nasceu no mesmo ano em que a rainha foi coroada. — E aí seus olhos opacos revelaram um brilho de luz. Ela sorriu, como se estivesse se lembrando de alguma coisa, e disse: — É engraçado. Você era a última coisa que sua mãe precisava, e eu esperei por anos. Ally levou muito tempo para chegar...

— E como ela está?

Era difícil parecer entusiasmada. Nunca gostara da garota. Ela estava sempre se exibindo com seus brinquedinhos educativos e suas aulas de piano, salientando quão pobres nós éramos. A partir disso, deduzia que também devíamos ser burros. Além disso, ela nos destratava porque tinha um pai vivo que era gordo e ridículo! Importante e respeitável.

— Ele tem uma pança horrível! — gritei uma vez para ela.

— Melhor do que ser um bêbado! — gritou ela de volta.

— Minha mãe diz que ele age como se tivesse *um monte de merda, permanentemente.*

— O que é um monte de merda?

Uma vez que nenhuma de nós sabia, desistimos dos insultos.

Mas, de todos os pais que eu conhecera, o tio Arthur era o pai que eu menos invejara. Se ele tinha alguma espécie de humor, era sardônico, sua conversa toda comigo parecia restringir-se a "seja boazinha com a sua mãe". Ele idolatrava Alison, uma situação a que eu assistia mais com fascinação que com inveja. O que era ter uma pessoa que sorria daquela maneira sempre que você entrava no recinto? Alison não parecia notar isso jamais. Ela era rude e cruel com seu pai e com sua mãe, seguidas vezes. Mas ainda assim eles a idolatravam. Era fascinante observar. Eu também achava que era um pouco demais que eu, que me comportava muito bem com minha mãe, tivesse de ouvir do tio Arthur um sermão sobre como me comportar, quando sua própria filha era uma megera.

— Espero que ela tenha se dado bem por si mesma — acrescentei maliciosamente.

Um sorriso tolo e astuto escapou do rosto de minha tia, e ela ajeitou a bainha de sua saia.

— Oh, sim, ela está muito bem. Divorciada daquele jovem rei egípcio com quem se casou. É claro que ele a adorava, mas a diferença *cultural* foi difícil para ela. Tem duas crianças adoráveis, ambas já adultas agora. — Fez uma pausa antes de prosseguir: — Um rapaz e uma moça. Eles parecem bem ingleses — acrescentou rapidamente.

— E já se casaram? A senhora tem bisnetos? — Essa polidez parecia não acabar.

Esperei pelo jorro de elogios, mas não surgiu nenhum. Em vez disso, seu rosto contraiu-se, o sorriso minguou, e ela pareceu bastante desolada.

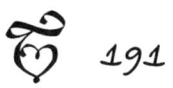

— Minha neta está com 19 anos e está esperando um bebê. Ela não é casada. Disse que foi tudo planejado, foi o que nos contou.

Permanecemos em silêncio, digerindo isso por um instante. Então minha tia disse, em sua voz normal:

— O casamento não parece ter importância para as garotas de hoje em dia, não é?

— Acho que algumas delas acham desnecessário hoje em dia — eu disse cuidadosamente. Eu estava a ponto de confessar que eu tampouco honrava os votos matrimoniais.

— É verdade. O divórcio de Alison não foi muito tranquilo. Ela acabou se envolvendo com outro homem e moram juntos agora. Parece ser esse o caminho. Arthur e eu fomos casados por mais de cinquenta anos. Longos e duradouros. Acho melhor que sua avó não esteja mais aqui para ver isso. Vovó Smart era uma grande mulher. Naturalmente mamãe acharia ótima essa história de não casar. Ela nunca quis que eu saísse de casa mesmo. Quanto tempo faz que você está casada com seu advogado, querida?

— Mais de trinta anos — respondi.

Ela deu uma palmadinha em seus joelhos com as mãos abertas.

— Verdade? Sua mãe ficaria feliz. Você parece ter toda a fortuna que ela nunca teve. Deus abençoe a Nellie. Ela sempre foi boa para mim. Mas não teve muita sorte com os homens, uma pena.

Ela fitou a parede como se estivesse vendo o fantasma da minha mãe.

— Ah, mas ela teve sorte uma vez. Você sabia que ela foi a primeira dentre os dez filhos a receber um salário? Ela comprou para si um par de meias de náilon. Sua avó nunca a perdoou.

Minha tia riu com uma surpreendente vulgaridade.

— E Nell e eu éramos iguais sob esse aspecto. Não contei pra ninguém sobre o meu primeiro salário. Trabalhava numa livraria de alta classe e gostava de coisas boas, como Nellie gostava. Ah, ela era uma ótima costureira, assim como eu era.

Os olhos dela estavam molhados outra vez, mas ela não se importou.

— Oh, sua *querida* mãe. No seu casamento ela estava parecida com você agora. Mas os homens eram o seu azar — que sina! Ela era muito ingênua. E tão honesta quanto o dia é comprido.

Ela fez uma pausa e depois sorriu para mim.

— Exceto quando realmente valia a pena.

Daí enxugou os olhos no xale, olhou para mim novamente e acrescentou:

— Ela não merecia aquilo, você sabe. Quando você chegou, tudo virou um inferno.

Senti uma súbita pena de minha mãe, que uma vez fora uma costureira promissora e aspirara a coisas melhores.

— Ela era feliz com o que nos tornamos, Virgínia e eu, na vida — disse eu. — E realmente adorava seus netinhos. Eles foram muito importantes, e ela gostava do fato de que eu tinha um pouquinho de dinheiro.

— Você tem, querida?

— Oh, sim — disse eu, subitamente desejando cicatrizar as feridas de minha infância. — Meu marido é muito bem-sucedido. Nós somos ricos.

— Bem, isso é bom — disse ela. — E *muito* inesperado.

Bebi o meu café, e ela bebeu o dela, o relógio contava os segundos, e eu me perguntava como é que sairia dessa polidez reservada para lhe pedir que mentisse sobre a minha vida sexual.

— Você sai muito? — perguntei.

— Bem, eu costumava sair com um cavalheiro amigo meu, duas vezes por semana. Mas agora não. A energia se esvaiu.

Aqui havia uma possibilidade.

— Acho que você ainda está magoada.

— Bobagem, na minha idade.

— Acontece em qualquer idade.

Ela olhou para mim por alguns instantes, como se tivesse reconhecido uma súbita seriedade no tom da minha voz, mas, se ela tivesse realmente reconhecido, não estava disposta a fazer o mesmo.

— Ah, a família é a única coisa que salva quando se está mais velha, querida — disse ela. — Não sei o que eu faria sem a minha amada Ally.

Ela levantou-se, os joelhos estalando.

— Coisas nojentas — disse ela. — Minhas pernas costumavam ser a minha melhor parte...

Ela procurou um porta-retratos sobre a mesa ao lado e estendeu-o para mim.

— Reminiscências...

Olhei para a fotografia. Lá estava minha prima, com 5 anos, ao lado do seu pai. Ele estava vestido com um uniforme de futebol, e atrás deles estava o time — garotos de mais ou menos 11 ou 12 anos. Mesmo aos 5 anos, minha prima tinha feições grosseiras — um nariz com uma grande protuberância e olhos demasiadamente próximos. Nenhuma semelhança com a aparência sombria e bela de seu pai, ou a beleza singela de sua mãe. Apenas os cabelos loiros encaracolados eram os mesmos. Uma vez ouvi uma tia chamá-la de filhotinho de cruz-credo e dizer para minha mãe:

— Não se parece com suas filhas, Nell, que são lindas como pêssegos.

Ao que minha mãe respondeu:

— A gordura me fez um bem enorme.

Mas eu me agarrei à ideia de ser linda como um pêssego, mesmo assim.

Devolvi a fotografia, e ela, em seguida, apanhou outra. Dessa vez, ela estava com tio Arthur — consideravelmente mais moço —, sentados juntos no sofá, ele com os braços sobre os ombros dela. Atrás deles, havia uma árvore de Natal.

— Sempre fui tímida e tinha um pouco de medo dele — confessei.

— Ele gostava de futebol — minha tia disse orgulhosamente. — Ele levou os garotos para as partidas até o fim. Bem, até que o câncer o pegou. Ele também fazia parte do Rotary Club.

Ela colocou a fotografia de volta sobre a mesa, com um suspiro.

— Agora — disse ela — fale-me de Cora. É claro que irei ao seu funeral, mas ela nunca gostou de mim, você sabe. Era linguaruda como a mãe. A maioria falava de tudo que me preocupava. Eles não gostavam do fato de eu ser de uma classe diferente.

Ela se inclinou para a frente e tocou o meu joelho.

— Assim era também o seu pai, querida. Um oficial de classe. Ele e eu nos dávamos muito bem. Nós nos entendíamos, você sabe. Oh, sim, você se parece com ele. Você também tem certa classe. Espero que seus filhos tenham ido para uma escola particular. Eu fui, você sabe.

Ela parecia ter esquecido tudo em relação a Cora. Então contei a ela sobre meus meninos, porque ela perguntou, e eu lhe disse onde morava.

— Acabamos indo morar em Finchley — disse ela. — Bem judaico.

— Eu me lembro. Era uma longa viagem de metrô.

— Arthur coordenava o time de futebol e chefiava os escoteiros nas proximidades de Golders Green. Você sabia que fomos ao funeral de Ralph Reader? Arthur estava *muito* envolvido com os escoteiros.

Ela se estendeu em minha direção e, como se fosse cair, puxou a bainha da minha saia e deu uma conferida na etiqueta.

— Qual é a marca, querida? — perguntou ela.

— Jaeger,* acho.

— Quem diria? — disse ela, em tom meio ácido. O que era bem mais próximo da titia Liza que eu conhecera.

Concordei.

— Tive muita sorte.

Ali havia alguma coisa de Maria Antonieta surgindo outra vez.

— Mas você não é feliz? — perguntou ela afiadamente. Nada que surpreendesse, tendo em conta a minha expressão, acredito.

E aquele era o momento.

— Titia Liza — disse eu —, preciso que você faça uma coisa por mim.

— Do que se trata, querida?

Como pedir aquilo a essa respeitável e velha senhora, que vivera por mais de cinquenta anos casada e vivera, eu tinha certeza — a despeito das grosserias e piadas de seus parentes —, como uma esposa exemplar?

— Se a senhora for ao funeral de Cora e encontrar Francis, meu marido, quero que conte uma mentirinha por mim.

Os olhos dela chisparam, iluminados pela intriga.

— Mentira? — repetiu ela. — Para seu marido? — Ela saboreava aquele instante, como se estivesse fazendo as palavras correrem por sua língua para sentir-lhes o sabor. Incapaz de pensar no que dizer em seguida, esperei que ela, a qualquer instante, me pedisse para sair.

O ar de agosto estava quente e pesado, mas todas as janelas permaneciam fechadas, à exceção de uma pequena janela no banheiro que eu abrira até onde pudera. Graças a Deus, pois precisava de algum

---

* Marca inglesa de roupas desenhadas por estilistas famosos. (N.E.)

ar para respirar. Ela agora se dera conta de que eu viera vê-la por um motivo além da delicadeza familiar. Em vez disso, eu viera anunciar uma morte e estava prestes a narrar uma lenda de enganos e traições de tal feita que ela não poderia me perdoar caso se identificasse com isso. Talvez eu devesse simplesmente parar por ali. Minha desculpa esfarrapada era que eu não queria atrapalhar o funeral, mas que eu contaria a Francis em um dado momento. Meu sangue era mais ralo que água. Meus filhos me perdoariam. Se não de pronto, pelo menos mais tarde. E eu não podia continuar vivendo daquela maneira para sempre. Eu amava Matthew demais. Apesar de tudo, eu estava pensando no hotel e em estar com ele. Portanto, era para ser simples, não era? Mas não era justo atrapalhar o funeral. Logo depois do funeral, seria a ocasião propícia. Entretanto, conforme o planejado, titia Liza precisava saber.

— O que é que você quer que eu diga? — perguntou ela, muito alegre para as circunstâncias.

Vacilei.

— Mudei de ideia — eu disse. — Não posso lhe pedir isso.

— Dá para perceber que é importante — comentou ela.

— Não tão importante assim.

— Você se saiu muito bem até agora. Admiro isso. Não gostaria que você perdesse tudo. Não se eu puder ajudar.

Ela ainda olhava com curiosidade para mim.

Se eu ao menos conseguisse segurar até o funeral, pensei. Se ao menos eu tivesse esse tempo para pensar.

— Alguma coisa relacionada a seu casamento, querida?

Concordei.

— Bem, bem. Mentiras — acrescentou ela, balançando a cabeça.

— A senhora realmente não precisa...

Mas ela parecia um tanto satisfeita por alguma coisa. Seria quase possível dizer animada. Ela inclinou-se sobre o meu joelho e deu uma palmadinha nele, levantou-se da poltrona e caminhou pela sala. Puxou a gaveta inferior de uma linda cômoda de nogueira — da qual eu me lembrava de sua casa em Finchley — e vasculhou no fundo. Pegou um envelope de papel pardo, velho, estropiado, com um elástico em volta. O elástico se partiu, corroído pelo tempo, quando ela tentou retirá-lo.

— Aqui — disse ela e entregou-o a mim. — Por falar em mentiras. E casamentos.

Eu o abri. Dentro, enrolada por um elástico, estava uma revista de fotografias em preto e branco igualmente estropiada. Ali havia dois jovens rapazes, seus belos cabelos penteados no estilo anos 30, um encarando a câmera com um olhar idiota. Cada um deles tinha o braço em torno da cintura do outro, à guisa de camaradagem. O sol cintilava em suas cabeças douradas. Atrás deles, havia um milharal, e eles estavam encostados contra um portão branco, suas mochilas descuidadamente jogadas ao lado de seus pés fortes e grosseiros. Com exceção das botas de montanhistas e das grossas meias de lã, cuidadosamente enroladas sobre o cano das botas, os dois estavam nus em pelo. E o jovem rapaz, que não encarava a câmera, com um sorriso idiota, olhava simplesmente fascinado para os genitais do seu companheiro — que ele havia obviamente afagado por algum tempo.

— Mentiras, querida? — disse ela, tão docemente quanto se estivesse me mostrando o seu álbum de casamento. — Que tal um pouquinho de verdade primeiro? — Ela foi até outro armário e trouxe uma garrafa de xerez. — Apanhe as taças; elas estão na cozinha.

Fui buscá-las.

Quando voltei, a revista não estava mais por ali. Eu me perguntei se havia imaginado aquilo.

Ela sentiu as beiradas das taças e então serviu o xerez. Com muita precisão, reconduziu a rolha firmemente à garrafa com suas velhas mãos trêmulas e então bebeu, olhando em meus olhos, como fazia.

— Mentiras, querida? — repetiu ela. — Oh, sua velha tia sabe tudo a respeito delas. — Ela bebeu novamente, abaixou a taça cuidadosamente e inclinou-se para trás em sua poltrona. — Mas, antes, uma historinha para você. Entre nós duas apenas.

14

A Importância de Ser Desonesto

Quando Eliza Battle tinha 12 anos, seu pai investiu uma senhora parcela de suas economias em uma variedade de ações, conforme fora recomendado por seu banco. O banco também financiara seus negócios com o açougue, e, enquanto ele se manteve nisso, tomou um pequeno empréstimo e comprou outro matadouro, em Pinner. Pinner era um bairro em expansão de casas luxuosas, portanto, ele pediu emprestado uma nova soma para comprar uma casa para si. A Euston Road não era mais um local adequado para se morar, mas eles mantiveram o pequeno apartamento e o sublocaram, para qualquer eventualidade.

— Subindo na vida, hein?! — Disse ele à sra. Battle e acariciou os cabelos cheios e encaracolados de sua filha.

— Você vai acabar se casando com um duque algum dia — brincou.

Eliza pensou que isso não fosse de todo impossível e se esforçou para aprender boas maneiras.

Economizando o máximo e gastando o mínimo, combinado à generosa economia de guerra, e sendo carne um item básico tanto para a população quanto para as tropas, o sr. e a sra. Battle trabalharam bastante durante aqueles anos e juntaram um bom pé-de-meia. O sr. Battle agora usava chapéu-coco e terno para trabalhar. Cinco homens trabalhavam para ele, o matadouro se tornara um negócio lucrativo, e a filha estava prestes a colher os louros. Eliza fora matriculada num seleto instituto no qual aprenderia francês, piano e belas-artes. Ela não ia a pé para o instituto, mas de ônibus, acompanhada de Molly, a filha do comerciante e sua vizinha.

Na época do inverno, ela usava vestidos de veludo com babados, golas de renda branca e um aventalzinho holandês de bainha alfinetada. No verão, roupas leves de algodão branco engomado com alças rendadas. Ela pediu e ganhou um casaco de inverno com acabamento em pele, a última moda em matéria de suéter de flanela para a primavera. Ela possuía — tal como seu pai e sua mãe pensaram ao vê-la caminhar pela rua com o braço enganchado no de sua amiga Molly — algo mais. E o Sr. Battle se pegou pensando em quão distante se encontrava daquele garoto que andava de bicicleta para cima e para baixo nas ruas de Barnsbury e Islington, entregando pedaços de carne escorrendo sangue nas portas dos fundos das casas dos negociantes.

Eliza não era uma estudante brilhante, mas desenvolvera habilidade especial para arranjos florais e interesse pelos nomes latinos, tanto quanto pelos nomes vulgares, de tantas flores quanto uma pessoa normal possa sonhar conhecer. Em resumo, no momento em que ela começasse a desenvolver corpo e modos de mulher, estaria obviamente destinada a fazer um bom casamento. Ainda que não fosse bela sob muitos aspectos, era bonita naquela maneira elegante de ser e desenvolveu tornozelos delicados e canelas bem torneadas. No seu décimo quinto aniversário, usou um vestido meia-canela, em crepe chinês azul-céu, com franjinhas que ondulavam, enquanto caminhava. E ela adorara o resultado!

Então, o desastre! Com a quebra da Bolsa de Nova York, em 1929, e a recessão econômica que se seguiu, seguramos os empréstimos, os juros do banco e da hipoteca escoaram, o preço de todas as coisas, inclusive a carne do sr. Battle, despencou, e, umas poucas semanas depois do décimo quinto aniversário de Eliza, a casa de Pinner teve de ser vendida. Uma lástima! Naturalmente, o instituto fechou suas portas, e, subitamente, a exigência de encontrar um emprego passou a ser primordial.

O sr. Battle despejou os inquilinos de Euston Road, e a família voltou a morar lá. Eliza considerou isso particularmente difícil. Seu quarto na Euston Road parecia estar no fundo de um poço escuro. Mas as queixas não adiantaram de nada. Quando suas roupas ficaram apertadas demais — tão logo desenvolveu seios decentes —, a sra. Battle lhe disse para abrir a costura ou usar um pano por cima.

— Mas assim vai aparecer! — choramingou ela.

— Então vista um cardigã por cima — disse-lhe a mãe, firmemente.

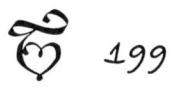

Nesses tempos difíceis, o uso de um cardigã parecia um mal menor. Eles estavam *apertados até o pote*, conforme o sr. Battle afirmou, funebremente, por cima do seu copo de cerveja preta, que bebia mais uma vez no A Garrafa de Couro.

— Até às tampas, amigo — disse ele ao velho Collins, o livreiro —, é o que tenho a dizer...

O sr. Battle voltara a entregar carne em escala doméstica, e a sra. Battle voltara a depenar aves para as mesas daqueles que ela um dia almejara fazer parte. Mas os negócios não conseguiam atender às necessidades de Eliza.

— Você vai ter de se sustentar sozinha se quiser continuar aqui — disse-lhe a mãe. — Molly conseguiu um emprego em uma agência de cobranças. Você poderia fazer o mesmo.

Eliza estava horrorizada.

O sr. Battle procurou trabalho para ela em toda parte.

— Eu tenho uma vaga que ela poderá ocupar — disse o velho Collins. — Minha vista está ficando fraca, e é necessário um bom par de olhos para comprar e vender livros.

O negócio dos livros, aparentemente, ainda caminhava bem, e agora você podia escolher entre enxurrada de livros de segunda mão das casas dos bem-sucedidos, agora falidos.

Parecia inconcebível que ela fizesse alguma coisa que não exigisse luvas, mas o impossível aconteceu: Eliza aceitou a vaga de assistente de livreiro na Clerkenwell Road. Os trejeitos de uma dama, desenvolvidos nela no instituto, foram banidos de sua vida. Ela era exatamente igual às demais garotas das lojas e dos escritórios da vizinhança — seu francês, seu piano e suas flores nada significavam. Ela oferecia brochuras aos estudantes e livros com lombadas de couro aos velhos senhores com seus pince-nez; oferecia livros de três centavos às mulheres que olhavam furtivamente para eles e livros de aventuras para rapazes descontraídos.

O velho Collins atendia os clientes mais importantes. Nos fundos da loja, ele guardava suas duas mais caras linhas de produtos: os livros raros e os de erotismo. Ele, sozinho, negociava-os com os clientes, e a porta do escritório era mantida sempre fechada quando isso acontecia. Os homens que vinham à procura de literatura erótica olhavam para o chão ao passarem delicadamente por ela no balcão e saíam para a rua.

Ela se perguntava quão erótica seria, mas o velho Collins dizia que não havia com o que se preocupar.

Um ou dois dos rapazes que vinham regularmente em busca das ficções de aventura costumavam ser gentis e dispostos a passar as horas do dia com ela; alguns diziam que ela era bonita, e outros perguntavam se tinha programa para o sábado à noite. Mas ela mantinha o nariz empinado, atendendo-os com civilidade e mais nada. Ainda se sentia estar destinada a coisas melhores.

Ela aceitou uma missão. Molly enviou Harold Binns, um jovem rapaz da agência de cobranças à livraria, e ele lhe pediu que ela se juntasse a ele, Molly e o namorado dela numa festa em Battersea. Ela foi. Mas, no final, quando ele a acompanhou até a porta de casa e tentou beijá-la no escuro, além de outras investidas — os olhos dele pareceram mudar de cor, a face assumiu uma expressão peculiar, e ele começou a chupar-lhe o pescoço —, ela perdeu o interesse. Ele tinha as unhas ligeiramente encardidas, e os punhos de sua camisa não estavam completamente limpos. Certas coisas denunciavam uma pessoa de classe baixa, e ela se recusou a vê-lo outra vez.

Aqueles homens que entravam na loja com roupas de grife, luvas e vozes suaves raramente notavam sua presença. Assim mesmo, quando sua mãe mencionou a Eliza as possibilidades do futuro e do casamento, eram aqueles os homens que ela visualizava a seu lado no altar. Até mesmo vendedoras de lojas tinham certo padrão.

Quando completou 18 anos, e seu salário subiu alguns centavos por semana, ela não contou a ninguém sobre o aumento. Ela gastava a diferença em lenços de renda, futilidades e arranjos de flores para seu quarto sombrio. Uma gardênia e alguns raminhos de frésia para perfumar o ar com sua essência. Algumas vezes, ela ganhava alguma plantinha de graça — eucalipto, samambaia, louro — do rapaz que abrira uma floricultura recentemente na vizinhança. O nome dele estava estampado na frente da loja: Arthur Smart. Ele vinha dar uma olhada na livraria ocasionalmente e, de vez em quando, comprava um livro — em geral, aventuras, técnicas de escotismo ou canções de acampamento. Ele e Eliza raramente se falavam, pois um era mais tímido que o outro.

Ele era o mais novo dos rapazes da sua enorme família, com uma mãe que não tolerava desvios. Arthur Smart era considerado na família um rapaz sensível e um pouco fechado, e não contou à sra. Smart que conhecera Eliza Battle. A sra. Smart também conhecia os Battle de passagem. Eliza, que ela chamava de menina tolinha, e que não era tão boa quanto pretendia ser; a sra. Battle, que era uma mulher tonta e sofrida; e o sr. Battle, um louco grosseirão e grande demais para suas botas. A família havia sido destituída do orgulho enquanto a família Smart ganhava ares industriais.

Arthur Smart conseguiu abrir sua floricultura numa parte decente da cidade devido a um acidente. Enquanto trabalhava para seus antigos patrões, entregando flores em um hotel em Bloomsbury, no verão anterior, ele tivera sua bicicleta atingida por um ônibus, que misteriosamente dirigia na contramão a caminho de Southampton Row. Aconteceu justamente quando Cora, uma das irmãs mais velhas de Arthur, passeava com um jovem policial por aquelas redondezas. O incidente poderia ter passado em branco, dado o poder de barganha das companhias de ônibus, mas a irmã mais velha de Arthur era uma jovem dama muito cobiçada. O jovem oficial, portanto, sacou o revólver. Prontificou-se a uma investigação imediata, conforme ele disse no inquérito, arrancou o motorista de sua cabine e observou que ele cheirava fortemente a álcool. Na batida, braços e dedos quebrados — o último deixando-o particularmente inapto para a arte floral —, Arthur recebeu uma indenização suficiente para que, ao se recuperar, fosse capaz de abrir as vitrines de sua nova empresa: Arthur Smart — Floricultura de Alta Classe.

Ele nunca tinha sido muito sociável — particularmente com as meninas, a maioria das quais parecia ter uma *quedinha* por ele. Todas as suas irmãs o provocavam por ele ser um menino bonitinho. Seus irmãos achavam uma pena ver que todo aquele charme fosse desperdiçado. Fora as excursões dos escoteiros, Arthur gostava de se divertir lendo livros, torcendo para seu time de futebol e frequentando aulas de artesanato.

— Você nunca vai conhecer uma garota nesses lugares, Artie — dizia Dickie, seu irmão mais velho. Mas ele não prestava atenção. Ele gerenciava a floricultura razoavelmente bem, mas sua mãe dizia que ele administraria melhor o negócio se tivesse uma esposa. Arthur corava a esse comentário. Ele pedia conselho à sua irmã favorita, Nell, que trabalhava numa loja de roupas de cama para bebês e conhecia as peculiaridades das clientes.

— O que você precisa, realmente — disse ela —, não é de uma esposa, é de uma assistente.

E então ele ria.

— Ou, melhor ainda, duas.

Arthur era visto como um partidão. Por mais de um ano, ele deu seu sangue na empresa, fazendo tudo sozinho, de tal modo que não tinha tempo para se sentir constrangido ou perseguido pela constante insistência de sua mãe e de suas irmãs sobre o assunto casamento. Afinal, ele era apenas um jovem; ainda teria muito tempo pela frente. Ele se levantava às quatro da manhã e às quatro e meia seguia para Covent Garden, em sua pequena van vermelha; comprava o necessário e parava para o café da manhã, sentando-se sozinho na lanchonete apinhada, o nariz enfiado no jornal. Algumas vezes, ele olhava com desejo para as recepcionistas, tranquilas em suas conversas, piadas e brincadeiras, mas não ousava participar. Quando assobiavam e brincavam com ele, desviava o olhar.

Arthur empregou um rapaz que conhecera entre os escoteiros para fazer o trabalho pesado e as entregas, mas ele era petulante e insolente. Arthur percebeu que o insolente ficava coçando o saco enquanto ele preparava um ramalhete ou um buquê especialmente difícil e complicado. Um dia, ele mandou o rapaz para o olho da rua, mas deu a ele uma semana de aviso prévio. Arthur não queria mal-estar entre os escoteiros. Veio outro, um pouco mais jovem — tinha só 14 anos —, mas não era melhor trabalhador e era dado a passar o tempo apoiado sobre o balcão e assim ficar. Ele tentou uma garota, mas ela era fraca e preguiçosa. Tentou outra, mas ela era inteligente, exigente demais e usava um perfume extremamente forte que se sobrepunha ao cheiro das flores. Como disse Arthur à sua mãe, o cheiro dela impregnava o ambiente.

— O que você quer é uma esposa — repetiu ela.

— Talvez — disse ele e dessa vez não corou.

Então, um dia, quando tentava torcer cinquenta cravos para dentro do buquê e limpava o tabuleiro para fazer um ramalhete de noiva, um homem entrou correndo e disse que precisava urgentemente de um buquê de flores! Ele havia esquecido seu aniversário de casamento, e ela estava esperando na esquina por ele. Enquanto gesticulava largamente, o homem derrubou os cravos no chão. Arthur não sabia se chorava ou se batia no sujeito. Mas não fez nenhuma das duas coisas. Porque a garota da livraria que ficava a umas duas portas dali esperava pacientemente e agora estava ajoelhada apanhando tudo com muito cuidado.

— É minha hora de almoço — disse ela, com sua voz elegante. — Deixe-me ajudá-lo.

Ela se ajoelhou entre as flores num vestido que a envolvia como um céu azul-clarinho, e Arthur a achou adorável, pura, tal como uma pintura. A gratidão cresceu em seu coração.

— Você é sempre muito gentil comigo — disse ela, dignamente. — Esta é minha maneira de agradecer.

Gradativamente, pelos meses seguintes, ela passou a ajudá-lo regularmente em sua hora de almoço. Ela sabia muita coisa sobre o aspecto artístico do negócio com flores. Isso permitiu que Arthur elevasse os preços num instante. Uma vez, quando suas mãos se tocaram, ambos as retiraram, enrubescidos. Os escoteiros o acusavam de estar virando um tolo apaixonado, e, quando eles saíram para acampar, houve muita gozação e bagunça. Arthur juntou-se a eles em volta da fogueira e cantou mais entusiasticamente do que nunca, apenas para mostrar que não se importava muito com aquelas gozações.

Sua mãe não gostava de Eliza Battle.

— Ela está querendo dar um golpe — disse, quando ele finalmente lhe contou sobre a garota e quão solícita ela fora ao longo dos meses, e quanto gostaria de convidá-la para vir tomar chá com ele. A mãe de Arthur gostava de estar no controle da situação e estava de olho em Maudie Harper para ele. Maudie era cheia de vida e uma boa companhia, e seu pai era dono de uma empresa de calçados finos e tinha juntado um bom pé-de-meia. E, tal como ela disse para Cora, "uma sapataria *não é* um matadouro..." Era disso que Arthur precisava: um pouco de vivacidade. Portanto, foi Maudie que veio para o chá. Mas sempre que a sra. Smart os encontrava juntos, Arthur estava completamente silencioso e introspectivo, dobrava a toalha da mesa ou falava sem-fim sobre os negócios.

— Ouvi dizer que você está fazendo artesanato de madeira, Arthur — falou Maudie, mostrando o melhor ângulo de seu decote.

— Não — respondeu ele, lugubremente —, desisti.

Se aquele era um jogo, Maudie estava perdendo a paciência. Ela queria um marido com futuro, mas estava ficando entediada com Arthur. Quando eles saíram para um passeio, ela parou perto de um galho, deu a volta nele da maneira mais atraente possível e preparou-se para um beijo, Arthur deu um passo para trás e, a passos largos, apontou para as papoulas, dizendo que era difícil combiná-las com outra flor em um buquê devido à intensidade de seu tom avermelhado.

— Oh, não me diga — disse Maudie e correu para alcançá-lo.

— Vamos sentar ali no milharal um pouquinho — disse ela. Apanhou a mão dele e colocou-a sobre o seu ombro, bem perto do seio, e a mão permaneceu ali, inerte. Ela deixou sua saia enrolar-se um pouco acima do joelho, mas essa área também ficou inexplorada. Ela decidiu que ele era um cavalheiro, pronto!

Então ela apareceu na loja, um dia, na hora do almoço, e descobriu-o trabalhando ao lado de uma garota num vestido fora de moda.

— Deixe que ela faça isso, Arthur — disse ela imperativamente —, e vamos sair para almoçar.

— Você vem? — perguntou Arthur à garota interessante, que corou, o que Maudie achou irritante.

— Já almocei — disse a garota. — Vou ficar por aqui mais um pouquinho. E depois tenho de voltar à livraria.

Maudie ficou imitando a garota ali do balcão. Repetiu seu modo de falar e sua maneira afetada de gesticular e ficou brincando com isso.

Arthur não riu. A garota pareceu zangada, Arthur disse a Maudie:

— Acho que você lhe deve desculpas.

Maudie, divertindo-se, disse:

— Quero ver quem vai me obrigar!

Ao que Arthur disse que não estava mais com fome, e Maudie, cheia de raiva, foi embora.

Ela foi diretamente até a sra. Smart, que deu de ombros.

— O que é que se pode fazer?

— Acho que aquela coisinha fixou suas garras nele — disse Maudie com malícia. — Pobre metida a besta!

A sra. Smart deu-lhe um basta:

— Pelo que parece, suas garras não estão afiadas — disse ela.

Maudie logo ficou noiva de outro.

Eliza ajudou-o com as flores para o casamento de Maudie, e ele brincou por tê-la deixado escapar por tão pouco! Eliza corou e caiu na gargalhada. Já que ela trabalhara tanto para esse casamento em particular, ele a levou para dançar à noite. A sra. Smart sentou-se com eles. Eliza disse que sua família havia participado do boom e da depressão da economia. A sra. Smart perguntou com muita exatidão se ela estava relacionada ao açougueiro Battle, e Eliza disse que sim e nada mais acrescentou. A sra. Smart sentiu que atingira seu objetivo.

— Ela é a filha do açougueiro — disse ela para Arthur.

— Ela entende de floricultura — disse ele, obstinadamente.

E girou nos calcanhares.

A sra. Smart disse que ele devia ter um pé atrás em relação àquela menininha da livraria porque ela não era tão boa quanto aparentava ser. Ele disse que isso só interessava a ele. Nell sentiu pena de Eliza. Ela era um pouco rebelde também e estava saindo com um rapaz chamado Fred, de quem sua mãe, também, tinha algumas queixas. Ela sentiu que os dois combinavam e resolveu ter uma conversa amiga com Arthur.

— Leve Eliza para sair — disse.

— Aonde? — perguntou ele, muito nervoso.

— A algum lugar onde vocês possam conversar um pouco, se conhecer melhor, onde você possa mostrar que gosta dela... — Nell cutucou-o. — Você gosta dela, não gosta, Arthur?

Arthur engoliu o seu medo e pensou muito e com empenho. Ele queria fazer o que Nell havia sugerido, mas estava nervoso por ficar sozinho com Eliza. Por fim, disse:

— Venha jantar comigo hoje à noite. É minha convidada. Meu irmão tem uma banda de banjo tocando em Hampstead que está sendo muito aplaudida.

E ela foi. Soara natural, mas seus pais disseram "É natural como deve ser", e ele pareceu um amigo decente.

Ele veio buscá-la num terno elegante, com camisa limpa, gravata discreta atada com um nó Windsor, chapéu apropriado e dois raminhos de lírios-do-vale, um para ela e outro para sua mãe. Esta, apanhando o seu graciosamente, disse para si mesma: "É este!" Dickie, o irmão de Arthur, superou suas expectativas naquela noite — feliz por ver o irmão mais novo saindo com uma garota decente —, e Eliza, embora ainda não muito certa de não ser meio vulgar, sorriu, bateu palmas, dançou e aproveitou tudo. Ela estava muito corada e bonita. Parecia feliz, e — bem — o resto é história. Arthur levou Eliza para casa e deixou-a castamente à porta com nada mais que um beijo delicado na face. Ela estava tão aliviada por ele não ter tentado mais nada que decidiu que ele deveria ser o escolhido. Ela disse à sua mãe que ele era o primeiro rapaz com quem tinha realmente gostado de estar. E a sra. Battle repetiu: "É este!"

Arthur também sentiu-se aliviado com o fato de *ela* não ter tentado nada ou esperado que ele tentasse. O contato com a face dela tinha sido suave e prazeroso, e, ao contrário de Maudie, ela cheirava a limões — frescos e gostosos. Com o apoio de Nell, ele enfrentou a mãe. A sra. Smart disse que Nell não valia nem um tostão em matéria de critério, o que fez com que ela chorasse, e então Arthur ficou ainda mais determinado.

Eles se casaram. Eliza contrariou profundamente os Smart ao insistir que seu vestido fosse feito por uma mulher do subúrbio, não pela irmã de Arthur. E ela só permitiu que Molly fosse sua madrinha, e Nell, sua dama de honra. Havia uma leve implicância quanto a isso também, pois Molly ficara seis meses fora, na época em que o casamento aconteceu, e os Smart acharam isso deselegante. Mas Eliza havia lido numa revista especializada para noivas que, se sua dama de honra estivesse no núcleo familiar, isso seria um sinal de boa sorte. Ela tinha certeza de que isso era verdade. E queria filhos mais que tudo.

— Nada de bom vai sair daí — disse a sra. Smart.

Mas tudo acabou dando certo. A recepção do casamento foi o momento de glória da sra. Battle. Ela havia depenado galinhas e patos em quantidade suficiente para fazer sanduichinhos para um batalhão. A sra. Smart pensou: "Nada cai do céu por acaso. É preciso lutar por aquilo que queremos."

Nell e Dickie cuidaram da floricultura enquanto o sr. e a sra. Arthur Smart pegavam o trem da tarde, na Liverpool Road, para o seu longo fim de semana em Lowestoft. Ela e Arthur sentaram-se lado a lado, tirando os grãos de arroz um da roupa do outro e sendo observados benignamente pelos demais passageiros. Enquanto estavam ali sentados, as costas eretas, ocorreu a Eliza que, com exceção daquele no altar, Arthur ainda não lhe dera beijo algum. Certamente não nos lábios. Ela começou a temer o desenrolar da noite. O mistério de tudo seria revelado, foi como ela disse a si mesma. No dia do seu casamento, quando perguntou à mãe sobre *aquilo* — o que quer que *aquilo* quisesse dizer —, ela respondeu simplesmente para que ficasse tranquila, porque Arthur era um cavalheiro e um homem *gentil*, e que ele saberia o que fazer.

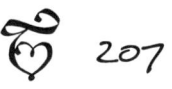

— E os bebês? — perguntou Eliza, esperançosamente.

— Eles virão quando tiverem que vir — disse sua mãe. E foi checar as caixas de salgadinhos.

Eles tinham reserva num bom hotel e, quando ela viu o edifício, com seu reboco pintado de amarelo-pastel e seus balcões de ferro artificialmente enferrujados, a nova sra. Smart ficou encantada. Tinha classe. As gaivotas voavam sobre suas cabeças, o ar tinha um cheiro agradável, e ela agora era uma senhora verdadeiramente casada. Ela desengachou o braço do braço do marido, ajeitou seu pequenino e caro chapéu azul-marinho, e eles entraram. Os sorridentes proprietários os saudaram com uma taça de vinho do Porto quando faltavam poucos minutos para as sete, e eles estavam um pouquinho atrasados para a ceia, por causa do trem. A ceia consistia em uma excelente porção do peixe local com batatas. Nenhum deles conseguiu comer muito, e passaram a maior parte do jantar tentando evitar os olhos um do outro. Quando os pratos foram retirados, os nervosos recém-casados foram levados para o quarto. Dava frente para o mar e tinha um banheiro só para eles e uma pia para lavar as mãos. Foi sentada nesse banheiro que Eliza Smart, nome de solteira Battle, passou grande parte da noite.

Ela não sabia o que esperar quando voltou do banho vestindo uma camisola de cetim de cor pêssego e deslizou para baixo das cobertas onde Arthur já se encontrava deitado. Ele vestia um pijama de algodão listrado; portanto, era literalmente como estar deitada na cama com seu pai. Então começou. Primeiro Arthur apagou a luz, e eles ficaram deitados como duas múmias por um pouco de tempo. Depois eles se viraram um para o outro e bateram com seus narizes na tentativa de se beijar. Aquilo fez com que rissem nervosamente e relaxassem um pouco. Arthur manteve os lábios fechados, pressionados contra os dela por uma eternidade, de tal forma que ela pensou que ia sufocar. Então ela abriu a boca, pôs a língua para fora e, sem nem pedir, começou a empurrá-la para dentro da boca fechada do marido. Muito gradualmente, ele foi abrindo seus lábios, e encostaram suas línguas, pois ambos haviam experimentado algo assim quando crianças numa brincadeira. Não era desagradável.

Eliza rolou mais firmemente para a frente do marido, gostando da sensação de formigamento nos seios e no sexo. Seu marido estendeu a mão e segurou a dela delicadamente sobre a curva dos ombros; ela estendeu a mão e, novamente — quase sem esperar —, descobriu-se sussurrando coisas sem sentido no ouvido dele. Então ele começou um movimento circular de esfregar-se contra ela, e alguma coisa que ela pensou que fosse a cordinha do seu pijama foi empurrada na direção abaixo do seu estômago. Ela abaixou a mão para tirar aquela coisa do caminho, e, ao encontrá-la (definitivamente não se tratava do nó do cordão do pijama...), os olhos de seu marido se abriram amplamente e fixaram-se nos dela com uma expressão que ela nunca tinha visto nele, mas que já tinha visto antes, apenas nos olhos de Harold Binns. Então, sem uma palavra, ele a virou de estômago para baixo e rolou para cima dela. Por um momento, ela pensou que o principal atributo de uma noite de núpcias era ser espremida. Então sentiu uma queimação em sua cavidade inferior e chorou. — Pare, pare! — Mas ele não parou. Ele não parecia saber como parar. Ela torceu o pescoço, e tudo que podia ver eram os olhos dele aproximando e afastando, então ela não aguentou mais e desmaiou.

Quando voltou a si, estava deitada de costas e com aquela umidade entre as pernas. Arthur também estava de bruços, e, pelas luzes da esplanada, ela pôde ver que seus olhos estavam abertos e que havia lágrimas escorrendo pelo seu rosto. Ela se esticou para tocar o braço dele atirado para fora, mas ele se afastou e não olhou para ela. Ele fez um barulho parecido com um soluço. Ela levantou-se vagarosamente e, sentindo-se muito fraca, arrastou-se até o banheiro. Quando esfregou a toalhinha entre as pernas e examinou-se, viu que estava coberta de sangue. Ela ouvira, em algum lugar, que as noivas perdiam sangue, então deveria ser isso. Que horrível! Ela se perguntava se poderia estar grávida.

Eles nunca mais se referiram àquela noite. Nem às lágrimas, nem à dor, nem ao choro de Eliza sentada no banheiro frio, nem ao rastejar de volta para a cama de madrugada quando Arthur já estava dormindo.

Eles não tentaram mais aquilo durante a lua de mel e falavam em voz alta, bem articulada, sobre o local, a paisagem e as ótimas refeições que estavam fazendo. Quando voltaram de trem para casa, ela deu uma última olhada para a cidade no vale, com suas casas iluminadas pelo sol, e sentiu uma tristeza terrível. Era como se houvesse herdado toda a maldade do mundo, pensou consigo. Dickie e Nell os cumprimentaram tão naturalmente como se eles fossem os mais sortudos recém-casados vivos, e eles entraram no jogo. Arthur até colocou seu braço nos ombros de Eliza, como se para dizer "Que belo casal formamos", e Nell estava ocupada demais preparando chá e conversando para notar as olheiras de Eliza.

Eles nunca mais se beijaram na cama novamente, apenas um beijinho na bochecha antes de se levantarem, e quando ela se demorava muito naquilo, Arthur recuava. Ela estava consciente de que esse fato era vergonhoso e igualmente consciente de que a vergonha era dela. Eliza, sozinha, enfrentou os constantes comentários de sua sogra sobre a falta de crianças e sobre como sua arrogância devia ser responsável por isso. Ela se sentia infeliz, culpada e fracassada. Sua única aliada, a cunhada Nell, estava organizando os próprios planos de casamento com Fred, e tudo que Eliza sabia era que eles *também* não haviam feito nada ainda. Fred, aparentemente, não daria ouvidos a alguma coisa do tipo, e Nell se indignava com esse pensamento. Eliza pediu desculpas. Não havia ninguém com quem conversar. Depois de um ano mais ou menos, quando perguntou a Molly — que estava prestes a dar à luz seu segundo bebê —, esta respondeu que devia ficar grata por Arthur deixá-la em paz. Até onde sabia, ela disse, se havia sangue, mesmo que fosse uma única vez, tinha cumprido com sua parte.

Arthur devotou-se à loja e, para distrair-se, continuou com as atividades de escoteiro. Ele agora era um líder respeitável que, como bem-sucedido homem de negócios e marido de uma esposa também respeitável, podia ocupar seu lugar no mundo. De modo que, com a loja, os escoteiros e o futebol, sobrava-lhe muito pouco tempo para ponderar sobre o que era, afinal, seu casamento. Eliza também descobriu coisas com que se ocupar, e eles aceitavam mais e mais serviços elegantes para hotéis e restaurantes afins. Apenas ocasionalmente ele olhava e surpreendia o olhar triste de sua esposa — um questionamento, um questionamento ferido, para o qual ele não tinha resposta. Quando Eliza se deitava na cama ao lado dele, se ela se virasse dormindo e um de seus seios ficasse exposto ou o tocasse, ou um braço ou um joelho o tocassem, ele se recolhia. Como Eliza, ele não disse nada a ninguém. E parecia grato pela paz.

Mas Eliza sentiu momentos de desejo extremo, queria aproximar-se, tocar o corpo do marido e ser abraçada por ele. Mas não era para ser. A sra. Smart continuava a rebaixá-la, humilhando-a sempre que ela falava sobre *almoço* ou os *negócios do papai*, ou ela e Artie ocupando um lugar de honra no jantar do Floral Men. Uma forma certeira de calar Eliza Battle era lembrá-la de que Dora, que se casara depois dela, agora tinha duas filhotinhas sapecas. E de que Cora estava pronta para dar à luz no Natal.

— Não há nada de errado com a minha família — dizia a sra. Smart, significativamente.

Oh, sim, aquilo tapava-lhe a boca na hora.

Então veio a guerra. Diversos eventos transformadores se sucederam para influenciar Eliza. O primeiro deles era que Arthur se registrara na Força Aérea e partira. O segundo era que o Fred da Nell se registrara no Exército e fora enviado para treinamento. Então, contraiu tuberculose e morreu em seis meses. E o terceiro fora a confissão de Nell a Eliza de que, da última vez em que vira seu marido, não muito antes de sua morte e apesar de ele estar muito doente, decidiram sair para um passeio pela mata, longe do sanatório. Era estritamente proibido caminhar com um paciente fora da propriedade, mesmo que ele fosse seu marido, mas eles não prestaram atenção. Eles se deitaram juntos nas samambaias e fizeram amor para ver se podiam ter um bebê. Três semanas depois, ele estava morto. E, com absoluta certeza, disse Nell, desde sua morte, ela não havia recebido o que chamava de "o sinal". Nem no mês seguinte, nem no próximo.

— Eu fico me perguntando como é que você conseguiu se manter tão animada — disse Eliza.

Arthur, pronto para voltar a seu esquadrão de treinamento, sugeriu que Nell deveria ajudar Eliza na loja durante aquele período. Eliza ficou satisfeita. Nell disse que iria, é claro, pensando que aquilo seria apenas por pouco tempo, e depois ela se instalaria em algum lugar adequado para ter seu bebê — afinal, ela receberia uma pensão de viúva de guerra e alguma coisa para a criança. Ela se mudou e, para uma viúva recente, estava bastante alegrinha, se não mais alguma coisa. Eliza era quem estava deprimida. Então, certa manhã, uma semana ou duas depois que Nell começara a ajudar na loja, seus sonhos se desvaneceram: ela estava sangrando.

O médico disse que era bastante normal que viúvas deixassem de menstruar e que ela não estivera grávida. Nell, perturbada, voltou e contou para Eliza, que se perguntou como é que o médico sabia se ela estivera ou não. Mas Nell não estava a fim de perguntas.

As mulheres trabalharam juntas pelos próximos dois anos, até que Nell recebeu um convite para trabalhar no Departamento dos Registros de Guerra. Alguma coisa mudara nela. Ela já não era mais aquela garota esperançosa, amorosa e inocente, mas uma pessoa extremamente prática, uma criatura quase desleixada, muito admirada, porém, não aceitava a aproximação de qualquer dos rapazes que a assediavam. Ela disse a Eliza que queria mais do que aquilo, e Eliza não a culpou.

Nell começou a lutar uma boa guerra. O pesar de viúva deu lugar ao projeto de viver para o momento — e viver para o momento incluía homens, embora ela tivesse imposto um limite para qualquer coisa abaixo da cintura, como dissera a Eliza. Eliza tentou demonstrar que sabia do que Nell estava falando. Nell usava as mesmas frases que estavam na boca do povo: "O mundo pode acabar amanhã..." Viva agora. Você estava morta há muito tempo...", "Seja feliz enquanto é possível..." E elas eram verdadeiras. As pessoas estavam sendo explodidas em pedacinhos, saíam de casa pela manhã e não voltavam mais ou voltavam para casa para descobrir que não havia mais casa e algumas vezes nem família. Tudo podia desaparecer em um piscar de olhos. Tudo?, pensou Eliza. O que era tudo?

Somente quando a sra. Smart foi a seu encontro, Nell assumiu uma postura humilde. Não por medo de sua mãe, como afirmou, mas porque a sra. Smart havia sido bombardeada duas vezes, e era uma delicadeza estar lá para atendê-la quando ela a visitava e fazer de conta que era boazinha. Ocorreu a Eliza que ela não tinha escolha na questão de ser ou não ser boazinha, mas começou a observar e a invejar Nell com seus olhos brilhantes e suas faces rosadas, e os presentinhos que algumas vezes chegavam à casa no intervalo das horas.

Então, quando Arthur voltou para casa, sua família deu uma pequena festa, e todas as crianças corriam pela sala rolando pelo carpete ou aconchegando-se nos braços das suas mães. Eliza sentiu uma súbita raiva crescendo em seu interior por todas as suas esperanças desfeitas. E pensou que, se não podia ter aquela coisa, ela teria a outra.

Ela perguntou a Nell se poderia ir para o oeste com ela e sua amiga Dolly do Escritório de Registros. Nell e Dolly convidaram-na para um drinque no Café Real, onde a banda Dança Combinada, de Dickie, estava tocando. Ela detestou o drinque e o despejou numa palmeira quando ninguém estava olhando, mas amou o lugar e a sensação de alegria sem compromisso. Não era necessário um drinque para sentir-se à vontade. Nell dançou, Dolly dançou, e, depois de uma pequena hesitação, Eliza dançou também. E, dessa vez, sentiu um tipo diferente de respiração quando o alto, estranho, cabeludo e sorridente, que lhe fora apresentado como Rodney, pressionou a mão atrás de sua cabeça e segurou-a fortemente contra seu corpo que se mexia. Ela passou de parceiro em parceiro de dança naquela noite. Doces palavras eram sussurradas, uma mão boba procurando a sua, apertando a coxa, e ninguém, nem mesmo Eliza, estava levando nada a sério. Ela se lançou pela noite até de madrugada, a face rosada de prazer, entoando as canções enquanto ela e Nell voltavam para casa. No escuro da noite, correu as mãos pelo próprio corpo, tentando imaginar como eles a teriam sentido. Esbelta, ela pensou, mas com curvinhas em todos os lugares certos, tal como um dos homens lhe havia sussurrado.

Seis meses mais tarde, Nell passou a sair com um excitante oficial ruivo do corpo médico do exército real chamado Gordon, e permitira — ela confessou a Eliza — que as coisas ultrapassassem a linha da cintura.

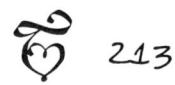

— E foi maravilhoso — disse ela com firmeza.
Mas, colocando seu dedo na boca de Eliza, pediu:
— Nem uma única palavra para a mamãe!
Então uma barbaridade aconteceu. Num de seus encontros, quando Nell estava com Gordon e Dolly, com um clarinetista, Gordon trouxera seu irmão Johnnie. Para Eliza. E ela foi imediatamente seduzida pelas suas piadas e brincadeiras, bem como pelos seus olhos negros, risonhos. Exatamente o oposto dos olhos de Arthur, sempre controladores e sombrios.

Johnnie era persistente. Ela o deixou abraçá-la um pouco mais de perto enquanto eles dançavam e, apesar de ela ter removido sua mão das áreas impróprias, fazia-o com intenso arrependimento. Johnnie disse que ela tinha pernas tão bonitas quanto as de Betty Grable.

— Na verdade — disse ele —, são melhores que as de Betty Grable. Sabe por quê?

— Por quê? — perguntou ela.

Ele a alcançou por baixo e puxou sua saia acima dos joelhos e disse:

— Porque estão aqui.

A sra. Smart não sabia de nada, naturalmente. Dickie não diria uma palavra sequer. Ele era o queridinho da mãe, o protegido, e queria manter o nariz fora daquilo. Arthur veio para casa numa folga e foi embora outra vez, e Eliza foi tomada por uma fúria violenta quando sua sogra começou com a ladainha: "Oh, querida, oh, querida — nada de bom ainda?" E tornou a repetir que aquilo não tinha nada a ver com o lado da família dela. Enquanto a velha ficou ali sentada, discorrendo sobre quão decepcionante era ter uma nora sem potencial para mãe, Eliza se rebelou, se levantou e correu impaciente em direção à cozinha. Pegando a chaleira, colocou água em sua xícara.

— Você não se importa, não é? — disse ela, desafiadora. — Há também homens que não têm potencial para pai. Homens fortes o suficiente para serem soldados. E uma guerra está acontecendo.

Depois ela voltou a se sentar.

A sra. Smart foi nocauteada, mas não deixaria por menos. Nenhuma filha de açougueiro de meia-tigela tiraria vantagem na sua própria cozinha.

— Um pouco de chá na água deverá aquecer um pouco o seu sangue, minha filha...

Eliza limitou-se a sorrir. Ela já havia decidido. Sentada ali, à mesa da cozinha, com sua sogra soltando fogo pelas ventas, ela sabia que deixaria Johnnie seguir o próprio rumo. Ela não pensava em mais nada, noite após noite. Ela teve certeza. A forma de aquecer a alma seria envolver-se com Johnnie.

Ela não contou a ele de imediato. Decidira que dessa vez ficaria no controle da situação. Ela cairia em seus braços e o deixaria beijá-la por inteiro, tal como ele dissera que desejaria fazer com ela, quando estivesse pronta. Havia, ela descobriu, algo doce na espera. Arthur estava longe, eles poderiam ter a cama de casal todinha para eles, e Nell daria cobertura. Estava tudo combinado. Talvez hoje, quem sabe amanhã — mas logo, com certeza. Mas, então, Johnnie foi morto num ataque aéreo...

Ela ficou chocada consigo mesma ao perceber que sentia mais decepção que tristeza. Nell lhe dissera que fora a guerra que a endurecera. Mas o efeito em Eliza foi de causar-lhe ataques nervosos. Ela passou a ter pesadelos, em que via a face mutilada de Johnnie, a qual subitamente se transformava na de Arthur. Começou a ter insônia, uma patologia comum durante a guerra, então parou de menstruar. Pelo menos ela sabia que não estava grávida. Aconselhada por Nell, foi ao médico. E o que o médico lhe disse, além de "coma alimentos ricos em ferro", o que era bastante difícil devido ao racionamento de carne, chocou-a profundamente:

— Sra. Smart — disse ele —, a senhora ainda é virgem.

— Virgem? — repetiu, então corou, com raiva e vergonha.

— Sra. Smart, seu hímen ainda está aí. Intacto...

Ele suspirou.

— A senhora e seu marido não estão fazendo o que deveriam. A senhora está tão inteira nesse sentido quanto estava no dia em que nasceu.

Ela olhou para o médico, tentando buscar sentido no que ele lhe dissera. Ele lhe lançou um sorriso tão triste que fez com que ela se sentisse pior do que qualquer outra palavra no mundo faria. Todos esses anos de casamento, e ela ainda era virgem?

— Mas havia sangue — disse ela. E ela disse ao médico que ele introduzira nela de verdade e — é verdade! — houvera sangue.

O doutor balançou a cabeça e lhe disse, tão disfarçadamente quanto possível, a verdade física. Ele também disse, em forma de piadinha, que, se seu marido não sabia o caminho certo de casa, ela deveria, talvez, desenhar-lhe um mapa de como chegar lá. Então, mais seriamente, ele disse:

— Isso não é coisa de pessoas normais, civilizadas.

Depois ele sorriu outra vez.

— Com exceção dos gregos, sra. Smart, e isso foi há muito tempo.

Alguma coisa começou a dar voltas na cabeça de Eliza. Alguma coisa já vista antes. Uma vez, entre os livros exóticos do escritório dos fundos do velho Collins: o close-up de uma incompreensível fotografia de corpos nus, nenhum dos quais se assemelhava ao dela, eram apenas corpos masculinos. A legenda da página dizia: "Nossos adoráveis Ganimedes gregos." Vistas uma segunda vez, eram ainda mais chocantes, agora escondidas no fundo da gaveta de meias de seu marido, lá estavam fotografias de rapazes nus em meio ao milharal, ao lado de uma árvore iluminada, deitados como que adormecidos entre as samambaias. Ela recolocou a revista ao local onde estava escondida, imaginando se aquilo estaria de alguma forma relacionado aos escoteiros.

Quando deixou o consultório médico, caminhou lentamente para casa, os punhos cerrados dentro dos bolsos, os sapatos se acabando sobre as irregularidades das ruas esburacadas. Os bombardeios estavam se intensificando — tudo poderia acontecer, tal como acontecera com Johnnie —, mas Eliza tinha a sensação de que ainda não vivera. O contraste entre ela e Nell era agudo demais para ser superado. Ela sentia uma profunda e dolorosa inveja do viço de Nell, enquanto ela própria murchava. Enquanto seguia o caminho de casa pelas ruas, decidiu que alguma coisa tinha de mudar.

O Gordon da Nell estava partindo para além-mar, e, por isso, eles se casaram. Arthur não pôde voltar para o casamento, e Eliza ficou satisfeita. Uns poucos colegas de Dickie vieram para o evento, e ela permitia que sua saia escapasse para cima dos joelhos enquanto batia o pé no ritmo da banda. Não passou despercebido à sra. Smart que

Eliza estava deixando a perna muito à mostra, e que isso atraía os rapazes. Isso tampouco escapou a Eliza. E quando reclamou do calor intenso, ainda que fosse o começo de outubro, ela permitiu que Tommy Wilkins a acompanhasse até o lado de fora. E permitiu que ele fizesse mais, não tanto quanto ela queria, mas o bastante para suavizar um pouco sua raiva; o suficiente para provar que ela, pelo menos, estava pegando fogo por todos os canais competentes.

Voltou com os olhos reluzentes e fumando um cigarro desafiadoramente; lançou um olhar atravessado para a sogra, que lhe devolveu o olhar. Outro vinho do Porto, e Eliza poderia ter dito algumas poucas e boas, mas, em vez disso, sentou-se, cruzando as pernas lascivamente, lançando a Tommy um olhar cheio de provocações. Então, quando a neve estava caindo, e o vazio do Natal fez com que ela chorasse, Eliza levou Tommy para a cama. E descobriu que um homem e uma mulher podiam encontrar prazer juntos e que não havia nada de desagradável nisso; nada para fazer um homem chorar ao se deitar a seu lado; mesmo que ela estivesse sangrando e que houvesse doído um pouco, não era nem remotamente parecido com sua noite de núpcias. Ela disse ao surpreso Tommy que talvez fosse sua menstruação. Aquela era sua verdadeira vergonha: que ainda fosse virgem. Bem, ela pensou no dia seguinte, já não era mais...

Tommy era comerciante de carvão, mas o que importava aquilo? O que importava é que se tratava de uma ocupação especial, portanto, ele não poderia ser convocado para a guerra e, para melhorar a situação, ainda conseguia uma hora ou duas de folga aqui e ali. Tudo transcorria com perfeição, e Eliza floresceu. Ela se sentia florescendo, tal como acontecera com Nell, pela atenção que recebia. Depois de algum tempo, Eliza aprendeu a sentir os próprios prazeres também. Sabia que sua família e seus amigos andavam se perguntando o porquê de sua súbita mudança, mas sentia-se livre de qualquer culpa, livre para ser indulgente consigo mesma. Ela não tinha qualquer outra intenção além daquela, pois já cumprira com todos os seus deveres de esposa.

Tommy saiu de casa e dirigiu-se a Hoxton, na primeira oportunidade, para se casar com a noiva Myra, que voltara de suas tarefas no campo, e não houve mágoas. De qualquer modo, não era uma boa ideia fazer cena. A sra. Smart não era tola e já havia comentado sobre como o corpo de Eliza estava mais arredondado em uma época em que, em razão do racionamento, a maior parte das pessoas estava apertando o cinto. Como um lembrete do que poderia vir a acontecer, Daff, a irmã mais nova de Arthur, voltou desgraçada para casa, grávida de um homem casado. Portanto, Eliza deu adeus a Tommy, manteve seu segredo e deu as boas-vindas ao marido que voltava da guerra. Ela possuía, como dizia para si mesma, todas as características de uma mulher respeitável. No seu coração, invejava Nell pelo bom casamento, sua adorável filha e seu arrojado e charmoso Gordon, que parecia tão garboso e se comportava de maneira tão atraente. Eliza se dava muito bem com ele, um oficial de classe.

Mas Eliza era uma esposa diferente, mais madura e independente. Ela empregou uma garota na loja — sobre o que não consultou Arthur. A fachada havia sido repintada e já não mais se lia "Arthur Smart" sobre a porta, mas simplesmente "Floricultura de Alta Classe dos Smart".

— Eu o desafio a dizer qualquer coisa — o olhar dela dizia. — Eu precisei da garota quando Nell saiu para tomar conta do seu bebê.

Ela o encarou de frente, e ele desviou o olhar.

A sra. Smart estava morando com Nell e sua filha no subúrbio e costumava dizer que tinha sido relegada às traças. Ela havia desenvolvido um afeto peculiar pelo bebê, Virgínia. Era como se, depois de todos os seus filhos, e todos os seus netos, ela houvesse subitamente descoberto como amar uma daquelas coisinhas. Ela fazia roupinhas para ela, punha laços em seus cabelos dourados e dizia-lhe que ela era uma belezura e a coisinha mais doce. Até mesmo Nell ficava surpresa, embora também adorasse sua filhotinha e sempre lhe desse o melhor.

O garboso oficial Gordon não se comportou bem por muito tempo. Ou Nell gastara todo o salário do marido em bobagens — essa era a versão dele —, ou ele havia gastado todo o salário bebendo e jogando entre oficiais baderneiros e pusera a culpa nela — o que era a versão de Nell. Qualquer que fosse a verdade, Gordon bateu nela e depois esfregou as contas na cara da sra. Smart quando esta protestou, comprovando a ela o quanto sua filha havia gastado. Uma chorosa

Nell negou tudo. Ele pediu desculpas à sra. Smart por ter batido em sua filha, mas disse que estava desesperado. Todos atribuíram a culpa da violência aos tormentos do retorno. A sra. Smart continuou a morar ali, pois o aluguel era conveniente, e ela não queria deixar a sua adorável neta. Então, quando a violência aflorou novamente, a sra. Smart levou consigo a pequena Virgínia para a casa de outra filha e transformou aquilo numa pequena aventura particular, enquanto Nell e Gordon se digladiavam. Ou Gordon se digladiava.

Quando o clima esfriou, ela levou a pequena Virgínia de volta para seu terceiro aniversário, e a vida seguiu mais ou menos tranquila. Por um ano ou dois, Gordon teve um bom emprego, a casa foi reformada e mobiliada, e Nell decidira, como contava a Eliza, deixar o passado para trás. Arthur estava de olho nas coisas. Eliza invejava-a por ter uma menininha, mas inveja-a ainda mais por ter um marido que colocava sua mão em volta de sua cintura e sorria olhando-a nos olhos de maneira especial. Tudo caminhava muito bem, digamos, até que Gordon ingeria um ou dois drinques, mas pelo menos caminhava.

A felicidade de Nell durou pouco. Então Gordon perdeu tudo novamente. Primeiro ele disse à sogra que ela precisaria sair de sua casa; a sra. Smart empinou o nariz e se foi. Então, quando Nell reclamou que nenhuma das contas havia sido paga, a luz estava para ser cortada, foi para o pub, voltou e bateu nela mais forte que nunca. Pior, ele ameaçara esbofetear a adorável Virgínia quando ela chorasse. Eliza contou a Arthur, e Arthur chamou o cunhado para conversar. Gordon mostrou-se educadamente frio, mas não estava disposto a se curvar:

— O que eu faço em minha casa — disse ele — não lhe diz respeito.

O que Nell contou a Eliza deixou-a, depois, com um misto de sentimentos. Ela estava grávida outra vez. Fora isso, de fato, o que fizera brotar nele aquela raiva. Outra boca para alimentar. Outro bebê para chorar. Eliza sentiu seu vazio ainda mais intenso. Mas era inútil. Toda vez que tentava tocar em seu marido — no braço ou na mão — ele congelava.

A família, ainda que dividida, juntou-se em torno dos problemas de Nell. Talvez Nellie precisasse humilhar-se um pouco. Ela sempre se sentira um nível acima... Seria bom se ela deixasse de se exibir por aí a respeito do marido oficial e de comprar carpetes por um valor irresponsável e começasse a agir de modo normal. Talvez assim ela deixasse de apanhar. E depois aconteceu aquele incidente com o vidro de aspirina. A pequena Virgínia nunca mais foi a mesma depois disso. Nellie podia dar nos nervos com suas maneiras orgulhosas, mas não merecia *aquilo*. Certamente não agora que ela entrara nos moldes da família.

Arthur levou a mãe e a esposa e foi conversar com Gordon a respeito. A sra. Smart ficaria por uma semana ou duas para manter a calma e ter certeza de que Virgínia estava bem. No trajeto, a sra. Smart comentou que, se Nellie pudera se ajustar à família outra vez, mesmo com um marido como Gordon, já estava na hora de Eliza seguir o exemplo. Arthur manteve os olhos fixos na estrada. Eliza pensou que o melhor seria não causar alvoroço. Porém, mais tarde, quando Nell lhe ofereceu um segundo gim-tônica, ela o aceitou. Enquanto a sra. Smart e Arthur conversavam sobre a situação com Gordon na sala da frente, Nell e Eliza sentaram-se nos fundos, bebendo gim e conversando.

Nell acendeu um cigarro e disse:

— Quando mamãe partir novamente, haverá mais olhos roxos.

— Sua mãe — disse Eliza, mas fez uma pausa. — Oh, esqueça, Nellie, você já tem o suficiente com que se preocupar.

— Eu gostaria de nunca ter começado isso — disse ela, dando uma palmadinha na barriga. — Se eu pudesse me livrar disso, eu o faria.

Eliza descobriu-se chorando. A vida não era fácil.

Nell disse:

— Não deixe que mamãe a perturbe a respeito de bebês — e deu outra palmadinha na barriga. — Eles não são tudo aquilo que se imagina deles e, bem, se acontecer, aconteceu...

Mas Eliza estava farta daquela situação. Nell, por outro lado, também; portanto, era mais fácil. Pelo menos tinha alguém a quem confidenciar. Não sobre fotografias, nem sobre detalhes da noite de núpcias, mas sobre a inabilidade de Arthur em desempenhar sua função. Eliza confessou ter tido "relações" — ela murmurou a palavra — com alguém, de tal forma que ela agora sabia o que era fazer sexo adequadamente.

— Eu gostei, Nellie — disse ela desafiadoramente.

— Bem, não é de espantar — disse Nell. — Só não deixe Arthur descobrir. Você não pode confiar que ele não vá bater em você. Não é muito legal, posso lhe dizer. — Ela acariciou sua face cheia de hematomas como exemplo.

— Tampouco é legal ouvir de um médico que você ainda é virgem depois de anos de casada.

Eliza também sabia ser ferina. Ela estava satisfeita que o gim tivesse soltado sua língua. Era como se, ao contar para Nellie, um grande peso saísse de cima dela.

Nell olhou para ela, perplexa.

— Você quer dizer que nunca... — Seu queixo caiu.

— Nunca — disse Eliza, firmemente.

— Nem mesmo na lua de mel?

— Nunca.

— Bem — disse Nell —, isso cala a boca de todo mundo.

— Eu só não acho que posso continuar aguentando as alfinetadas de sua mãe — disse Eliza.

Nell, ainda disposta, apesar dos olhos inchados e das manchas roxas, acendeu outro dos seus *proibidos* — que costumavam ser da marca Senior Service ou Capstan — colocado numa piteira de casco de tartaruga, e disse:

— E você não deve aguentar mesmo. Por que você simplesmente não conta a ela? Ela precisa saber que não é culpa sua, mas de Arthur, seu filho queridinho.

Até mesmo Arthur, que fora seu irmãozinho precioso, não escapava agora de seu escárnio, depois de lhe ter dado um sermão que dizia "Você se deitou na cama, Nellie, agora aguente a fama." Ela não se incomodava de dizer que a cama havia quebrado, e ela agora dormia ao relento.

— Não posso — disse Eliza com sofrimento. — Arthur nunca falaria comigo novamente. A única razão de termos uma cama de casal é para evitar os comentários de sua mãe. Arthur jamais me perdoaria.

— Bem, não haverá bebês enquanto você não o obrigar a desempenhar seu papel — disse Nell. — Você vai ter de se empenhar mais.

E foi o que Eliza fez. Enrolou os cabelos, passou a cantar enquanto se movimentava pela loja e pela casa e ficou dócil novamente, submetendo-se a ele. Ela fez o que pôde para agradá-lo. Como Eliza havia aprendido uma coisa ou duas com Tommy, estava pronta a aplicá-las com Arthur. Ela sabia, por exemplo, que o banho podia ajudá-los a entrar no clima. Que você pode começar pela aparente inocência de ensaboar as costas dele e depois perder o sabonete, e então, e então... Ela tentou isso, para a perplexidade do seu marido. Mas foi mais esperta dessa vez. Ela recuou, mantendo com bom humor a mais completa distância, pelo resto do dia. Como um animal, seus pelos eriçados voltaram ao normal. Mas ela havia aprendido, por meio do sabonete escorregadio, que até mesmo um marido enojado, se manipulado da maneira correta, poderia vir a arranhar. Ele devia estar horrorizado, aquele seu marido, mas o resto dele — o sexo sob as bolhas de sabão — não parecia ter desgostado tanto assim. Fora uma lição útil. E mesmo não tocando nela na cama ainda, ele passou a ser um pouco mais carinhoso. Oferecia-lhe o braço quando desciam a rua e deixava-a pentear-lhe os cabelos de um modo novo, divertido. Essas pequeninas demonstrações de carinho humano fizeram com que Eliza desejasse mais.

Pelo menos Arthur estava deixando sua personalidade simplória para trás, graças a ela. Ele também gostava de um pouco de elegância, e sua casa em cima da loja se tornara um exemplo disso. Exibia a última palavra em fogão, uma moderna sala de jantar, além de tapetes maiores e mais apropriados, com longas franjas (comprados de Nellie, na época de tormenta). Ela gostava de mostrar quanto progredira na vida. Enquanto Nell amamentava seu bebê na nova cozinha estilo *clean*, Eliza corria o dedo sobre seu imaculado refrigerador bege e mostrava os ajustes do novo fogão. Mas ainda não era o suficiente.

— Você pode ficar com esta — disse Nell, quase séria. — Nós encontramos Virgínia levando-a para o "chiqueirinho" outro dia. Ela disse que era porque nenhum de nós a queria de fato. As crianças percebem tudo; mamãe nem sequer gosta de segurá-la no colo. Diz que vem tendo problema desde que Dilys chegou. — E acrescentou, brincando: — Não quer mesmo ficar com ela?

Mas aquilo não era o que Eliza queria. Ela queria o próprio bebê.

Então, no Festival da Inglaterra, ao qual foram Cora e as filhas de Nell, Eliza reencontrou Tommy Wilkins. Com sua esposa cansada e deselegante, e seus três meninos. Ele parecia, pensou Eliza, o mesmo rapaz de antes. E, enquanto os dois esperavam na fila para apanhar o chá, uma sinalização foi feita. E dessa vez não houve vacilo. Quando Arthur ia à reunião dos escoteiros, Tommy a visitava, ou eles se encontravam em algum outro lugar. Quando Arthur partia para o acampamento dos escoteiros, eles se encontravam todas as noites. A sra. Wilkins, esgotada pelos três filhos, ia para a cama às oito e meia da noite, exausta. Eliza e Tommy recuperavam o tempo perdido. Ela, que vinha se sentindo velha e murcha, floresceu novamente. Tommy, deitado a seu lado, correndo as mãos e os olhos sobre o próprio corpo, disse-lhe que ela poderia fazer muito mais se não tivesse filhos, que crianças eram o fim de uma mulher.

O temperamento de Arthur melhorou em relação à esposa. Se ela estava feliz, ele também podia estar. Então, o impensável aconteceu: como que para calar a boca de sua sogra, Eliza engravidou. Ela não recebeu a visita mensal da mãe natureza e não se dera conta disso até uns dias depois, quando Tommy veio passar a noite e começou a apertar e a sugar os seus seios. Ela quase enlouqueceu no quarto de tanta dor. Tommy olhou para ela e se deu conta na hora.

— Você, minha cabritinha, está prenha. — Ela fixou os olhos nele. Ele deitou a mão muito gentilmente e apertou de leve o bico do seio dela. Doía muito ao ser tocado, e ela recuou. — E eu deveria ter desconfiado — Ele suspirou.

Uma parte dela estava eufórica, a outra afundava em medo. Tudo nela queria o bebê. Tommy sugeriu um aborto; sua esposa fizera um, então ele sabia quanto custava e aonde ir. Mas Eliza se crucificaria se fosse. Ela queria esse bebê e decidiu tê-lo. Mas Tommy era um mero comerciante de carvão, com apenas um vagão de suprimentos e vinte e cinco libras de salário semanal. Um entregador de meia-tigela, era isso que era. Eliza estava acostumada a ter boas coisas, boas roupas, boas mobílias — um lugar decente no mundo. Se deixasse Arthur, ficaria pobre. Ela também seria a mãe de uma criança ilegítima se o divórcio de Tommy não se concretizasse. Não valia nem a pena pensar naquelas coisas. Apenas o bebê contava. E ela queria o melhor para ele.

As filhas de Nell, da última vez em que ficara com elas à noite, vestiam malhas e roupas íntimas que você não colocaria nem em um espantalho. Ela não arriscaria aquilo. Mas o fato em questão é que Arthur não poderia ser o pai.

Subitamente, ela ficou com medo. Arthur tinha um código de moral rígido e era de algum respeito naquela parte de Londres. Ela poderia se divorciar e ficar na rua, sem ter para onde ir. Ela passou o dedo pela seda da sua roupa, enquanto a dobrava, passou as mãos sobre o piano da sala de estar, viu seus maravilhosos cabelos dançarem como num filme após a arte de um cabeleireiro e, em especial, lembrou-se de como seus vizinhos e colegas de negócios a tratavam com respeito. Ela não podia e não iria desperdiçar tudo aquilo.

— Tommy — disse ela —, sem mágoas.

— É meu, não é?

— Não — disse ela com firmeza. — É meu.

Ela se confidenciou com Nell novamente. Nell estava deprimida, porque estava vivendo de uns trocados recebidos numa fábrica, quase nada de sua beleza havia restado, a voz rouca de cansaço, Gordon havia sido suspenso de seu emprego e estava sendo investigado por apropriação indébita, e a sra. Smart morava nos dois melhores cômodos da frente da casa, numa aura de justa desaprovação, saindo nos fins de semana para visitar uma classe melhor de parentes e fechando as portas atrás de si.

— Imagine — disse Nell —, fechando as portas da minha casa e pagando apenas dez libras de aluguel por semana. E ela não admite o bebê lá. Apenas Virgininha. Ela age como se fosse o Palácio de Buckingham.

Foi uma boa surpresa para ela receber as novidades de Eliza.

— Vá em frente — disse Nell. — Faça o seu melhor e você terá o que deseja. Ou algum idiota vai pegar o que é seu.

— Mas Arthur vai saber que não é dele. Ele nunca se aproxima de mim.

— Obrigue-o.

— Já tentei.

— Então faça com que ele fique bêbado.

— Mas você sempre disse que Gordon falhava quando estava bêbado.

— Vamos deixar meu marido bígamo fora dessa questão — disse Nell.

— Oh, Nellie, sinto muito.

— Não sinta — disse Nell. — De qualquer modo, ele estará atrás das grades logo, e isso será o fim de tudo.

— Você vai contar às crianças?

— Bom Deus, não! Mas acho que Virgininha já suspeita de alguma coisa. Ela é muito esperta. E algumas noites ele volta para casa gritando coisas estranhas. — Ela suspirou. — Mas ele partirá logo.

Ela passou os dedos pelos cabelos agora grisalhos, e Liza viu uma linha de manchas roxas em seu braço. Ela se arrepiou. Pelo menos Arthur era gentil.

— De qualquer modo, antes de a bebida tê-lo arruinado de fato, a medida certa, o mantinha funcionando bem. Mas não deixe que ele beba além da conta, pois vai acabar desmaiando quando deveria dar no couro. — Ela sorriu desagradavelmente. — É um delicado equilíbrio entre um bêbado alegre e um velho violento e perturbado.

— Bem — disse Eliza —, é isso então. Porque ele não bebe. Exceto uma cerveja, ocasionalmente. Nenhuma bebida forte. Ele gosta de se manter na linha.

Nell riu.

— Na linha para quê?

Eliza manteve a boca calada.

— Bem, esqueça, você sempre pode dar a ele uma dose daquela coisa russa com suco laranja.

— Que coisa russa?

— É tiro e queda. Vodca. Você quase não sente o gosto, aparentemente. De quanto tempo você está grávida?

— Faltam duas semanas para dois meses.

— Melhor você começar a mexer seus pauzinhos. Planeje para o Natal, quando a mamãe estiver com vocês. Ele não vai ter coragem de sair correndo, gritando, enquanto ela está no quarto ao lado. Você pode dizer que foi prematuro. Como Dilly.

— Pobre pequena Dilly — disse Eliza.

— Uma pena ela ter nascido — disse Nell sem qualquer emoção.

Eliza decidiu que o dia seguinte ao Natal seria o melhor, mais descontraído.

E vestiu-se com apuro, de modo que até mesmo sua sogra disse que ela estava muito bem. Arthur enlaçou seu ombro sobre o sofá para uma fotografia, e ela sabia que aquilo era o máximo de aproximação de que ele seria capaz. Na noite seguinte à do Natal, quando todos estavam cansados, e a sra. Smart disse que ia se deitar às nove, Eliza preparou um coquetel de gengibre para ela e Arthur tomarem na frente da lareira, — sabe-se que o gengibre potencializa o poder do álcool. E funcionou. Ambos começaram a ficar descontraídos, a soltar risadinhas, e ela, de alguma forma, conseguiu fazê-lo subir as escadas, tirou-lhe a roupa e fez cócegas em suas costelas sob os cobertores, alertando-o para não rir ou acabaria por acordar sua mãe. Eles ficaram como crianças rolando para lá e para cá, sufocando suas risadas, e Eliza certificou-se de que, a todo instante, como se por acidente, ela tocasse o que sabia que tinha de tocar. Funcionou. Ele veio para cima dela, e, assim que isso aconteceu, ela o colocou para dentro de si — rápida como um coelho, e agora que sabia o que fazer, não havia dificuldade com o resto.

Por um momento apenas, ela olhou nos olhos abertos e confusos de Arthur, então ele os fechou, gemeu e teve um estremecimento. Mas estava feito. Ela deixou que ele rolasse para o lado, mas, antes que permitisse que ele adormecesse, ela sussurrou nos ouvidos dele que tinha sido uma *delícia*... Simplesmente *delícia*... E não disse mais nada mesmo. Arthur saiu pela manhã e, quando voltou, era como se nada houvesse acontecido entre eles. Eliza ficara bastante contente.

— Bem, eu já estava cansada de esperar — disse a sra. Smart. — Então quer dizer está feito, finalmente!

Eles abriram um vinho do Porto para brindar a notícia, e a sra. Smart quebrou sua norma e tomou um pouco também. Até mesmo Arthur foi persuadido então, quando disse às poucas pessoas de sua família reunidas em torno da mesa que ele nunca bebia algo muito forte.

— Você devia experimentar, Arthur — disse Eliza, sorrindo. — Acho que é bastante viril num homem.

Nell, que ria muito pouco hoje em dia, afundou debaixo da mesa para recuperar seu guardanapo de papel e não voltou por um bom tempo. Ao voltar, piscou para Eliza e sorriu:

— Bem, não é bacana? — disse ela, erguendo sua taça. — Outro bebê a caminho.

Arthur parecia satisfeito.

— Vai ser um menino — disse ele.

Obviamente ele já estava planejando o futebol e as viagens ao acampamento.

— Bem, aqui vai — erguendo a taça —, ao primeiro de muitos! — disse a sra. Smart.

Eliza manteve o silêncio.

Uma menina nasceu no início de agosto, e ninguém teve ideia de fazer a conta das datas, especialmente Arthur, que ficara total e completamente enlevado ao segurar a criança em seus braços. Ela tinha um rosto pequenino e redondo, um nariz grande para um bebê e cabelos fartos. Os cabelos, ela puxara da mãe, e o rosto, como Eliza sussurrou para Nell, não se parecia em nada com o do pai. Isso não impediu a sra. Smart de ver a própria família brilhando como um farol.

— A cara do Arthur — disse ela no batizado. — E da próxima vez será um menino, do que ele gostaria, tenho certeza. — Ela fixou seus olhos de lagarto em Eliza.

Eliza sorriu docemente.

E toda a honra foi salva.

O que os olhos não veem o coração não sente, pensou. E de qualquer maneira ela era muito mais esclarecida nos dias atuais e agora sabia o que significavam as revistas entre os papéis particulares no fundo da gaveta de seu marido.

Tommy morreu em 1976 de cirrose e complicações. Os Smart foram visitá-lo no Rei Alfredo — por sugestão de Eliza —, e não foi uma cena nada agradável de ser vista. Quando deixaram o hospital, Eliza colocou os braços em torno do marido e pensou que uma respeitável mulher de sua idade podia deixar para trás todo aquele tipo de coisas. Ela se saíra bem e tinha uma adorável filha moça, que Arthur idolatrava. Ela enganchou sua mão mais firmemente na curva do braço do marido. Com seu elegante casaco de *tweed* e seus sapatos de domingo, ele era Smart de nome e Smart, isto é, esperto, por natureza. E, ao contrário de Tommy, Arthur nunca tocou no assunto... Eles se toleravam muito bem.

Subindo as escadas, ali estavam Myra Wilkins e dois de seus filhos. Que bom que Alison não está aqui, pensou Eliza, pois a similaridade entre a filha dela e seus meio-irmãos era quase chocante. Myra ainda morava num conjunto habitacional. Eliza estremeceu e pensou que poderia ter sido ela. Eles pararam nos degraus para uma pequena troca de palavras, duas mulheres se confortando enquanto Arthur ficava ao lado parecendo um pouco sem graça. Tommy estava prestes a partir, como disse Myra. Não havia nada que pudessem fazer. Portanto, ela o estava aguentando com meia garrafa de uísque, que ele havia pedido, e ela se perguntou o que Eliza achava disso. Se os médicos descobrissem... Eliza disse que não via mal algum nisso. Por que ele não deveria ter um pouco daquilo que gostava? Certamente, isso o faria sentir-se melhor.

— Ele já está tão mal que nada pode piorar sua situação. — Myra fungou.

Quando tudo terminou para Tommy, Eliza, que não trabalhava mais na loja, entrou lá pessoalmente e preparou-lhe uma linda coroa de flores. Era o mínimo que poderia fazer, decidiu. Arthur estava um pouco surpreso diante da generosidade do gesto, mas, como Eliza explicou a ele, se não fosse pelo carvoeiro Tommy, só Deus sabe como ela se teria mantido aquecida depois da guerra.

Com a morte de Nell, minha mãe, morreu também o segredo da vida sexual de Eliza. Até o dia em que fui à sua casa em Lichfield, encontrei-a e pedi que mentisse por mim. E, se ainda restasse alguma dúvida quanto à teoria de que a idade debilita a memória recente, trazendo à tona a memória antiga, a história contada por minha senhora titia Liza batia o martelo. Ela tinha, obviamente, esperado muito tempo para se abrir com alguém.

— Eu me sinto melhor por ter lhe contado tudo aquilo — disse ela. E, colocando suas mãos sobre os joelhos, ela olhou firmemente nos meus olhos e disse:

— Mentir por você, querida? Eu sou *expert* nisso! — Portanto, contei a ela o que havia feito e o que ela teria de fazer. Ela não disse muita coisa, apenas balançou a cabeça e concordou.

— Sim, sim — disse ela, com neutralidade. — Você é a filha de Nellie, afinal de contas. Família é família. Se não pudermos contar com nossa família... Como vai aquela sua irmã enjoadinha?

— Impossível! — eu disse.

— Ah, bem, ela presenciou algumas cenas, aquela pequena

— Não sei nada a respeito disso.

— Eu deixaria o passado quieto.

— Ela não abriria a boca, de qualquer jeito.

— A gente fala sobre tudo quando fica mais velha. Olhe para mim. Ela sorriu com aqueles velhos olhos vagos.

— Foi muito bom dividir todo esse peso com você — disse ela. — Mantenha-se calada a meu respeito, e eu ficarei calada a seu respeito... — Ela se levantou. — Embora eu ache que você é uma louca.

Ela me mostrou a saída e postou-se em sua pequena entrada, seus olhos miudinhos piscando sob o sol brilhante do entardecer, então colocou uma mão sobre meu braço.

— Um salário de vinte e cinco libras por semana — disse ela. — Eu não poderia aguentar.

— Não se a senhora não o amava o suficiente.

— Amava? — disse ela, apertando meu braço. — Amava? Você sabe onde Myra Wilkins acabou?

Balancei a cabeça.

— Numa casa imunda em Lewisham. Fui vê-la uma vez. "Tire-me daqui", foi o que ela disse. É claro que não pude.

— Os meninos não a visitam?

— Não — respondeu ela. — Um está na Austrália, o outro é um bêbado, e o terceiro ninguém sabe.... Nunca voltei lá para vê-la. Portanto, veja você, eu estava certa. No final, você precisa mesmo é de sua família.

Ela passou o dedo por minha jaqueta, depois a esfregou com a palma da mão. Por um momento, ela era a minha velha e esnobe tia Eliza novamente.

— Boa qualidade — disse ela. — Quem esperaria isso de uma coisinha encardida como você?

Eu a beijei e me encaminhei para o carro.

— Não cometa nenhum erro — disse ela, enquanto acenava. — Tudo vale a pena. Comporte-se.

Então ela cruzou os dedos sobre a boca.

— Palavra de mãe! — disse ela e entrou.

15
Não É Hora Para Brincadeira...

Quando terminei de lhe contar a história toda, Matthew ainda permaneceu quieto, deitado sobre uma pilha de travesseiros, as mãos atrás da cabeça. Eu estava a seu lado na cama, em posição fetal, abraçada a ele para me aconchegar melhor. A sensação era de que uma nuvem fria e gigante havia passado por mim.

— Vocês, mulheres, são surpreendentes — disse ele. — Não apenas pelo que conseguem fazer com seus corpos, mas pela maneira como ele orienta suas mentes. Um homem não teria a metade dessa esperteza. — Ele riu. — Graças a Deus nunca tive filhos. Que peça brilhante de teatro!

— Real o bastante — respondi. — Chocante, na verdade. Algumas famílias guardam pequeninos e delicados segredos em suas gavetas, enquanto outras têm um armário inteiro deles.

Eu nem sequer acrescentei que estava prestes a adicionar outra história ao ciclo interminável de traições e equívocos da família. Seria muito deprimente. Eu ainda tentava digerir a história de meu pai e minha mãe, de minha irmã e a minha própria. Seria como se eu estivesse vivendo num rascunho e agora houvesse descoberto a pintura a óleo. Coloquei tudo de lado para lidar com aquilo depois. Sempre que estava com Matthew não havia espaço para mais nada. Nem mesmo a ideia curiosa de uma irmã tentando enfiar a outra num chiqueirinho.

— Vocês são muito pragmáticas — disse Matthew, analisando tudo. — E realistas.

— Suponho que sejamos. Depois que ela terminou de me contar tudo, soltou uma risadinha cética e disse: " Bem, você terá que conviver com isso. Além do mais, o que eu teria feito com o salário de um carvoeiro de vinte e cinco libras por semana?" — E isso foi tudo.

— Pobre coitado — disse Matthew distraidamente.
— Quem? — disse indignada. — Minha tia?
— Sua tia não! — ele disse, igualmente indignado, e sentou-se. — Seu tio. Imagine ser gay e não ser capaz de assumir isso.

Por um momento, fiquei perplexa. Tudo que eu via era o sofrimento dela, sua falta de escolha. Não o dele, que, por mais difícil que fosse, tivera escolha.

— Mas ele nunca devia ter se casado, sabendo o que sabia....
— Ah, mas será que ele sabia? Tive colegas de 16 e 17 anos, lá no Centro Comunitário, que não tinham a menor ideia do que estava errado com eles, e o caso dele foi há sessenta anos.
— Bem, ele devia ter desconfiado que ficar excitado vendo fotografias de rapazes nus não era exatamente algo natural.
— Ele provavelmente pensou que se casando estaria *curado*. Essa é outra fantasia que existe ainda hoje. De qualquer modo, tudo terminou bem. As mulheres são excelentes manipuladoras.

Eu dei um basta:
— Essa não é uma coisa muito bonita de se dizer.
— O quê?
— Que somos manipuladoras.
— Reclame do gênero na linguagem. — Ele riu. — Boas para colocar ordem no barraco? O que há de errado nisso? Não tenho muita certeza se ainda quero continuar envolvido com você, não com o sangue de sua tia fluindo em suas veias...
— Ela não tem o meu sangue, foi casada com meu tio — eu disse e tentei rir com ele. Mas o frio deixado pela nuvem ainda permanecia. Eu havia atravessado o cristal transparente da vida de alguém, uma vida que, a princípio, parecia absolutamente enfadonha e correta de um lado do espelho, mas que não era absolutamente assim do outro. Tal como a minha vida parecera, uma vez.
— Deixe disso — ele disse. — Vamos comer.
— Quem é o pragmático agora? Eu me pergunto...

Enquanto Matthew tomava banho, telefonei para Francis. Havia alguma coisa muito reconfortante no som de sua voz. Algo que, por um instante, transformava tudo em coisas comuns e honestas.

— E então, como foi? — perguntou ele.
— Ah, tudo bem. Ela concordou em vir.
— Estou ansioso para conhecê-la, finalmente. Você parece um pouco cansada.

— Foi um longo dia. Ela decidiu abrir-se comigo e conversamos por horas. Foi realmente muito cansativo.

— Segredos guardados?

Pensei em quão intuitivos nos tornáramos ao longo dos anos.

— A sete chaves — respondi.

— Todos nós temos.

As palavras ficaram penduradas ali, enquanto meu coração começava a bater um pouco mais apressado que o confortável.

— Temos? — eu disse casualmente.

Francis riu.

— Eu mostrarei os meus a você, se você me mostrar os seus.

— Cuidado — eu disse com suavidade.

Mas eu sabia que ele não tinha nenhum. Pelo menos não de maneira muito significativa. Ele pensava o mesmo a meu respeito. Ele disse isso de cima da mais absoluta confiança. (Culpa voltando outra vez.) Mas também uma sensação de intimidade. Subitamente tive vontade de conversar.

— Cinco minutos, então? — Eu ri.

Contei a ele o máximo que pude da história (sobre a possibilidade de meu tio ser gay e de como ela levara sua vida adiante), economizando os detalhes de como Liza acabara lidando com aquilo. A melhor coisa a respeito de estar casada com alguém envolvido com a lei é que ele já viu e ouviu quase tudo. Se eu tivesse dito a Francis que titia Liza gostava de decepar humanos, ele teria demonstrado alguma surpresa, mas seu coração não pararia por causa disso.

Ao final da história, ele disse:

— Vocês, mulheres, são pragmáticas; nós, os pobres incompetentes, é que somos os românticos.

— Isso é exatamente o que Ma... — cheguei muito perto de dizer.

— Exatamente o quê? — perguntou Francis.

Eu realmente queria dizer o nome de Matthew para Francis. Eu queria dizer, de fato, "isso é exatamente o que Matthew disse", porque era extraordinário; as similaridades entre ambos diminuíam a culpa, imagino.

O chuveiro parou, a válvula de descarga foi acionada, e bocejei outra vez.

— Minha tia — disse eu, atenta novamente. — Foi isso que eu disse.

O que não deixava de ser em parte verdade.

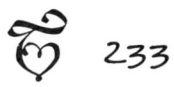

— Eu me pergunto por que ela teria escolhido este momento para contar essas coisas a você — disse ele. — Vocês já estavam se vendo há algum tempo.

— Devem ser os efeitos da morte de Cora, suponho. (Como é que eu podia ter esquecido que a conhecia bastante bem?!) — E também — eu disse depressa — ela me admira. Ela é tão esnobe que pensa que sou aquela que deu certo na família por ter me casado com um advogado tão bem-sucedido.

— Isso é verdade — disse ele, com certo humor.

A porta do banheiro se abriu.

Matthew entrou no quarto, nu e molhado.

— Falo com você amanhã — eu disse, e desliguei o telefone.

A culpa desapareceu, o sangue pulsou nas minhas veias, e isso era tudo que importava.

Pela manhã, enquanto guardávamos tudo, Matthew disse achar que eu fora bem inteligente em persuadir minha tia para que não *colocasse a boca no trombone*. Eu estava prestes a me felicitar por isso, quando detectei um desanimador cheiro de repreensão na forma como ele dissera isso. E lá estava ele.

— Mas, depois do funeral, você terá que se resolver. Não *se*, mas *quando*. Nós estamos simplesmente perdendo um tempo precioso. Estou de saco cheio desses subterfúgios.

— Eu também não estou satisfeita com isso — concordei.

— Não? — perguntou ele afiadamente.

— Não! — eu disse.

Sua expressão sugeria "quer enganar quem?", mas tudo que ele disse foi:

— Então não adie as coisas. Por que você está adiando?

Isso me fez lembrar dos tempos antigos de moças e moços, quando Evelyn Home tinha uma página sobre relacionamentos na revista *Mulher*. Moralmente, tudo era tão simples. Quando ele me pressionasse e dissesse "Se me amasse, você o faria...", Evelyn daria o conselho de se livrar desse homem. Você devia dar as costas e ir embora. Porque, se ele a amasse, ele a respeitaria; se ele a amasse, esperaria sem reclamar, enquanto você estivesse casada, para resolver as coisas. Era o que Evelyn diria. Agora, a versão de Matthew era de que o mundo estava de cabeça para baixo. O tradicional papel feminino cedera lugar a uma variante pós-moderna masculina. Ele estava dizendo: "Se você me amasse, pararia de transar comigo em segredo e legitimaria nosso relacionamento." O que teria acontecido com os homens sacanas que gostavam de usar as mulheres? Eu acabara nos braços de um homem que queria todas as coisas certinhas, quando tudo de que eu precisava era do arquétipo de um macho. Não era de estranhar que os homens fossem confusos. Eu era, com certeza.

Por fim, concordamos que eu deveria me concentrar em passar impune pelo funeral de Cora, enquanto ele planejava tudo e fazia os arranjos necessários para a viagem. Parecia uma troca razoável. Eu estava excitada diante da perspectiva da surpresa, parecia legal não viajar com tudo organizadinho. Francis gostava de sentar-se e examinar os guias, mapas e informativos e de falar a respeito do que deixaria, ou não, nós dois felizes, de sorte que, aonde quer que fôssemos, estaríamos sempre preparados. Até aquele momento eu sempre gostara disso. Agora, ouvindo Matthew e o modo como ele gostava de viajar, o meu parecia um método bastante burocrático e fora de moda. Eu estava ansiosa para tomar logo o avião e voar para longe.

Olhei para Matthew. Ele devolveu o sorriso, autoconfiante. O sorriso de alguém que não hesitava em peitar o mundo. Não havia subterfúgios nele. Ele tinha um rosto tão honesto e aberto como uma flor nova e viçosa.

— Você não podia ser um pouquinho parecido com Tommy Wilkins? — perguntei.

Ele entendeu mal. Os olhos dele se abriram com absoluta incredulidade.

— Você quer um filho? — perguntou.

Neguei com a cabeça, tomada por uma grande dor, pensando em meus filhos, minhas netas, suas vidas.

— Índia? — disse ele, fazendo-me voltar a mim.

Concordei. Ele era minha felicidade, tanto quanto eu era a sua. Era um caminho sem volta. Eu teria de contar a Francis. Se não fora fácil ir a Lichfield por uma noite, certamente não seria ir à Índia. E eu queria ir com ele mais do que sabia ser possível querer alguma coisa. Eu sabia que era possível querer alguma coisa. Francis precisava saber. Mas ainda não. Com a história imediatamente mais premente de um funeral e de uma tia por enterrar, naquele honroso "momento avestruz", cuidadosamente enterrei minha cabeça na areia grosseira da procrastinação.

16

Alison no País das Maravilhas

Quando fui buscá-la na estação, titia Liza disse que, se as coisas ficassem difíceis com Francis, ela simplesmente faria de conta que era uma velha senhora senil.

— O que eu, mais ou menos, sou, querida!

Ela então me perguntou se haveria algum homem solteiro na cerimônia.

— Um homem decente — acrescentou ela —, distinto.

Respondi que achava que não.

— Uma pena! — disse ela. — Eu acabo atraindo só traste!

Somos um bando de jogadoras, pensei. Oitenta e poucos anos e ainda disposta a jogar. Muito embora parte de mim tivesse uma súbita ansiedade por um momento em que poderia estar além daquelas urgências. Uma terra muito distante, isso era o que parecia ser no momento. Eu estava ali há poucos dias sem ir a Paddington e já sentia falta dele.

Afivelei o cinto de segurança dela e partimos.

Ela olhava em volta, à medida que caíamos na estrada.

— Leve-me por Park Lane. Gosto daquele trajeto. — Ela se recostou. — Este é um bom carro — disse ela. — E caro.

Rodamos por algum tempo, enquanto ela exclamava sobre isso e aquilo — as mudanças, as coisas que continuavam as mesmas, as lembranças:

— Bem, *este* era o pub, e *aquela* era a loja de roupas aonde sua mãe e eu costumávamos ir; está tudo iluminado agora. Oh, sua mãe! Se pelo menos ela fosse sensível!

Então, lá estava ela, de volta à antiga forma. Alguma coisa relacionada com o fato de trazê-la de volta às suas origens, imagino. Bem, eu podia entrar no jogo. Ofereci-me para parar em Dorchester e pagar-lhe um almoço.

— Levei minha mãe ali — eu disse — quando completou 60 anos. Ela se sentiu muito à vontade.

Minha tia levantou uma sobrancelha e franziu os lábios.

— Melhor irmos para casa — disse ela.

Pensei tê-la ouvido soar um pouco aborrecida, mas talvez fosse só impressão.

Era inevitável estar à beira de um ataque de nervos ao chegar a casa. Francis tratou-a como se ela fosse de porcelana, depois de todas as minhas assertivas sobre sua fragilidade, sensibilidade e receio de homens, e ela, ignorando o que eu dissera sobre ser nervosa, modesta ou inclinada à reclusão, entregou-lhe sua bengala e avançou pela casa na frente dele, depois de dar-lhe uma piscadela *maliciosa* — não tenho outra palavra para expressar. Ele olhou para mim, por cima dos ombros, com grande surpresa. Então, para piorar as coisas, ela começou a falar sobre o assunto da grande riqueza envolvida em nossa casa e a abundância de objetos caros ali dentro.

— Oh — disse ela —, quando você se lembra de onde Dilly veio...

Outro olhar de Francis.

— Sua mãe nunca teve um tapete na vida, querida. Quanto ao lustre, bem, não acha que está um pouco abaixo do seu nível financeiro?

— Não — eu disse, palidamente.

Francis lançou-me um sorriso. Daí, com seu charme próprio, misturado com uma ironia que ela não percebeu, ele disse:

— Me custa um bom dinheiro para gerenciar isso tudo, Eliza.

Ela concordou como quem dissesse "eu sei!".

Ela caminhava devagar, admirando tudo. Depois parou diante do espelho, também de Veneza. Correu os dedos pela moldura.

— Como pode passar pela sua cabeça alguma vez deixar estas coisas, querida? — disse ela por cima dos ombros.

Francis olhou para mim mais confuso ainda. Eu me encolhi e revirei os olhos. Eu queria fazer um sinal para ele de que ela era um "um pouquinho descentrada", mas ela estava se contemplando no espelho e poderia simplesmente me ver.

A coisa importante era mantê-la ocupada, de modo que Francis, em sua inocência, não a fizesse divagar. Seria bem difícil atribuir tudo à sua idade avançada, e comecei a suar, imaginando-a emendando uma conversa com Francis sobre o fato de que, da última vez em que me vira, antes de Lichfield, eu estava usando uniforme escolar... O que, com certeza, abriria por completo uma nova janela na qual ele se perguntaria o que eu andava aprontando quando ia visitar tias velhas. Ou eu podia ouvi-lo oferecendo-lhe um gim-tônica.

"Porque eu sei que a senhora os aprecia", e ela dizendo, o que acabava sendo verdade, que não suportava bebidas alcoólicas de maneira alguma e que só tomava de vez em quando um pouco de vodca com gengibre.

Visitar a loja de produtos naturais pareceu-me uma opção segura. Apresentamos John à sua tia-avó, e Petra ficou bastante satisfeita quando Liza se inclinou sobre sua bengala, inspirou uma ou duas vezes em sinal de apreço e disse com vogais bem impostas:

— Ah, isso cheira como as lojas de boa qualidade costumavam cheirar!

Fomos convidados para a casa deles, a fim de tomar um chá, e Petra serviu o tipo adequado de chá: um chá de alta classe, muito aprovado.

— Qualidade! — disse minha tia, com uma expressão de felicidade. — Qualidade!

Ela agradou suas sobrinhas-netas, mostrando-lhes como fazer uma tiara de flores com poucas rosas, algumas folhas do jardim e um pouquinho de arame. Ficaram extasiadas, mas eu fiquei exausta.

Era tudo muito gentil e agradável, mas, com Francis por perto, sentia o ambiente um tanto quanto pesado. A qualquer momento, ele poderia descobrir a verdade. Afinal, era a função dele. Quando titia Liza soltou "Bem, querido, se ela não te quiser, pode passar adiante pra mamãe aqui...", Francis olhou para ela com uma expressão um tanto perplexa que me fez saltar e ricochetear em volta da sala como os pais de minhas colegas de escola costumavam fazer quando algo vagamente sexual surgia na tevê.

Ele fixara seus olhos em mim.

— Você está bem? — perguntou.

Ah, aquele olhar preocupado e apaixonado que ele tinha. Como eu desejava tirá-lo da minha vida.

O telefone era o elo em nossa vida. Matthew sofria com essa situação. Nada inesperado, suponho. É sempre um exercício interessante colocar-se na pele do outro antes de criticá-lo. Se eu fosse ele, teria ficado fora de mim. Na verdade, achava-o bastante compreensível até.

— Nós nos amamos — disse ele pela enésima vez —, então por que não estarmos juntos? Vou a um casamento na semana que vem. Você não vai poder ir. É muito solitário viver assim pela metade.

— Esta será a última vez — prometi.

Meu coração estava pulando de medo. Casamentos também eram festas, festas nas quais as pessoas bebem muito e paqueram. Matthew por ali, sozinho, parecendo disponível, sentindo-se solitário... Fora tudo isso, eu estava tremendo de tanto que sentia sua falta. Não valia a pena voltar ao vale saudável do casamento.

— Quando tudo isso tiver terminado — acrescentei —, eu prometo.

— Ótimo — disse ele, cheio de confiança. — Porque existe uma vida a ser vivida lá fora. Por nós dois.

Eu estava de pé no alto do jardim, o telefone ainda grudado no meu ouvido, absorta por aquela deixa, quando Francis apareceu. Ele disse que parecia que eu acabara de ver um fantasma.

Duas amigas de Cora, de Norfolk, mulheres em torno dos seus 80 anos, insistiram em vir prestar suas últimas homenagens. Francis e eu fomos seus anfitriões na noite anterior à cerimônia — afinal, o que era mais um par de patinhos velhos na lagoa em que minha vida se transformara? Além disso, toda aquela gente impedia que a conversa tomasse um rumo perigoso. Tomara que daqui a trinta anos eu seja capaz de falar tanto e tão depressa como essas velhinhas. Naturalmente, o aspecto da morte estava no chão para ser varrido. Acontecera quando elas viajavam pela costa, numa excursão: Cora desmaiou apenas. As duas mulheres pareciam levemente irritadas, embora estivessem de luto. Uma delas, Susannah, disse que aquela era a forma como gostariam de morrer. A irritação residia no fato de Cora ter-lhes roubado a oportunidade, e a única coisa deixada para elas era uma morte longa e lenta.

— É maravilhoso ter chegado aos 80 e ainda poder remar — disse eu.

— Nunca perca uma chance — disse Susannah. — Quando você alcançar nossa idade, lembrará que perdeu oportunidades e se perguntará aonde é que tudo foi parar.

Não era o que eu queria ouvir.

Francis, que elas adoravam, disse que aquela era a razão pela qual ele queria se aposentar enquanto ainda tinha saúde.

Tampouco era isso.

— Perdemos nossos maridos, mas nos encontramos — disseram juntas.

— Ainda é tempo de encontrar um namorado — disse ele.

— Ah, *não!* — disseram, parecendo estar chocadas.

Ele olhou para mim e piscou.

— Ah, sim — eu disse, abertamente.

— Não se você tiver sido muito feliz no casamento! — disse Susannah, genuinamente chocada dessa vez.

— Claro que não — eu disse numa voz alta, estridente, estranha, que não era a minha. Mas evitei os olhos de Francis.

— Algumas pessoas — disse ele brincando — dizem que é com um amante que se consegue manter o casamento funcionando.

As velhas senhoras pareceram ainda mais chocadas e amaram aquilo! Eu é que parecia uma velha senhora.

Tudo era muito barulhento e infantil. Elas lhe diziam para não falar assim, mas, então, elas o incentivavam a dizer coisas como:

— O amor nos mantém jovem e bonitos — ele disse. E piscou para elas. De uma maneira horrorosa, pensei. Mas eu estava surpresa. Elas amaram aquilo ainda mais. Ele as havia julgado direitinho. Com a profissão que ele tinha, suponho que eu não deveria sequer me surpreender.

Reunimo-nos dia seguinte. Havia poucos parentes próximos. Alguma rixa familiar envolvendo dinheiro e lavagem de roupa suja reduziu o número dos descendentes Smart. Eu estava grata. Quanto menos gente estivesse presente para eu "fazer sala", melhor. As filhas de Cora,

Lucy e Pauline, estavam lá, naturalmente, com seus maridos, Frank e Kenneth, e George, o filho de Lucy, com sua esposa e seus filhos. John e Petra não puderam ir porque estavam recebendo algum prêmio em nome da Associação de Solo Orgânico. Melhor assim, eu me sentia desconfortável perto deles hoje em dia. Havia uns outros poucos primos que eu reconhecia vagamente e dois ou três amigos, conhecidos ou desconhecidos do passado de Cora. Então, quando estávamos prestes a começar, e a música de "Faço votos a Ti, Minha Terra" se dissipava no ar, ouviu-se um arrastar de pés nos fundos. Voltei-me e vi uma mulher bem-vestida, um pouco mais jovem que eu, usando um chapéu preto, muito chique, com um véu. Ela desceu o véu sobre o rosto, de maneira ostensiva, enquanto deslizava para um banco. Achei que parecia um toque exagerado e fiquei me perguntando quem seria ela. Não era da família, com certeza. Não havia nada nela que lembrasse os Smart.

Algumas lágrimas escorreram, o caixão fora levado embora e, enquanto cantávamos o último hino, "Todas as Coisas Brilhantes e Bonitas", titia Liza inclinou-se para mim e murmurou que as flores eram *extremamente* vulgares.

Então nos levantamos. Primeiro para olhar as flores extremamente vulgares que se distribuíam para marcar os bancos reservados — uma coisa estranha a fazer, sempre achei, encorajando a competitividade —, depois para nos abraçar uns aos outros e secarmos nossas lágrimas e, finalmente, para nos juntarmos e voltarmos à casa de Pauline, para comermos as carnes assadas preparadas para depois do funeral. Minha tia enganchou um braço primeiro no de Francis, depois no meu, e estávamos caminhando calmamente para o carro quando — numa lufada de véus, luvas pretas de couro e perfume — a última a chegar atirou-se em cima de minha tia para acolhê-la em seus braços.

— Mãezinha — disse ela, numa rendição aguda às vogais curiosas da própria titia Liza. — Acabei de chegar. E esta pessoa querida deve ser minha prima Dilys. — Ela fez uma pausa bastante dramática e, da mesma forma que sua mãe, acrescentou: — E este deve ser seu marido.

— Querida — disse titia Liza, numa voz que eu não ouvia desde que era criança. — Querida Alison. — Titia Liza estava de volta a seu jeito superior.

Elas se abraçaram como se estivessem no palco, e, então, com uma ligeira cambaleada, a querida Alison deu um passo para trás, deixou sua mãe passar e voltou a ajustar seu véu. Parecia ligeiramente torto e de bêbado. Compreendi — assim que chegou nosso momento de nos cumprimentar — que assim também era a sua dona. Aparentemente, ela decidira que poderia viajar desde Kettering, seguindo até tão distante quanto a Estação de Streatham Hill, tomando vários trens, depois acenando para um surpreso motorista que ela sequestrou até a igreja. Ela presumia que pegara uma carona.

— Não dirijo em dias assim — disse ela, com ar de grandeza.

Achei que provavelmente sabia por quê.

— Mãezinha — ela se alvoroçou —, eles estão tomando conta de você?

Imediatamente, eu me senti aprisionada: aquela palavra "eles". Era como se o passado nunca tivesse ido embora, como se eu fosse algum tipo de alienada ignorante, sem dinheiro nem lugar em seu tipo de mundo.

Eu estava pronta para dizer algo bastante ríspido sobre o assunto, quando minha tia interrompeu:

— Ah, sim, como uma rainha, Ally — naquela estranha voz estrangulada que eu lembrava da infância, aquela que minha avó chamava de vinda diretamente da bunda e demorando um longo tempo até chegar à superfície. — Sua prima Dilys *subiu* na vida!

A prima Dilys manteve-se muda, com receio de dizer alguma coisa muito rude. Tudo que eu podia pensar era "Graças a Deus, Virgínia não está aqui", ou ali haveria duas velhas senhoras na pira do crematório. Todas as vezes que aqueles velhos filmes eram reprisados na tevê, eu podia ouvir titia Liza discorrendo "Tenho tomado meu chá apenas em xícara de porcelana Bowne." Pelo menos Celia Johnson, a atriz de *Desencanto*, e mesmo a rainha tinham ajustado a aparência e a linguagem para o século XXI... Alguma coisa que a querida Ally não se propusera a fazer, aparentemente.

— Ótimo! — alegrou-se Alison. — Muito bom, mamãe.

Minha prima, então, tomou o outro braço de Francis, e juntos nos encaminhamos ao carro.

— Muito bom! — exclamou minha prima, com grande surpresa, enquanto nos preparávamos para entrar. Eu não sabia se ela estava se referindo ao carro, ao meu marido ou ao meu casaco; eu não tinha certeza. Mas logo fiquei sabendo. Ela tirou a luva de couro, esticou a mão e alisou minha manga, tal como sua mãe fizera com minha saia.

— Quem te viu, quem te vê, hein, Dilys?

Então soltou uma intrépida e sonora gargalhada.

— Lembra daquela capa de chuva? Meu Deus, você parecia uma coisa medonha naqueles dias...

Congelei por um instante. Não conseguia me mexer. Nem para trás, nem para frente. Tudo que eu sabia era que, subitamente, tinha 8 anos outra vez e estava sofrendo um rebaixamento sem nem mesmo saber que aquela palavra existia. Eu voltara a ser pobre, vestia a velha capa de chuva de Virgininha, que roçava meus tornozelos e que havia perdido seu cinto, tanto que minha mãe o substituíra por um cinto de plástico azul e me dera um par de sapatos que estavam muito apertados. Eu estava na estação de Finsbury Park, e Alison, em seu casaquinho de gola de veludo, estava rindo do meu impermeável. Velhos hábitos custam a nos abandonar. Para cobrir a lembrança da minha dor, e como minha prima não fizesse movimento algum, comecei a acomodar titia Liza no banco de trás. Quando olhei para cima, vi que Alison estava se aboletando no carona, ao lado de Francis. Meus olhos encontraram os dele. O que ele leu nos meus colocou-o de prontidão.

— Podemos ir? — perguntou ele suavemente.

Com um extraordinário assomo de fúria, segurei o punho de Alison, tirei-a do caminho e empurrei-a firmemente para trás, onde ela ficou, com algum desalinho, ao lado de sua mãe. Ela pareceu não notar a força do empurrão. Agarrei suas luvas caídas na calçada, segurando-me para não a estapear na cabeça com elas, e deslizei para meu próprio assento. Depois disso, consegui me acalmar.

— Podemos ir? — disse ele outra vez, assim que bati a porta.

— Vamos — eu disse, bem alto. E depois acrescentei, ainda mais alto: — Só vou tirar este casaco de lã e cashmere e colocá-lo no encosto do meu assento; daí poderemos sair....

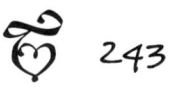

Não acredito que a querida Ally estivesse registrando tudo isso. Mas meu marido registrou. Meu marido não era bobo, como tenho dito.

— Oh, Dilys — disse ele afetivamente —, você não disse de que lã é feito.

O carro andou para a frente, levando-nos para sabe-se lá onde.

— E o que é que você faz, Frank? — disse minha prima, inclinando-se para frente, de modo que estava quase lambendo sua orelha.

— Francis — dissemos nós dois em uníssono. Ele, delicadamente; eu, com raiva.

— Lembra de como Carole tentou me chamar de Frankie? — ele perguntou suavemente. Depois, dirigindo-se à minha prima sobre o ombro, disse: — Até mesmo a melhor amiga de Dilys não teve permissão para me chamar assim.

— Oh! — exclamou Alison, silenciada pela confusão ou pelo remorso.

Enquanto isso, eu tinha aquela antiga sensação novamente, a de inferioridade, aquela que dizia que eu não era merecedora de qualquer coisa que eu viesse a ter, e, se alguém fosse merecedor, seriam os outros (aqueles misteriosos outros), esses sim tinham direito, porque eles eram superiores. Era a camponesa pobretona se manifestando em mim outra vez; a marca profunda da psique feudal em que nada era realmente meu e todas as coisas pertenciam ao Senhor das terras. E, dirigindo-se de maneira tão íntima a meu marido, minha prima me diminuía. E, pior, eu ainda estava vulnerável àquilo.

Francis, é claro, interpretou-a como um vidente interpreta um sinal. Ele disse a única coisa necessária:

— O que é que posso fazer, prima Alison? Ganho montes e montes de dinheiro — ele sorriu para ela, através do espelho —, e depois o despejo sobre minha amada esposa.

Ela se recostou, outra vez, parecendo maravilhosamente desorientada. É isso aí, toma na cara, prima queridinha!

— E você? — perguntou ele.

Compreendi, subitamente, que ele estava se divertindo com aquilo, mesmo que fosse só por mim.

— Ah, eu herdei do meu pai. Ele era um homem de negócios — disse ela.

— E qual era a linha de negócios em que ele atuava?
— Decoração floral de interiores — respondeu prontamente.

Minha tia — vi pelo espelho lateral — nem sequer piscou.

— Eu não preciso realmente fazer coisa alguma! — continuou Alison, com alegria.

Ou não tem capacidade, pensei, mas, em deferência à pessoa presente, guardei esta opinião para mim mesma.

Minha tia levantou os olhos para mim, e olhei para ela lá atrás. Ela tinha muita sorte de Alison ter alguma semelhança com ela. Porque a bastarda certamente não tinha traço algum de meu tio Arthur.

Segredos, pensei. Os nossos estavam *certamente* seguros entre nós duas. Ao mesmo tempo, a lembrança daquela capa de chuva doeu. Bem, mais que doeu, feriu, com certeza, cristalizando todos os traumas. Vergonha, insegurança, Dilys sozinha. Acho que, se ela houvesse mencionado os sapatos da mesma maneira, eu teria avançado em seu pescoço. Aqueles sapatos muito, muito apertados! A agonia. Eu dei um jeito de usá-los o dia todo, todos os dias, e não contei nem uma única vez a ninguém que bolhas estouravam nas pontas dos meus dedões. Eu me via como uma santinha padecendo de um sofrimento grande e silencioso. Mas crianças têm instintos, e meu instinto me dizia que, se eu contasse sobre os sapatos, deixaria minha mãe deprimida. Para ela, ser pobre era uma grande vergonha. E a vergonha a deixaria com raiva.

— Ou eles ou nenhum! — dissera ela, de um jeito atravessado, enquanto apertava meus pés dentro deles. Por que reclamar se não havia alternativa?

Tudo girava em torno dos pés entre as mulheres de minha família. Talvez os tênis tenham mudado o modo como os pés sofrem, mas não em minha geração. (A mãe de Francis saiu do sério quando fomos à Nova York e a aconselhamos a usar tênis, referindo-se a eles como sapatos ortopédicos.) Ao final de uma vida, se alguma parte do corpo em especial denuncia a pobreza de uma mulher, são seus pés, os quais se espera que sejam delicados, arqueados e rosados, e não grosseiros. Pés de dama. Os meus, como os de minha mãe e da mãe dela, são largos, calosos, com joanetes, ásperos; durante os anos de minha juventude, eles foram muito maltratados, obrigados a se ajustar a sapatos de segunda mão extremamente apertados para eles. Pés não tão calejados quanto os de minha mãe ou os de minha avó, porque eles escaparam de anos de maus-tratos devido à ascensão social. Mas eles eram um lembrete, tanto quanto um indicador social, como o pé curvado que indicava riqueza na China anterior a Mao. Os pés de minha tia Eliza estavam em condições razoáveis, uma vez que ela fora educada em relativo conforto, mas não eram bonitos. Os pés de Alison eram elegantes, longos, finos, rosadinhos, e cada dedo pisava com perfeição quando ela caminhava descalça; nenhuma aspereza ou joanete à vista. Eu sabia porque me lembrava deles da infância. Eram pés de princesa. Os meus eram pés de plebeia.

— Você fica conosco, então? — perguntei a ela.

— Você não se importa de me hospedar?

— Pelo contrário — respondi e fui sincera. — Por todas aquelas vezes que você tomou conta de mim na infância.

— É mesmo — disse ela alegremente. — Você era boazinha. Lembra que você sempre chegava com piolhos?

Titia Liza adormeceu. Profundamente. Alison fez um pequeno travesseirinho para a cabeça de sua mãe e encostou-a na janela, ela parecia bastante confortável. Ocasionalmente, ela emitia um ronquinho doce.

— Apagou como uma lâmpada — disse minha prima, que estava notadamente acordada agora.

Conversamos sobre isso e aquilo, então, quando o assunto *casamento* veio à tona, eu disse que sentia muito pelo seu divórcio.

— Ah — disse ela, meio aérea —, melhor isso que ficar presa a uma pessoa com quem você não quer ficar. Esperei até que papai se fosse. Ele não teria suportado. Ele acreditava que, uma vez casada, sempre casada na saúde e na doença, na alegria e na tristeza.

— Que bobagem — exclamei. Francis me lançou um olhar de reprovação.

— Ah, sim. Uma coisa é eu me casar com um estrangeiro, outra é me divorciar dele na alegria, tudo bem, na tristeza, o cacete! Levou anos para que ele se adaptasse, apenas para ser capaz de ir fazer compras com as crianças; então, a simples ideia de divórcio... Bem, de qualquer modo... Farouk nunca gostou do meu pai. Ele dizia que havia alguma coisa duvidosa nele. O que, naturalmente, foi o mesmo que meu pai disse sobre Farouk quando o levei em casa pela primeira vez.

— E o que foi que sua mãe falou quando você o levou para casa?

Alison soltou uma gargalhada invejável.

— Ah, ela começou a dizer a todo mundo que ele era um príncipe. E muito rico — o que ele era. O problema é que ele tinha o mesmo defeito de seu pai.

Eu me sentei bem ereta. Francis colocou a mão no meu braço.

— Que defeito particular era esse, Ally? — perguntei bem suavemente.

— Ah, gostava de jogar — disse ela, acrescentando levemente: — Não se preocupe; ele nunca bebia ou batia em mim. E ele nunca se casou com outra pessoa, com certeza.

Ela gritou essa última frase.

— Ah, ótimo! — eu disse com equilíbrio. — Pais podem ser bastante irresponsáveis, não acha?

Lá estava aquele toquezinho de Francis no meu braço outra vez. Eu desejava gritar tal e qual ela fizera e dizer-lhe que eu era uma adulta, que me deixasse em paz. Mas apenas me distanciei dele de leve. Deixa que ela continue, pensei; deixa ela... Graças ao bom Deus, ela não foi em frente.

— Quando chegou a hora do divórcio, já não restava muito da fortuna dele. — Ela se recostou no banco.

— Então você ficou na pior?

— Ah, não — disse ela tranquilamente. — Eu herdei tudo de papai. Mas dinheiro não é tudo, né?

Experimente viver sem ele, pensei.

Rodamos por algum tempo. Alison ficou mais quietinha. Pensei em Matthew. Medo constante: quanto tempo ele esperaria enquanto eu seguia em frente com meu casamento? Não muito mais, ele já alertara.

— Vamos inverter a situação! Ponha-se no meu lugar, eu sou a mulher, e você é o homem. Você acharia tão inaceitável que eu quisesse que você abandonasse o seu casamento?

Ele também lera a coluna de Evelyn Home e estava usando o clássico: "Vamos reverter a situação." E ele estava certo. Quantos homens casados eu tinha visto se envolverem com Carole, enquanto ela sabia que a única prova válida de amor seria deixarem seus casamentos por ela? Vários.

Se eu tivesse me envolvido com alguém menos inteligente e menos sensível... Alguém com quem eu pudesse me deitar e depois ir embora e encontrar novamente quando estivesse com tesão. Não Matthew, que tinha os pés fincados no chão como um monumento à moral. Entre ele e Francis, eu me sentia espremida, uma velha bruxa seca, de moral depravada, enquanto eles eram todos honra e cavalheirismo. Eu era uma mulher morrendo de vontade de ser tão manchada quanto a história nos pintara, e ninguém me permitia isso.

Alison subitamente reorganizou as ideias e inclinou-se para a frente, apertando-se no espaço entre mim e Francis.

— De qualquer modo, eu agora tenho um amigo amante. Ele foi consertar meu aquecimento central, e daí uma coisa levou à outra, e...

— Como você ficou sabendo que era amor? Pela maneira como ele agarrou sua bunda?

— Dilys! — disse Francis, chamando minha atenção.

— Ah, *amor* não... — disse ela, como se aquele fosse o curau de milho da véspera. — Eu disse amante. Um corpo maravilhoso! *Agora* entendo por que Virgininha escolheu Bruce. Encanadores são muito sedutores...

Tudo o que pude pensar era que até mesmo ela, a querida Ally e seu fígado estragado, poderia simplesmente conhecer alguém do outro lado de um sistema de aquecimento central e trazê-lo para dentro de casa sem todo aquele subterfúgio, todo aquele drama — todo este *querer* não requisitado. Não era justo, não era justo, não era justo!!!

Alison gargalhava.

— Meu filho também o acha maravilhoso, por falar nisso — disse ela. — Ele é gay, antes que eu me esqueça... Papai ficava furioso quando ele era pequeno. Tentava levá-lo para jogar futebol e levar uma vida saudável do lado de fora, mas tudo que ele queria era se enfeitar. Você conhece papai. Um homem é um homem!

Tanto Francis quanto eu engolimos em seco.

— Dilys — repetiu ele.

— E... pois é... seu pai aceitou, afinal?

— Ah, não. Nunca achei que ele fosse aceitar mesmo. Mas o meu garoto será um grande estilista algum dia. Ele esbanja talento.

Então ela ficou quieta novamente.

— Mulher louca essa — sussurrou Francis.

— Filha do pai, eu diria.
Ele riu.
— E da mãe.
Quando chegamos a casa, Alison estava com os olhos acesos e muito animada novamente. Acordamos minha tia com cuidado e a levamos para a cama. Ela mal abriu os olhos, pois estava muito cansada.

— Fico contente que vocês tenham se preocupado conosco, Dilys — disse ela. — Se ao menos sua mãe pudesse vê-la agora...

Suas últimas palavras, enquanto ela se ajeitava na cama, e eu lhe tirava os sapatos, foram "Hummm. Lindo abajur de cabeceira. Você com certeza não irá se separar dele, não é, querida?"

Eu lhe dei um beijo de boa-noite. Graças a Deus ela iria embora no dia seguinte, e o perigo teria passado.

Lá embaixo, Francis ofereceu um drinque para Alison. E depois outro. Pelo tamanho das doses de brandy, pensei que ele estava se preparando para matá-la. Para mim, uma ideia não de todo abominável. Então ela tomou outro e outro. Num primeiro momento, ela estava de pé e monologando de maneira discernível, alguma coisa relacionada a Francis estar tentando deixá-la bêbada — uma pequena transferência de culpa —, e, no instante seguinte, havia afundado no sofá, como uma boneca de pano. Não senti pena dela. Ela pedira por isso. Havia algo no conjunto dela que eu não engolia — algo que negligenciava o resto do mundo —, nada tinha a ver com o drinque. Era egoísmo puro, ela se achava o centro das atenções. Aquilo estava no sangue. Até entrar na minha vida de novo, eu não tinha ideia de quanto dano ela e sua mãe me haviam causado.

Assim que a levamos para a cama, seu chapéu caiu de um jeito cômico sobre seus olhos, o véu retorcido encaixando-se em torno de uma de suas orelhas. Eu o retirei de sua cabeça, deixei-o cair no chão, pisei nele e o chutei para debaixo da cama. Francis o apanhou e o colocou arrumadinho sobre a penteadeira.

— Melhor agora? — perguntou ele.
Alison roncava suavemente.

A habilidade de minha tia de fazer vista grossa sobre o quanto de álcool sua maravilhosa filha era capaz de entornar goela abaixo tornou-se mais que evidente após a cerimônia, quando estávamos na casa de Pauline. Ela aparentemente não dera muita bola ao montante que a querida Ally consumira em matéria de rolhas estouradas, ficara imperturbável por ela ter adormecido e estar babando no sofá de minha prima.

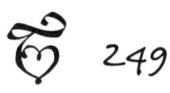

— Ela se levantou muito cedo para vir aqui — disse titia Liza —, está tirando uma sonequinha.

Mais tarde, quando a acordei por ser hora de partir, ela me perguntou se eu podia lhe emprestar um perfuminho. Eu lhe estendi um Arpège, e, ao colocá-lo, quando notou a marca, Alison deu sinais tão explícitos de surpresa que cheguei momentaneamente próxima às lágrimas de raiva.

— Ela estava atirando com todas as armas — eu disse a Francis enquanto nos despíamos. — Eu ainda estou recebendo as fagulhas.

— Ouça — disse Francis —, acabou. Você está aqui e não é mais aquela criança. Não deixe a Ally te incomodar.

Eu me apanhei pensando, com uma recém-descoberta amargura, "O que ele sabe?" E desejando, estranhamente, que minha irmã tivesse estado ali. Ela teria compreendido. Eu podia ter-me disciplinado a esconder bem fundo qualquer sentimento de mal-estar em relação à minha infância, mas agora vinha à tona. Comecei a entender por que Virgínia não perdoava nada nem ninguém.

Deitei na cama sentindo como se tivesse acabado de voltar da batalha do Somme. Francis se aproximou. Ele cheirava a sabonete, conforto e lar.

— Não deixe que ela te perturbe — repetiu ele.

— Não vou deixar — eu disse.

Ele queria me abraçar, mas rolei para o lado e dei-lhe as costas. Eu queria Matthew, que cheirava a tudo que fosse perigoso, desejável e livre, e fingi dormir.

17
O Marido Ideal

Estava muito irritadiça no dia seguinte. Meu plano era deixar nossas duas hóspedes em suas respectivas estações de trem e depois ver Matthew. Mas Francis estava determinado a me acompanhar.

— Claro que vou junto com você! — ele disse.

E não havia qualquer porém. Eu me sentia derrotada, muito cansada, emocionalmente carregada também, para discutir com coerência. Além disso — o que eu poderia dizer? —, aqui estava o meu marido fazendo o tipo de coisas que mulheres que *não* estão acostumadas a esse tratamento confessam a seus terapeutas que gostariam de ter, portanto, eu não poderia dizer-lhe para me deixar em paz, que, aliás, era tudo que eu queria. Vida irônica! Altamente irônica...

As duas deveriam ser deixadas antes do almoço, que era a sugestão murmurada por Francis, mas decidi guiá-las por um city-tour. Criancice, imagino, mas a capa de chuva, os sapatos, os piolhos, tudo precisava ser exorcizado. Bons tecidos eram a melhor forma de fazer isso e realmente fizeram com que me sentisse melhor. Especialmente quando abri a porta do guarda-roupa e vi os inexpressivos olhos de minha prima. Corri minha mão pelos *tweeds* e as lãs, pelos jérseis e os cetins, e vi-os todos como se pela primeira vez.

— Bem, todas nós compramos muitas roupas, concorda? — eu disse. — Simplesmente não consigo deixar de gastar.

Francis saiu.

Inclusive fiz com que ela tivesse um pequeno vislumbre do banheiro da suíte, de modo que pudesse observar as torneiras âmbar e o quarto de vestir modelo antigo, inspirado num hotel de Perugia. Um bálsamo para aquelas velhas feridas. O banheiro de minha infância era escabroso, bisonho, com um aquecedor de água enorme, decadente, que mal conseguia gerar calor suficiente para se lavarem os pés. Será que ela ainda se lembrava daquilo?, pensei. Também estava na ponta da minha língua perguntar se ela se lembrava da minha última visita, quando a prima pobre chegou sem uma escova de dentes. Porque, conforme inocentemente anunciei para minha tia e prima, logo de pronto: ou comprávamos a passagem de trem ou a escova de dentes, não dava para as duas. Eu contei que nós tivemos de vasculhar o fundo das poltronas e do velho sofá, de estofo de crina — uma coisa que eu detestava fazer, sempre imaginando que encontraria camundongos ali. Foi neles que achamos os seis centavos necessários para completar o valor da meia passagem de metrô. Ai, meu Deus, como elas riram! Eu me lembro particularmente daquela gozação. E minha tia carregou-me imediatamente para o banheiro delas — limpo, delicado, adorável — para lavar minhas mãos. Foi-me comprada uma escova de dentes também, o que adorei, mas que deveria ser deixada ali "para a próxima vez". Velhos hábitos.

Depois das torneiras âmbar e das roupas, eu a levei ao escritório de Francis com sua mesa de madeira maciça e as paredes forradas de livros.

— Uau! — disse Alison. — Ele lê à beça!

— Muitos deles são meus — disse eu falsamente distraída. — Todos os livros de arte.

Ela parecia impressionada. Mas daí estraguei tudo ao descer para a cozinha e me comportar nem um pouco melhor que uma típica dona de casa.

— Aqui está o triturador de lixo; veja como ele salta ao toque do interruptor; e estes batentes de janela servem como armário também.

E continuei item por item. No momento em que encerrei o extenso tour caseiro, não havia dúvida alguma de que eu possuía tudo que meu coração desejara. E que o que meu coração desejara eram as coisas que o dinheiro podia comprar. Especialmente, parecia, um armário cheio de roupas, um tapete Wilton recobrindo todo o ambiente, e outras coisas supérfluas. Consegui que fosse rápida a parada em nossa adega para que vissem os vinhos. Temi que a querida Ally talvez nunca quisesse ir embora. Durante todo o percurso, minha tia caminhava atrás de nós, perscrutando, tocando, murmurando e, ocasionalmente, me cutucando como se ela fosse a redenção em pessoa!

Finalmente, nós as levamos para a estação e começamos a viagem de volta para casa. Baixou uma *neblina* tremenda. Uma visita de minha tia e de minha prima e a perfeição vista no espelho, tudo isso se estilhaçou. Comecei a chorar pesadas lágrimas de raiva e autocomiseração. Onde estava Carole, que teria me compreendido? E por que eu não tinha uma irmã ideal com quem dividir tudo isso? Assim que chegamos a casa, Francis insistiu para que eu fosse diretamente para a cama, sem fazer qualquer sugestão de se juntar a mim. Eu estava cansada demais para dar um telefonema sequer. E adormeci. Passei impunemente por essa Grande Mentira. Mas, como diria Matthew, para quê?

Ao acordar, estava me sentindo melhor. Havia uma mensagem em meu celular, perguntando como as coisas tinham se passado, e fiquei subitamente desesperada para ir a Paddington naquela noite. Mas não tive sorte. Tomei chá na cozinha e conversei tão animadamente que Francis — que eu esperava que fosse para seu escritório e se entretivesse com alguns papéis —, em vez disso, reservou-nos uma mesa em nosso restaurante favorito. Ele estava com um ar confuso quando chegou e anunciou o programa, e mudei da entusiasmada esposinha para um ameaçador bebê mimado. É claro que ele podia desfazer a reserva se eu não estivesse disposta, mas eu não poderia dizer que não queria ir e então anunciar que ia sair. Em todo caso, para onde? Minha tia já não morava em Paddington, e Lichfield era ligeiramente distante para uma rodada de drinques. Fiquei paralisada. Eu me senti paralisada. E bem infeliz, na verdade. De tal forma que, talvez um pouco por inveja do torpor alcoólico de Alison, eu bebi muito. Pelo menos uma garrafa e meia de vinho durante o jantar. Francis estoicamente recusou-se a fazer qualquer crítica. O que permitiu que eu avançasse ainda mais, como uma criança desafiadora. (Graças a Deus era um bom vinho!)

— Como a prima, como a prima!

Soluçava enquanto ele me conduzia para fora do restaurante, com um aperto ligeiramente irritadiço no braço.

Por fim, ele estava mais surpreso do que qualquer coisa.

"Ele é bom demais para ser verdade", passou pela minha cabeça. Isso não é justo. Por que ele não é um pouco mau comigo? Chame a minha atenção! Bata-me ou faça alguma coisa!

Fiquei em silêncio no carro. O que foi melhor para mim e pior para ele. O parafuso enroscado. Tal como estava, quando chegamos a casa, depois de estar adormecido a tarde toda, o diabo deu as caras e coloquei o CD de Bryan Ferry para tocar. Francis sentou-se esparramado na poltrona, sorvendo seu brandy. Parecia um homem derrotado. Parecia prestes a chorar.

— Eu não consigo entender — ele disse e levantou-se para ir embora.

Por um instante senti o sabor da vitória, seguida imediatamente de uma vergonha profunda. Este era o marido que eu amara um dia — que ainda amava, de alguma maneira. O melhor lado da minha natureza lutou e ganhou.

— Não vá — eu disse. — Ainda não.

Ele olhou para mim com um lampejo doente de esperança em seus olhos. Por alguma razão — drinque e música, imaginei —, eu me lembrei de Elvis e do Velho Shep.* Um pensamento não muito elegante. Tampouco uma sensação muito elegante de poder.

— Venha cá — insisti. — Vamos dançar.

Era um conforto ser abraçada.

— Não há nada que entender — eu disse. — E você não está errado. Eu estou sendo apenas uma cadela.

— Não vá — ele disse e suspirou. — Você passou por muitas coisas recentemente. Essa história do funeral, a volta ao passado, todo esse tipo de coisas difíceis. Isso ia acabar atingindo você. Eu tive sorte. Vocês não.

Uma pequena dose de raiva brotou em mim; uma surpreendente lufada de ressentimento. Sim, ele tivera todas as coisas. Mas ele não as merecera?

— Nós devíamos ter viajado imediatamente — disse ele —, para qualquer lugar.

— Algum lugar que alimentasse a alma — disse eu sonhadoramente, lembrando-me das palavras de Matthew.

— Ou quem sabe se você não precisa de um tempo só para você — ele disse, com tristeza.

Aquele era o momento. A oportunidade perfeita. Eu podia ouvir Matthew dizendo *"diga a ele!"* Mas eu falhei.

---

* *Old Shep*: Música de Elvis Presley que reverencia seu cãozinho de infância. Shep é a abreviatura de shepherd, cão pastor. "Now, when I was a lad/ and old Shep was a pup/ Over hills and valleys we'd stray./ Just a boy and his dog/ we were both full of fun/ we'd grown up together that way." ("Quando eu era um menino / e o velho Shep era um cãozinho/ sobre montes e vales nós andamos. / Apenas um menino e seu cão / nós nos divertíamos muito / e crescemos juntos daquele jeito.") (N.T.)

— Vamos ver — murmurei sobre os ombros dele.

— Qualquer lugar que você queira — disse ele, com docilidade outra vez, a respiração cálida em meus cabelos. — Qualquer lugar mesmo. — E, então, ele acrescentou baixinho: — Dinheiro não é problema.

A música continuou. Aqui estávamos nós, duas pessoas, casadas uma com a outra, boa comida, bom vinho, uma casa só para nós. Era algo realmente inevitável. Alta na bebida e no poder do meu próprio corpo, apreciei a brincadeira e ignorei Matthew e suas censuras. Afinal, este era o meu marido, meu marido que, na verdade, despejara muitas coisas boas sobre mim. Que, de fato, me dera armários para guardar as minhas roupas bonitas que cobriam o meu corpo, sapatos nos quais meus pés deslizassem, comida que alimentasse. Mas o demônio que estava em mim agia mais fundo. Era o mínimo que eu podia fazer... Ele havia me comprado, então ele podia me ter, mesmo que só por enquanto.

— Aonde você acha que devemos ir? — perguntou ele mais tarde.

— Que tal à Índia? — respondi, meio dormindo.

— Ótimo! — disse ele.

— Ótimo! — concordei.

Aquela foi a noite em que chamei meu marido de Matthew. Mas ele já estava dormindo, respirando feliz e profundamente, e pude correr meus dedos devagarzinho pelas suas costas e murmurar aquele nome, como se para voltar para dentro da minha própria pele outra vez. Daí, como na primeira de todas as noites em que passamos juntos, desci as escadas sapateando e me servi de um brandy. Dessa vez, eu não precisava do catálogo telefônico. Eu sabia o número que ia discar.

— O que é que você anda fazendo? — perguntou sonolentamente meu amante.

— Pensando em você.

— Vem pra cama comigo.

— Bebi demais.

— Então eu vou pra sua cama.

Silêncio.

— Quando?

— Logo — prometi.

— Você já contou a ele?

— Logo.

Quando voltei para a cama, Francis estava dormindo. Examinei o seu rosto por um longo tempo sob a luz da lua. Tranquilo, familiar, benigno. Odiei cada linha dele.

18

Um Gosto de Dinheiro

Não havia lógica naquilo. Quando acordei na manhã seguinte, com dor de cabeça, desejei, subitamente, ver minha irmã. Eu queria falar com ela sobre todo aquele passado miserável. Aquele líquido escuro da vida da minha mãe remexido pela colher mordaz de titia Liza e pelas observações maliciosas da querida prima Ally. Era alguma coisa sobre a qual Virgínia e eu não havíamos falado a respeito, nos últimos tempos. Ela se recusava. Num psicologismo barato, ela negava — e eu não podia lembrar mesmo. O que eu sabia era apócrifo, era um diz que me diz, suposições. Agora o esboço havia se transformado numa pintura, e eu desejava dividir essa descoberta com a única outra sobrevivente.

Quando disse a Francis que desejava rever minha irmã, ele pensou que eu realmente tivesse implodido os miolos. A antiga crença de que as mulheres estão eternamente beirando a loucura é algo surpreendente de ser observado nos homens que as consideram iluminadas. Uns dois milênios de preconceito não podem ser superados em duas décadas, é o que parece. Mas suponho que Francis tivesse uma justificativa. Eu havia passado minha vida com ele tentando evitar esse tipo de confronto tectônico, e agora, àquela altura do nosso casamento, quando tudo era potencialmente seguro e sereno, eu não estava apenas sendo peculiar em meus próprios direitos domésticos, mas também estava a ponto de partir para a guerra — em termos fraternos.

Ele me mostrou isso. Com um olhar cansado, sugeriu que talvez fosse uma boa ideia viajarmos para um lugar tranquilo.

— Será que não é uma boa ideia abandonar as complicações e ir para a Índia, e depois ver como as coisas ficam na volta?

— Preciso fazer isso — respondi, sem hesitação. — Por mim.

— Bem, com certeza não é por *ela* — disse ele, olhando-me com certo desdém. Mas amoleceu e disse: — O que é que você vai fazer? Ir até ela — pequena pausa, quase indistinguível, isto é, se eu não conhecesse o meu marido — ou convidá-la a vir até aqui?

— Oh, Deus — resmunguei. — Não me pergunte...

— Pobre de você — disse ele. — Eu disse que talvez fosse melhor esperar.

Ele soava suspeitosamente convencido. Então apenas riu.

— Oh, Dilys — ele disse. — O que quer que você faça não vai estar certo.

— E daí?

— Então faça o que quiser. Pelo menos dessa maneira alguém vai ficar feliz.

Minha vez de parecer brilhante:

— Eu entendo que toda tragédia esteja bastante próxima da comédia — eu disse. — E que não há coincidência no fato de todas as grandes tragédias gregas — Medeia, Agamenon, Antígona — terem a ver com famílias. Mas isso não é engraçado.

— Ai, acorda, Dilys! — Ele estalou os dedos, subitamente irritado. — E não exagera. A vida é boa, não é?

Arregalei os olhos para ele. Eu não o ouvia usando aquele tom de voz desde que James fora suspenso da escola. Ele subitamente parecia muito zangado, e havia gelo no olhar que me lançou.

— E você e sua irmã mal se encaixam nessa história de tragédia grega. Vocês ultrapassaram esse drama. Por que você agora resolveu, de repente, virar tudo de cabeça para baixo? Pelo amor de Deus, o que há de errado com você?

Isso era tudo que eu queria. Francis perdendo a cabeça. Já estava na hora. Ele saiu de casa de cara amarrada e batendo a porta, e, enquanto assistia à saída do seu carro, prometi a mim mesma contar-lhe sobre Matthew e eu, tão logo houvesse conversado com minha irmã. Então, com o passado acertado, eu poderia caminhar em direção ao futuro, limpo e íntegro, outra vez. Para o lugar no qual eu deveria estar para além dos salgueiros. Isso era o que eu achava, com grande alívio, e me sentia totalmente justificada, enquanto via que ele arranhava as marchas à medida que o carro saía aos solavancos e subia a rua. Chega de mentiras. Chega de segredos mal sepultados. Aquela pequena revolta de Francis cristalizara todas as coisas. Era difícil renunciar às boas coisas. Desde o instante em que conheci Matthew, desejei que meu marido deixasse de ser bom comigo, de modo que eu pudesse o abandonar. E agora ele reagira. O problema com minha irmã é que, não sendo capaz de fazer nada direito, eu ainda tinha de atravessar o ritual agonizante de tentar — e geralmente falhar — escolher o menos errado. Nesse caso, era bastante simples: eu teria de lhe telefonar e dizer: "Eu gostaria de almoçar com você e

(a) esperar que ela me convidasse à sua casa e me oferecesse o almoço;
(b) sugerir que ela viesse a um restaurante da cidade e que eu pagasse o almoço;
(c) sugerir que ela viesse a um restaurante da cidade e não esperar que eu pagasse;
(d) sugerir que viesse almoçar comigo em minha casa;
(e) sugerir que ela viesse a um restaurante da cidade e que dividíssemos a conta;
(f) sugerir que eu fosse ao restaurante de lá e que nós dividíssemos a conta;
(g) sugerir que almoçássemos lá e que eu pagasse;
(h) sugerir que levássemos um sanduíche a algum lugar;
(i) sugerir que deixássemos o almoço de lado e que nós duas levássemos aperitivos e tomássemos batidinhas de vodca;
(j) sugerir que ela precisava perder um pouco de peso e esquecer a história toda."

Tudo isso seria errado. Francis tinha toda razão. Mas o que seria mais errado? Percorri as possibilidades com ele mais tarde, quando nós dois havíamos comido humildemente nossa torta e pedido desculpas um ao outro. Ele estava preocupado por ter ido longe demais, e eu estava indiferente. Trégua!

Ao final da lista, ele disse, com a expressão impassível, que havia outra possibilidade.

— Qual? — perguntei, ansiosa.

— Convidá-la à nossa casa para o almoço e depois pedir a ela que pague por ele — ao que ele começou a rir.

Outro prego no seu caixão, meu marido, pensei, amargamente. Ninguém tem família normal. Mas existe um senso maravilhoso de *vingança* sem dúvida, quando você consegue ver uma que é muito pior do que a sua.

O absurdo põe todas as coisas em perspectiva. Telefonei a Virgínia e disse:

— Olhe, preciso ir a Kingston. Posso lhe oferecer um almoço? Você estaria me fazendo um verdadeiro favor.

— O que é que você vai fazer em Kingston? — ela perguntou, delicadamente.

— Não me pergunte — eu disse, pensando que apararia as arestas no momento em que a visse. Não seria fácil. Se eu dissesse que era para comprar alguma coisa específica, alguma coisa que estava incompreensivelmente disponível apenas em Kingston, eu perderia dos dois lados: uma, por ser uma eclética um tanto esnobe, e outra, por ter o dinheiro para obtê-la.

No fim, pedi a Petra que me indicasse um bom restaurante vegetariano na vizinhança e, depois, a abençoei por contar uma mentirinha de que ela queria que eu lhe fizesse uma pesquisa de mercado visitando-o. Achei que isso era excepcionalmente inteligente — a mente se infantiliza em tais situações —, mas Petra, como quase todos os vegetarianos, não é dada a mentiras — faz parte do sistema. No fim, ela concordou de má vontade e franziu os lábios quase como meus filhos quando levavam uma bronca.

Francis estava altamente surpreso com meu deleite no plano. Cafajeste insensível, pensei, faminto por essas falhas.

— Amor — ele falou, empunhando uma raquete imaginária. Ele balançou a cabeça, a boca mostrando o traço de um sorriso. — Eu não tinha a menor ideia de que você fosse uma mentirosa incorrigível!

— Devo ter saído à minha tia — eu disse, afiadamente. Mas ele ignorou a ironia.

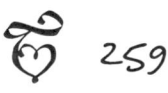

— Ela não é sua tia de sangue, foi casada com o seu tio, querida. E ah, sim... Agradeço à minha estrela por nunca ter de confrontá-la na corte.

Haveria alguma ponta de sarcasmo naquilo? Quem se importava? Eu estava quase livre. Sorri apenas, com doçura e carinho, e esperei que aquilo atingisse o meu insensível coração. Ele devolveu o sorriso, aliviado, imagino. A esposa louca retorna do sótão, dócil, para a cozinha.

— Se tudo ficar muito pesado, pense naquela ideia da Índia e do retiro espiritual — disse ele, meio animado. — Recomende à sua irmã. Ela também deve precisar de um refresco para a alma...

Na manhã do dia em questão, enquanto tomávamos café da manhã, ele espalhou algumas brochuras e uns dois guias turísticos com dez centímetros de espessura sobre a mesa.

— Não esqueça — disse ele —, nós vamos precisar de filmes e coisa e tal.

— Ah, deixa comigo.

Ele me perfurou com seu olhar.

Droga: homem errado, férias erradas.

— Guardei das nossas últimas férias — gaguejei suavemente. Sorri. — Mas vou ver se ainda estão na validade.

Ele então, graças a Deus, foi para o seu escritório, e eu, graças a Deus, fui para Paddington... Uma rota interessante para se chegar a Kingston, mas as necessidades exigiam.

Naturalmente que minhas boas intenções sobre sentar com Matthew e ter com ele uma conversa séria derreteram-se na chama quente pelo fato de que não nos víamos há quase uma semana. Ele também tinha um bando de coisas sobre a Índia espalhadas pela cama, apesar de não serem as mesmas brochuras ou livros ilustrados.

— Fiz um roteiro, uma lista de todas as coisas que precisamos levar e todas as coisas sobre saúde. Você pode dar uma olhada em tudo mais tarde — disse ele, atirando as tralhas na minha bolsa. — Você vai ver a verdadeira Índia, mas nós não ficaremos nos Holiday Inns da vida, e você vai ter que ser cuidadosa.

— Nunca fiquei num Holiday Inn na minha vida — respondi com certa indignação. — Nós sempre ficávamos nos Palácios dos Marajás.

— Bem, um hotel indiano de três estrelas é um *pouquinho* diferente.

Seus olhos tinham o brilho das estrelas, e seu sorriso nada tinha a ver com as doenças indianas. Ele me recordava uma criança numa loja de doces, e eu ri. Eu já estava tirando a camisa dele por cima de sua cabeça.

— Não me importo, desde que eu esteja lá com você.

Eu ia beijá-lo, mas ele recuou.

— Você já falou com...

Mas a Índia, Francis, tudo podia esperar.

— Esta noite.

— Não estou brincando — disse ele.

— Nem eu.

Eu havia me esquecido do quanto rejuvenescera, com aquela sensação de estar exatamente onde eu queria estar. Matthew tinha razão. Como eu sempre soube que ele tinha razão quando nós estávamos juntos. Isso não poderia continuar; não havia uma razão para viver e não estar com a pessoa que fazia você se sentir viva.

— Estamos, os dois, ao que parece, suspensos no tempo e no espaço — ele acabou dizendo. — Eu existo num pequenino canto da sua vida. O resto dela, grande parte de seus dias e noites, é um completo mistério para mim, e eu nem existo para ela. Ninguém que seria importante que você conhecesse para entender mais a meu respeito e ninguém que eu conheço — meus amigos e minha família — sabem alguma coisa a seu respeito, exceto de forma indireta. Eles não sabem se você é casada, se está a meio caminho de uma doença terminal, se tem três cabeças... Alguns pensam que você é menor de idade, outros pensam que você deve estar beirando os 90, outros ainda pensam que você é famosa. Todos especulam as mais extravagantes possibilidades, e eu, simplesmente, desejo que eles a conheçam e saibam quem você é... Uma coisa normal, lembra o que é isso? Normal!

— Eu tenho uma vida normal. Normal demais para o meu gosto!

— Bem, vamos ter que gastar algum tempo buscando normalidade nesta relação, e não sei se será fácil! Nós não estamos indo a lugar algum — disse ele. — Já se passaram seis meses.

— Quase.

— Você tem certeza de que pode abandonar as regalias da elite? — Ele me lançou um olhar de gozação. Já tínhamos jogado assim antes. "Será que ela pode viver sem regalias?!"

— Não apenas posso, como vou acabar tudo esta noite mesmo. Eu só quero me acertar com Virgínia. Se eu fizer as pazes com o passado, posso começar tudo outra vez. Em meu coração, estou preparada.

Ele me olhou de modo cético. Mas era verdade. As coisas haviam começado a me incomodar desde a visita de minha tia. O exterior bem mantido da casa, o pátio impecável, os sofás e as poltronas confortáveis e estilosas, as prateleiras de livros, o bar, as estantes para o som e a televisão, os carpetes e as cortinas, o papel de parede e os acabamentos da pintura, os inúmeros abajures italianos que eram responsáveis pela discreta iluminação da noite, os porta-retratos que exibiam a família feliz por toda a casa, os Ivon Hitchen e as antigas telas de Hodgkin. O tapete não se sabe de onde, provavelmente persa, aquelas torneiras âmbar, os cristais, a porcelana, os talheres de uso diário e o faqueiro para grandes ocasiões, a mobília lustrada infinitas vezes...

Olhei em torno do quarto de Matthew. Percebia-o na pouca quantidade de suas roupas, na natureza improvisada dos pôsteres colados atrás das portas, na falta de toques pessoais, na forma como os livros eram empilhados contra as paredes desde que Jacqueline levara as estantes, as quais não haviam sido substituídas — era um espaço provisório, e ele estava pronto para partir a qualquer momento, um daqueles desprendidos invejáveis que você vê apenas com uma mochila nas costas, um violão a tira-colo e um espírito nômade. No batente empoeirado da janela, estavam nossas tacinhas para ovos quentes. Os únicos símbolos de posse conjunta. Estavam ali porque tinham um sentido, faziam ressonância. Não eram como aquelas coisas que duravam para a vida toda que Francis e eu dispúnhamos pela casa como uma versão discreta do casamento hindu: sagrado e imutável. Era para a minha juventude que eu estava mirando — sereno primeiro amor —, o primeiro amor para o qual dei as costas quando disse "sim", em Henley.

Talvez eu entendesse as histórias de amor antes, mas nunca soube — até conhecer Matthew e aquele quarto vazio e bagunçado — quão bem Shakespeare conhecia suas amantes — sempre desejando ser o rouxinol e não a cotovia... Mas uma coisa eu vou dizer à tirana que é minha irmã: mesmo as necessidades urgentes do amor curvam seus joelhos trêmulos diante dela. Apesar de um desejo intenso de fechar as cortinas, tirar o telefone do gancho e ficar juntos na cama o dia todo, eu tinha de me levantar. Lavei cada gota de aroma de nossa ligação ilícita do meu corpo, fiz uma promessa a meu amor para iluminá-lo e parti para Kingston, tentando forçar um sorriso falso na minha cara, empurrando todos os mapas e informativos sobre a Índia para o mais fundo possível da minha bolsa. Tudo de que eu *não* precisava era que minha irmã descobrisse que eu estava planejando férias exóticas, e aquilo iria matar toda a conversa até o Natal.

— Conte a ela sobre mim — foi a recomendação altamente hilária dele ao se despedir. — Ela pode ser a primeira a saber. Ela gostaria disso...

Dei-lhe um aceno de rainha e saí. Eu sentia um súbito e gélido tijolo descendo pela minha garganta ao pensamento do que ela diria se eu lhe contasse sobre ele. Ou melhor, é claro, *quando* lhe contasse.

Quando nos sentamos uma de frente para a outra, em meio ao painel de árvores e às toalhas de mesa de motivos campestres e de toque suave para as mãos, ouvindo música de ioga e bebericando sucos de framboesa, Virgínia perguntou:

— Você emagreceu?

Vindo dela, não era um elogio; ao contrário, era uma crítica para derrubar.

— Talvez um pouquinho — murmurei por cima do meu suco de framboesa enquanto me segurava para não mostrar a minha situação. E quase acrescentei que no futuro tentaria não emagrecer mais. Em vez disso, porém, disparei uma afronta. Algo perigoso, mas eu me sentia perigosa:

— Você também teria perdido peso se estivesse correndo para lá e para cá com Francis, três velhinhos e a querida prima Ally.

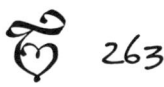

— Bem, mas você se voluntariou — disse ela afiadamente.

— Você não está me criticando, está, Ginny? — eu disse, deixando a brincadeira de lado e lembrando-me de estar caminhando na ponta dos pés, sobre cascas de ovos. — Espero que não.

Então ela pareceu retrair-se, não que se pudesse dizer que minha irmã estava se retraindo, pedindo desculpas ou mostrando-se apreensiva — tudo isso tinha a mesma expressão no seu rosto, até onde eu sabia. Entretanto, uma sombra de remorso passou pela sua face.

— Nós não fazemos isso o suficiente — disse ela.

— Não mesmo — concordei.

— É um pouco culpa sua... — disse ela.

Aqui vamos nós, pensei.

— ... nunca sobrou muito espaço para mim em sua vida, que dirá em sua carreira, e em sua família, e...

— Você também tem uma família, tanto quanto eu.

— Mas você tinha Carole — acrescentou ela. — Eu sempre invejei aquela sua amizade... Você deve sentir falta dela.

Ela disse aquilo com uma solidariedade não costumeira. Subitamente eu estava de volta à estação de Bristol, olhando para os trilhos, sentindo aquele buraco frio enorme dentro de mim. Haviam se passado apenas seis meses, meio ano, nada em termos de pesar. Matthew era a única coisa que me aquecia agora. Eu queria contar a ela, deixar caírem as barreiras. Ela era minha irmã. Por que não? Então ouvi uma musiquinha, Virgínia corou e começou a procurar algo em sua bolsa.

— Virgínia! — Não pude deixar de exclamar. — Você tem um *celular*... Você sempre disse que era coisa de gente esnobe. (Ah, a máscara havia caído.)

Ela teve a graça de olhar meio surpresa, meio exasperada.

— Eu precisava de um para entrar em contato com Bruce e foi de graça, com a nova máquina de lavar.

Não pude resistir.

— Estou feliz que você tenha uma nova máquina de lavar.

— Bem, a outra tinha...

— ... um milhão de anos. Bruce tem uma porção de macacões para lavar; isso não é um luxo...

Ela estava travando um debate interno sobre qual seria a maneira de ter uma briga com sua irmã — lá estava aquela apreensão —, então desistiu da briga e riu também.

Apanhei meu próprio celular e pedi a ela que me desse o seu número para que eu pudesse gravá-lo. Ela pareceu satisfeita e me disse. Então registrou o meu. Estávamos quites.

— Ah — eu disse, excitada —, podemos enviar mensagens de texto uma para a outra. E você pode ver John e Petra na página da web e...

Percebi que ela estava olhando para mim petrificada. Eu havia quebrado vários ovos para o omelete. Em torno dos meus tornozelos, corriam todas as gemas e claras de nosso mundo frágil. O celular de Virgínia não dispunha de muitos recursos tecnológicos. Vindo de graça com a máquina de lavar, não lhe dava direito a um de alta tecnologia. Por que estávamos nos expondo tão abertamente diante de uma coisa tão estúpida como um celular, quando eu estava prestes a revirar todo o meu mundo — e, de alguma forma, o dela —, de dentro para fora, de cima para baixo e para os lados? Que se dane, pensei, num perigoso lampejo de loucura. Se minha irmã estava numa boa comigo, quando eu estava com problemas, ela podia ficar sabendo de tudo. "Matthew", eu queria gritar. "Estou apaixonada por Matthew." Aquilo era tão grande, tão escuro e tão amedrontador que ela passaria a ser minha amiga pelo resto da vida. Eu precisava tanto contar urgentemente a alguém que sentia dor e, certamente, com certeza mesmo, era para isso que as irmãs eram postas no mundo.

Eu disse:

— Virgínia, eu conheci um homem...

Mas ela de pronto levantou a mão.

— Nem sequer comece a me dizer que você conheceu alguém que seria perfeito para mim: ele tem olhos lindos, suas personalidades combinam, vocês têm tudo a ver e se dariam bem num estalar de dedos blá-blá-blá...

Ocorreu-me, sem notar, que ela estava fazendo um bom resumo de Matthew. Mas daí, abruptamente, tudo acabou. Ela se inclinou sobre a mesa, apontou o dedo para o meu telefone e deu um murro no ar.

— Me diga, quantas vezes você precisou de três quartos das funções que esta coisa pode fazer?...

E sentou-se de volta, cruzando os braços, e olhando triunfantemente.

Sacudi a cabeça.

— Você tem razão.

Ela sorriu.

— Eu sei que tenho.

Deixamos nossos celulares de lado. Ela se inclinou sobre a mesa e apoiou o queixo sobre as mãos.

— Agora — disse ela — me conte tudo sobre titia Liza. E a querida e venenosa prima Alison. Não há dúvida de que ela fez da vida um grande sucesso, afinal, tanto dinheiro e esforços colocados ali...

— A querida e venenosa prima Alison bebe.

— *Bebe?* — Virgínia parecia deleitada. — O que você quer dizer com isso?....

— Hum... Como um gambá! E titia Liza dá um jeito de chamar isso de cansaço, ou estar mais arrumada do que o normal, ou simplesmente ignora. Ah, e ela se casou com um egípcio! Titia Liza se refere a ele como um príncipe, naturalmente.

— É claro!

— De qualquer maneira, Alison agora está divorciada dele e um dos filhos dela é gay...

Chão firme, pelo menos.

— Gay? — disse Virgínia, sorrindo com tremenda satisfação. — Porra!

Eu a peguei usando uma linguagem chula e vulgar para expressar o quanto estava impressionada. Então, num dos seus penetrantes e bastante descontraídos lampejos de compreensão, acrescentou:

— Pelas estatísticas, alguém da família ia acabar sendo...

Eu permiti aquela mentira.

— E Eliza continua a mesma velha e esnobe Eliza: cortinas de fumaça para disfarçar a realidade da vida, tudo pelo melhor e do melhor gosto possível. E mora num flat bem pequeno, numa parte deprimente da cidade. Não é nem de perto aquele casarão com garagem...

— Ela está feliz?

Eu não havia pensado a respeito disso antes, mas agora eu me lembrava daquelas palavras de adeus ditas dos degraus surrados da porta da sua casa. Se você vive uma mentira por tempo suficiente, presumivelmente ela acaba perdendo a força.

— Sim — eu disse. — Acho que ela está feliz sim.

— Bem, não são muitas as pessoas que podem se dizer felizes quando estão perto do fim, não é mesmo? — disse Virgínia com amargura. — Veja mamãe.

Nós olhamos uma para a outra. Lá estava, subitamente, o passado, estendido entre nós como uma grande mancha escura. Abri a boca para falar, mas ela foi mais rápida:

— Mas era Lichfield — disse Virgínia, franzindo o nariz. — Lichfield?

— Ah, Lichfield é muito legal — eu disse. — A catedral é espetacular e tem um clima agradável...

Errado. Virgínia já estava se ressentindo.

— Sim, bem — disse ela —, eu nunca estive...

Como sempre, presumia-se que uma de nós era hedonista e rica e não fazia nada na vida a não ser viajar da catedral de uma cidade para outra, apenas para jogar na cara de sua irmã...

Sorri humildemente e disse:

— Mas Liza não está em nenhum lugar perto do centro. Presa na periferia, largada, de fato. Pelo menos foi essa a sensação que tive. Alison parece ter herdado toda a riqueza que havia para herdar.

— Como estão caindo as divindades, teria dito vovó!

Por uma vez ao menos, estávamos de acordo. Eu começava a pensar que, afinal, aquela era a coisa certa a fazer.

— Querida vovó. Eu sinto muita falta dela.

— Ela era muito má comigo — disse eu.

Virgínia ignorou isso, como sempre.

— Bem, Liza merece. Falando sobre humilhações... Quando eu me lembro de como ela nos tratava... Como foi que nossa mãe resistiu, isso eu não sei. Eu lhe teria dado o que merecia se ela tivesse feito aquilo comigo.

— Liza era muito... excêntrica com relação à mamãe. Aparentemente, elas foram muito boas amigas, dividiam segredos...

Vi nuvens passarem pelos olhos de Virgínia, como sempre acontecia quando o passado era mencionado.

— Ela não a suportava. Ninguém a suportava.

— Eu não acredito que tenha sido sempre assim.

— Não? — O olhar de Virgínia endureceu.

— De qualquer modo, todas as pessoas têm suas razões secretas para agir como agem. — Tentei fazer com que soasse tão leve quanto possível. — Afinal de contas, olhe para nós.

— Nós? O que é que você quer dizer? Nenhum segredo em relação a nós. Você se deu bem, e eu fiquei para trás.

— E por motivos que desconheço, isso atinge você até o pés...

Os olhos permaneceram frios como pedra, mas Virgínia não disse nada.

— Por quê? — perguntei.

— O que você quer dizer com por quê?

— Bem, por que o fato de eu ter me dado bem deveria fazer tão mal a você? Geralmente as famílias ficam felizes com o sucesso das pessoas.

— Nos seus sonhos. De qualquer jeito, isso não aconteceria se você não ficasse se exibindo por aí, ostentando.

— Eu não ostento.

— Você gasta dinheiro como algumas pessoas gastam papel higiênico.

Aquilo fora demais. Até ela se dera conta.

— Desculpe — disse ela. — Isso não é justo.

— Você deve pensar isso, se disse. Por quê?

— Oh, porque...

— Estou esperando...

— E como vão as senhoras? As especialidades da casa são tabule de queijo parmesão com azeitonas recheadas com pimentão, *quebergine* e *bruschetta* de amêndoas crocantes, sopa fresca de ervilhas verdes...

Numa voz aliviada, Virgínia disse:

— Sopa, por favor.

Eu, ausente, desesperada para voltar a meu foco, optei pela sopa também. Ao que minha irmã falou:

— Você não pode — e chutou-me por debaixo da mesa.

Naquele momento, a minha redoma de humildade se rompeu. Papel higiênico, o caramba. Eu não tinha 10 anos, pelo amor de Deus, e, a despeito das minhas criancices de ultimamente, éramos ambas adultas.

— Sopa — repeti, ainda mais alto.

Quando Virgínia disse com ardor:

— Dilys, você não deve pedir o mesmo que eu. — Eu a vi enrubescer.

— E por que não, diabos? — disse eu, minha voz se elevando. — Estou cheia e cansada de ficar de olho nos meus passos por sua causa, e se eu, diabos, quero uma sopa idiota de ervilhas verdes, vou pedir uma sopa idiota de ervilhas verdes!

Minha mandíbula subiu, meu queixo caiu. Eu *tinha* 10 anos afinal, e este era o meu grande momento. Que ele girasse em torno de uma tigela de sopa orgânica de ervilhas verdes pode parecer um pouco forçado, mas garanto a você que o sangue subirá. Afinal, eu estava prestes a explodir minha família inteira, metaforicamente falando, e fugir para a Índia com meu amante independente; então, por que não partir para o ataque, quebrar e explodir a chance de unidade fraterna do mesmo jeito? Com sopa ou sem sopa.

Virgínia olhava para baixo, parecendo muito mansa.

— Bem, acho que todo o restaurante ouviu isso, Dilly... O.k., eu vou pedir a *bruschetta*.

Jesus Cristinho, eu venci, pensei!

— Alguma bebida para acompanhar estes pratos? — perguntou a garçonete nervosa.

— Sim. — Estalei os dedos. — Vamos tomar uma garrafa de alguma coisa realmente boa e por minha conta.

Desafiei Virgínia a dizer alguma coisa, mas ela ainda estava olhando para baixo. A garçonete voltou com a carta de vinhos. Então vi que os ombros de Virgínia estavam movendo-se para cima e para baixo. Oh, meu Deus, eu a fizera chorar. Bem, nada de voltar atrás agora.

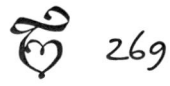

— Ginny? — disse eu, consternada.
— Sim? — resmungou ela.
— Eu precisava me autoafirmar. Você não pode estar sempre no controle, entende? Não é bom para você!

Até para mim, do alto da minha soberba, isso soou bastante puritano.

Os ombros continuaram a sacudir, a cabeça permaneceu abaixada, mas, é claro, ela não estava chorando de modo algum: estava rindo, e muito.

— Você é uma completa doida — disse ela, usando uma expressão de lunática escolhida a dedo. — Eu não estava dizendo a você o que comer. Eu estava pensando na pesquisa de mercado de John e Petra. De nada adianta se nós duas dermos a nossa impressão sobre a mesma sopa idiota de ervilhas verdes, não acha?

Depois, sopa e *bruschetta* devidamente degustada, e uma conversa de detalhes preciosos demais relativa às qualidades de cada prato e, suponho, embalada pelo vinho, tentei orientar-nos para uma conversa mais significativa. Virgínia deslizou escorregadia como sabonete no banho. Ela me observou enquanto eu bebia minha segunda taça de vinho e, então, disse, bem tipicamente:

— Imagino que, se você for pega dirigindo bêbada, tudo que Francis terá que fazer é ter uma palavrinha com o juiz local...

Abertura perfeita. Pousei minha taça sobre a mesa, suspirei profundamente e disse:

— Virgínia, por que é que você sempre tem que me diminuir?

Ela piscou.

— E por que é que você pensa em mim e no dinheiro como algum tipo de conspiração perversa? — perguntei.

— Porque você está montada nele e sabe muito bem como usá-lo.

Fiquei chocada com a raiva.

— Virgínia, o que foi que eu fiz a você?

Ela ergueu suas sobrancelhas igualmente chocadas, como se dissesse *"como é?!"*

— Sim, você! Tomei uma taça de vinho e mais um pouquinho, e você já está inventando história sobre os direitos de dirigir bêbada e meu marido molhando as mãos das autoridades... Que diabos de imaginação criativa esta sua!

— Ah, não exagere! O dinheiro fala.

— Virgínia, é você que exagera. É como se você não encontrasse nada de bom em mim...

Ela olhou pra mim com aquele *"como é que é?"* outra vez.

— Você não precisa que eu encontre nada de bom em você. Você venceu por si mesma.

— Lá vem você outra vez, fazendo um cumprimento com uma crítica.

— Bem, você acha que merece toda essa sorte?

A voz dela se elevara. De onde quer que ela houvesse tirado aquela voz, era de um lugar muito profundo e muito, muito turvo.

— Eu quero dizer, era eu, era sempre eu, e depois veio você...

— O que significa isso?

— Entenda como quiser...

— Não, eu gostaria que você me explicasse. Não pode ser apenas uma questão de ciúmes, pode?

Virgínia sentou-se empertigada e parecia absolutamente escandalizada. Bem próxima das lágrimas também. Mas fomos salvas pelo omelete à espanhola que foi posto à minha frente. A garçonete, cautelosa, serviu a Virgínia o *tagliatelle* com pimentões recheados, acompanhado de um olhar de solidariedade. Era bastante estranho estar no lado da sanidade ao sair com a minha irmã. O oposto era geralmente verdadeiro, fora aquele seu chilique gritando que eu era uma mandona esnobe, quando nós quatro viajamos num fim de semana (única vez...), e eu tentara explicar o trajeto pormenorizado da viagem. Em resumo, ela entraria na estrada errada e estava explodindo de raiva porque nós simplesmente não a ajudávamos e deixávamos tudo por conta dela... O mapa devia estar errado! E, claro, era o meu mapa!

O problema com pessoas como Virgínia é que pessoas como eu tentam ao máximo não ofender, sabendo que aquelas frágeis "cascas de ovos" são muito, muito antigas. Quando elas finalmente se quebram — e elas sempre acabam por se quebrar —, exalam um mau cheiro terrível.

Aguentei pacientemente um bombardeio de palavras muito educadas, enquanto tentava mostrar que o leste ficava geralmente do lado oposto ao oeste. Bruce, depois de me lançar um sorrisinho culpado, mas solidário, foi correndo atrás dela como um coelho assustado. Francis resmungou com certa pena, e não mais os vimos — de nenhuma maneira evidente — até o domingo, quando estávamos prontos para voltar. Mas então, pelo menos, eu sabia que os outros percebiam que era ela a louca, e não eu.

Dessa vez a garçonete me listara no papel de vilã, uma injustiça que fez apenas com que eu me decidisse ainda mais a descer até o fundo do poço de toda essa coisa reprimida, desse no que desse. Ter estado com minha tia e tido meu passado horroroso remexido, ouvindo como ela lidara com o dela, azeitara minha determinação. Isso e uma súbita lembrança que eu tinha de uma conversa ocorrida alguns anos com um psicanalista que eu conhecera numa festa, pouco depois daquela dimensão "leste *versus* oeste". Eu estava tão desesperada que fiz aquela imperdoável coisa de agarrá-lo pelo colarinho em frente à tábua de queijos. Ele mostrou-se gentil e fez a situação parecer melhor do que era.

— Pessoas totalmente inseguras pensam que o mundo todo está contra elas e costumam explodir quando têm a sensação de estar sendo mandadas.

— Bem, eu não sei por que ela deveria se sentir tão insegura — disse eu, rispidamente — quando eu não...

Ele levantou uma sobrancelha àquela declaração.

— Você já tentou perguntar isso a ela? — disse ele, muito firmemente.

— Bem, nós duas tivemos a mesma criação.

— Duas pessoas não são criadas de forma exatamente igual — disse ele, ainda mais firmemente.

— Ela não quer falar a esse respeito.

— Pessoas que não querem falar sobre as coisas estão geralmente amedrontadas ou infelizes a respeito dessas coisas. Por que não tentar?

Vinte anos se passaram desde a sugestão dada por ele, e aqui estávamos nós. Por que não? O que minha irmã escondia em seu armário que era tão diferente do meu? Olhei para meu omelete e, então, voltando meu olhar para cima, vi os olhos de Virgínia passearem do meu prato para o dela. Ela estava *comparando a droga dos pratos...* Isso era ridículo! Ah, bom, já que eu entrara na chuva, iria me molhar! Tomei um desafiador gole do Pinot e comecei.

— Ginny — disse eu —, quando estive com titia Liza e Alison, muitas dessas lembranças foram reviradas. Toda aquela coisa de nós sermos as primas pobres e inferiores...

Eu a vi estremecer. Por que, eu me perguntei, a ideia de ser inferior quase mata minha irmã e mal consegue me arranhar?

— E aquilo me fez refletir sobre nós — você e eu — e por que existe este abismo que nos separa.

Ela continuava comendo e não olhava para cima.

— Por que sempre parecia estar brava comigo e com o mundo, quando era uma estrela? Todos gostavam de você, você era bonita, você era inteligente, era tudo que quisesse ser — e eu era apenas um pinto molhado insignificante, em comparação...

Ela dava garfadas em seu *tagliatelle* como quem estivesse perfurando os olhos de alguém, então atirou o garfo no chão. O barulho fez com que todas as pessoas ao lado se virassem.

— É exatamente isso — silvou ela, agarrando sua taça e apertando-a com tal força que os nós dos seus dedos estavam brancos. — Você era apenas, digamos, um zero à esquerda, uma amolação; ninguém contava muito com você se dando bem, e agora, olhe para você...

— Está se referindo a *dinheiro*?

— Eu quero dizer todas as coisas. O pacote completo. Todos os badulaques que acompanham o sucesso absoluto. Nunca vai faltar nada a você. Nunca vai precisar se perguntar se o seu marido te ama, ou se seus filhos e netos querem estar com você, ou se você vai ter dinheiro para viajar naquele feriado ou para comprar aquela comida... Você me superestimou — todos —, e tudo sem dor ou vergonha. Eu fui criada para acreditar que era alguém. Eu tinha expectativas, você não tinha nenhuma. Aquele nirvana da psique que supostamente todos devemos almejar por...

— Ei, ei — quase gritei. — De onde foi que você tirou todas essas coisas? Nirvana da psique?

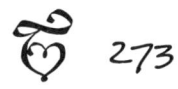

Virgínia estava satisfeita.

— Eu li isso num livro — disse ela. — Você não conhece tudo. — Ela tinha o punho erguido agora. — Ao contrário de mim, você não tinha expectativas enquanto crescia, por isso, nada perturba você. Você tanto pode falar com um duque como pode falar com um...

— *Débil?*...

Ela teve a graça de sorrir.

— Você não se dá conta porque está vivendo isso. Você pode se dar o luxo de rir disso porque tem tudo. Mas eu gostaria de ver você vivendo o que eu tenho vivido. Conhecer alguém numa festa que pergunta ao Bruce "que você faz para viver?".

— Esta é uma coisa muito mal-educada de se fazer...

— Lá vem você outra vez, pretendendo ser a duquesa... Então, quando Bruce diz que é bombeiro-encanador, tenho que suportar eles nos olhando como se fôssemos inferiores ou começarem a falar sobre os vazamentos de suas casas ou qualquer outra coisa e então você passa a ser um prestador de serviços.

— Virgínia, você não pode esperar que eu leve isso a sério. Bruce é um artista entre...

— Ele é *um bosta de um encanador*, Dilly. Pare de transformar isso em arte...

O *"bosta do encanador"* também fizera saltar os olhos dos demais clientes nas outras mesas. Nós estávamos certamente entretendo-os. Calei o bico. Não por causa disso, mas para deixar minha irmã dizer o que pensava. Não gostava do cenário, mas pelo menos ela estava dizendo *alguma coisa* afinal.

Ela bebeu outro gole do seu vinho.

— Ah, nada é sério para você porque nunca precisou passar por esse tipo de humilhação. Não ter expectativas é fácil. É pior quando você tem, e elas são tiradas de você. Mesmo quando você era pequena e as piores coisas estavam acontecendo em nossa casa; você era muito criança para levar a sério... Foi quando *eu* perdi alguma coisa maravilhosa... Uma mãe que apostava em mim, uma casa que estava cheia de coisas boas e roupas bonitas... Abraços, lareira aquecida... Então aquele homem veio para casa, e mamãe ficou grávida e tentou suicidar-se, e não havia nada em casa para comer, e ele vivia soltando farpas pela casa. Vovó, que me adorava, teve que ir embora e viver em algum outro lugar. Eu nunca tinha apanhado na vida, nunca tinha ficado de castigo, mas ele me batia por estar olhando para ele, por deixar derramar sua cerveja quando eu servia o copo dele e até por eu respirar. Ele nunca bateu em você. Ele dizia que você era dele, verdadeiramente dele. "Pelo menos esta aqui é minha, de verdade", ele dizia. Então, quando finalmente ele partiu para sempre, e nós fomos deixadas no frio e no escuro, você nunca parou de chorar. Você estava sempre lá, na cama, no colo dela, mamando nela; ela não a tinha desejado, mas tinha que cuidar de você, o que significava que não podia cuidar de mim. E as tias e primas todas me esnobaram porque eu tinha sido uma princesinha, mas nunca mais voltaria a ser. Eu nunca devia ter me casado com Bruce. Quando vi o que você conseguiu, aquilo fez com que eu me sentisse doente de raiva...

Ela parou e entornou sua taça. Tive de me impedir de dizer "Bem, Virgínia, agora não seja boba, se você tem algo a me dizer, seja direta e desembuche...". Mas não fiz isso, graças a Deus. Fiquei ali sentada apenas, esperando, com toda a minha felicidade sendo sugada, esvaindo-se para fora de mim. Ser odiada daquela maneira? Virgínia havia esperado uma vida inteira para dizer todas essas coisas, e eu a convidara a fazê-lo. Eu pensava que era muito forte, invencível. Eu mal podia dizer a ela que enfiasse uma meia na boca e fosse embora.

Enchi sua taça novamente. Ela nem sequer percebeu.

— Ah, sim, irmãzinha, alguma coisa endureceu em meu coração. Eu devia ter 6 ou 7 anos e pensei: Oh, Deus, agora eu vou ter que cuidar de minha mãe... e daquele bebê idiota que ninguém quer... Nunca serei feliz outra vez. Aos *6 anos*, Dilys, eu pensei aquilo e, você sabe, nunca fui. Era tudo culpa sua. Ah, para que você precisou nascer? Você sabia disso? Isso foi o que fez de você ser tão... tão... (ela procurava pela palavra) intocável. Isso é o que você é. Intocável para tudo. Imune. Pelo amor de Deus, não dói ser rejeitada?

A dor de Virgínia era tão palpável e chocante que eu só podia esconder meu medo e me concentrar na coisa prática. Eu não fazia a menor ideia do que ser rejeitada como criança fizesse sentir; porque, para se sentir rejeitada, você precisa antes saber o que é se sentir querida.

Ela estava esperando, bufando pelo nariz como um dragão, os olhos duros e brilhantes como vidro polido.

— Eu acho que... — disse eu cuidadosamente. — Eu simplesmente... bem... fui em frente. Eu simplesmente vivi. Levantava pela manhã, respirava, e o dia era o que os dias são. Acho que nunca ansiei por nada de melhor; simplesmente flutuei acima de tudo, convivi com os problemas tanto quanto com os prazeres e fui adiante. Lembro como eu agarrava o que encontrava pela frente — até onde eu podia aguentar —, como no festival da colheita na escola: eram três batatas e duas laranjas, e o saco estourou, e o sr. e a sra. Corbett e as filhas deles, que eram nove, riram — eu não esperava nada melhor ou pior. Eu apenas as apanhei do chão, as coloquei sobre a bancada e voltei para a minha cadeira... caminhando entre os murmúrios como se eles não tivessem nada a ver comigo.

— Você não quis se vingar?

— Isso nunca passou pela minha cabeça. Eles tinham o que tinham, e eu tinha o que podia, e aquela era a ordem das coisas. Podiam ter sido abóboras caseiras e cestas de frutas lindamente ornamentadas, ou afeição, ou roupas. Quando eu não tinha sapatos até o dia do pagamento de mamãe, simplesmente não ia para a escola até ter um. Para mim dava na mesma...

— Você conseguiu lidar com aquilo, tudo aquilo, naqueles anos, muito bem — disse ela, rancorosamente. — Quero dizer, antes de conhecer Francis, e *você* passar a ser a princesa dourada.

— Não me lembro muito disso.

— Foi assim que você lidou com isso. Imune! Intocável! Eu me lembro de cada momento vivido. Do negro em volta dos olhos de mamãe, dos braços roxos, da falta de um dente, das lágrimas e, pior, do silêncio, da ambulância, do vidro entornado de pílulas, do uísque, ou de ser jogada escadaria abaixo na noite em que os oficiais de justiça vieram confiscar todas as coisas... todas as coisas, menos você. Eles deixaram apenas a cama em que você nasceu, na qual você estava deitada com mamãe, e minha cama que estava no outro lado do quarto. Você estava deitada, gemendo e sendo confortada, mamando no seio dela, enquanto eu era banida, para os espinhos, para o bosque, para a torre. Eu cresci sendo a princesa dourada. E meu pai, o rico e fabuloso rei, estava longe em altos-mares, e minha mãe era a rainha do seu pequeno palácio, e nós tínhamos boas roupas e mantínhamos nossas cabeças bem erguidas, e havia aquela fada-madrinha que cuidava de mim e me adorava, e, qualquer dia, eu me casaria com um príncipe...

— Ginny — disse eu —, você enlouqueceu de raiva?

Mas nada podia detê-la. Metade das mesas estava ouvindo também.

— ... E junto veio uma bastarda: magra, infeliz, gemendo, indesejada, e esta bastarda derrubou o palácio inteiro sobre as nossas cabeças... Todas as fadas que circundavam esta recém-chegada infeliz imediatamente reconheceram que ela trazia o demônio, aquela que nunca faz nada direito; mas a décima terceira fada, a que não havia sido convidada a vir com as demais, sussurrou sobre o seu berço e disse, sem que ninguém ouvisse, que algum dia você teria sorte, dinheiro, satisfação, um bom marido rico, amor e afeição e uma linda família para compensá-la pela sua vida como criancinha bastarda. Essas coisas, disse a décima terceira fada, irão sustentá-la pela vida. O resto dentre vocês pode pensar que tem tudo, mas ela irá mostrar-lhes que vocês não têm *nada*. Ela terá os ricos de bolso e os ricos de coração, e jamais os deixará.

Ginny ergueu os óculos, sorriu de um jeito amargo e disse:

— E, naturalmente, você nunca vai fazer isso, irmãzinha, vai? Você pode ser doce e de natureza generosa como todos dizem, mas não é louca. Esta é a areia de que você foi feita. A minha é Bruce. Eu o escolhi porque ele era um homem bom, quieto, confiável, que achei que seria gentil.

— Ele é gentil, muito gentil!

— Com um trabalho decente — de encanador, que nunca sairá de moda...

— Mas você o amava? — perguntei.

— Eu amava que ele me amasse. Aquilo me fazia sentir segura... Ele nunca viraria meu mundo de cabeça para baixo ou partiria meu coração — ou meu pescoço. Mas eu não tinha vivido o suficiente, Dilly. Eu não tinha vivido!

Aqueles remadores, aquele salgueiro-chorão, a decisão que resolveria minha vida.

— Eu também — eu disse.

Mas Virgínia não estava ouvindo.

— Ah, você! Você pegou tudo. O prêmio do caça-níqueis. Todas as coisas que eu não conhecia e subitamente queria. E não precisou sequer esperar. Não tinha nem 20 anos e logo surge Francis, e é o amor da década, o sonho dourado...

— Ah, Ginny, por favor, você está indo um pouco longe demais...

— Ah, Dilly, por favor, você mal tinha 19 anos, e o tesouro da vida foi dado a você numa bandeja.

— Eu o agarrei, da mesma forma que você e provavelmente pelas mesmas razões.

Ela olhou para mim com ceticismo.

— Você sempre foi uma nanica de nariz arrebitado — disse ela.

Muito reconfortante, pensei, dadas as circunstâncias. Eu estava feliz, apenas, dados os ouvidos atentos à nossa volta, que ela não houvesse substituído nanica por "vagin...".

— Obrigada! — eu disse.

— Não agradeça! De qualquer forma, você tem as próprias defesas contra as mentiras escondidas aí dentro. Quem foi mesmo que disse... "As coisas despedaçam-se; o centro não pode segurar"?

— Yeats — disse eu. — Poeta irlandês.

— Eu sei muito bem quem é Yeats — ela disse. — Eu só queria me lembrar de quem disse isso. Preciso lembrar que estudei literatura na escola, e você não?

— E devo lembrar que eu não me importo o suficiente. E você se incomodava com isso.

— *Touché!* — disse ela. — De qualquer maneira, nada vai desabar sobre o sr. e a sra. Perfeição, não é mesmo? Seja aqui, num canto escuro, representando as três irmãs feias e a rainha má...

Eu deveria ter pensado antes de falar. Eu deveria, mas estava tão hipnotizada pelo que ouvira, tão envolvida em toda a dramaticidade do momento, da verdade enfim, depois de todos esses anos de vazio e indiretas, que me esqueci de ir devagar e caí arrebentando com tudo.

— Ginny — eu disse, muito próxima e comunicativa —, você alguma vez pensou em fazer terapia?

Daquele momento, acho que devo me lembrar, provavelmente, dos olhos esbugalhados de sapo da garçonete, enquanto observava minha irmã empurrar sua cadeira para trás, de modo brusco, então, esbarrar no homem atrás dela, cujo prato de sopa, como consequência, derramara sobre toda a mesa, de modo que o conteúdo se espalhou como um pântano de algas verdes em direção à sua acompanhante, uma bela e jovem mulher — agora uma surpresa, bela e jovem mulher —, que não ficou muito feliz, parecia, por haver sopa de ervilha, orgânica ou não, pingando em seu colo.

Corri atrás de minha irmã, que, ao atingir a porta, voltou-se, levantou o dedo e disse, numa voz tão venenosa que eu tive de dar um passo para trás, para que sua saliva não me atingisse e matasse:

— Não venha atrás de mim e *nunca*, nunca tente entrar em contato comigo outra vez. *Você*, que começou toda esta baderna, tem a coragem de sugerir que eu esteja mentalmente fora dos eixos, que *eu* preciso de um psiquiatra, parece apenas, apenas parece, que é você que está fora dos trilhos.

Então ela saiu.

Em algum lugar do além, ouvi a voz de Francis, guia e mentor, dizendo: "Oh, *Dilys*, como é que você pôde?"

E a voz animada de Matthew dizendo: "Conte, ela ficará satisfeita."

Voltei à outra baderna, a mais próxima, e pedi desculpas a todos. Dei à garçonete uma gorda gorjeta, disse ao jovem e à sua bela mulher que pagaria a lavanderia e paguei a refeição de ambos. Tudo sem piscar. Saí em direção à bela tarde de setembro depois de ter colocado uma parte daquele mundo em ordem e compreendi, com um ressoante retinir na área do crânio, que, como dissera minha irmã, eu vinha passando incólume pelas durezas da vida. Eu enxerguei. Num átimo de reversão. Aquela que nunca teve nada agora tem tudo. Lá, sobre a calçada, com o sol brilhando, a cidade forrada de lojas, bancos e facilidades de crédito. Eu era a deusa no topo da montanha. Este era o meu mundo. Uma caixa de chocolate pronta para ser atacada. Um mundo de facilidades, prazer e pecado e felicidade... Eu havia sucumbido à tentação, era a atriz dessa trama, e os anjos não me haviam salvado. Era um mundo no qual eu podia ir a um banco e sacar qualquer montante em cheques de viagem para um feriado sem limite de custo. Um mundo no qual, depois de fazer aquilo, e como Kingston tinha algumas lojas decentes, eu iria provavelmente comprar algumas roupas leves para a viagem, e depois ir para casa e marcar hora no cabeleireiro, depilar as pernas, talvez fazer uma limpeza de pele. Eu iria a esses lugares em meu bom carro novo. Esperando por mim, ao final do dia, haveria uma casa bem mobiliada, confortável e não ostensiva na parte rica de Londres. Nela, haveria um amoroso, gentil e bom marido, pai dos meus dois adoráveis e felizes filhos, com suas felizes e adoráveis famílias. Nenhum de nós jamais planejara isso. Virgínia tinha razão. Essas eram as bênçãos, as bênçãos não planejadas, a estrutura e as fundações de minha vida. Elas haviam crescido como milagre em solo pedregoso. E eu estava prestes a arrancar suas raízes com alguém chamado Matthew, que eu amava mais do que jamais amara ninguém, nem mesmo meus filhos.

— Fodam-se! — disse eu a um par de cisnes que passavam debaixo da ponte. Mas eles flutuavam ignorando tudo, felicíssimos e naturalmente não solidários à minha dor. No mundo deles, também, seu parceiro é para a vida toda.

Fui me sentar à beira do rio e pensar e me perguntei onde a décima terceira fada poderia estar brilhando agora e no que poderia estar pensando. E, como havia um barril de pólvora que eu estava prestes a colocar sob seu generoso presentinho de batismo, se ela tinha mais alguma oferta a fazer. Camaleãozinho ingrato, ela devia estar pensando. Estúpido camaleãozinho ingrato. Dei-lhe toda a felicidade do mundo, e é *isso* que ela faz!...

Fantasiosamente, quase sem pensar, chequei as mensagens do meu celular. Havia uma de Matthew. Dizia: "Não se esqueça de comprar uma boa e resistente mochila." Meu coração virou de cabeça para baixo à menção de seu nome. Limpei a mensagem e depois disquei um número.

Francis estava de pé, boquiaberto, ao lado da lareira, a parte de trás de sua cabeça refletida no espelho. Pela primeira vez, eu notei, com grande ternura, que seus cabelos estavam começando a rarear. Tendo acabado de jogar a bomba, não achei muito adequado evidenciar-lhe isso. Depois de dizer "Estou indo para a Índia, Francis, mas você não vai comigo...", seria interessante sentir sua reação se eu acrescentasse "Ah, por falar nisso, seu cabelo está ficando mais ralo atrás..."

Além do seu reflexo, estava aquele "olhar de vidro do mundo perfeito", no qual todas as coisas que pareciam sólidas e reais eram, no entanto, uma frágil ilusão. Quebre o vidro, e o mundo se acabará. Através dele, era onde as boas fadas viviam; apenas a décima terceira vivia do lado de fora, a meu lado.

Francis pareceu amedrontado, mais que zangado, o que pensei ser um pouco estranho. A face que o confrontava, a minha face, não podia ser claramente interpretada, nem mesmo por mim.

— Vai sozinha então? — perguntou.
— Não.

19
Amor em Clima Caloroso

O motorista estacionou o pequeno carro creme o mais próximo possível do cruzamento, então começou a batucar alegremente no volante para os rostos que se reuniam à sua janela aberta. Olhavam-nos e falavam excitadamente enquanto estávamos sentadas no banco traseiro — jovens, velhos, adultos, alguns deles meninos. Eles estavam empoeirados porque não chovia há muito, e o carro levantava pó quando seguia pela estradinha vicinal. Alguma poeira alojou-se em minha garganta, e eu tossia enquanto os espectadores olhavam para dentro, balançando a cabeça em aprovação. Tossir e pigarrear eram passatempos dos menos sedutores nesta terra vasta e bonita.

Eles nos reverenciavam e repetidas vezes — dentes muito brancos, sorrisos largos, olhos vivos com o mérito de me encorajarem a realmente relaxar. Tomei minha garrafinha de água até a última gota. Eles ainda estavam sorrindo. A maioria de suas roupas era velha, desbotada e americanizada. Um deles apontou para um logotipo em seu peito que dizia "Levis".

— Olá, olá! — Eles acenavam para nós. — Ingleses, ingleses...

Devolvi o aceno, subitamente me sentindo a princesa Diana. O sorriso dos estrangeiros é contagiante. Seus sorrisos se ampliaram, os acenos passaram a ser mais frenéticos, a pressão sobre o carro, mais aguda. Agora, algumas garotinhas se atreviam a se contorcer para chegar à janela, vestidos desbotados caindo dos ombros, ouro nas orelhas. Suas mães e irmãs ficavam atrás, segurando os *saris* a cobrir-lhes os rostos, sorridentes e acanhadas, em seus vestidos cor-de-rosa, laranja e amarelos, mais brilhantes do que as aves do paraíso. Mais e mais homens chegavam, acotovelando-se e gargalhando, as mãos tentando apertar as nossas. Estávamos no meio do nada — algum lugar entre

Bharatpur e Jaipur —, e fazia um calor tremendo. Tossi novamente, mas a garrafa de água estava vazia.

— Venham à minha casa — alguém disse.

— E à minha — disse um outro.

— Vocês podem beber alguma coisa lá. Uma boa cerveja, uma boa Coca-Cola.

Um homem velho, alto, com uma barba branca longa e um *dhoti** esfarrapado, atravessou à frente da multidão. Eles se afastaram para deixá-lo se aproximar, ele uniu as mãos num gesto de *namaste*** e as manteve erguidas em nossa direção, através da janela, como se implorando. Então abaixou a cabeça para nós, três vezes.

— Voltem, britânicos — disse ele. — Voltem para salvar-nos dessa terrível corrupção.

Todos os outros concordavam. Os sorrisos se ampliavam mais e mais.

— Inglaterra. Adorável! — Alguém disse e riu.

— *Lords* — disse outro, acotovelando-se através da multidão. — Críquete!

— *Manchester United* — disse um terceiro, cumprimentando-nos e sorrindo.

— Voltem, britânicos — disse o homem velho outra vez e sumiu na multidão.

— Bem, isso é bastante comovedor — disse minha irmã. — É bom descobrir que somos queridos em algum lugar, só para variar. — E projetou um aceno majestoso.

— Eu daria meu braço direito por algo para beber — eu disse.

O trem passou barulhento, e as cancelas levantaram. Ela se voltou e fez um novo aceno majestoso, enquanto o carro seguia adiante. Atrás de nós, as cotoveladas e sorrisos cessaram.

— Pare — eu disse a meu motorista.

Ele encostou ao lado. Atrás de nós, a multidão avançou novamente, excitada e comunicativa.

---

* *Dhoti*: Do sânscrito *dhunoti*, um tecido de algodão, longo, enrolado à volta da cintura como única vestimenta dos homens hindus. Significa "ele lava". (N.T.)

** *Namaste* (pronunciada *namas-tay*): Do sânscrito, a palavra significa "render homenagem à luz que vive dentro de todas as coisas vivas". (N.T.)

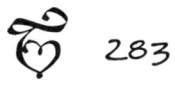

— Sr. Singh — eu disse —, acha que seria interessante irmos à casa de um deles?

O sr. Singh olhou para o seu relógio de pulso. Tínhamos compromisso em Karauli: jantar com o marajá em seu hotel-palácio. O sr. Singh não gostava de nos dizer não; por isso sempre usava daquela peculiaridade indiana de dizer sim e mover a cabeça negativamente, ao mesmo tempo. Aprendemos a interpretar isso nos últimos dias e a não perguntar o que era difícil responder, mas dessa vez eu decidi bater o pé.

— Quantas horas daqui até Karauli? — perguntei.

Ele parecia desconfortável.

— Duas — disse ele —, talvez três.

— Isso quer dizer quatro — disse Virgínia. O tempo na Índia caminhava com as distâncias indianas. Já estávamos dirigindo há duas horas.

— Ah, vamos lá — disse eu. — Por que não? É uma aventura.

— Vamos, então — concordou Virgínia.

O sr. Singh encolheu-se e pareceu um pouco ressentido.

Do lado de fora, havia um frenesi de risadas.

— Sim, venham, sejam bem-vindas! — gritava a turba. — Venham conhecer minha casa, é uma casa muito boa.

O sr. Singh sorriu. Virgínia gargalhou nervosamente.

— Tudo bem! — disse ela. — Afinal de contas, seria educado.

Nosso anfitrião era um jovem, de 25 anos talvez, pequeno e descalço, e vestia uma camisa americana e um *dhoti* azul empoeirado. Ele estava muito feliz por ter sido o escolhido e se voltava para nos lançar um sorriso e encorajar-nos enquanto liderava o caminho através das calçadas poeirentas e esburacadas. O ar não estava de todo mau, mas tampouco era agradável, e as casas que flanqueavam a estrada eram verdadeiras colchas de retalho com todos os tipos de remendos e peças. As coisas mais parecidas com elas que eu já vira eram os galpões que os homens velhos costumavam construir para si no terreno de seus quintais. Chegamos a uma construção de um só pavimento, feita basicamente de concreto, pedaços de madeira e ferro corrugado, com uma cortina desbotada, laranja, drapeada, na frente da porta.

Virgínia e eu nos olhamos, e ela cruzou os olhos numa careta de solidariedade assim que a cortina foi puxada para o lado. O homem chamou para dentro da escuridão — alguma coisa a ver com ingleses e alguma coisa a ver com pão, pois eu ouvi as palavras *roti*, *roti*. Depois apareceu uma mulher muito jovem, muito bonita e muito tímida segurando um bebê e com outra criança de 2 anos ou mais grudada em sua mão. Ela baixou os olhos enquanto passava por nós, depois atravessou rapidamente a rua esburacada, seu *sari* amarelo flutuando enquanto deslizava para fora do alcance dos nossos olhos, puxando a relutante criança atrás dela.

— Vamos, vamos — disse o nosso anfitrião. — Entrem, entrem.

Ele levantou a cortina, e nós abaixamos nossas cabeças para entrar.

A luz vinha de uma pequena abertura nos fundos — um brilhante facho de luz, repleto de partículas de pó. O resto do ambiente estava totalmente às escuras. Mas estava fresco lá dentro e cheirava a terra úmida e parafina. Nosso anfitrião mostrou-nos um banquinho e uma cadeira ao lado de uma mesinha quadrada. Virgínia sentou-se nela, eu apanhei o banquinho. Cruzamos as mãos em nossos colos e esperamos enquanto nosso anfitrião nos reverenciava, e reverenciava, curvando a cabeça com prazer. Havia apenas um cômodo, uma única porta de entrada. As pessoas vinham até a porta com a cortina, mas ele as enxotava e permanecia à nossa frente com gestos profundos de boas-vindas e honra.

Ele fez o seu *namaste*, que nós retribuímos, então disse:

— Meu nome é Sunil.

— Eu me chamo Virgínia — disse minha bem-comportada irmã. — E esta é minha irmã, Dilys.

— Ah — disse ele. — Eu também tenho uma irmã. Irmãs são coisas boas.

Fez-se um silêncio constrangido e curto.

— São sim — disse eu.

— São sim — acrescentou Virgínia, depressa, como se aquilo não devesse ter sido dito.

Nós três balançamos a cabeça, concordando.

Tinha sido uma longa viagem — mais longa do que um voo para Délhi e nossos inúmeros turismos pelas estradas — para que eu chegasse a ponto de pensar que era isso que as irmãs deveriam ser. A qualquer momento, Virgínia poderia reverter a seus modos inacreditáveis e encolerizar-se. Ou eu poderia — aparentemente — reverter a meus modos inacreditáveis e fazê-la encolerizar-se. Eu era responsável pelo que quer que acontecesse naquela viagem — entre mim e ela, entre ela e a Índia —, porque eu a tinha praticamente forçado a ir. Uma experiência, eu disse a mim mesma, em particular. Uma oportunidade, foi o que eu disse a ela.

— Por favor — eu lhe dissera —, a viagem está planejada e paga, e agora Francis não vai poder ir. Seria um desperdício.

Aquilo a surpreendeu, como eu sabia que ocorreria. Eu estava aprendendo lentamente a me adaptar à sua extrema sensibilidade.

Francis fez o apelo final:

— Pelo amor de Deus, vá com ela, por favor, Ginny — disse ele, muito convincentemente. — Você fará um favor para a gente. Senão, ela vai ter que ir sozinha, e você sabe melhor do que ninguém o que isso pode significar.

— Oh, o quê? — perguntei, bastante intrigada, mas ele logo me lançou um olhar apaziguador.

Ela gostava da sensação de conspiração. Irmãzinha lunática, sendo levada como uma folha ao vento... E Bruce ousou levantar a voz para ela e dizer-lhe que ela iria se arrepender para sempre se não fosse... Então ela foi. Suponho que a joia ofertada fosse irrecusável, mesmo para ela declinar. Índia — com luxo e tudo pago. Até mesmo uma princesa dourada fora de uso tem o seu preço.

Até agora, exceto algumas pequenas dificuldades — como estarmos as duas juntas numa mesma cama de casal, uma experiência fraterna que jamais desejei — estávamos nos dando bem. Irmãs talvez sejam "uma boa coisa" —, mas algumas delas têm uma droga de cotovelo imenso.

Sunil esperou ansiosamente, olhando de nós para a porta e de volta para nós. Não parecia educado olhar em demasia, mas, como nossos olhos se acostumaram à penumbra, pudemos ver uma pequena caixa de madeira usada como berço e colchões dispostos no chão, os quais, evidentemente, eram usados como camas. Havia algumas tigelas e jarras sobre um banco encostado à parede e um enorme caldeirão de ferro do qual ele se servia de água em uma caneca esmaltada. Ele levantava o dedo para nós enquanto bebia, como se para dizer "logo será sua vez". E foi. Dentro de uns poucos minutos, sua esposa voltou com duas latas de Coca-Cola — inacreditável! — e um pacotinho de fatias de pão branco, enroladas em papel de cera.

— *Roti* especial — disse o anfitrião.

Sua esposa deslocou-se timidamente para o canto mais distante do cômodo, envolvendo as crianças em seu *sari*. Foram-nos dadas as latas solenemente, que ele primeiro abriu para nós, então o papel de cera foi retirado de cima da iguaria, para orgulho da mãe. Cada um de nós pegou uma fatia. Então nos cumprimentamos, e bebemos, e comemos.

— *Roti* muito especial — disse ele, satisfeito. — Da Bretanha.

O sr. Singh espiou nervosamente pela cortina e para seu relógio. Também a ele fora dada uma fatia.

— E como está a rainha? — perguntou nosso anfitrião.

— Muito bem — disse Virgínia.

— Linda senhora — disse ele, fazendo um gesto eloquente com as mãos. Então deu um sorriso dramático. — E a princesa Diana? — acrescentou e balançou a cabeça com tristeza.

— Ah, sim — disse eu.

Nós todos fizemos uma pausa para dar à tristeza seu real valor.

— E as senhoras têm maridos?

Concordamos que tínhamos.

— Com bons trabalhos?

Nós concordamos igualmente.

— E você, Sunil, qual é seu trabalho? — perguntou Virgínia.

— Ah, eu tenho muita sorte, muita sorte. Eu faço... — ele se levantou, foi até o outro canto do cômodo, voltando com uma sandália quase pronta.

— Sandálias — eu disse. E apanhei-a de sua mão, e a contemplei como seria educado fazer. Eu o vi dar uma olhada ligeira para meus pés e, então, sair rapidamente. Os pés de Virgínia estavam escondidos sob sua saia, e ela os manteve ali. Nós todos olhamos da sandália para meus pés novamente, e até mesmo a criança de 2 anos riu. Sua esposa imediatamente fez com que se calasse, mas seus olhos ainda dançavam com surpresa e encantamento. Mesmo descalça nessa comunidade carente, os pés dela eram consideravelmente menores e mais delicados que os meus. Eu sabia que era ela que carregava aquele imenso caldeirão sobre a cabeça. Quantas vezes por dia? Duas? Três? Quatro?

— Pés de camponesa — eu disse. Sunil parecia sem graça e fez aquele gesto negativo e positivo outra vez. Ali se fizera um silêncio constrangedor. As crianças se esconderam mais ainda em sua mãe, essa orientação lhes tendo sido passada pelos grandes olhos dela.

— É uma casa muito bonita — eu disse.

Virgínia concordou:

— E vocês são muito gentis.

— Obrigado, obrigado — disse ele, balançando a cabeça novamente. Sua esposa escondeu-se numa dobra do próprio *sari*, e as crianças riram com deleite.

Nós duas estávamos à beira das lágrimas diante de toda aquela generosidade.

— Madames? — disse o sr. Singh. Ele mostrou-nos o seu relógio de pulso através da abertura da porta. Levantamo-nos e balançamos nossas cabeças em acordo.

— Hora de partir. Obrigada, obrigada! — Nós duas dissemos.

Virgínia colocou as duas mãos juntas e curvou a cabeça numa bênção. Todo mundo levantou-se e retribuiu o cumprimento. Abri minha bolsa. Virgínia olhou para mim sem muita certeza. Depois ela olhou adiante, fazendo um carinho no queixo do bebê. Coisa típica de Virgínia, pensei, rabugenta, deixar a decisão para mim. Eu me encolhi, não sabendo exatamente quanto deveria lhes dar ao certo. Dado o custo da Coca-Cola e do pão e o quão pobres eles eram, obviamente deveria ser uma quantia generosa. Indiquei a Virgínia que faria as honras. Ela olhou para mim ainda mais incerta e balançou um pouquinho a cabeça. Eu me encolhi novamente e fiz um gesto para as latas vazias do refrigerante e o pão. Olhei para o sr. Singh, mas ele não estava expressando nada, exceto impaciência para ir embora. O homem, sua esposa e as crianças estavam todos olhando para nós, incertos, meio sorridentes. Afundei a mão na minha bolsa e peguei umas duas grandes notas de rúpias — o equivalente a cinco libras, mais ou menos — e estendi a mão para Sunil.

Seu sorriso congelou instantaneamente — ele deu um passo para trás, como se eu estivesse segurando veneno. Quando demonstrei que ele deveria apanhar o dinheiro, ele deu um passo ainda mais atrás. Atrás de mim, ouvi o sr. Singh engolir a respiração. Na minha frente, a esposa se recolheu às sombras. Por um instante, nada se mexeu — então Virgínia precipitou-se para frente, apanhou as notas e começou a conversar com o homem sobre as crianças e como era costume em nosso país dar dinheiro para cada criança que você conhecia.

— É o costume britânico, Sunil — disse ela com firmeza.

O homem parecia confuso. O sr. Singh foi até eles e concordou encorajadoramente. Então Virgínia encaminhou-se até as crianças e colocou uma rúpia na mão de cada uma. A criança olhou para o seu punho sem entender, enquanto o bebê, num gesto universal, levou o dinheiro em direção à boca. Virgínia rapidamente tirou-o da mão apertada do bebê e colocou-o nas dobras do *sari* da mãe. Todos riram, exceto o bebê, que — reação universal — gritava. A tensão se foi. Era um presente para as crianças, nada mais. Integridade, orgulho, honra — tudo fora salvo por Virgínia.

Assim que demos nosso último adeus, ela me lançou um olhar que eu não havia visto desde que Branca de Neve fora revivida diante da rainha má.

— Desculpe — murmurei.

— Você e o seu jeito de Lady Bountiful* — disse ela. E empurrou-me para fora da porta de entrada.

Nós nos arrastamos até o carro, acenando sobre os nossos ombros, com sorrisos falsos e brilhantes.

— Você convidaria alguém para a sua casa para um almoço e depois cobraria o almoço deles?

Eu me lembrei da sugestiva brincadeira de Francis de fazer a mesma coisa com ela. Apenas agora não era engraçado, e não ri. Estremeci. Eu também achei, pela enésima vez, que, se minha amiga Carole estivesse comigo, em vez desta pequena mala chamada irmã, a viagem teria sido muito mais fácil. Mas ser fácil não era a questão. Eu estava aqui para encontrar redenção. E para aprender a amar minha irmã e esperar que ela algum dia aprendesse a me amar.

Eu também pensei, ao me acomodar no fundo do carro e retornar minha bolsa a um lugar seguro, *droga, droga, droga*, ela está *certa!*

---

* Lady Bountiful: Expressão inglesa de crítica. Trata-se de pessoa que gosta de mostrar a todos quão rica e generosa é dando dinheiro e objetos às pessoas pobres. (N.T.)

— Desculpe — eu disse, enquanto nosso muito mais aliviado motorista dava partida no motor.

Fizemos aquele cumprimento indiano com a cabeça e as mãos outra vez.

— Não se preocupe — disse ele. — O que vale é a intenção.

Enquanto viajávamos pela estrada poeirenta para Karauli, lembrei-me de estar defronte ao espelho e dizer a Francis que eu decidira ir à Índia com minha irmã porque, se ela visse outro lado, isso talvez a ajudasse a não ter tanta inveja de mim. Para que tivesse noção do quanto possuía.

Eu também me recordo do que ele disse como resposta:

— E quanto a você? — perguntou, delicadamente.

— Eu já sei — eu disse.

Ao que ele olhou para mim meio estranhamente.

— Tenho as minhas dúvidas! — Mas pelo menos o medo havia desaparecido de seu rosto.

20

O Longo Caminho Até a Razão

Anos atrás, quando vi Francis pela primeira vez, ele me contou que ainda tinha pesadelos sobre sua escola. Será que ele não conseguia entregar seu dever de casa a tempo? Será que ele passava maus bocados com a maioria dos professores? Ou não se dava bem com os colegas e era excluído? Não gostava das aulas de educação física? Tinha dificuldade para passar de ano?

Eu o ouvi e pareci ser solidária, mas não compreendia nada em relação a traumas de infância. Virgínia tinha razão. Oh, eu tinha sofrido com aqueles sapatos, aquela capa de chuva, o saco de batatas e laranjas, mas nada fora muito profundo. Minha vida nunca fora virada de cabeça para baixo porque não havia o que virar. Eu não conhecia nenhum outro caminho. Nunca houvera um tempo dourado em minha vida, nunca houvera uma mãe que sorrisse ou uma irmã que brincasse e dividisse coisas comigo; eu nunca perdera brinquedos e guloseimas, roupas novas e macias e tivera arroubos de minideusa. Outras pessoas viviam de forma diferente, isso era tudo, eu pensava.

Olhando para aquela infância lá atrás, ela talvez tivesse sido a felicidade. Certamente eu nunca tivera um sonho sobre qualquer daquelas coisas, nunca ficara acordada à noite, remoendo situações como Francis e sua escola, ou sentira que aquilo me corroesse, como minha irmã havia sido corroída desde a noite em que aquela semente da discórdia chegou. Apenas como comparação, meu crescimento havia sido assim como quem anda num terreno plano, seguindo para absolutamente lugar algum. Sem decepções. E antes que eu sequer chegasse à idade em que os estilingues e as flechas pudessem encontrar seu alvo, eu estava protegida, felizmente, pela redoma do meu casamento. Eu compreendia a raiva de Virgínia. Eu, a dependente, a necessitada, havia recebido tanto. Aparentemente sem muita dor.

Bem, agora eu estava totalmente inteirada de tudo nos mínimos detalhes. Toda noite, de Délhi para Agra, de Agra para Jaisalmer, de Jaisalmer para Dungarpur, ali estava uma dor, e ali estava Matthew, tão real que eu o podia sentir deitado a meu lado, tão real que dizia coisas a meu ouvido, coisas sedutoras que me faziam acordar suada de desejo, então ficava deitada, frágil, em lágrimas, desesperada e chateada comigo mesma.

Ou ele me chamaria ou me acordaria para ver algum lugar novo — um templo jainista, uma procissão de casamento, um palácio antigo e decadente com tetos espelhados e paredes de vidro, um aposento de afrescos exuberantemente eróticos. Eu abriria meus olhos e ficaria metade para fora da cama, antes que me lembrasse. Então eu morderia a língua, compreendendo, afinal, enquanto a dor me fazia querer chorar. Virgínia dormia em meio a tudo isso. Era o meu segredo. Se eu pude guardar alguma coisa da história de tia Eliza para mim mesma, era porque eu poderia manter meu segredo também. Tal como acontecera com a dela, havia apenas três pessoas no mundo que conheciam a minha própria história, e isso já era demasiadamente arriscado. Eu já havia destruído uma vida. Oh, não no mundo real — fora meu pai quem fizera aquilo — e num sistema no qual as mulheres eram *segunda classe* e cujo valor como mães era negligenciável sem homens ao lado delas para empurrar o carrinho do bebê e pagar o aluguel. Não, o que eu havia destruído para minha irmã era aquele belo palácio de cristal, que para ela tinha sido suficientemente real e no qual ela jamais poderia voltar a entrar.

Não havia por que o negar a ela quando tinha 6 anos, tanto quanto não havia por que o negar a ela quando tinha agora 56 anos. Ela o havia visto com os próprios olhos, ela sabia que era real e fora de alcance.

Eu não acredito que Virgínia houvesse jamais considerado a si mesma uma existencialista ou uma discípula de Sartre, mas ela certamente acreditava que eu fora responsável pelo que lhe acontecera e que eu deveria julgar-me de acordo com isso. Eu me julguei. Não poderia ferir minha família outra vez. Tampouco meu marido, meus filhos ou minha irmã. Então o destino pregou-me uma peça. Perseguindo-me, juntamente com os sonhos que eu tinha com Matthew, estavam as palavras de minha tia: "Eu não poderia viver com vinte e cinco libras"... e "Amor, querida? Não é suficiente para manter os credores a distância."

Quando disse a Matthew que iria para a Índia sem ele e que nunca mais o voltaria a ver, ele não ficou surpreso. Enraivecido sim, mas não surpreso.

— Eu nunca acreditei que você fosse comigo — disse ele. — Eu tinha esperança, mas nunca acreditei.

— Eu acreditei.

— E por que mudou de ideia?

— Foi a mochila — eu disse, quase histericamente. — Eu simplesmente não consegui me ver com uma mochila.

Ele se sentou na ponta da cama, naquele espaço meio vazio, com os pôsteres meio rasgados, a cortina esgarçada e aquelas fúteis tacinhas para ovos quentes, como se aquela fosse sua coxia, e pareceu mais jovem ainda. Seus olhos tinham aquele azul penetrante outra vez, um céu de Ticiano, as safiras exóticas da fidelidade.

— Como foi que você soube?

Ele falou numa voz que eu nunca ouvira antes. Uma voz distanciada, como se não estivesse mais ali.

— Desde o instante em que entrei naquela paisagem particular e a vi vestida de branco, com seus cabelos tão arrumados e sua postura tão elegante, eu soube. Você tinha muito, mas muito mesmo a perder. Você não fazia ideia do quanto. Não estou julgando. Mas eu tive um sexto sentido — o mesmo que tive quando você falou comigo sobre substituir o meu carro, sobre comprar um celular, sobre um hotel cinco estrelas na Índia. É a pedra de que você foi esculpida. Esta é a forma como você se ama, é a forma como deixa que os outros te amem. Então, você acabaria por partir algum dia. Tinha muito a perder...

Aquela alfinetada. Isso era o tipo da coisa que minha irmã teria dito.

— Bem, eu não pensei que fosse terminar assim. Eu nunca *soube*, como você diz. Então, por que você continuou com isso? Por que Dorset? Por quê?

— Nunca ouviu falar no canalha do Hope?

— O "muito a perder", Matthew, não são os vestidos, apenas, ou os carros. É a felicidade dos outros também.

— Havia algo de morto em você quando nos conhecemos. Esse algo voltará.

— Eu sei disso — eu disse. Era, naturalmente, o Compartimento Real.

Seu distanciamento vacilou, por um momento apenas, e sua voz endureceu:

— Você sabe que nunca mais seremos felizes de novo, não sabe? Nem você nem eu. Acordar pela manhã e imaginar por que estou sorrindo são dias que se foram para sempre. Daqui em diante, na melhor das hipóteses, estaremos nos recompondo, nos apoiando no que quer que venhamos a encontrar. Mas nunca mais conheceremos a felicidade completa.

Ele tinha razão, naturalmente.

Voz de Virgínia aos 6 anos: *"Nunca mais serei feliz!"*

Bem, minha irmã, agora estamos no mesmo nível.

Francis foi encontrar-nos no Aeroporto de Heathrow. Bruce não pôde ir porque havia machucado as costas. Vi a boca de Virgínia se contorcer a essa pequena novidade.

— Típico! — começou ela.

Eu disse carinhosamente:

— Ginny...

Senti, mais do que vi, Francis congelar. Ele estava esperando pela explosão. Em vez disso, minha irmã soltou um suspiro profundo — podia-se até vê-la contando até dez — e disse:

— Desculpe. Foi um voo longo. Pobre Bruce!

Francis olhou para mim e levantou uma sobrancelha.

Devolvi-lhe o olhar com uma expressão de profunda convicção. Dentro, meu coração estava se partindo em mil pedacinhos — dor em cada partícula de mim —, mas sustentei aquele convicto olhar ancestral em meu rosto. Devo estar exatamente como era antes. A Perfeição. É uma coisa fria, a perfeição, como dizem os poetas.

Subitamente, lembrei-me de Davina Bentham. O que teria mudado, de fato, em duzentos anos? Quem se lembrava ou se importava com ela e os sacrifícios que fizera? Ainda existe uma enormidade de viúvas que surgem quebrando aqueles pratos e acabam satisfeitas e felizes em modelos das grifes Jaeger e Harvey Nicks. Isso é, de fato, uma "vidinha" e está envolvida por um longo, longo sono... Mesmo o aeroporto — *merda* de aeroporto Heathrow! — tinha o poder de ferir. Eu devia estar ao lado de Matthew, e não com o braço enganchado no de meu marido e agindo como sua esposa perfeita.

Pensei em trabalhar naquele livro outra vez — algo com que me ocupar. Compreendo agora o que era ter uma natureza apaixonada; compreendo agora o que era sofrer, e eu também compreendo a enormidade de sua bravura em lutar contra todas as chances para ficar com aquilo que amava. Compreendo o que é ter coragem. Aquela era a peça do quebra-cabeça que se evadira de mim. Mesmo que a história nunca fosse publicada, isso ao menos me ajudaria a manter a cabeça no lugar. Se eu não podia ser como ela, podia ao menos honrá-la. Seria algo a fazer para manter minha mente ocupada.

Deixamos Virgínia em casa, rendemos nossos respeitos ao acidentado Bruce; nossos maridos ouviam enquanto contávamos nossas histórias e concordamos que, de um jeito ou de outro, todos acabamos renascendo na alma da Índia. Eles com tão pouco, nós com tanto, e vice-versa.

Então Francis e eu fomos para casa. No degrau da porta, minha irmã e eu nos abraçamos. Era o que Hollywood chamaria de *clímax*. Então ficamos sozinhos no carro. Pouca conversa entre nós. Eu só conseguia falar amenidades. Estávamos fazendo o mesmo percurso de volta à cidade que eu fizera de Kingston, da última vez em que vira Matthew.

Eu disse:

— Coitados. Se as costas de Bruce não melhorarem logo, ele não vai poder trabalhar, o que quer dizer que não tem como se sustentar.

Francis concordou. E depois disse:

— Que sorte a sua ter se casado comigo, não foi?

O assalto de suas palavras fora físico. Portanto, a faca podia ferir a qualquer instante, em qualquer lugar, onde quer que fosse. Eu me perguntava quando é que a dor poderia ser administrada. *Quando?*

Dentro de casa, ele fez um chá e nós nos sentamos no sofá para tomá-lo, naquele velho e antigo companheirismo. Senti-me muito cansada. Inclinei-me para trás, fechei os olhos e ouvi Matthew rindo, senti sua respiração em minha orelha. Levantei-me depressa, absorta. Abri os olhos outra vez. Era Francis. Ele estava me dizendo alguma coisa. Eu me reanimei.

— Desculpe — eu disse —, eu estava a léguas daqui...

Ele puxou minha cabeça para seu ombro e concordou.

— Você tem viajado muito — disse ele. — Por um período muito longo...

— Duas semanas apenas — comentei.

— Por um período *muito* longo. Mas agora você voltou para mim.

Havia alguma coisa no timbre de sua voz, alguma coisa sob o tom ordinário dela.

Eu me virei para olhar para ele.

Ele me devolveu o olhar.

Então ele sempre soubera também.